Sua Culpa

MERCEDES RON

Culpa tuya
Copyright © 2017 by Mercedes Ron
Copyright © by 2017 by Penguin Random House Editorial, S. A. U.
© 2024 by Universo dos Livros

Todos os direitos reservados e protegidos pela Lei 9.610 de 19/02/1998.
Nenhuma parte deste livro, sem autorização prévia por escrito da editora, poderá ser reproduzida ou transmitida sejam quais forem os meios empregados: eletrônicos, mecânicos, fotográficos, gravação ou quaisquer outros.

Diretor editorial
Luis Matos

Gerente editorial
Marcia Batista

Produção editorial
Letícia Nakamura
Raquel F. Abranches

Tradução
Wallacy Silva

Preparação
Ricardo Franzin

Revisão
Marina Constantino
Bia Bernardi
Tássia Carvalho

Arte
Renato Klisman

Diagramação
Nadine Christine

Dados Internacionais de Catalogação na Publicação (CIP)
Angélica Ilacqua CRB-8/7057

R675s
    Ron, Mercedes
        Sua culpa / Mercedes Ron ; tradução de Wallacy Silva.
    –– São Paulo : Universo dos Livros, 2024.
        384 p. (Série Culpados ; vol 2)

    ISBN 978-65-5609-714-5
    Título original: *Culpa tuya*

    1. Ficção argentina 2. Literatura erótica I. Título II. Silva, Wallacy III. Série

24-3252   CDD AR863

Universo dos Livros Editora Ltda.
Avenida Ordem e Progresso, 157 — 8º andar — Conj. 803
CEP 01141-030 — Barra Funda — São Paulo/SP
Telefone: (11) 3392-3336
www.universodoslivros.com.br
e-mail: editor@universodoslivros.com.br

Sua Culpa

MERCEDES RON

São Paulo
2025

Grupo Editorial
UNIVERSO DOS **LIVROS**

Para minha irmã, Ro.
Obrigada por ser minha companheira de jogo,
por me ouvir, por dar risada comigo e de mim e
por estar ao meu lado sempre que eu preciso.

PRÓLOGO

A chuva caía sobre a gente, nos deixando encharcados e congelados, mas não tinha problema: naquele momento, nada mais importava. Eu sabia que tudo estava prestes a mudar, sabia que meu mundo estava a ponto de desmoronar.

— Não tem mais volta, não consigo nem olhar pra você...

Lágrimas descontroladas escorriam por seu rosto.

Como eu pude fazer aquilo? Suas palavras penetraram na minha alma como facadas, destruindo-me de dentro para fora.

— Não sei nem o que dizer — falei, tentando controlar o pânico que ameaçava me fazer desmaiar. Ele não podia me deixar... Não ia me deixar, não é?

Vi aquele olhar fixo nos meus olhos, com ódio, com desprezo... Um olhar que eu nunca imaginei que pudesse dirigir a mim.

— Terminamos aqui — sussurrou com a voz desesperada, mas firme.

E com aquelas duas palavras meu mundo sucumbiu em uma escuridão profunda, tenebrosa e solitária... Uma prisão projetada especialmente para mim. Mas eu merecia. Daquela vez, eu merecia.

1

NOAH

Finalmente estava fazendo dezoito anos.

Ainda me lembrava de como, onze meses atrás, contava os dias para enfim ser maior de idade, tomar minhas próprias decisões e sair correndo daquele lugar. Obviamente, as coisas não eram mais como há onze meses. Era inacreditável pensar em como tudo mudara. Eu não apenas tinha me acostumado a viver aqui, mas também não me imaginava mais morando em outro lugar que não fosse essa cidade. Consegui conquistar meu lugar na escola e na família que o destino reservou para mim.

Todos os obstáculos que eu tive que superar — não só nos últimos meses, mas desde que nasci — haviam-me transformado em uma pessoa mais forte, ou pelo menos era o que eu achava. Muitas coisas aconteceram, nem todas boas, mas eu fiquei com a melhor delas: Nicholas. Quem diria que acabaria me apaixonando por ele? Eu estava tão loucamente apaixonada que meu coração até doía. Tivemos que aprender a nos conhecer, aprender a nos comportar como um casal, e não era fácil; pelo contrário, era um trabalho diário. Nossas personalidades eram conflituosas, e não era fácil lidar com o Nick, mas eu estava perdidamente apaixonada.

Por esse motivo, eu estava mais triste do que feliz antes da minha iminente festa de aniversário. O Nick não estaria nela. Fazia duas semanas que eu não o via, ele tinha passado os últimos meses viajando para San Francisco... Faltava um ano para que terminasse a faculdade, e ele aproveitou uma das muitas portas que o pai lhe abriu. O Nick que se metia em confusão tinha ficado para trás, ele parecia outra pessoa. Melhorou, parecia mais maduro comigo, embora eu ainda tivesse medo de que o "antigo Nick" voltasse para me assombrar.

Eu me olhei no espelho. Tinha prendido o cabelo em um coque malfeito no topo da cabeça, mas elegante o bastante para combinar com o vestido branco que minha mãe e Will me deram de presente de aniversário. Minha mãe tinha ficado maluca com a organização da festa. Segundo ela, seria a última oportunidade de ela cumprir o seu papel de mãe, já que logo eu me formaria e iria para a faculdade. Eu havia me inscrito em várias universidades, mas por fim optei pela UCLA de Los Angeles. Muitas mudanças tinham ocorrido nos últimos tempos, e eu não queria ter que ir para outra cidade, muito menos me afastar do Nick. Ele estudava na mesma universidade, e embora eu soubesse que o mais provável seria ele se mudar para San Francisco para trabalhar na nova empresa do pai, decidi que só me preocuparia com isso no futuro. Ainda faltava muito tempo e eu não queria ficar deprimida.

Parei diante da penteadeira e, antes de me vestir, meus olhos repararam na cicatriz da minha barriga. Passei um dedo por aquela parte da minha pele, que ficaria machucada e marcada pelo resto da vida, e senti um calafrio. O barulho do tiro que acabou com a vida do meu pai ressoou na minha cabeça, e tive que respirar fundo para não perder a compostura. Não falei com ninguém sobre meus pesadelos, nem sobre o medo que sentia sempre que pensava no que tinha acontecido, nem sobre como meu coração disparava enlouquecido quando eu ouvia algum barulho mais alto por perto. Não queria admitir que o meu pai tinha me causado um novo trauma; já era o suficiente não conseguir encarar o escuro, a não ser que o Nick estivesse do meu lado... Não queria admitir que não vinha dormindo tranquilamente, que não conseguia esquecer a imagem do meu pai morto ao meu lado, que os respingos do sangue dele no meu rosto tinham me transtornado. Eram coisas que eu guardava para mim: não queria que ninguém soubesse que eu estava mais traumatizada do que antes, que minha vida continuava afetada pelos medos que aquele homem tinha me causado. Minha mãe, por outro lado, estava mais tranquila do que nunca, já que aquele medo que ela antes tentava esconder tinha desaparecido: agora, ela era completamente feliz com o marido, ela estava livre. Eu, por outro lado, ainda tinha um caminho muito longo para percorrer.

— Você ainda não se vestiu? — perguntou, então, aquela voz que me fazia rir quase todos os dias.

Eu me virei para a Jenna, e um sorriso apareceu no meu rosto. Minha melhor amiga estava espetacular, como sempre. Não fazia muito tempo que ela tinha cortado o cabelo, que agora estava na altura dos ombros. Ela insistiu para que eu fizesse a mesma coisa, mas eu sabia que o Nick adorava o meu cabelo longo, então o deixei do mesmo jeito. Já estava quase na altura da cintura, mas eu gostava dele assim.

— Já falei para você o quanto eu admiro esse seu bumbum empinado? — ela soltou, entrando no quarto e dando uma palmadinha na minha bunda.

— Você é doida — eu respondi, pegando meu vestido e o passando pela cabeça. Jenna se aproximou do cofre, logo abaixo de onde ficavam os sapatos. Eu não sabia qual era a senha, porque nem o usava, mas desde que a Jenna o descobrira, passou a guardar todo tipo de objetos nele.

Dei uma gargalhada quando a vi tirando uma garrafa de champanhe e duas taças de lá.

— Vamos fazer um brinde à sua maioridade — ela propôs, enchendo as taças e me oferecendo uma delas. Eu abri um sorriso, sabendo que minha mãe ia me matar se visse aquilo. Mas, no fim das contas, era o meu aniversário e eu tinha que comemorá-lo.

— A nós duas — adicionei.

Brindamos e levamos as taças à boca. Estava uma delícia, e tinha que estar, já que era uma garrafa de Cristal que custava mais de trezentos dólares. A Jenna fazia tudo com fartura e estava acostumada com esse tipo de luxo, nunca lhe havia faltado nada.

— Esse vestido é impressionante — ela declarou, olhando para mim boquiaberta. Eu sorri e me admirei no espelho. O vestido era lindo, branco, bem ajustado ao corpo, com mangas de renda delicadas que iam até os pulsos, deixando minha pele clara à mostra sob distintos desenhos geométricos. Os sapatos também eram incríveis e me deixavam quase com a mesma altura de Jenna. Ela estava usando um vestido curto cor de vinho com babados.

— Tem um montão de gente lá embaixo — ela anunciou, deixando sua taça de champanhe perto da minha. Eu fiz o contrário: peguei a minha taça e bebi todo o líquido borbulhante de uma vez só.

— Sério? — exclamei, ficando nervosa. De repente, perdi o ar. O vestido estava apertado demais, e eu não conseguia respirar direito.

Jenna olhou para mim e sorriu com cumplicidade.

— Do que você está rindo? — indaguei, invejando-a por ela não ter que passar por aquilo.

— De nada. É que eu sei que você odeia esse tipo de coisa, mas fica tranquila — ela respondeu, se aproximando da minha orelha. — Eu estou aqui para garantir que a gente vai se divertir muito — adicionou, sorrindo e dando um beijo na minha bochecha.

Abri um sorriso, agradecida. Meu namorado não estaria no meu aniversário, mas pelo menos eu teria a companhia da minha melhor amiga.

— Vamos descer? — ela propôs, então, ajeitando o próprio vestido.

— Fazer o quê...

O jardim tinha passado por uma transformação. Minha mãe realmente ficara maluca: tinha alugado uma tenda branca e a ergueu no jardim. Nela, além das pessoas, havia um montão de bexigas, muitas mesas redondas cor-de-rosa e cadeiras vistosas, e por entre elas se moviam garçons vestidos com uniformes de gala e gravatas-borboletas. Em um dos extremos do espaço, serviam-se as bebidas em um balcão; sobre as mesas grandes havia numerosas bandejas com todo tipo de comida que um buffet poderia oferecer. Não fazia o meu estilo, mas eu sabia que a minha mãe sempre quis me dar uma festa de aniversário daquelas. Ela sempre fez brincadeiras a respeito dos meus dezoito anos e do início da faculdade, tínhamos imaginado tudo que contrataríamos se ganhássemos na loteria, e... Parece que ganhamos! Aquilo era um completo exagero.

Quando apareci no jardim, todos gritaram feliz aniversário em uníssono, como se eu não soubesse que estariam ali, esperando por mim. Minha mãe se aproximou e me deu um abraço demorado.

— Parabéns, Noah! — ela disse, me segurando com força. Eu retribuí e fiquei desconcertada ao notar que atrás dela se formava uma fila de gente esperando para me desejar feliz aniversário. Ali estavam todos os meus amigos da escola, junto com muitos pais que tinham feito amizade com a minha mãe, além de muitos vizinhos e amigos do William. Fiquei tão nervosa que, inconscientemente, meu olhar começou a procurar o Nicholas pelo jardim. Apenas ele poderia me acalmar. No entanto, não havia nem sinal dele... Eu sabia que ele não viria, estava em outra cidade, ainda faltava uma semana para a gente se reencontrar, na minha formatura, mas uma pequena parte de mim ainda esperava vê-lo no meio daquela multidão.

Fiquei mais de uma hora cumprimentando os convidados até que finalmente a Jenna se aproximou e me arrastou para o balcão das bebidas. Estava dividido em duas partes: uma para os menores de vinte e um anos e outra para os pais.

— Você tem o seu próprio drinque — ela anunciou, dando uma risada.

— Minha mãe perdeu completamente a noção — comentei, enquanto um garçom servia o meu drinque. O rapaz olhou para mim e sorriu, tentando não dar uma gargalhada. Ótimo, ele com certeza achava que eu era uma esnobe.

Quando vi a bebida, quase passei mal. Era uma taça de martíni com um líquido cor-de-rosa bem chamativo, com açúcar colorido nas bordas e um morango decorativo em um dos lados. Amarrado na parte inferior da taça havia um lacinho com um "18" feito com pequenas pérolas brancas.

— Ainda falta um toque especial — Jenna falou, pegando um cantil que estava escondido e batizando nossas taças. Naquele ritmo, eu ia precisar me controlar para não ficar embriagada antes da meia-noite.

Um DJ muito bom tocava todos os tipos de música e meus amigos dançavam como se estivessem possuídos. A festa era um sucesso.

A Jenna me arrastou para dançar com ela e nós duas começamos a pular como doidas. Estava morrendo de calor; o verão se aproximava e já dava para perceber.

Lion nos olhava atento de um canto da pista. Estava apoiado em uma das colunas e reparando em como a Jenna balançava o bumbum freneticamente. Dei risada e, já cansada, deixei-a dançando lá com os outros.

— Está entediado, Lion? — perguntei, parando ao lado dele.

Ele abriu um sorriso divertido, mas percebi que algo o preocupava. Seus olhos continuavam fixos na Jenna.

— Ah, feliz aniversário — disse, já que eu ainda não tinha conseguido falar com ele. Era estranho vê-lo ali sem o Nick. O Lion não conhecia muitas pessoas da nossa sala. O Lion e o Nick eram cinco anos mais velhos do que a Jenna e eu, e dava para notar a diferença de idade. O pessoal da minha sala era muito mais imaturo, e era comum que eles não quisessem nos acompanhar quando saíamos com nossos amigos.

— Obrigada — agradeci. — Você sabe do Nick? — perguntei, sentindo uma pontada no estômago. Ele ainda não tinha me ligado, nem mandado nenhuma mensagem.

— Ontem ele comentou que estava cheio de trabalho, que mal consegue sair do escritório para comer, mas teve tempo de me pedir para ficar de olho em você — ele disse, olhando para mim e sorrindo.

— Parece que você está de olho em uma pessoa bem específica — eu retruquei, reparando em como ele olhava de novo para Jenna. Ela se virou naquele instante e um sorriso de felicidade verdadeira se desenhou no rosto dela. Ela era muito apaixonada pelo Lion. Quando vinha dormir aqui em casa, passávamos horas falando de como tínhamos sorte por namorar dois rapazes que eram ótimos amigos. Eu sabia muito bem que a Jenna não queria saber de mais ninguém além dele e ficava feliz ao pensar que Lion sentia a mesma coisa por ela. Nos últimos tempos, acabei desenvolvendo uma afeição muito grande por Jenna; ela era a minha melhor amiga de verdade, eu a amava muito. Ela esteve ao meu lado sempre que eu precisei e me fez entender o que era uma amiga. Ela não tinha inveja de mim, não era manipuladora nem rancorosa, como tinha sido a Beth no Canadá. E, claro, eu sabia que ela não seria capaz de me machucar, pelo menos não intencionalmente.

Ela se aproximou da gente e deu um beijo sonoro no Lion. Ele a segurou com carinho e eu me afastei dos dois, sentindo-me triste de repente. Estava com saudade do Nick, queria que ele estivesse ali, precisava dele. Olhei de novo para o meu telefone e nada, não havia nenhuma chamada ou mensagem dele. Já estava ficando irritada e logo ia mandar uma mensagem para ele. O que diabos estava acontecendo?

Eu me aproximei do balcão, onde um barman servia os poucos maiores de vinte e um anos que estavam por ali. Era o mesmo que tinha se encarregado de servir os meus drinques com a ajuda de uma garçonete.

Sentei-me diante do balcão e observei, planejando como iria enrolá-lo para ganhar uma taça.

— Seria pedir muito que você me servisse algo que não seja rosa e contenha álcool? — perguntei, sabendo que ele ia me mandar para aquele lugar.

Para minha surpresa, ele abriu um sorriso e, depois de se assegurar de que ninguém estava olhando, pegou um copo e o encheu com um líquido transparente.

— Tequila? — indaguei, sorrindo.

— Se alguém perguntar, não tenho nada a ver com isso — ele respondeu, olhando para o outro lado. Dei risada e levei rapidamente a bebida à boca. Dei um gole, que queimou a minha garganta, mas a bebida estava realmente gostosa.

Eu me virei e vi a Jenna arrastando o Lion para um canto escuro. Estava ficando com depressão por ver meus amigos se abraçando e se beijando.

"Que maldição, Nicholas Leister, por que você nunca sai da minha cabeça?"

— Mais um? — propus ao garçom. Sabia que estava abusando, mas era a minha festa e eu merecia tomar o que eu quisesse, não é?

Ia começar a beber quando, de repente, uma mão apareceu do nada, me interrompendo e apanhando a minha bebida.

— Acho que você já bebeu o suficiente — uma voz avisou.

A voz.

Levantei o olhar e lá estava ele: o Nick. Todo arrumado, com camisa e calça social, o cabelo escuro um pouco despenteado e os olhos azul-celeste brilhando com uma animação contida, misteriosa, mas, ao mesmo tempo, reluzentes de felicidade.

— Meu Deus! — exclamei, colocando as mãos na frente da boca. Um sorriso apareceu no rosto dele, *o meu sorriso*. Pulei nos braços dele alguns segundos depois. — Você veio! — gritei, com minha bochecha apoiada na dele, apertando-o, sentindo o seu cheiro e parecendo inteira de novo.

Ele me abraçou com força, e finalmente consegui respirar. Ele estava ali, meu Deus, estava ali comigo!

— Estava com saudade de você, sardenta — ele confessou no meu ouvido, puxando a minha cabeça para trás e colocando os lábios sobre os meus.

Senti minhas terminações nervosas acordando. Fazia quatorze longos dias que eu não sentia a boca dele na minha, nem as mãos dele no meu corpo.

Nick me afastou e os olhos dele percorreram meu corpo avidamente.

— Você está linda — murmurou com a voz rouca, colocando as mãos na minha cintura e me apertando contra si.

— O que você está fazendo aqui? — perguntei, tentando controlar a vontade de continuar a beijá-lo. Sabia que não podíamos fazer nada, estávamos rodeados de pessoas e nossos pais estavam por ali… Fiquei nervosa.

— Eu não queria perder o seu aniversário — disse, e os olhos dele voltaram a se desviar para o meu corpo. Dava para perceber a eletricidade entre a gente. Nunca tínhamos ficado tanto tempo separados, pelo menos desde que começamos a sair. Eu estava acostumada a estar com ele quase todos os dias.

— Como você conseguiu vir? — indaguei contra o peito dele. Não queria parar de abraçá-lo.

— É melhor nem perguntar — ele respondeu, me beijando no topo da cabeça.

Senti o seu perfume e fechei os olhos, extasiada.

— Que festa bonita — ele disse, dando risada.

SUA CULPA

Eu me afastei e olhei para ele, fazendo careta.

— Não foi ideia minha.

— Eu sei — ele garantiu, com um grande sorriso.

Senti meu coração explodir de felicidade. Estava com saudade daquele sorriso.

— Quer provar o meu drinque, estilo Noah? — eu disse, virando-me para o barman, que me ouviu e começou a providenciar a bebida.

— Você tem o seu próprio drinque, sardenta? — ele perguntou, franzindo a testa quando o barman serviu o líquido rosa, com morango e tudo, e o ofereceu para o Nick alguns segundos depois.

Ele ficou olhando para a taça com uma expressão que me fez dar risada.

— Acho que vou ter que provar...

O coitado bebeu tudo sem reclamar, apesar do gosto de bala de goma derretida.

Eu estava com um sorriso de orelha a orelha e Nick foi contagiado pela minha alegria. Ele me puxou com uma das mãos e seus lábios foram direto para a minha orelha. Ele mal triscou na pele sensível do meu pescoço e senti que ia morrer com aquele simples contato da sua boca no meu corpo.

— Eu preciso estar dentro de você — ele soltou, então. Eu fiquei com as pernas bambas.

— Não podemos aqui — eu respondi, sussurrando, tentando controlar o meu nervosismo.

— Você confia em mim? — ele perguntou, então.

Que pergunta idiota era aquela? Não havia ninguém em quem eu confiava mais. Olhei nos olhos dele, e essa foi a minha resposta.

Ele sorriu daquela maneira que me deixava doida.

— Me espera na parte de trás da casa da piscina — ele indicou, me dando um selinho rápido nos lábios. Antes que ele fosse embora, eu segurei o braço dele com força.

— Você não vem comigo? — eu perguntei, nervosa.

— Acho que o objetivo é fazer com que ninguém perceba o que vamos fazer, meu amor — ele explicou, com um sorriso malicioso que me fez tremer da cabeça aos pés.

Eu o vi saindo e cumprimentando os convidados, exalando segurança por todos os poros. Fiquei alguns segundos parada, observando-o, sentindo as borboletas começarem a bater asas no meu estômago. Não queria admitir que estava com medo de ir para lá sozinha, no escuro e longe das pessoas.

Tentando controlar a minha respiração, peguei a bebida que estava no balcão e a levei à boca. O líquido me tranquilizou por alguns segundos. Respirei fundo e fui em direção à piscina, que ficava afastada da tenda em que as pessoas estavam dançando e se divertindo. Caminhei perto da borda tentando não cair na água até chegar à pequena casa que havia aos fundos. Do outro lado estavam as árvores que cercavam o terreno, e o som das ondas do mar se chocando contra as pedras chegou aos meus ouvidos. Apoiei as costas contra a parede traseira da casa, ainda escutando os barulhos da festa e tentando não perder a compostura.

Fechei os olhos, nervosa, e então o ouvi chegando. Os lábios dele foram tão rápido para os meus que não consegui falar nada. Abri os olhos e me deparei com aquele olhar.

Os olhos dele diziam tudo.

— Você não faz ideia de como senti falta de fazer isso — ele comentou, me pegando pelo pescoço e o beijando de leve.

Eu me derreti, literalmente, nos braços dele.

— Meu Deus, como eu estava com vontade da sua pele! — ele exclamou, e as suas mãos percorreram as minhas costas, de cima a baixo, enquanto o nariz acariciava meu pescoço com uma lentidão infinita.

Minhas mãos voaram para a nuca dele e o puxei de novo para a minha boca. Dessa vez, nos beijamos com mais desespero, a temperatura subindo como o fogo ardente de um incêndio. A língua dele se enroscou ferozmente na minha e nossos corpos se fundiram. Queria tocá-lo, sentir a pele dele com meus dedos.

— Estava com saudade de mim, sardenta? — ele perguntou, fazendo carinho na minha bochecha com uma das mãos e olhando para mim como se eu fosse o presente, e não ele.

Tentei assentir, mas minha respiração estava tão ofegante que não consegui, e ela só ficou ainda mais acelerada e intensa quando os lábios dele se dirigiram para o meu pescoço.

— Não quero mais ir embora — ele disse entre os beijos. Eu dei uma risada sem alegria.

— Isso não depende de você.

Ele me procurou com o olhar.

— Eu vou levar você comigo… Para onde quer que eu vá.

— Soa muito romântico — respondi, beijando-o na mandíbula. Então, ele segurou meu rosto com as duas mãos.

— Estou falando sério. Já estava com abstinência de você.

Dei risada de novo e então a boca dele me silenciou com um beijo cheio de paixão acumulada.

— Quero tirar esse seu maldito vestido — ele grunhiu com os dentes cerrados, levantando meu vestido e o enrolando em torno da minha cintura. Os olhos dele ficaram cravados na minha pele despida e ele me olhou com desejo, um desejo obscuro alimentado pela distância e pelo tempo que tínhamos ficado separados.

— Eu faria amor com você a noite inteira — ele disse. As mãos dele se detiveram no elástico da minha calcinha.

Estremeci de cima a baixo.

— Você prefere esperar? — ele perguntou, com o desejo reluzente em seus olhos escurecidos. — Eu até a levaria para o meu apartamento, mas acho que vão sentir sua falta por aqui.

— Sim, você está achando certo... — eu disse, mordendo o lábio. Nunca tínhamos feito nada naquelas circunstâncias, mas eu não queria esperar. O Nick me apertou contra a parede e senti o corpo excitado dele roçando no meu.

— Vamos fazer rápido, ninguém vai ver a gente — ele garantiu ao meu ouvido, sem parar de me beijar.

Finalmente assenti com a cabeça, e então os dedos dele baixaram minha calcinha até ela cair no chão.

Meus dedos foram na direção da gravata dele e a puxei até ela sair.

— Eu quero te ver — falei, me afastando.

Ele sorriu com ternura e deu um beijo na ponta do meu nariz. Levou minhas mãos para a sua nuca e elas se entrelaçaram.

Eu o observei sem me mexer enquanto ele tirava a calça. Um segundo depois, eu estava presa contra a parede. Ele me olhou com doçura, com as pupilas dilatadas, me preparando com o olhar, transmitindo milhares de coisas. Ele me beijou e depois entrou em mim. Fazia meses que eu tinha começado a tomar anticoncepcional, e fiquei feliz por sentir o Nick de verdade, sem barreiras. Deixei um grito abafado escapar e a mão dele se moveu para tapar a minha boca.

— Você não pode fazer barulho — ele advertiu, ainda imóvel.

Assenti, completamente tensa. Ele começou a se mover, primeiro devagar e depois acelerando o ritmo. O prazer começou a crescer dentro de mim a cada uma das estocadas, a mão dele se separou da minha boca e ele me acariciou ali, onde eu mais precisava senti-lo.

— Nick...

— Espera... — ele pediu, segurando minhas coxas com força. Fechei os olhos tentando me conter. — Vamos juntos... — ele sussurrou no meu ouvido.

Os dentes dele se apoderaram do meu lábio inferior, ele me mordeu e o prazer dentro de mim cresceu, até o ponto de eu não conseguir aguentar mais. O grito que saiu dos meus lábios foi atenuado pela boca dele sobre a minha. Imediatamente percebi que ele ficou tenso e gemeu, me acompanhando naquela viagem de prazer infinito.

Joguei a cabeça para trás, tentando controlar a minha respiração, enquanto o Nicholas me segurava com força em seus braços.

— Eu te amo, Nick — declarei, quando seus olhos se cravaram nos meus.

— Eu e você não fomos feitos para ficarmos separados — ele concluiu.

2

NICK

Nossa, como eu estava com saudade dela... Meus dias pareciam intermináveis, quanto mais as semanas... Precisei trabalhar o dobro de horas para que me deixassem voltar antes, mas com certeza tinha valido a pena.

— Você está bem? — perguntei, com a respiração acelerada. Nunca tínhamos feito daquele jeito, nunca. Eu costumava me controlar com a Noah, tratá-la como ela merecia, mas daquela vez eu não consegui esperar. Assim que a vi, fiquei com vontade de tê-la para mim.

Nossos olhos se encontraram e um sorriso incrível surgiu na boca dela.

— Foi... — ela disse, mas a calei com um beijo. Estava com medo do que ela poderia falar, acabei me perdendo no desejo do momento. Ela estava espetacular naquela noite, mais do que nunca. Aquele vestido imaculado que estava usando me deixou doido.

— Você sabe que eu te amo muito, né? — afirmei, me afastando dela.

— Eu te amo mais — ela respondeu, e percebi que havia um pouco de sangue no lábio inferior dela.

— Eu te machuquei — observei, fazendo carinho em seu lábio com meu dedo e limpando a gota de sangue que havia saído. Que merda, eu era um bruto. — Me desculpa, sardenta.

Ela lambeu o lábio, distraída... olhando para mim.

— Isso foi diferente — soltou, um segundo depois. E tinha sido diferente mesmo.

Eu me afastei dela e vesti as calças. Estava me sentindo culpado. A Noah merecia pelo menos uma cama, não algo assim, contra uma parede, com tanto desespero.

— O que aconteceu? — ela perguntou, olhando para mim, preocupada.

— Nada, desculpa — eu respondi, beijando-a de novo. Abaixei o vestido dela, segurando a vontade de recomeçar de onde tínhamos parado. — Feliz aniversário — desejei, sorrindo e tirando uma caixinha branca do bolso.

— Você trouxe um presente? — ela perguntou, emocionada. Era tão doce e tão perfeita... Só a presença dela bastava para me deixar de bom humor, e tocá-la me deixava fora de controle.

— Não sei se você vai gostar... — comentei, ficando nervoso de repente. Os olhos dela se arregalaram quando ela abriu a caixa.

— Cartier? — Ela olhou para mim, surpresa. — Você ficou maluco?

Neguei com a testa franzida, esperando-a abrir a caixa. Quando ela finalmente abriu, um pequeno coração de prata reluziu naquela escuridão. Um sorriso se desenhou em seu rosto, e suspirei aliviado.

— É lindo! — ela exclamou, tocando o presente com os dedos.

— Assim você vai estar sempre com o meu coração — declarei, beijando-a na bochecha. Foi a coisa mais brega que falei em toda a minha vida, mas era isso que ela fazia comigo: me transformava em um completo idiota apaixonado.

Ela olhou para mim e notei que seus olhos estavam úmidos.

— Eu te amo, adorei! — ela exclamou e, em seguida, me deu um beijo nos lábios.

Sorri e pedi para ela se virar para eu poder colocar a correntinha. Ela ficava com o pescoço à mostra com aquele vestido e tive que dar um beijo em sua nuca. Ela estremeceu e precisei respirar fundo para não a agarrar de novo naquele momento. Terminei a minha tarefa e a observei quando ela voltou a se virar, sorridente.

— Como ficou? — ela perguntou, olhando para baixo.

— Você está perfeita, como sempre — respondi.

Sabia que precisávamos voltar para a festa, o que era a última coisa que eu queria fazer naquele momento. Queria ficar sozinho com ela... Bom, a verdade é que eu sempre queria ficar sozinho com ela, mas queria ainda mais naquele momento, depois de tanto tempo sem nos vermos.

— Estou apresentável? — ela indagou com inocência. Eu sorri.

— Claro que sim — respondi, enquanto fechava os botões da minha camisa e apanhava a gravata que estava no chão.

— Deixa comigo — ela pediu.

Dei uma gargalhada.

— Desde quando você sabe dar nó de gravata? — perguntei, sabendo que ela nunca tinha conseguido fazer um e, mais ainda, porque era eu quem sempre dava os nós quando morava naquela casa.

— Tive que aprender porque meu namorado atraente me trocou por um apartamento de solteiro — ela respondeu, enquanto terminava o nó.

— Atraente, é?

Ela revirou os olhos.

— Vamos voltar, senão todo mundo vai saber o que estávamos aprontando.

Eu ia gostar se todo mundo ficasse sabendo, assim aqueles moleques ficariam longe da minha namorada. No entanto, apesar de tudo o que tínhamos vivido juntos, para a maioria das pessoas, continuávamos sendo apenas irmãos postiços.

Deixei que ela saísse primeiro e fiquei fumando um cigarro para dar um tempo. Sabia que a Noah não gostava que eu fumasse, mas eu enlouqueceria se não fizesse isso. Antes de sair, algo chamou a minha atenção. A calcinha dela estava jogada aos meus pés.

Ela tinha saído sem calcinha?

Quando voltei, vi que ela estava conversando com um grupo de amigos. Havia dois caras no grupo, e um deles estava com a mão nas costas dela. Respirei para me acalmar e me aproximei. Quando a Noah me viu, passou o braço por trás das minhas costas e apoiou o rosto no meu peito.

Fiquei mais tranquilo. Aquele gesto tinha sido o suficiente.

— Você viu o Lion? — perguntei, enquanto olhava ao redor em busca de meu amigo. Estava um pouco preocupado. Ele tinha me ligado quando eu estava em San Francisco e dito que o irmão, Luca, ia sair da prisão em breve. Ele já estava preso havia quatro anos, pois fora pego vendendo maconha e ninguém conseguiu evitar que acabasse no xadrez. Para ser sincero, não gostava da ideia de o Luca sair da cadeia. Claro que eu ficaria feliz pelo Lion, que, ao final de contas, estava sozinho: o irmão mais velho era a única família que ele tinha. Mas eu sabia como o Luca podia se comportar, e eu não tinha muita certeza se, naquela fase da vida dele, o Lion gostaria de conviver com um ex-presidiário.

— Na verdade, já faz um tempo que eu não o vejo — Noah disse. — De qualquer maneira, acho que agora você deveria cumprimentar nossos pais... — ela adicionou, e fiquei tenso imediatamente.

Depois do sequestro da Noah, tornou-se muito evidente o que estava rolando entre nós dois, e nossos pais não gostaram nada disso. Desde então, eles faziam questão de expressar o desgosto sempre que nos viam juntos. Já sabia que meu pai não permitiria um escândalo desse tipo: afinal, éramos uma família de pessoas públicas, e ele havia deixado claríssimo que, para os outros, precisávamos ser apenas pseudoirmãos. Mas fiquei surpreso porque a Raffaella não ficou do nosso lado. Pelo contrário, ela passou a me olhar com uma desconfiança que me deixava nervoso.

— Olha só! Meu filho está de volta! — meu pai exclamou, esboçando um sorriso falso.

— E aí, pai? — respondi, cumprimentando-o. — Oi, Ella — falei, com o melhor tom que consegui. A Raffaella, para minha surpresa, sorriu e me deu um abraço.

— Fico feliz que tenha conseguido vir — ela declarou, desviando o olhar para a Noah. — Ela estava muito triste até você aparecer.

Olhei para a Noah, que tinha ficado vermelha, e dei uma piscadinha para ela.

— E como está lá no escritório? — meu pai perguntou.

O espertalhão me colocou para trabalhar com Steve Hendrins, um babaca autoritário que estava tomando conta do escritório até que eu tivesse experiência o suficiente para herdar a liderança. Todos sabiam que eu era perfeitamente qualificado, mas meu pai ainda não confiava em mim.

— Cansativo — respondi, tentando não o fulminar com o olhar.

— A vida é assim — ele disse, então.

Aquelas palavras me deixaram de mau humor. Já estava farto de ouvir essas bobagens. Deixara de me comportar como um adolescente havia meses, adotei o papel que me cabia e não parava de trabalhar um minuto do dia. E eu não trabalhava só para o meu pai, também precisava me dedicar ao último ano de faculdade e estudar para as várias provas que estavam chegando. A maioria dos meus colegas da universidade nem sabia o que era um escritório, e eu já tinha mais experiência do que muitas pessoas formadas. No entanto, meu pai não conseguia confiar em mim.

— Quer dançar comigo? — a Noah interrompeu, evitando que eu soltasse algum impropério.

— Claro.

Eu a acompanhei até a pista de dança. Colocaram uma música lenta, e a puxei na minha direção com cuidado, tentando não deixar que minha irritação e meu mau humor recaíssem sobre a única pessoa que me importava naquela festa.

— Não fica assim — ela pediu, fazendo carinho na minha nuca. Fechei os olhos deixando as mãos dela me relaxarem.

Uma das minhas mãos desceu até cintura dela, roçando na parte baixa das costas.

— É impossível ficar bravo com você sabendo que não está usando nada sob o vestido.

— Eu não tinha nem percebido — ela respondeu, parando meu carinho. Eu olhei para ela. Era linda demais.

Juntei as nossas testas.

— Desculpa — eu falei, olhando para ela e me deleitando com aqueles olhos esplêndidos.

Ela sorriu para mim, um segundo depois.

— Você vai ficar por aqui esta noite? — ela perguntou, então.

Que merda, de novo a mesma discussão. Não queria ficar por lá. Tinha me mudado há meses e odiava ficar sob a supervisão do meu pai. Não via a hora de a Noah se mudar para a cidade, tudo seria melhor com ela por perto.

— Você sabe que não — eu disse, desviando o olhar para as pessoas que nos observavam de vez em quando. Era óbvio que pseudoirmãos não dançavam daquele jeito, mas não estava me importando com mais nada naquele momento.

— Faz duas semanas que a gente não se vê. Você podia fazer um esforço e ficar por aqui — ela pediu, mudando o tom de voz. Sabia que, se continuássemos assim, íamos acabar discutindo, e não era o que eu queria.

— Para dormir separados? Não, obrigado — falei, mal-humorado. Ela olhou para baixo, em silêncio. — Vamos, sardenta, não fica assim... Você sabe que eu odeio ficar aqui, odeio não poder encostar em você, odeio ouvir as babaquices que o meu pai sempre me fala.

— Então, não sei quando vamos nos ver de novo, porque não posso ir à cidade esta semana. Estarei ocupada com as provas finais e com a formatura.

Que ótimo.

— Eu venho te buscar pra gente passar um tempo juntos — propus, acalmando meu tom de voz e fazendo carinho nas costas dela.

Ela suspirou e desviou o olhar para o lado.

— Não me faça sentir culpado, por favor. Você sabe que eu não posso ficar aqui — pedi, pegando o rosto dela e a obrigando a olhar para mim.

Ela me observou em silêncio por alguns segundos.

— Antes você ficaria…

Os olhos dela finalmente encontraram os meus.

— Antes não estávamos juntos — eu concluí.

A Noah não falou mais nada e continuamos dançando em silêncio. O olhar da Raffaella não se desviou da gente durante todo o tempo em que ficamos na pista de dança.

3

NOAH

Quase todos os convidados já tinham ido embora. A Jenna estava se despedindo da minha mãe e o Nick fumava um cigarro com o Lion na parte de trás. Olhei ao meu redor, para toda a bagunça que tinha sobrado da festa, e fiquei grata, pela primeira vez, por ter alguém que limpasse a casa todos os dias.

Depois de tanto tempo socializando, gostei de ter um momento sozinha para pensar na sorte que eu tinha. A festa tinha sido incrível: todos os meus amigos compareceram e me deram presentes espetaculares que agora repousavam em uma pilha enorme no sofá da sala de jantar. Eu ia começar a levá-los para o meu quarto quando alguém me envolveu pela cintura.

— Você ganhou um montão de presentes — Nick sussurrou no meu ouvido.

— Sim, mas nenhum se compara ao seu — repliquei, me virando para o encarar. — É o presente mais lindo que eu já ganhei, e significa muito porque foi dado por você.

Ele pareceu avaliar as minhas palavras por alguns instantes, até que um esboço de sorriso surgiu em seus lábios.

— Você vai usá-lo sempre? — ele perguntou, então. Uma parte de mim entendeu que, para ele, aquilo era muito importante. De alguma maneira, ele colocou o próprio coração naquela correntinha, e senti um calor intenso no lado esquerdo do peito.

— Sempre.

Ele sorriu e me puxou para si. Seus lábios roçaram os meus com doçura infinita. Eu me inclinei para aprofundar o beijo, mas ele me deteve.

— Você quer mais? — ofereceu, perto dos meus lábios entreabertos. Por que ele não me beijava como mandava o figurino?

Abri os olhos e o encontrei olhando para mim. Suas íris eram espetaculares, de um azul tão claro que me dava calafrios.

— Você sabe que sim — respondi, com a respiração acelerada e os nervos à flor da pele.

— Venha passar a noite comigo.

Eu suspirei. Queria ir, mas não podia. Para começar, minha mãe não gostava que eu fosse dormir com o Nick, e na maioria das vezes eu mentia e dizia que estava na casa da Jenna. Além disso, precisava estudar. Eu teria quatro provas finais naquela semana e jogaria tudo pelo ralo se não passasse.

— Não posso — respondi, fechando os olhos.

A mão dele desceu pelas minhas costas com cuidado, fazendo um carinho tão delicado que me deixou arrepiada.

— Claro que pode. E vamos recomeçar de onde paramos no jardim — ele respondeu, alcançando minha orelha com os lábios.

Senti borboletas no estômago e o desejo crescendo dentro de mim. A língua dele acariciou meu lóbulo esquerdo, e depois abriu caminho para seus dentes... Eu queria ir... Mas não podia.

Eu me afastei e, ao abrir os olhos e me deparar com os dele, estremeci... Estava com saudade daquele olhar obscuro, daquele corpo que ao mesmo tempo me intimidava e me proporcionava uma segurança infinita.

— A gente se vê em breve, Nick — eu disse, dando um passo para trás. Os olhos dele me analisaram entre divertidos e irritados.

— Você sabe que, se não vier, vai ficar sem sexo até a sua formatura, né?

Respirei fundo. Ele estava dando um golpe baixo, mas era verdade. Eu mal teria tempo para nada naquela semana, quanto mais para ir à cidade encontrá-lo. E se ele não queria vir aqui em casa para não encontrar o pai...

— Podemos ir ao cinema — propus, com a voz entrecortada. Nick deu uma gargalhada.

— Tudo bem. Como você preferir, sardenta — ele aceitou, se aproximando e dando um beijo terno e casto na minha testa. Ele fez de propósito, era óbvio. — A gente se vê em dois dias para ir ao cinema. E para tudo o mais que a gente quiser.

Fiquei com vontade de pará-lo e implorar para ele ficar. Queria dizer que precisava dele, porque só com ele eu dormia sem ter pesadelos; que era meu aniversário, portanto ele precisava ceder e fazer a minha vontade, mas sabia que nada do que eu dissesse o faria permanecer sob aquele teto.

Fiquei olhando enquanto o Nick descia as escadas com desenvoltura, entrava em sua Range Rover e ia embora sem olhar para trás.

Nos dois dias seguintes, eu mal saí para tomar um ar fresco. Precisava enfiar tanta informação na cabeça que parecia que o meu cérebro ia explodir. A Jenna não parava de me ligar para falar mal dos professores, do namorado e da vida em geral. Sempre que o período de provas se aproximava, ela ficava histérica. Para piorar, ela era a responsável pela festa de formatura, e eu sabia que ela estava decepcionada por não conseguir dedicar à festa todo o tempo que queria.

Naquela noite, eu tinha combinado de encontrar o Nick, para, supostamente, irmos ao cinema, mas estava muito insegura em relação à prova da sexta-feira, a última que faltava. Queria vê-lo mais do que tudo no mundo, mas sabia que ia me desconcentrar completamente, porque a mera presença dele causava estragos em mim. Se nos encontrássemos, seria impossível voltar a estudar. Estava com medo de ligar para ele e lhe dizer isso, pois sabia que ele não ficaria feliz. Estávamos há dois dias sem nos ver, desde o meu aniversário, e mesmo a gente tendo conversado por telefone, eu andava muito dispersa.

Por isso decidi mandar uma mensagem. Não queria ouvir a voz dele e me distrair, muito menos iniciar uma discussão. Então, apertei o "Enviar", deixei o celular no silencioso e tentei me esquecer dele por vinte e quatro horas. Quando as provas terminassem, a gente ia se encontrar e eu faria o que ele quisesse. Precisava me dedicar ao máximo naquela prova e tirar a melhor nota possível.

Duas horas depois, eu continuava no meu quarto, em uma situação lamentável, com o cabelo nojento e uma vontade terrível de chorar ou de matar alguém. Nesse momento, a porta se abriu quase sem fazer barulho.

Levantei a cabeça, e lá estava ele. Com o cabelo bagunçado e uma camisa branca, a minha favorita.

Merda! Ele tinha se arrumado para sair comigo. Um sorriso muito conveniente se desenhou nos meus lábios e fiz uma cara de quem nunca aprontou nada.

— Você está bonito.

Nick arqueou as sobrancelhas e me olhou daquela maneira indecifrável, sem dar pistas do que se passava em sua cabeça. Ele se aproximou da minha cama, sem deixar de olhar para mim.

— Você me deu um bolo — ele me repreendeu com calma, e não entendi se estava apenas bravo ou se ia tentar me convencer a mudar de ideia.

— Nick... — eu disse, temendo a reação dele e me sentindo culpada.

— Vem — ele me pediu com a voz doce. Estava com um olhar estranho. Parecia estar pensando em algo, e achei estranho o fato de ele não explodir de imediato.

Queria beijá-lo. Eu sempre queria beijá-lo. Se dependesse de mim, passaria o dia inteiro com ele, nos braços dele. Fiquei de joelhos e fui até a beira da cama, onde ele estava de pé, esperando.

— Acho que é a primeira vez na minha vida que uma mulher me dá um bolo, sardenta — disse. Depois, colocou as mãos na minha cintura. — Não sei nem como reagir.

— Desculpa — eu falei, gaguejando. — Estou muito nervosa, Nick. Acho que vou ser reprovada. Não sei nada e, se não tirar uma nota boa, não vou conseguir me formar, entrar na faculdade, trabalhar com o que eu gosto. Vou ser uma perdida na vida e acabar morando para sempre com a minha mãe. Já imaginou? Acho que...

Os lábios dele me calaram com um beijo rápido.

— Você é a pessoa mais estudiosa que eu conheço. Você não vai ser reprovada.

Os lábios dele se afastaram e seus olhos me olharam com carinho.

— Vou ser reprovada, Nick. Estou falando sério, acho que vou tirar um zero. Já imaginou? Um zero?! Vou deixar de ser a preferida do professor Lam, mesmo tendo tirado as melhoras notas da sala. Ele não vai mais me tratar de maneira especial e...

Fechei a boca ao notar que ele me advertia silenciosamente com o olhar. Sim, eu estava perdendo o foco, mas... Um sorriso malicioso apareceu em seu semblante.

— Quer que eu te ajude a relaxar?

"Esse olhar... Não, não me olhe assim, por favor... Não quando você está tão lindo com essa camisa e eu em uma situação tão deplorável."

— Já estou relaxada — menti.

— Prefere que eu te ajude a estudar, então? — A mão dele afastou uma mecha de cabelo que recaía sobre o meu rosto e suspirei internamente diante da ternura do gesto.

O Nicholas me ajudando a estudar? Não ia dar certo.

— Não precisa — respondi, quase sem abrir a boca. Estava com medo de que, se ele ficasse, a gente fizesse de tudo, menos terminar o capítulo oito de história. E, embora o Nick estivesse lindo, eu não podia correr o risco de não ser aprovada.

Ele deu um sorriso de lado, daquela maneira sedutora, e notei que recuou um passo para trás. Então, arregaçou as mangas, tirou os sapatos e contornou a cama para sentar onde estava o meu livro.

Eu estremeci ao nos imaginar naquela mesma cama, fazendo outras coisas que não tinham nada a ver com estudar. Nick começou a virar as páginas até chegar ao ponto em que eu tinha parado havia alguns minutos.

Eu me esqueci de tudo, das provas, do vestibular... De repente, só queria me sentar no colo dele e a minha língua naquele pescoço.

Comecei a me aproximar, e ele negou com a cabeça, levantando o olhar para mim.

— Paradinha aí — ele mandou, se divertindo. — Vamos estudar, sardenta, e, quando você aprender tudo, talvez eu te dê um beijo.

— Só um?

Ele deu uma gargalhada e voltou a olhar para as anotações.

— Vamos começar. Se, ao terminarmos, você souber toda a matéria, prometo acabar com todo o seu estresse.

Ele falou aquilo com toda a tranquilidade do mundo, enquanto o meu corpo se estremecia ao ouvi-lo.

Duas horas e meia depois, eu sabia a matéria de ponta a ponta. O Nick era um bom professor... Para minha surpresa, ele era paciente e me explicou as coisas como se fossem parte de uma história. Em mais de um momento eu me vi abobada enquanto o ouvia, atenta e interessada de verdade na Guerra da Secessão dos Estados Unidos. Ele, inclusive, falou sobre alguns tópicos que não estavam no livro nem nas minhas anotações.

Quando fechou o livro, depois de eu ter recitado a matéria da prova do início ao fim, ele sorriu orgulhoso e com uma faísca de desejo em seus olhos azuis.

— Você vai tirar um dez.

Abri um sorriso de orelha a orelha e me joguei sobre ele. Nick me apertou contra o seu corpo, giramos na cama e ele me beijou, sedento pelos meus lábios. Coloquei a língua na boca dele e ele brincou com ela antes de morder o meu lábio, chupá-lo e colocá-lo na boca.

Gemi quando a mão dele começou a descer pelo meu quadril, ergueu a minha perna e a enroscou na cintura dele. Ao sentir o seu corpo contra o meu, revirei os olhos, e ainda mais quando uma deliciosa pressão me levou às nuvens.

— Fiquei bravo quando li a sua mensagem — ele comentou, tirando a minha camiseta e beijando a minha barriga com deleite.

Fechei os olhos e deixei meu pescoço cair para trás.

— Imagino — respondi, abrindo os olhos. Ele tinha levantado a cabeça para me observar, excitado e animado.

— Mas eu gostei de estudar com você, sardenta... Pude ver que ainda tenho muito a lhe ensinar.

Ao dizer isso, ele tirou meu shortinho e fiquei só de calcinha e sutiã, embaixo dele. A boca do Nick estava perto demais das minhas partes de baixo para que eu ficasse tranquila.

Fiquei nervosa e me remexi um pouco em cima do colchão.

A mão dele parou sobre a minha barriga, me obrigando a ficar quieta.

— Eu prometi que ia te dar um beijo, não?

Os olhos dele arderam sobre os meus e fiquei a ponto de me derreter. Quando entendi sobre o que ele estava falando, meu corpo tensionou involuntariamente.

— Nick... — Não sabia se estava preparada para aquilo. Nunca tínhamos feito nada parecido e, de repente, fiquei com vontade de me levantar da cama e sair correndo.

O Nicholas se aproximou da minha boca, com os cotovelos dos dois lados do meu rosto, e olhou para mim com calma.

— É só relaxar — ele indicou, enterrando o nariz no meu pescoço, me cheirando e me beijando com cuidado.

Fechei os olhos e me retorci sob o corpo dele.

— Você é tão doce... — ele disse, descendo pela minha barriga. O roçar dos seus lábios na minha pele me causava calafrios.

SUA CULPA

Quando ele chegou ao destino, parou por alguns instantes. Achei incrivelmente erótico vê-lo ali, entre as minhas pernas, com aquele olhar de puro desejo, desejo por mim e por mais ninguém.

Ele deslizou a minha calcinha para baixo com cuidado, e fiquei com tanta vergonha que fechei os olhos, aceitando o que estava por vir sem saber se eu ia gostar ou não, mas sem querer pensar muito sobre isso.

A boca dele começou beijando minhas coxas, primeiro uma e depois a outra. Ele abriu as minhas pernas com delicadeza enquanto se acomodava bem no meio, e estremeci.

O que veio depois foi pior, muito pior.

— Meu Deus... — exclamei, me mexendo.

As mãos dele me pegaram pela cintura e de repente senti os beijos dele desenhando círculos sobre a minha pele hipersensível... Fechei os olhos e me perdi naqueles carinhos de movimentos tão perfeitos. Quando senti que estava tudo ficando intenso demais, eu o busquei com uma das mãos para pedir uma trégua.

— É ainda melhor do que eu tinha imaginado — ele confessou, parando por um instante para depois voltar a me acariciar com muitíssima suavidade. Ele ficou olhando para mim, com os olhos brilhando. — Quer que eu continue?

Que merda...

— Sim... Por favor — respondi, suspirando. A última coisa que vi antes de voltar a fechar os olhos foi o seu sorriso imenso, e me deixei levar novamente pelos carinhos, que ficaram tão intensos que precisei me agarrar aos lençóis com força.

Meu Deus! Acabei tendo a experiência mais erótica de toda a minha vida.

Quando me recuperei, Nicholas estava com o queixo apoiado na minha barriga, olhando para mim como se tivesse encontrado um tesouro no fundo do mar.

Fiquei vermelha, e ele deu risada, impulsionando-se para ficar ao meu lado. Eu me cobri com o lençol e ele me puxou para os braços dele.

— Nossa, Noah... Não sei por que não tinha feito isso antes.

Eu me virei e enterrei o rosto no peito dele. Ele continuava vestido, mas eu não precisava nem olhar para saber que uma ereção marcava as calças dele.

Será que eu precisava fazer a mesma coisa?

O nervosismo tomou conta de mim outra vez, mas Nick me deu um beijo na cabeça e se levantou da cama.

— Para onde você vai? — perguntei, quando ele começou a andar para a porta.

— Se eu não for embora agora, vou acabar ficando a noite inteira — ele explicou, e notei uma certa tensão em sua voz.

Peguei o short, que estava ao meu lado, em cima do travesseiro, onde o havíamos largado, e o vesti. Levantei-me e fui até Nick.

— Isso vai acabar na sexta-feira, Nick, e teremos o verão inteiro para a gente.

Eu me aproximei e o abracei com carinho. Ele me apertou nos braços e suspirou, conformado.

— Se você não tirar um dez nessa prova, vai se ver comigo.

Dei risada e me afastei do peito dele para poder observá-lo.

— Obrigada... por tudo — eu disse, notando outra vez como estava ficando vermelha. Ele estendeu o braço e fez um carinho na minha bochecha.

— Você é a melhor coisa que já aconteceu na minha vida, sardenta, não precisa agradecer por nada.

Senti meu coração se enchendo de felicidade e uma chateação imensa quando ele me beijou no topo da cabeça e foi embora, me deixando sozinha.

Eu fui muito bem na prova. Não poderia ter ido melhor, e quando me encontrei com a Jenna no corredor, cinco minutos depois, olhamos uma para a outra e começamos a pular como doidas. As pessoas passaram a nos olhar, alguns alunos riam, enquanto outros pareciam incomodados, mas nada daquilo importava... Meu período naquela escola havia acabado. Não ia mais ter de usar uniforme, nem ser tratada como criança, nem ter de mostrar o meu boletim para a minha mãe assinar e nenhuma bobagem daquelas. Eu estava livre, nós duas estávamos livres, e eu não poderia estar mais feliz.

— Não acredito! — a Jenna gritou, me abraçando que nem uma maluca no dia em que recebemos as notas. Fomos para a cantina e, quando entramos, ouvimos vários colegas festejando como nunca, gritando, dançando, dando risada e aplaudindo. Era uma loucura, uma bagunça. Os outros alunos olhavam para nós como se estivéssemos doidos, alguns com inveja, já que a maioria ainda teria que ficar mais uns anos naquele lugar.

— Estão planejando fazer uma fogueira na praia para queimar os uniformes — um rapaz informou, com um sorriso radiante. — Vocês vão?

Eu e a Jenna nos olhamos.

— Claro! — gritamos ao mesmo tempo, o que nos fez rir como duas histéricas. Parecíamos bêbadas, embriagadas de felicidade.

Uma hora mais tarde, depois de comemorar com a classe e bagunçar pelas salas de aula para matar o tempo, saí daquela escola que tinha me trazido mais coisas boas do que ruins. Lembro-me de ter odiado a escola no início, mas, se não fosse por ela, não teria sido aceita na UCLA, nem poderia estudar filologia inglesa, como eu sempre sonhei.

Estava prestes a sair correndo de lá quando vi que o Nick tinha me mandado uma mensagem, falando que estava me esperando na porta. Ele estava do lado do carro, e um sorriso incrível surgiu no rosto dele quando me viu, radiante de felicidade. Sem conseguir me controlar, saí correndo e me atirei em seus braços. As mãos dele me seguraram rapidamente e busquei os seus lábios com os meus, e nos fundimos em um beijo de cinema.

Eu terminara a escola, conseguira as melhores notas, iria para uma faculdade que parecia distante das minhas possibilidades, tinha o melhor namorado do mundo, que eu amava muito, e em dois meses ia poder sair de casa e morar em um campus universitário com um futuro magnífico pela frente.

Parecia tudo perfeito.

4

NICK

Minha garota tinha se formado. Estava me sentindo o cara mais orgulhoso do mundo. Ela não era apenas linda, mas também incrivelmente inteligente. Concluiu o curso com as melhores notas, foi disputada pelas universidades e acabou escolhendo ir para a mesma onde eu estudara, ali em Los Angeles. Não sei o que seria da vida dela se tivesse voltado para o Canadá, como planejava quando nos conhecemos.

Eu não via a hora de a Noah ir morar comigo. Ainda não tinha falado com ela, mas minha intenção era que morasse no meu apartamento. Estava cansado de todas as malditas restrições que nossos pais começaram a impor assim que assumimos o nosso relacionamento. Desde o sequestro da Noah, a mãe dela estava completamente paranoica, e não só ela: o meu pai também. Ele e a Raffaella começaram a demonstrar o quanto desgostavam da ideia de seus filhos estarem juntos. A poeira foi baixando aos poucos e, agora que eu não morava mais com eles, achei que tudo voltaria ao normal, mas foi o contrário. Não queriam que a Noah fosse para a minha casa, muito menos que dormisse por lá. A gente precisava inventar todo tipo de idiotices para ficarmos juntos, sem interrupções. Para mim, tanto fazia o que o meu pai e a mulher dele achassem; eu já era bem grandinho, tinha vinte e dois anos e estava prestes a completar vinte e três. Eu fazia o que eu queria, mas a situação da Noah era diferente. Eu sabia que essa diferença de cinco anos nos traria vários problemas no futuro, mas nunca achei que causaria tanta dor de cabeça.

Mas não era a hora de pensar nisso: estávamos comemorando. Eu ia levar a Noah para a tal fogueira na praia que o pessoal da sala dela estava organizando. Não gostei muito da ideia, mas pelo menos passaríamos um tempo juntos. No dia seguinte, a Noah ia ficar muito ocupada com a festa de formatura, e a mãe dela queria jantar com ela depois da cerimônia. Então, precisava sair com a Noah logo para não ter que dividi-la com todo mundo. Sei que parece egoísta, mas, nos últimos meses, com todas as coisas da faculdade, além das viagens para San Francisco e as implicâncias dos nossos pais, praticamente não consegui ficar com ela nem metade do tempo que eu tinha imaginado, então precisava aproveitar a oportunidade.

O trajeto até a praia foi agradável. A Noah estava muito feliz por terminar a escola e não parou de falar durante os vinte minutos que levamos para chegar. Às vezes, achava engraçada a mania que ela tinha de gesticular quando estava muito animada; naquele momento, por exemplo, parecia que as mãos dela tinham vida própria.

Estacionei o carro o mais perto possível, considerando a aglomeração do local. Parecia que na praia não estavam só os colegas de classe da Noah, mas todas as malditas turmas do sul da Califórnia que haviam acabado de se formar.

— Pensei que seriam poucas pessoas — ela comentou com um olhar perplexo, semelhante ao meu.

— Se por poucas pessoas você quiser dizer metade do estado...

Noah sorriu, ignorando a minha resposta, e se virou para a Jenna, que apareceu justo naquele momento com a parte de cima de um biquíni e um shorts curto grudado nela como uma segunda pele.

— Vamos beber! — ela gritou.

Todos os caras no raio de meio metro gritaram animados, levantando seus copos para o ar.

A Noah abraçou a amiga, morrendo de rir. Quando chegou a minha vez, me aproveitei da minha altura e da minha força para arrancar o copo da mão dela e jogar o líquido na areia.

— Ei! — ela protestou, indignada.

— Onde está o Lion? Deveria estar aqui — eu disse, sorrindo abertamente diante daquela cara de desgosto.

— Idiota! — ela alfinetou. E passou a me ignorar deliberadamente.

A Noah sacudiu a cabeça e se aproximou, rodeando meu pescoço com os braços e ficando na ponta dos pés para me ver melhor.

— Tem certeza de que ficar por aqui não te incomoda? — ela perguntou, fazendo carinho na minha nuca com seus longos dedos.

— Divirta-se, sardenta. Não se preocupe comigo — respondi, inclinando a cabeça para dar um selinho nos lábios dela. A boca dela era tão carnuda que me deixava maluco. — Vou achar o Lion. Vem atrás de mim quando ficar com saudade.

— Eu já estou com saudade — ela respondeu, e justo nesse momento Jenna a puxou pelo braço para tirá-la do meu lado e levá-la para fazer sabe-se lá Deus que tipo de loucuras.

Olhei para Jenna com cara de poucos amigos e deixei que ela levasse a Noah para perto de alguns amigos que se preparavam para jogar os uniformes no fogo. Era uma tradição... Ainda me lembrava do glorioso momento em que eu tinha feito a mesma coisa.

Eu me aproximei de uma das pequenas fogueiras rodeadas de pessoas e fiquei observando o fogo, com as mãos nos bolsos e a cabeça nas nuvens, imaginando tudo o que eu queria fazer com a Noah naquele verão, com todas as possibilidades que se abririam para a gente nos próximos meses.

Logo encontrei o Lion, que estava sozinho na fogueira mais afastada das pessoas. Estava com uma cerveja na mão, olhando fixamente para as chamas, como eu alguns segundos antes, só que parecia melancólico e preocupado. Me aproximei para falar com ele.

— O que está rolando, cara? — perguntei, dando um tapinha em suas costas e pegando uma das garrafas fechadas que estavam em uma caixa aos seus pés.

— Estou tentando fazer o tempo passar mais rápido nessa merda de festa — ele respondeu. Em seguida, bebeu um gole de cerveja.

— Ficando bêbado? A Jenna já parece embriagada, um dos dois vai ter que dirigir. Então, se eu fosse você, dava uma maneirada — adverti. Ele me ignorou, já que levou a garrafa à boca novamente.

— Eu não queria vir para cá, mas a Jenna ficou enchendo o meu saco — ele falou, olhando para a frente.

— Ela está se formando, Lion. Não a culpe por não entender que merda está acontecendo com você. Eu mesmo não estou entendendo.

Ele suspirou profundamente e jogou a garrafa no fogo, estilhaçando-a em vários caquinhos.

— A oficina não está indo tão bem quanto antes, e eu não queria que meu irmão saísse da prisão e visse que não consegui manter o negócio da família funcionando do mesmo jeito...

— Se você precisar de dinheiro...

— Não, eu não quero o seu dinheiro, Nicholas. Já conversamos sobre isso mil vezes. Vou dar um jeito, mas as coisas não saíram como eu queria, só isso.

Prestei atenção nas expressões dele e notei que ele não estava contando a história toda.

— Lion, antes que você se meta em confusão...

Ele se virou para mim e eu parei de falar.

— Antes você não via nenhum problema em se meter em confusão. Que merda aconteceu com você, Nicholas?

Mantive o olhar firme, sem pestanejar.

— Sequestraram a minha namorada. Foi isso que aconteceu.

Lion pareceu arrependido. Desviou o olhar para cima do meu ombro e tirou um cigarro do bolso de trás de sua calça jeans.

— Falando nisso... Aí vem a Noah — anunciou, distanciando-se de mim. Eu me virei e, de fato, a Noah estava se aproximando com um sorriso enorme nos lábios e os cabelos esvoaçantes por causa do vento.

Forcei um sorriso e abri os braços quando ela se aproximou para me dar um abraço. Ela deu um beijo no meu peito e depois se dirigiu ao meu amigo.

— A Jenna está procurando por você — informou, sorridente.

— Que ótimo — o idiota respondeu, com um tom irônico. O sorriso nos lábios da Noah se apagou e fiquei com vontade de acabar com aquele mau humor dele usando a força bruta.

Sem pronunciar mais nenhuma palavra, ele se afastou, caminhando na direção das outras pessoas. A Noah olhou nos meus olhos.

— Aconteceu alguma coisa com ele?

Neguei e dei-lhe um beijo no topo da cabeça.

— Ele não está em um dia bom, é melhor não mexer com ele — aconselhei, inclinando-me para dar um beijo em sua bochecha, que estava quente por causa do fogo, e depois me perder naquele pescoço. Meus lábios estavam com vontade daquela pele há muitos dias, e a última coisa que eu queria era que ela se desanimasse por causa de uma idiotice sem importância. — Eu te amo — declarei, descendo pela garganta dela, saboreando aquela pele e aproveitando para notar como ela se arrepiava com meus carinhos.

— Nick — ela disse um minuto depois, quando minha boca começou a baixar até a curvatura dos seus seios.

Eu me afastei por um segundo, extasiado por causa dela, e vi que tínhamos chamado a atenção de várias pessoas ao nosso redor. Todas olhavam para nós, certamente ansiosas para contemplar um espetáculo bonito e erótico.

Reclamei de dentes cerrados. Peguei na mão dela e a puxei na direção contrária à daquelas pessoas.

— Vamos dar um passeio — propus, afastando-nos das fogueiras e adentrando na escuridão da noite, mergulhando nos sons harmoniosos do mar. Não havia lugar melhor do que aquele, e gostaria de aproveitá-lo com calma, não com o alvoroço daquela festa estúpida.

A Noah estava estranhamente quieta, perdida nos próprios pensamentos, e preferi não incomodá-la. Até que ela se virou para mim.

— Posso fazer uma pergunta? — ela soltou com um leve nervosismo na voz.

Baixei o olhar para ela e abri um sorriso.

— Claro, sardenta — respondi, parando perto de uma árvore que tinha criado raízes na areia e se impunha imponente acima de nós dois. Eu me sentei aos pés da árvore e puxei a Noah para o meio das minhas pernas. Assim eu conseguiria olhar nos olhos dela, sem o inconveniente de nossa diferença de altura. — O que aconteceu? — indaguei ao perceber que ela não começou a falar.

Ela olhou para mim e depois negou com a cabeça.

— Nada, deixa pra lá. Era uma pergunta besta — ela respondeu, evitando olhar nos meus olhos. Vi que ela ficou vermelha de novo e minha curiosidade aumentou a níveis impossíveis de esconder.

— Nada disso... O que aconteceu? — insisti, olhando para ela com interesse.

— Não, sério, era só besteira.

— Você ficou vermelha como um tomate e isso só aumentou ainda mais a minha curiosidade. Desembucha — insisti novamente.

Odiava quando ela fazia aquilo. Eu queria saber de tudo que ela andasse pensando ou sentindo. Não queria que ela sentisse vergonha de absolutamente nada. Além do mais, fiquei tão intrigado que não deixaria que ela fosse embora assim, sem me contar o que se passava por sua cabeça.

Os olhos dela se encontraram com os meus por alguns segundos e ela começou a brincar com uma mecha do cabelo.

— Estava pensando... Sabe, no que rolou no outro dia, quando você... — ela falou, ficando completamente vermelha.

Tentei não sorrir. Nunca tínhamos feito nada parecido. Tentei ir devagar com a Noah e apresentar o sexo pouco a pouco para ela. E, principalmente, esperar que ela estivesse preparada.

— Quando apresentei a você o sexo oral de maneira espetacular? — eu perguntei, me divertindo com a reação dela.

SUA CULPA 39

— Nicholas! — ela exclamou, preocupada, dirigindo o olhar para os dois lados, como se alguém pudesse ouvir a nossa conversa. — Meu Deus, esquece, não sei nem como pensei em falar sobre isso.

Eu a puxei para mim e a obriguei a me devolver o olhar.

— Você é minha namorada, pode falar comigo sobre o que quiser. O que quer falar sobre aquele dia? — eu disse, tentando tranquilizá-la, já que sabia que ela morria de vergonha de tocar no assunto. Percebia isso sempre que eu deixava alguma grosseria escapar. — Você não gostou?

Claro que ela tinha gostado. Ele precisou cobrir o rosto para não deixar escaparem gritos de prazer. Que merda. Precisávamos falar sobre aquilo justo agora? Percebi que estava ficando excitado com a lembrança.

— Sim, eu gostei. Não é isso — ela rebateu, olhando para o outro lado. — Mas... Fiquei me perguntando se você queria... Bom, se queria que eu fizesse a mesma coisa para você.

Eu quase me engasguei com a minha própria saliva.

Os olhos da Noah voltaram a repousar sobre os meus e me olharam cheios de vergonha, mas também de desejo. Sim, dava para ver o desejo escondido naqueles olhos cor de mel e, meu Deus, não podia continuar conversando com a Noah sobre sexo em lugares públicos. Ficava nervoso só de pensar...

— Que merda, Noah... — eu soltei, apoiando a minha testa na dela. — Você quer que eu infarte?

Ela sorriu, divertida, e cravou os olhos nos meus.

— Então, sim, você pensou nisso — ela respondeu, e me afastei dela para contemplá-la, alucinado.

— Acho que qualquer cara com olhos que estivesse diante de você pensaria nisso, meu amor. Claro que eu pensei, mas não é algo que a gente precise fazer, a não ser que você queira.

Noah mordeu o próprio lábio, nervosa.

— Mas... Não é justo, quer dizer, você teve que passar por isso e eu... Dei uma gargalhada.

— Passar por isso? Você fala como se tivesse sido uma tortura — respondi, tentando compreender. — Noah, eu fiz e foi com muito prazer. E quero até repetir a dose, quando tivermos a oportunidade.

Os olhos dela se arregalaram, entre surpresos e excitados. Às vezes eu me esquecia do quanto ela era inocente.

— Então, eu vou fazer também... — ela afirmou, resolvida, mas percebi uma ponta de dúvida nos olhos dela.

— Não — eu neguei, olhando para ela e me divertindo. — Não é assim que funciona. Eu faço as coisas com você porque eu quero, não porque estou esperando o mesmo em troca. Quando quiser fazer, você pode, e se o momento nunca chegar, bom, vou atrás de outra — brinquei.

Ela me deu um tapa no braço.

— Estou falando sério! — ela disse, me repreendendo. Tentei ficar sério com ela.

— Eu sei, me desculpa. Só não quero que você faça algo que não queira, tudo bem? — respondi, beijando-a no nariz.

A Noah piscou várias vezes e depois voltou a prestar atenção em mim.

— Então, você não se importa? Não estou falando que eu não quero, só acho que... Bom, acho que não estou preparada ainda.

E era por isso que eu amava a minha namorada. Qualquer outra garota sem personalidade teria cedido só para me agradar. A Noah não era assim. Se não estivesse segura de algo, não adiantava insistir, ela continuaria fiel a si mesma.

— Vem aqui — eu disse, puxando-a e beijando-a como se fosse a nossa última vez juntos. — Fico muito feliz simplesmente por você estar perto de mim, meu amor.

Noah sorriu com doçura e, alguns instantes depois, a gente se pegou de maneira épica.

5

NOAH

Eu me formei. Não sei se você já passou por algo assim, mas é uma sensação maravilhosa. Sei que uma fase mais difícil me aguardava, eu ainda precisava ir para a faculdade. Na verdade, tudo ia ficar pior, mas terminar a escola é algo incomparável. É um passo para a maturidade, um passo para a independência, uma sensação tão gratificante que eu tremi quando entrei na fila com meus colegas, esperando que chamassem os nossos nomes.

Estávamos organizados por ordem alfabética de sobrenome, então a Jenna ficou vários lugares atrás de mim. A cerimônia estava perfeita, muito elegante. Acontecia nos jardins da escola, com grandes painéis que diziam "Formatura 2016". Ainda me lembrava de como eram essas cerimônias na minha antiga escola. Ocorriam na quadra, com decoração discreta e nada mais. Aqui, decoraram até as árvores que ficavam em volta dos jardins. As cadeiras onde amigos e familiares se sentavam estavam forradas com tecidos caríssimos, em verde e branco, as cores da escola, e nossas becas, também verdes, tinham sido desenhadas por uma estilista renomada. Era uma loucura, um desperdício de dinheiro incrível, mas com o tempo fui aprendendo a não me escandalizar: eu estava rodeada de multimilionários, e para eles isso era algo normal.

— Noah Morgan! — chamaram, então, no microfone. Eu me sobressaltei e, nervosa, subi as escadas para pegar o meu diploma. Olhei com um sorriso radiante para as fileiras de familiares e vi minha mãe e o Nick aplaudindo, de pé, tão emocionados como eu. Minha mãe estava até dando pulos como uma doida, o que provocou um sorriso enorme no meu rosto. Apertei a mão da diretora e me juntei aos outros formandos.

A garota que superou minha média por dois décimos subiu ao palco, depois de recebermos os nossos diplomas, para discursar. Foi emocionante, divertido e muito bonito: ninguém teria feito um discurso melhor. A Jenna, do meu lado, deixou que algumas lágrimas escapassem e eu dei risada, tentando conter a vontade de fazer o mesmo. Apesar de ter frequentado aquela escola só por um ano, tinha sido um dos melhores anos da minha vida. Depois de deixar de lado, de uma vez por todas, todos os meus preconceitos, obtive, naquela escola, uma preparação magnífica para entrar na faculdade, além de fazer amizades maravilhosas.

— Parabéns, formandos de 2016, vocês estão livres! — os professores falaram emocionados no microfone.

Toda a turma se levantou e jogou os capelos para o alto. A Jenna me deu um abraço apertado, que quase me deixou sem ar.

— E, agora, festa! — minha amiga exclamou, aplaudindo e pulando como se estivesse possuída. Dei uma gargalhada, e logo estávamos cercadas de centenas de familiares, que se aproximavam para cumprimentar os estudantes. Nos separamos momentaneamente e fomos atrás de nossos respectivos pais.

Dois braços me rodearam por trás, com força, e me levantaram do chão.

— Parabéns, sua nerd! — o Nick falou ao meu ouvido, me colocando de volta no chão e me dando um beijo sonoro na bochecha. Eu me virei e pendurei meus braços no pescoço dele.

— Obrigada! Ainda não estou acreditando! — admiti, com o rosto afundado em seu pescoço, enquanto ele me abraçava com ímpeto.

Antes que eu pudesse beijá-lo, minha mãe apareceu e, se enfiando entre nós, também me abraçou.

— Você se formou, Noah! — ela gritou como uma adolescente, pulando e me obrigando a fazer o mesmo. Dei risada quando vi o Nick sacudindo a cabeça com indulgência e rindo de mim e da minha mãe.

O William parou do nosso lado e, depois que minha mãe me soltou, me deu um abraço carinhoso.

— Temos uma surpresa para você — ele anunciou. Olhei para os três com desconfiança.

— O que vocês fizeram? — indaguei, sorrindo. O Nick me pegou pela mão e me puxou.

— Vamos — ele disse, e segui os três pelos jardins. Havia tanta gente ao nosso redor que demoramos um pouco para chegar ao estacionamento.

Para onde quer que eu olhasse, havia carros com laços gigantes, alguns de cores brilhantes e chamativas, outros com bexigas amarradas nos espelhos.

SUA CULPA

Nossa! Que pais seriam malucos a ponto de comprar carrões como aqueles para os filhos de dezoito anos?

Então, o Nick cobriu meus olhos com uma de suas mãos enormes e começou a me guiar pelo estacionamento.

— O que você está fazendo? — perguntei, dando risada e quase tropeçando nos meus próprios pés. Comecei a sentir um frio na barriga inquietante de emoção.

"Não, não podia ser…"

— Por aqui, Nick — minha mãe indicou, mais emocionada do que eu já tinha visto em toda a minha vida. O Nick me obrigou a girar o corpo e parou.

Um segundo depois, a mão dele se afastou dos meus olhos e fiquei literalmente boquiaberta.

— Esse conversível vermelho não pode ser para mim — sussurrei, incrédula.

— Parabéns! — minha mãe e William gritaram em coro, com sorrisos radiantes.

O Nick colocou a chave diante do meu nariz.

— Acabaram-se as desculpas para não poder me visitar — ele cochichou, contente.

— Vocês estão doidos! — gritei, histérica, quando consegui reagir. Nossa, tinham me dado um belo de um Audi… — Meu Deus, meu Deus! — comecei a gritar como uma louca.

— Gostou? — William perguntou.

— Você está de brincadeira? — eu respondi, saltitante. Meu Deus! Estava tão eufórica que nem sabia o que fazer.

Fui correndo até a minha mãe e o William e os abracei com tanta força que quase os deixei sem respiração. Eu tinha soltado um ou outro comentário sobre juntar dinheiro para comprar outro carro. O meu, infelizmente, tinha enguiçado umas cinco vezes nos últimos três meses, e eu estava gastando tanto dinheiro no mecânico que valia mais a pena comprar um novo. Mas nunca imaginei que fossem me dar um Audi!

— Não acredito, é sério — confessei, entrando no carro. Ele era lindo, vermelho e brilhante. Parecia reluzente em todos os cantos.

Ao meu lado, eu podia ouvir os demais gritos de alegria. Eu não tinha sido a única a ganhar um carro por causa da formatura. Havia tantos laços gigantes naquele estacionamento que parecia que estávamos no Natal.

— É um Audi A5 Cabriolet — Nick informou, sentando-se ao meu lado.

Balancei a cabeça, ainda em estado de choque.

— É incrível! — exclamei, dando a partida e ouvindo o doce ronco do motor.

— Você é incrível — ele me corrigiu, e senti um calor interior que me levou para as nuvens. Eu me perdi momentaneamente em seu olhar e na felicidade que estava sentindo. Minha mãe precisou me chamar duas vezes para eu reagir. O Nick, do meu lado, deu risada.

— Nos vemos no restaurante? — ela perguntou, enquanto o William a abraçava pelos ombros.

Minha mãe havia feito reserva em um dos melhores restaurantes da cidade. Depois do jantar em família, eu tinha uma festa de formatura no Four Seasons, em Beverly Hills. Não tinham contratado apenas o melhor buffet e o maior salão, com capacidade para mais de quinhentas pessoas, mas também reservado dois andares inteiros do hotel para que pudéssemos dormir por lá e não precisar voltar para casa até o dia seguinte. Era uma loucura, e no início ensaiei reclamar, já que pagaríamos por tudo aquilo — claro que com desconto, porque o pai de um colega nosso era o dono do hotel, mas ainda assim custaria uma verdadeira fortuna. "A minha festa de formatura foi num cruzeiro. Ficamos cinco dias fora de casa", o Nick me contou quando revelei meu assombro pelo que meus colegas estavam planejando. Depois daquela resposta, achei melhor guardar minhas opiniões para mim.

Assenti entusiasmada, morrendo de vontade de começar a dirigir aquela maravilha. Os assentos eram de couro bege e estava tudo novinho em folha, com cheiro de que acabara de sair da loja... Um cheiro que nunca tinha sentido na vida.

Coloquei a chave no contato e saí do estacionamento deixando a escola para trás... Para sempre.

— Noah, calma, você está pisando fundo — Nick falou, no banco do passageiro. O vento batia em nosso rosto, jogando nossos cabelos para trás, e não pude deixar de dar risada.

O sol estava se pondo e a vista era impressionante. Os veículos passavam ao meu lado, o céu estava pintado de mil cores, entre rosa e laranja, e as estrelas começavam a aparecer em um céu aberto, sem nuvens. Era uma noite de verão perfeita, e sorri pensando no mês e meio que eu tinha pela frente para ficar com o Nick, juntos de verdade, sem provas, sem trabalho, sem nada de nada... Tínhamos seis semanas para ficar juntos antes que eu me mudasse para a cidade, e não conseguia parar de sorrir diante de um futuro tão perfeito.

— Que merda, a gente não devia ter dado esse carro pra você — ele lamentou, com os dentes cerrados, ao meu lado. Olhei para ele revirando os olhos e reduzi a velocidade.

— Está bom assim, senhorinha? — eu disse, provocando-o. Eu adorava correr, isso não era nenhuma novidade.

— Você ainda está acima do limite de velocidade — ele adicionou, olhando sério para mim.

Eu o ignorei, não pretendia baixar para cem... Cento e vinte estava ótimo. Além do mais, todo mundo corria naquela cidade.

— Olha, você não está na Nascar... Diminua, por favor! — ele ordenou um segundo depois. Brincando, eu sabia, mas o sorriso que estava no meu rosto pareceu congelar até finalmente desaparecer.

Tentei com todas as minhas forças não voltar a pensar no meu pai, muito menos naquele dia. Estava tentando de verdade, mas qualquer coisa o trazia de volta à cabeça, e senti certa nostalgia ao ver todas as minhas amigas com seus pais naquela ocasião tão especial. Ficava me perguntando como seria aquela formatura se meu pai não tivesse ficado doido... E se não estivesse morto. Tinha certeza de que não seria o Nick sentado ao meu lado naquele momento e de que meu pai não teria insistido para eu diminuir a velocidade...

Mas que idiotice eu estava pensando? Meu pai era um alcoólatra, um criminoso com instinto assassino que tentou me matar... Que diabos estava acontecendo comigo? Como eu podia sentir falta dele? Como podia continuar imaginando aquela vida que nunca existiu e nunca iria existir?

— Noah? — ouvi o Nick me chamando. Sem perceber, tinha diminuído a velocidade até quase sessenta, e os carros estavam me ultrapassando e buzinando para mim. Balancei a cabeça: tinha me perdido nos meus pensamentos de novo.

— Estou bem — garanti, sorrindo e tentando voltar ao estado de euforia que tomara conta de mim poucos minutos antes. Pisei no acelerador e ignorei a pontada que ainda sentia no coração.

Não demoramos muito para chegar ao restaurante. Era lindo. Nunca tinha estado naquele lugar e fiquei ansiosa para provar a comida. Falei para a minha mãe que não importava onde jantaríamos, desde que tivessem o melhor bolo de chocolate: era o meu único pedido.

Minha mãe e o Will deviam estar para chegar. Saí do carro e, depois de fazer o mesmo, o Nick se aproximou de mim. Estava lindíssimo, com calça escura, camisa branca e gravata cinza. Eu era apaixonada por aquele estilo "empresarial", como eu chamava. Ele sorriu de uma maneira que só fazia quando estava comigo e ficou me observando enquanto eu tirava a beca. Por baixo eu estava com um vestido rosa-claro, que caía como uma luva no meu corpo e era vazado em formas geométricas nas costas, o que deixava partes da minha pele à mostra.

— Você está espetacular — ele disse, colocando uma das mãos na minha lombar e me puxando para ele com delicadeza. Eu não alcançava a sua altura nem com os saltos que estava usando. Meus olhos se fixaram nos lábios dele e no quanto ele era atraente.

— Você também — eu respondi, rindo, sabendo que ele não gostava muito de elogios. Não entendia o motivo, mas ele ficava realmente incomodado quando eu falava o quanto ele era bonito. Não era nenhum segredo, estávamos há apenas três minutos no estacionamento e umas cinco mulheres já o tinham secado de maneira descarada.

Antes que eu pudesse continuar falando, ele me calou com um beijo.

— Hoje vamos passar a noite juntos — afirmei quando ele se afastou, um segundo depois. O beijo tinha durado pouco demais para o meu gosto.

Os olhos dele me mediram com desejo.

— Estou pensando em raptá-la e levá-la para morar comigo no apartamento pelo verão inteiro — ele soltou, então.

Por um momento, a imagem de nós dois morando sob o mesmo teto, sem nossos pais por perto, fez meu coração se encher de alegria… Mas estava claro que era uma loucura.

— Eu não recusaria — respondi, dando risada.

— Você viria? — ele perguntou, me encurralando contra o carro. Levantei as mãos até o seu pescoço e o abracei, atraindo-o para mim. Queria lhe dar um beijo nos lábios, mas ele se afastou, esperando a minha resposta.

Eu sorri, me divertindo e com vontade de continuar com aquele jogo.

— Não ia me importar de passar as noites com você, nós dois nus… na sua cama — admiti, fazendo carinho no cabelo dele.

Os olhos dele se fixaram em mim, famintos. Estava seduzindo-o, uma tática que tinha descoberto ser muito benéfica para mim.

— Não comece o que você não consegue terminar — ele advertiu, se inclinando para prender meus lábios nos dele. Então, fui eu quem joguei a cabeça para trás.

Nossos olhares se encontraram: o meu, divertido; o dele, perigoso e terrivelmente promissor.

Desviei a minha boca para o pescoço dele, vendo como ele fechava os olhos mesmo antes de meus lábios encostarem nele. Eu tinha descoberto que ele ficava fora de si quando eu simplesmente triscava um determinado ponto do corpo dele.

Eu sabia que não podia passar dos limites, estávamos no meio de um estacionamento e nossos pais chegariam a qualquer momento, mas eu estava com tanta vontade...

— Hoje à noite — falei, dando um beijo cálido em seu queixo, baixando pelo pescoço e deslizando a ponta da minha língua por ele, até chegar na orelha —, eu serei sua, Nick.

Então, uma das mãos dele repousou sobre a minha cintura, enquanto a outra subia até a minha nuca, me obrigando a mover a cabeça para trás.

— Você não vai ser minha, você já é minha — ele respondeu, antes de me beijar como eu estava querendo desde que havíamos chegado. A língua dele entrou na minha boca sem pedir licença, acariciando a minha língua com loucura desenfreada, me saboreando ou me castigando, não sabia muito bem qual dos dois.

Era incrível o que a presença dele causava em mim. O contato com ele me deixava doida, ele inteiro me deixava doida. Não importava quanto tempo se passasse, nem se tivéssemos ficado o dia anterior inteiro juntos: eu nunca me cansava dele, nunca passava essa atração dolorosa que parecia nos unir como se fôssemos ímãs.

Porém, antes de o meu corpo derreter ou sofrer uma combustão instantânea, o som de uma buzina nos fez dar um salto, e nos afastamos bruscamente um do outro.

— A sua mãe — ele disse, fazendo careta.

— O seu pai — eu rebati.

Acontece que os dois nos fulminaram com o olhar. Minha mãe saiu do carro e veio em nossa direção.

— Vocês não conseguem se controlar? Estamos em um local público — ela ralhou, olhando de maneira acusatória para o Nick. A verdade é que, ultimamente, ela estava sempre olhando feio para ele... Eu não estava gostando dessa situação e teria de conversar com ela sobre isso. O William apareceu um pouco depois.

O olhar que ele lançou para o filho chegou a me deixar arrepiada.

Quando entramos no restaurante, percebi que não tínhamos sido os únicos a escolher aquele lugar para comemorar a formatura. Vários colegas de classe me cumprimentaram ao nos ver passar e sorri para todos com alegria. O maître nos levou para uma mesa na área externa. Ficava perto de uma piscina, e inúmeras velas cercavam as mesas de todos que tinham decidido jantar ao ar livre, inclusive a nossa. Era um local muito aconchegante e uma música de piano tranquila ressoava ao longe. Levei vários minutos para perceber que a música era ao vivo.

O Nicholas se sentou do meu lado e nossos pais se sentaram de frente para nós dois. Não sei a razão, mas de repente me senti incomodada. Uma coisa era comermos uma pizza na cozinha da minha casa, os quatro juntos; outra muito diferente era nos sentarmos para jantar em um lugar como aquele. Além do mais, fazia meses que não tínhamos um jantar em família com o Nick, e era evidente a tensão no ar.

Inicialmente, tudo correu bem. Minha mãe, como de costume, não parava de falar. Conversamos sobre tudo: meu carro novo, a faculdade, o Nick, o trabalho dele, a nova empresa do William, que eu sabia que o Nick queria assumir algum dia... E, pouco a pouco, comecei a me sentir mais confortável. Além disso, minha mãe não se dirigia a nós dois como casal, o que poderia ser bastante cômodo ou irritante, dependendo do ponto de vista.

Entretanto, já na sobremesa, depois que terminei de comer um pedaço do delicioso bolo de chocolate, minha mãe decidiu contar o que certamente vinha escondendo havia muito tempo.

— Tenho outra surpresa para você — ela anunciou, quando nenhum de nós quatro conseguiria continuar comendo. Levei um copo de água à boca, tão satisfeita e feliz que não esperava a bomba que ela soltou, um segundo depois. — Vamos fazer uma viagem de garotas pela Europa por quatro semanas!

"Espera aí... O quê?"

6

NICK

De jeito nenhum.

Acho que lancei um olhar tão feio para aquela mulher que até meu pai ficou momentaneamente sem reação. Ao meu lado, a Noah ficou calada, depois de me olhar por alguns segundos.

— Mãe, você está maluca? — a Noah perguntou, em tom suave.

"Para que fingir? Por que diabos ela não está falando que nem em sonho vai passar o verão do outro lado do mundo sem mim?"

— Você está ficando grandinha, já vai para a faculdade... — Raffaella começou a falar, sem olhar para mim, e só por isso continuava. Se ela se virasse para mim, seus lábios ficariam paralisados, petrificados de terror. — Acho que é a última oportunidade que vamos ter de fazer algo juntas. Com certeza não é algo tão importante para você quanto é para mim, m-m-mas...

E então ela começou a chorar.

Bebi um gole de vinho, tentando controlar a minha ira. Estava segurando a mão da Noah com tanta força debaixo da mesa que devia estar prendendo a sua circulação. Porém, se não fizesse aquilo, eu ia perder o controle e começar a despejar as milhares de ofensas que estava segurando com um esforço enorme.

Meu pai olhou de soslaio para mim por um momento e levou sua taça aos lábios.

Será que tinha sido coisa dele? Será que ele tinha colocado aquela ideia insana na cabeça da esposa?

Não sei nem por que estava me perguntando. Claro que era ideia dele. Era ele quem ia pagar a maldita viagem.

Então, minha derradeira esperança desmoronou.

— Claro que eu quero ir, mãe — Noah afirmou ao meu lado, e as palavras dela foram uma bofetada.

Ela nem chegou a pensar em mim ao tomar aquela decisão? Que merda eu estava fazendo sentado ali com eles?

Soltei a mão dela. Estava ficando cada vez mais bravo: ou eu saía dali ou acabaria vociferando tudo o que estava pensando. Então, entendi que ir embora não resolveria nada. Em outros tempos eu teria criado uma confusão, mas agora isso não adiantaria se eu quisesse ser levado a sério... E para isso eu precisava ficar e dar a minha opinião. Eles não iam manter a minha namorada longe de mim durante um mês inteiro.

Noah, ao perceber que eu tinha soltado a sua mão, virou-se para mim. Olhei para ela por um segundo e vi que aquilo estava sendo tão difícil para ela quanto para mim... Bom, pelo menos isso.

Antes que a Raffaella continuasse a falar, eu a interrompi.

— Você não acha que devia ter nos consultado antes de marcar a viagem?

Acho que usei toda a minha força de vontade para formular a pergunta no tom de voz calmo que empreguei.

Raffaella olhou para mim. Foi ao contemplar aquele olhar que entendi que qualquer esperança de que a mãe da Noah me aceitasse como genro tinha evaporado. Ela não queria que eu ficasse com a filha dela. O semblante dela deixava muito claro.

— Nicholas, ela é minha filha e acabou de completar dezoito anos. Ela ainda é uma menina e quero passar um mês de férias com ela. Será que é muito difícil entender?

Antes que eu pudesse falar alguma coisa, a Noah partiu em minha defesa.

— Mãe, não sou nenhuma menina — rebateu, jogando o cabelo para trás. — Não fale assim com o Nick. Ele é o meu namorado, e tem todo o direito de não ter ficado feliz com essa viagem.

Não estar feliz era muito pouco, mas deixei que continuasse falando.

A Raffaella olhava para a filha com os olhos ainda úmidos das lágrimas que soltara, e ver aquela cara de coitadinha me deu ânsia de vômito.

— Eu vou com você.

"O quê?"

— Mas, da próxima vez, ou vamos todos ou eu não vou — ela adicionou, ignorando o modo como suas palavras eram processadas pelo meu cérebro e fazendo com que, de repente, eu visse tudo vermelho.

A mãe dela sorriu e senti um calor tão grande no meu corpo que precisei me levantar. Meu pai olhou para mim, advertindo-me com o olhar.

SUA CULPA

— Vou embora — anunciei, tentando controlar a voz. Estava com tanta vontade de esmurrar alguém que meus punhos se fecharam. A Noah se levantou também. Não sei se queria que ela fosse comigo. Eu estava tão bravo com ela quanto com a mãe.

— Nicholas, sente-se — meu pai ordenou, olhando para todos os lados. Ele estava sempre preocupado com as aparências, sempre com aquela expressão de decepção. Comecei a me dirigir para a saída e não parei nem para esperar a Noah. Precisava sair e tomar um ar fresco.

Quando cheguei ao lado de fora, fui direto para o carro, mas percebi que não estava com a chave. O carro não era meu. Eu me virei e apoiei as costas na porta do motorista. A Noah vinha na minha direção. Por causa dos saltos, ela não tinha conseguido acompanhar o meu ritmo. Tirei um cigarro do bolso e acendi, sem me importar se a incomodaria.

Ela parou junto de mim, com as bochechas vermelhas e os olhos à procura dos meus. Fixei meu olhar nas pessoas que entravam no restaurante.

— Nicholas...

Não falei nada. Ouvi-a respirar fundo e desviei meu olhar para ela.

— O que você queria que eu fizesse? — ela perguntou, postando-se à minha frente. Virei o rosto e soltei o ar que estava segurando. Um mês, um mês sem a Noah. Todos os planos, todas as coisas que queria fazer com ela, tudo por água abaixo. Tinha planejado uma viagem, queria levá-la comigo, visitar lugares juntos, queria fazer amor com ela em todos os malditos dias do verão, aproveitar a companhia dela, mas ela não hesitou nem um segundo em aceitar o presente da mãe. Foi doloroso para mim, achava que era eu quem ela deveria ter colocado em primeiro lugar, mas ela não o fez.

Olhei nos olhos dela.

— Me dá a chave, vou te levar para a sua festa.

Noah ficou calada, olhando para mim. Sabia que ela queria conversar sobre o assunto, mas à medida que os segundos iam passando eu ficava ainda mais bravo por saber que não teria a companhia dela durante o verão, porque a tinham tirado de mim, mesmo que só por um mês, e não havia nada que eu pudesse fazer.

Ela suspirou e continuou em silêncio. Em seguida, colocou a mão na bolsa, me deu a chave do carro e se acomodou no banco do passageiro.

Melhor assim. Se começássemos a discutir, não sei do que seria capaz.

7

NOAH

A tensão tomou conta do carro. Ele estava furioso, dava para ver em seus olhos.

Era compreensível que ele não tivesse gostado de que eu ficaria longe por um mês inteiro, mas o que eu poderia fazer? Minha mãe organizou a viagem e pagou tudo, eu não podia simplesmente recusar, era a minha mãe. Sempre conversávamos sobre a minha formatura, sobre a faculdade, sobre irmos juntas comprar os móveis do meu novo lar, e brincávamos sobre fazer um mochilão juntas pela Europa para compartilharmos o último verão em que eu ainda seria a menina dela, como ela dizia. Uma parte de mim queria fazer aquela viagem. Eu não queria perder a oportunidade de estar sozinha com a mulher que me trouxe ao mundo. Não podia rejeitá-la sem mais nem menos.

Por outro lado, e isso também era muito importante, sentia dor só de pensar que não veria o Nicholas durante quatro semanas. Eu também tinha feito planos, também queria passar o tempo todo no apartamento com ele, ainda mais agora que eu sabia que ele logo voltaria a trabalhar e as viagens para San Francisco não iam durar só duas semanas como das últimas vezes.

Olhei para ele. Seus olhos estavam cravados na estrada, suas mãos apertavam o volante com força. Estava com medo do que se passava na cabeça dele, mas não sabia o que fazer nem o que dizer para que não ficasse bravo comigo.

— Não vai mais falar comigo? — perguntei, então, tomando coragem. Ele nem olhou para mim, mas percebi que as veias do seu pescoço ficaram tensas, porque ele apertou a mandíbula com força.

— Estou tentando não estragar a sua noite, Noah — ele soltou um segundo depois.

Tentando?

— Nicholas, você não pode me culpar por isso. Eu não podia me negar a ir, é a minha mãe! — respondi, ficando nervosa.

— E eu sou seu namorado! — ele gritou, sobressaltado. Estava claro que acabaríamos discutindo, o que era a última coisa que eu queria naquela noite. Ele virou o rosto para mim e dava para notar naqueles olhos que ele queria desabafar sobre tudo e mais um pouco.

— Você não pode fazer isso, me colocar entre a cruz e a espada e me fazer escolher entre você e a minha mãe — pedi, controlando o tom de voz.

Nicholas acelerou o carro e tive que me segurar na porta. Logo deu para ver o Four Seasons. Havia uma longa fila de carros de pessoas esperando para desembarcar. Depois, estes entregavam as chaves para os manobristas do hotel estacionarem. Vários dos meus colegas de classe já estavam lá com os namorados e as namoradas, e os sorrisos nos rostos me causaram inveja. Meu sorriso já tinha ido embora, para variar.

O Nick parou atrás de um Mercedes e se virou de novo para mim.

— Se eu tivesse que escolher, sempre escolheria você — ele declarou, com tanta frieza que meu sangue gelou. Olhei para ele incrédula, sem gostar daquele tom, mas me sentindo culpada por conta daquela frase. Eu não deveria ter que escolher entre as duas pessoas de quem mais gostava no mundo. Eram amores diferentes, completamente diferentes. Eu amava a minha mãe acima de todas as coisas, mas o amor que eu sentia pelo Nicholas era inexplicável, um amor que doía, que eu adorava, mas que me assustava por causa da intensidade. Saí do carro e, ao me virar, percebi que ele continuou sentado no banco do motorista.

— V-você não vai ficar? — perguntei com a voz trêmula pela janela do carro. Que merda, de novo vieram as sensações de abandono, de dependência… Não queria ficar sem ele, precisava dele ao meu lado, queria compartilhar aquela noite com ele, uma noite na qual eu contava com o meu namorado.

Ele tirou os olhos de mim e o fixou nas pessoas que subiam as grandes escadas até a recepção.

— Não sei. Preciso ficar sozinho — alfinetou, naquele tom que eu odiava, um tom que me fazia lembrar do antigo Nicholas.

Senti a raiva tomando conta de mim. Não era justo, ele estava me culpando por algo que não tinha nada a ver com as minhas decisões.

— Que ótimo, Nicholas! Íamos passar a noite juntos depois de mais de três semanas e você vai jogar isso fora — rebati, jogando o cabelo para trás e ficando brava de novo. — Pode ir embora, vou aproveitar muito mais sem você!

O idiota não esperou nem para me ver entrar. Ouvi os pneus cantarem e ele acelerou, desaparecendo pela saída lateral — meus pneus, no caso, porque aquele era o meu carro. Como se não fosse o bastante, ele ainda ia me largar por lá sem que eu pudesse ir embora se me cansasse da maldita festa.

Fui até a escadaria, onde muitos alunos estavam conversando, bem animados. Havia várias garotas da minha sala, mas eu não queria ficar com elas, fingindo que estava superfeliz, porque não estava: eu estava brava e muito triste.

— Ei, Morgan!

Eu me virei e dei de cara com um sorridente Lion. Meu olhar se iluminou. Na última vez que o vira, ele parecia distante e frio. Fiquei feliz ao ver o seu sorriso radiante. Assim como aconteceu com a Jenna, que tinha se tornado minha melhor amiga e confidente, acabei gostando do Lion: ele era uma pessoa magnífica, carinhosa, gentil e nada intimidadora. A princípio, sim, eu me sentia intimidada por ele, principalmente por ser amigo do Nicholas, mas como eu estava errada: o Lion era um amor. Dei um forte abraço nele quando ele se aproximou para me cumprimentar.

— Parabéns pela formatura! — ele disse, me soltando em seguida.

— Obrigada — respondi, sorrindo.

— E o Nick? — ele perguntou, olhando ao redor. O sorriso desapareceu do meu rosto.

— Foi embora. A gente brigou — respondi, apertando os dentes. Para minha surpresa, o Lion deu uma gargalhada. Eu o fulminei com o olhar.

— Dou no máximo meia hora para ele aparecer e grudar em você que nem um chiclete… É o máximo de tempo que ele consegue ficar longe de você — ele previu, ignorando meu olhar assassino e tirando o celular do bolso.

— Tomara que não venha, pois eu não quero nem olhar para ele.

Lion revirou os olhos enquanto fixava o olhar na tela do celular.

— A Jenna vai chegar em uns dez minutos. Quer entrar comigo? — ele ofereceu, gentilmente.

Assenti. Era o Nicholas quem devia me acompanhar na minha festa de formatura, mas azar o dele. Eu tinha me arrumado especialmente para ele. Comprei um conjunto de calcinha e sutiã em uma loja supercara que a Jenna me recomendou e agora ele ia perder tudo aquilo. Estava tão decepcionada e brava que acho que havia fumaça saindo pelas minhas orelhas.

Ao entrar, nos deparamos com um hall impressionante. Havia bastante gente, e vi que muitos pais tinham decidido ir à festa para beber alguma coisa. Vários homens uniformizados indicavam para onde deveríamos ir, e eu e o Lion seguimos as instruções. Meus colegas de sala estavam conversando e dando risada, muito animados, e então chegamos aos jardins do hotel.

Nossa, estava tudo espetacular! Organizaram a melhor festa de formatura da história. Era um espaço ao ar livre, repleto de mesinhas altas com toalhas verdes acetinadas elegantes em volta da pista de dança, que ficava bem no meio. As mesas estavam decoradas com arranjos florais incríveis. Se eu não estivesse enganada, eram peônias brancas. Além disso, garçons elegantemente vestidos andavam de um lado para o outro com bandejas cheias de aperitivos e taças de sabe-se lá o quê, porque não podia ser nada alcoólico.

Olhei para o Lion, que parecia tão fascinado e intimidado quanto eu. Nós dois não havíamos crescido com todo aquele luxo, e tinha certeza de que ambos nos sentíamos deslocados no meio de tanta gente rica e diferenciada.

— Esse pessoal sabe mesmo organizar uma festa — ele comentou.

— Com certeza — concordei, alucinada com a beleza de tudo ao nosso redor. Os jardins estavam iluminados com tênues luzes brancas e havia flores por todos os lados. Dava para sentir uma fragrância que tomou conta de todos os meus sentidos assim que entramos. Ainda não tinha começado a tocar a típica música de festa, mas observei interessada enquanto uma pequena orquestra de violinistas e violoncelistas dava as boas-vindas a todos que chegavam ao local.

— Achei vocês! — exclamou uma voz conhecida atrás da gente. Nós dois nos viramos, e a Jenna nos cumprimentou com um sorriso imenso. — Viram quanta gente? O que acharam? Não exagerei, né? Ou é pouca coisa? Meu Deus, vocês não gostaram!

A Jenna tinha sido uma das pessoas responsáveis pela organização da festa. Sabia que ela tinha passado a maior parte do ano organizando a formatura e a verdade é que ela se superou. Nossas expressões, a do Lion e a minha, deviam estar tão exageradas que ela achou que não tínhamos gostado.

— Como assim? — falei, dando risada. — Está tudo impressionante!

Dei um abraço nela, admirando o quanto ela era linda. Claro que era tudo uma questão de genética, já que a mãe dela, Caroline Tavish, tinha sido Miss Califórnia quando jovem, um título que não apenas lhe tinha aberto milhares de portas, mas que também fizera com que um dos homens mais ricos dos Estados Unidos quisesse se casar com ela. O pai da Jenna era multimilionário, dono de plataformas petrolíferas no mundo inteiro, e passava só dois dias por mês em casa. Mas, segundo a Jenna, ele era completamente apaixonado pela mãe dela. E era impossível não se apaixonar, ela fazia qualquer cara perder o fôlego! Jenna herdou o corpo e a altura da mãe, mas tinha um rosto mais cálido, mais juvenil e mais doce, que se impunha com tanta beleza.

— Nem acredito que a gente se formou! — ela confessou, saltitante, dando um beijo entusiasmado nos lábios do Lion. Ele a olhou com carinho e colocou uma das mãos na cintura dela, puxando-a para si. Eles cochicharam algo que não consegui ouvir e, um segundo depois, a Jenna se virou para mim. Ela olhou para os dois lados com a testa franzida.

— E o seu Nicholas?

Revirei os olhos por causa daquela mania dela de chamá-lo assim. O Nicholas não era meu. Ou era? Naquele momento, não fazia a mínima ideia.

— Não sei nem quero saber — respondi, ainda que, na verdade, eu me importasse com ele.

Jenna franziu a testa. A verdade é que, não sabia bem por quê, mas a Jenna sempre defendia o Nicholas quando tínhamos alguma briga ou discussão. Sei que não fazia muito tempo que eu a conhecia, mas ela era minha amiga, tinha que ficar do meu lado e me defender.

— Jenna, você se superou! — o Lion disse para mudar de assunto.

A noite começou com tudo. Algumas, ou melhor, muitas pessoas tinham levado bebidas alcoólicas para o evento, e em menos de uma hora quase todos os presentes estavam bêbados, tropeçando na pista de dança. As luzes eram intermitentes e, de repente, eu estava rodeada de pessoas. Irmãos, primos e amigos dos meus colegas também estavam na festa, e fiquei um pouco confusa quando me vi espremida entre vários caras que não paravam de me puxar para dançar colados no meu corpo. Comecei a empurrar todo mundo e saí da pista. Estava suando e me dirigi à lateral, onde um rapaz servia drinques para os adultos. Eu já tinha bebido várias taças... Não estava bêbada, mas um pouquinho alegre.

— Você quer um? — uma garota me perguntou quando o garçom desapareceu para buscar mais gelo. Em cima da mesa havia vários copos de vidro que continham um líquido branco e espesso, além de muitos cubinhos de gelo.

— O que é? — indaguei, receosa.

A garota sorriu, achando graça por alguma razão.

— Black Russians.

Se ela tivesse dito Red French, daria no mesmo. Não fazia ideia do que era aquilo.

— É um drinque feito com vodca, licor de café e creme. Está muito bom. Além do mais, dizem que é afrodisíaco — ela adicionou, piscando várias vezes. Será que ela estava dando em cima de mim?

Era só o que me faltava, uma garota me xavecando! Porém, como ela havia mencionado a palavra "café", relevei a sua orientação sexual e peguei um dos drinques da mesa. Levei o canudinho à boca e experimentei.

— Meu Deus, é uma delícia! — exclamei. A garota deu risada.

Mal dava para sentir a vodca, pois não queimava a garganta, e parecia que eu estava tomando um milk-shake de café maravilhoso.

Olhei para a garota com mais atenção. Ela não parecia nada familiar, devia ser amiga ou parente de alguém. Tinha o cabelo preto preso em um coque alto.

Continuei bebendo aquele que estava se tornando meu drinque favorito. A Jenna estava dançando com o Lion na pista e, sem que eu percebesse, tomei mais dois copos e estava conversando com a garota do milk-shake, que na verdade se chamava Dana. Ela era muito simpática e, ou estava muito alegre, ou era muito divertida. Eu estava tão distraída dando risada da última piada dela que aconteceu a última coisa que eu esperava: ela me pegou pela nuca e me deu um beijo. Foi tão rápido e tão de repente que demorei um momento para afastá-la com um empurrão.

— O que você está fazendo? — eu perguntei, um pouco enjoada. A garota deu risada, se divertindo.

— Queria saborear a vodca direto dos seus lábios — ela respondeu, como se não fosse nada. Foi uma situação tão surreal que fiquei calada por um instante.

— Eu tenho namorado — declarei alguns segundos depois, ou talvez alguns minutos depois, não sei, o álcool já tinha subido à minha cabeça. Eu tinha mesmo beijado uma garota?

— Foi só um selinho, relaxa — ela respondeu, desviando o olhar para algo atrás de mim.

Um calafrio percorreu o meu corpo inteiro.

Senti a presença antes mesmo de me virar para saber se estava errada. O Nicholas estava por ali, e seus olhos claros me atravessaram à distância. Ele imediatamente foi vindo até mim.

— É melhor você sair daqui — eu disse rapidamente para a Dana.

De repente, temi pela vida dela.

Ela deu uma gargalhada, pegou seu Black Russian e foi para a pista de dança. Eu a perdi de vista justo quando o Nick apareceu na minha frente.

— Agora você também gosta de garotas? — ele disse com tranquilidade, mantendo as aparências.

Não deixei que ele me intimidasse.

— Quem sabe? — respondi, irritada. Estava muito brava com ele. Tinha me largado no dia da minha formatura, me deixado sozinha com pessoas com quem eu não queria estar e, pior ainda, uma delas tinha me beijado sem meu consentimento.

— O que você está bebendo? — ele perguntou, então, tirando o copo das minhas mãos.

Achei que fosse colocar a bebida na mesa, mas, em vez disso, ele bebeu. De repente, apesar de estar brava, senti que morria de vontade de provar aquela bebida nos lábios dele, como a garota tinha feito. Eu também queria provar o Black Russian naquela boca...

— Você sabe a quantidade de álcool que há nisso? — ele soltou, depois de terminar o que restava no copo e colocá-lo atrás de mim. Eu o observei, tateando o terreno, não sabia como estava o humor dele... Claro, ele estava bravo, mas havia algo diferente naquele olhar.

— Acho que bastante. Se eu estivesse sóbria, já o teria mandado para o inferno.

Ele inclinou a cabeça para um lado, me observando, e aproximou o corpo do meu. Sem encostar em mim, ele pôs as duas mãos na mesa às minhas costas, me encurralando entre seus braços.

De repente, fiquei sem ar. Seus olhos celestes procuraram os meus.

— Você não tem nenhuma razão para estar brava, Noah — ele afirmou, muito sério. — Sou eu quem vai sair prejudicado nessa história. Você vai passar férias na Europa.

— E eu repito que não foi ideia minha — falei, olhando fixamente para ele. Nick respirou fundo e se afastou de mim, dando-me mais espaço.

— Acho que chegamos a um beco sem saída — ele declarou, com um rosto indecifrável.

Uma parte de mim sabia que ele tinha motivos para estar descontente, mas a minha irritação parecia ter se tornado a estrela da noite. Não queria me acalmar, não queria ser compreensiva... Talvez porque eu também estava descontente com toda aquela situação. Ir para a Europa com a minha mãe não estava nos meus planos, e eu estava brava e triste porque não ia passar aquele mês com o Nick. Na verdade, eu estava brava com a minha mãe, mas o Nick estava ali na minha frente e eu precisava descontar a minha ira em alguém.

— Acho que você não deveria ter voltado. Você disse que não queria estragar a minha noite, mas está conseguindo.

Nick levantou as sobrancelhas exageradamente.

— Quer que eu vá embora?

Será que havia uma faísca de decepção naqueles olhos celestes?

— É óbvio que não vou ficar aqui discutindo com você.

Nick me observou com atenção.

— Acho que você passou do limite com a bebida, espertinha.

Eu me aprumei sobre os saltos e o fulminei com o olhar. Sentindo-me poderosa, mas sabendo que na verdade estava me comportando como uma criança, estiquei o braço, enchi um copo com o ponche que estava em cima da mesa e virei tudo de uma vez só. Estava tão forte que meus olhos quase lacrimejaram, mas acho que valeu a pena, pois vi as veias do Nick saltarem de modo preocupante.

— Você está se comportando como uma idiota e depois eu é que terei de carregá-la.

Dei de ombros e me afastei. Fui na direção dos meus amigos, que estavam dançando na pista, e, sem olhar para trás, comecei a dançar também, cheia de vontade. Em algum momento, deixei cair o copo da minha mão e molhei os pés de alguém, mas não me importei nem um pouco. A Jenna se juntou a mim um pouco depois e continuamos dançando. Quando os pulos que estávamos dando começaram a transformar meu estômago em uma montanha-russa, obriguei-me a parar. Meus olhos começaram a procurar alguém pelo local.

Sabia que o Nick não tinha ido embora e, mais, que ele estava me observando durante o meu showzinho. Essa não era a reação que eu esperava, mas pelo menos não estávamos discutindo.

Em determinado momento, cambaleei perigosamente para o lado e um braço me segurou pela cintura. Um braço forte, musculoso e lindo... do Nick.

Eu me virei e entrelacei minhas mãos na nuca dele.

— Então você ainda está por aqui — comentei com meus olhos fixos nos lábios dele.

— Sim, e estou vendo que você mal consegue ficar de pé. Se o seu objetivo era pegar no meu ponto fraco, você conseguiu. Parabéns.

Dei risada ao ouvir ele falando "pegar no meu ponto fraco".

— Não era essa a minha intenção, mas falando em pegar, posso pegar onde você quiser...

Nick não deu risada e, pior, parecia estar planejando o que fazer comigo.

Passei os dedos pelo cabelo dele, enterrando-os naquela nuca, pois sabia o quanto ele gostava de ganhar carinhos ali. No entanto, ele segurou os meus pulsos e me obrigou a parar.

— Vamos lá para cima, Noah — ele pediu, apertando a mandíbula com força.

Olhei ao redor. Algumas pessoas já tinham decidido subir e continuar se pegando nos quartos.

— Claro... Pode ser divertido — aceitei com um sorriso nos lábios.

O Nick soltou o ar que estava segurando e me tirou daquele ambiente.

— Vai ser tudo, menos divertido — ele disse em voz baixa para si mesmo, mas eu ouvi perfeitamente.

Será que ele estava se controlando só porque havia pessoas por perto?

Ah, que merda!

8

NICK

Saímos de onde a festa acontecia e, como já havia apanhado a chave antes, levei-a direto para o nosso quarto. Quando entramos, ficamos nos olhando fixamente. Um de frente para o outro, sem saber muito bem o que fazer ou dizer. Eu não sabia se continuava bravo ou se a enchia de beijos. A Noah parecia estar refletindo sobre a mesma coisa.

— Então, não vamos nos divertir, né? — ela perguntou, enquanto suas mãos puxavam o zíper de seu vestido com destreza, deixando-o cair no chão.

Ela ficou só de calcinha e sutiã, além dos saltos sensuais que estava usando. Prestei atenção no conjunto que ela vestia... Eu nunca o tinha visto antes e fiquei sem palavras.

Ela deu uma leve cambaleada e eu rapidamente percorri o espaço que nos separava. Segurei-a pela cintura e a levantei nos meus braços. Então, entrei com ela no banheiro e a posicionei diante da pia.

— Você está bêbada, Noah.

Ela deu de ombros.

— Não o suficiente para não saber que você me trouxe aqui para me castigar porque eu vou para a Europa.

Franzi a testa.

— Eu é que estou sofrendo o castigo nesta noite, sardenta, não você.

— Bom, sei de muitas coisas que podemos fazer para não nos castigarmos mutuamente.

Não consegui conter o sorriso. Lá estava ela, meio despida, deslumbrante e com as bochechas coradas por causa do álcool, por causa da situação ou sei lá por quê. Não aguentei mais. Pus minhas mãos em torno do rosto dela e juntei nossos lábios. Foi um beijo sem língua, um jogo de lábios e nada mais, um jogo que eu sabia ser justamente o que eu precisava naquele momento para não perder a cabeça.

Quando as mãos dela começaram a abrir os botões da minha camisa, me afastei.

— Acho que antes você deveria tomar um banho gelado...

Noah negou com a cabeça.

— Não, não, nada de gelado, estou bem — ela disse, me puxando de novo.

Voltamos a nos beijar, dessa vez com mais intensidade. Minhas mãos subiram por suas costas despidas até abrir o sutiã que ela estava usando. Fiquei abobado ao observá-la, as sardas inundavam seus seios e o alto de seus ombros. Levei meus lábios para lá e a fui beijando até chegar no lóbulo de uma das orelhas. Eu o mordi e o chupei como se fosse um pirulito.

Noah estremeceu, colada em mim, e me afastei para olhar nos olhos dela.

— Não quero que você vá — disse, pegando-a nos braços e saindo do banheiro. As pernas dela se agarraram com força no meu quadril e senti todos os meus músculos ficarem tensos.

Noah não respondeu e simplesmente voltou a me beijar. Eu a coloquei na cama e continuei me sustentando para não esmagá-la. Fui beijando o rosto dela até chegar na junção do ombro com o pescoço.

Noah se moveu embaixo de mim, procurando algum contato que nos tranquilizasse. Eu me afastei e fui para o lado dela. Depois a observei, boquiaberto. A respiração dela estava acelerada e seu tórax subia e baixava a um ritmo constante.

— Podia ficar a noite inteira olhando para você — declarei, me apoiando no braço direito. Com a outra mão, fiz um carinho suave pelas costas dela, passando pela barriga plana e subindo até aprisionar o seio esquerdo entre meus dedos.

— Nick, fica em cima de mim — ela pediu com os olhos fechados e se mexendo inquieta sob o roçar da minha mão.

— Quero ver o seu corpo reagindo a cada um dos meus carinhos, Noah.

Seus olhos cor de mel se abriram e depois se cravaram nos meus.

— Mas...

Eu a calei com um beijo enquanto minha mão baixava até parar no elástico da calcinha dela.

— Não quero que você vá para a Europa — eu repeti, sério, enquanto passava a mão por baixo do tecido.

Ela se contorceu e fechou os olhos de novo.

Comecei a brincar com os dedos e depois percebi como meu corpo inteiro ficava tenso só de olhar as expressões no rosto dela. Não havia nada de que eu gostasse mais do que ficar daquele jeito, vendo o corpo dela reagir às minhas carícias, observando como ela mordia os lábios e ouvindo os suaves suspiros de prazer que deixava escapar.

Eu não conseguiria ficar um mês sem ela, não ia aguentar. Eu adorava ver como ela estava gostando. Fazer aquilo só uma vez depois de que eu cheguei de San Francisco não tinha sido suficiente para nenhum dos dois, e pensar que ela se ausentaria por um mês inteiro me dava vontade de mostrar para ela o quanto eu ia ficar com saudades.

— Você vai? — perguntei ao ouvido dela enquanto intensificava o ritmo dos meus carinhos.

— Sim... — ela respondeu, e isso voltou a me deixar bravo.

— Tem certeza? — insisti, com os dentes cerrados, enquanto os movimentos da minha mão ficavam mais fortes.

Percebi que faltava pouco para ela chegar lá, mas parei pouco antes do ápice.

Os olhos dela se abriram, como se não tivessem entendido o que acabara de acontecer. Ela estava com as pupilas dilatadas de desejo e a boca entreaberta, à espera de um grito de prazer que nunca chegou.

Eu não conseguia nem olhar para ela. Fechei os olhos e me deixei cair sobre as minhas costas. Fiquei com o corpo todo doendo, pois ela também estava me castigando, mas a raiva me consumia de uma maneira que eu não sabia explicar.

— Por que você parou? — ela perguntou sem entender.

Como eu poderia explicar como estava me sentindo perdido naquele instante? Como eu a faria entender que, se ela fosse viajar, minha vida se transformaria em um inferno?

Não falei nada, e a Noah se aproximou até apoiar a cabeça no meu ombro. Com uma das mãos, ela me acariciou por cima da minha camisa.

— Não quero que essa viagem estúpida seja um problema para a gente, Nick — ela disse, quase sussurrando.

Passei a mão no rosto e finalmente olhei para ela, sem pronunciar uma única palavra.

— Se é assim tão importante para você, posso falar com a minha mãe e a gente...

— Não — eu a interrompi de repente. — Só me dá um tempo para eu me acostumar com a ideia... Por mais que eu queira você comigo o tempo inteiro, sei que é algo impossível, mas isso não diminui o fato de que eu fiquei bravo... Muito bravo.

Ela mordeu o lábio, pensativa, e vi no seu olhar que ela também não estava gostando daquela história... Ela se inclinou e me deu um beijo na bochecha.

— Eu te amo, Nick. Você me ama? — ela perguntou, esperando a minha resposta.

— Eu te amo mais do que amo a mim mesmo — respondi sem desviar o olhar, enquanto fazia carinho nas costas dela.

— Isso é difícil — ela respondeu, sorrindo como uma criança.

— Engraçadinha — falei, ficando em cima dela e a colocando entre meus braços.

Eu a beijei, movendo meus lábios lentamente sobre os dela, enquanto seus dedos se afundavam no meu cabelo.

— Está cansada? — indaguei, enterrando minha boca no pescoço dela.

— Você tem que terminar o que começou — ela sussurrou.

Eu precisava dela, estava precisando desde que brigamos no carro, queria que ela fizesse eu me sentir único, o único que ela amava, o único que ela desejava.

— Quer fazer amor comigo, sardenta? — perguntei com um sorriso. Ela terminou de tirar a minha camisa, com as bochechas vermelhas e o desejo explícito em seus lindos olhos. Colocou os lábios dela bem no centro do meu peito e foi subindo até chegar ao meu pescoço. Fiquei tenso quando a língua dela acariciou minha mandíbula e imobilizei as mãos dela acima de sua cabeça quando ela mordeu minha orelha com uma pressão deliciosa.

Ela ergueu a cabeça, procurando a minha boca, e dei a ela o privilégio de me beijar. Coloquei minha língua nela, com movimentos suaves, enquanto eu fazia pressão com meu quadril.

— Eu te amo, Nick — ela declarou, jogando a cabeça para trás quando minha mão começou a tomar conta do corpo dela.

— Eu te amo muito.

E assim terminamos a noite... Fazendo a única coisa que nunca nos causava nenhum problema.

9

NOAH

A intensa luz da manhã me acordou. Deixamos as pesadas cortinas abertas e eu aproveitei a vista privilegiada das elegantes casas de Beverly Hills. Também dava para ver, ao longe, os altos edifícios da cidade que se destacavam no centro, cercados de prédios mais baixos.

O braço do Nicholas estava me segurando com firmeza contra o seu peito e tínhamos as pernas entrelaçadas. Eu quase não conseguia respirar, mas adorava aquilo, era maravilhoso dormir com ele: eram minhas melhores noites. Fazia semanas que eu não conseguia dormir bem, sem acordar durante a noite e sem pesadelos.

Eu me virei com cuidado até ficar de lado para ele. Nick era adorável dormindo, com os traços serenos, as pálpebras docemente fechadas... Ele parecia muito jovem quando ficava daquele jeito, dormindo pertinho de mim. Queria saber o que se passava pela cabeça dele. Com o que será que estava sonhando? Levantei uma das mãos com cuidado e fiz carinho em sua sobrancelha esquerda, sem acordá-lo. Estava tão adormecido que nem se mexeu. Deslizei meus dedos pela bochecha até chegar ao queixo. Como ele podia ser tão lindo?

Então, um pensamento inesperado passou pela minha cabeça: como seriam os nossos filhos?

Eu sei, estava perdendo o juízo. Ainda faltavam anos para que eu decidisse formar uma família, mas a imagem de uma criança com o cabelo preto passou pela minha mente. Era óbvio que seria lindíssimo; com os genes do Nick, qualquer criança seria... Como será que ele agiria com um bebê? Estava claro que a única criança que ele aguentava era sua irmã mais nova, e por mais de uma vez eu tive que lhe dar uma bronca por ser grosseiro com crianças na praia ou em algum restaurante. De qualquer maneira, faltava muito tempo para isso acontecer. Além do mais, havia o pequeno detalhe de que eu provavelmente não pudesse ter filhos por causa do estilhaço de vidro que tinha se cravado em mim naquela fatídica noite. Pensar nisso me deixou triste, e fiquei grata quando o Nick abriu um dos olhos sonolentos e olhou para mim.

Abri um sorriso.

— Bom dia, bonito — eu o cumprimentei sorridente quando vi que ele franziu a testa e se espreguiçou. Aquele era o meu Nicholas. O Nick sem franzir a testa não era o Nick.

Ele esticou o braço e me puxou com bastante força, levando em consideração que tinha acabado de acordar.

— O que você estava fazendo, sardenta? — ele disse, enterrando a cabeça no meu pescoço e me fazendo cócegas com sua respiração.

— Admirando o quanto você é incrivelmente lindo.

Ele soltou um grunhido.

— Meu Deus, não fica me chamando de lindo. Qualquer coisa menos isso! — suplicou, levantando a cabeça.

Dei uma gargalhada diante da sua expressão. Ele tinha o cabelo bagunçado e sua cara de bravo era a mesma de um garotinho enfurecido.

— Você está rindo de mim?

Eu me distraí com o olhar obscuro dele, que veio para cima de mim e começou a me fazer cócegas.

— Não, não, não! — gritei, dando risada e me retorcendo. — Nicholas!

Ele ficou zombando de mim, mas logo eu contra-ataquei, indo direto para a barriga dele com meus dedos. Ele deu um pulo que quase o fez cair da cama.

— Nossa! — eu exclamei, dando uma gargalhada histórica. Meu Deus, estava quase chorando e com a barriga doendo de tanto rir!

Então ele se levantou, me puxou pelo pé e me arrastou até a ponta do colchão. Antes que eu caísse, ele me levantou com os braços, me colocou nos ombros como se eu fosse um saco de batatas e me levou para o banheiro.

— Agora você vai ver — ele ameaçou, enquanto abria o chuveiro.

— Desculpa! Desculpa! — implorei, sem conseguir parar de rir.

Ele não se importou e me pôs embaixo da água gelada do chuveiro. Minha camiseta grudou no meu corpo como se fosse uma segunda pele.

— Ai! Está gelada! — gritei, me afastando da água e começando a tremer. — Nicholas! — eu o repreendi, mas ele entrou comigo, mexeu no chuveiro e uma água quente começou a cair sobre a gente.

— Silêncio. Você já se divertiu às minhas custas, agora é a minha vez — ele anunciou, puxando a camiseta que estava colada no meu corpo e a levantando até tirá-la. Fiquei nua na frente dele.

Os olhos dele percorreram as minhas curvas.

— Acho que esse é o melhor jeito de sair da cama pela manhã — ele declarou, se inclinando e tomando conta dos meus lábios.

Meia hora depois eu estava enrolada em uma toalha, com o cabelo pingando e sentada na sacada. Enquanto isso, o Nicholas estava pedindo para subirem com o nosso café da manhã. A verdade é que era muito estranho que não houvesse pessoas gritando pelos corredores: eu achava que seria impossível dormir cercada de estudantes bêbados, mas estava errada. Ou isso, ou as paredes daquele hotel eram à prova de som.

Eu me virei quando o Nick terminou de falar. Ele também estava com o cabelo úmido, sem camisa e com uma calça esportiva que escorregava pelo quadril, deixando à mostra os pelos escuros que desciam do seu umbigo. Meu Deus, que corpo espetacular! Aquele abdome era a definição perfeita de tanquinho.

Como diabos ele conseguia? Sabia que ia à academia e praticava surfe, mas, caramba, aquele corpo era uma obra-prima trazida de outro mundo.

— Perdeu alguma coisa aqui? — ele perguntou, brincando e se sentando à mesa ao meu lado.

Senti que fiquei vermelha.

— Algum problema? — rebati, ignorando como o sol se refletia nos seus olhos azuis naquele exato momento.

Ele me ofereceu um dos sorrisos de canto de que eu mais gostava.

— Também quero admirá-la, vem cá — ele pediu, me puxando e me obrigando a sentar no colo dele. Eu estava nua sob a toalha e, ao abrir as pernas para me sentar sobre ele, a toalha subiu pelas minhas coxas.

— Você não está usando nada por baixo? — ele perguntou, então, com um tom de voz que passou da surpresa à repreenda em menos de um segundo. Eu revirei os olhos.

— Não tem ninguém aqui, Nicholas — rebati, exasperada.

Ele olhou para os lados: estávamos sozinhos, nossa única companhia era a vista espetacular da cidade.

— Pode ser que haja algum pervertido nos observando agora mesmo com binóculos, naqueles prédios ali — ele disse, segurando a toalha que me envolvia. Eu não vi nada, ele estava exagerando.

— Azar o seu, então. Vou me vestir — anunciei, me levantando e entrando no quarto.

Olhei fixamente para minha imagem no espelho. Como uma pessoa poderia deixar de estar tão triste e ficar daquele jeito, com aquele olhar? Acho que o amor é isso mesmo, uma montanha-russa de emoções e sentimentos misturados: em um momento você está no ápice, mas, em seguida, está se arrastando pelo chão sem nem saber como chegou àquele estado.

Eu me voltei para a mala que tínhamos levado. Não sei por quê, mas ver a minha roupa junto com a dele me fez sorrir como uma estúpida. Fiquei encantada ao ver meu vestido perto da camiseta Marc Jacobs dele.

Coloquei o vestido azul-marinho com flores amarelas que minha mãe tinha comprado para mim e que com certeza custara uma fortuna.

Quando comecei a me maquiar na frente do espelho, meu olhar se cravou em uma parte específica do meu corpo que me causou surpresa... Soltei um grunhido quando joguei o cabelo para trás e olhei para o meu pescoço: havia dois chupões.

Saí furiosa do banheiro.

— Nicholas! — gritei. Ele estava falando ao celular. Haviam finalmente levado o café da manhã e ele estava comendo, sentado na sacada, conversando tranquilamente com alguém.

O olhar dele se desviou para mim.

— Espera um pouquinho — ele pediu para a pessoa que estava do outro lado da linha.

Apontei para o meu pescoço e minha clavícula. Um sorriso de autêntico babaca se desenhou no rosto de Nick. Fiquei irritada e joguei uma almofada nele.

Ele levantou o braço para se proteger e ao mesmo tempo reclamou:

— Eu te ligo daqui a pouco — ele disse, encerrando a ligação. — O que diabos está acontecendo?

Eu odiava ficar marcada, odiava com todas as minhas forças ficar com marcas na pele. Lembranças ruins, simplesmente isso.

— Você sabe que eu odeio esses chupões, Nicholas Leister — afirmei, tentando controlar a minha voz.

Ele se aproximou com cuidado, esticou o braço e afastou meu cabelo para poder olhar para a minha pele.

— Desculpa, eu não percebi — ele respondeu, simplesmente. Eu revirei os olhos.

— Sim, claro — falei, afastando a mão dele assim que começou a me fazer carinho. — Eu já falei, Nicholas, não gosto de ficar com essas marcas, não sou uma vaca.

Ele deu risada e fiquei com vontade de dar um soco nele.

— Por favor, sardenta, já brigamos bastante hoje. Vamos tentar ficar em paz — ele propôs, me puxando e me dando um abraço.

Fiquei imóvel como uma pedra, mas então a mão dele se dirigiu à minha nuca e puxou meu cabelo para trás, me obrigando a olhar para ele.

— Se você me desculpar, faço o que você quiser — ele soltou.

— O quê? — respondi, incrédula. O olhar dele se escureceu.

— O que você quiser. Estou falando sério, é só pedir, sou todo seu.

Eu sabia o que ele estava imaginando naquela mente pervertida. Abri um sorriso, me aproveitando da situação e me sentindo poderosa.

— Tudo bem — concordei, levando minhas mãos ao pescoço dele. — Tem algo que eu quero que você faça.

10

NICK

— De jeito nenhum — eu disse, taxativo. Estávamos estacionando na frente de um abrigo para animais.

— Você disse que faria qualquer coisa — a doida da minha namorada respondeu, saindo do carro animada como uma menina de cinco anos.

— Eu estava falando de sexo.

A Noah deu risada, como se minha proposta fosse muito inusitada.

— Eu sei — ela afirmou, então. — Mas como a escolha é minha, e não sua, vamos adotar um gatinho.

Que merda, de novo essa história de gato! Eu odeio gatos; eles são idiotas, não aprendem nada e, ainda por cima, são melosos, ficam o dia inteiro em cima das pessoas. Sempre preferi os cachorros; que merda, preferia o meu cachorro! O cachorro que tive que deixar na casa do meu pai porque não são permitidos animais de grande porte no condomínio em que fui morar.

— Já falei mil vezes que não quero a merda de um gato no meu apartamento.

Noah cravou os olhos furiosos em mim, jogou os cabelos para trás e, antes que começasse com a lenga-lenga, eu a agarrei, prendendo-a contra o meu peito, e tapei a boca dela com a mão.

— Não vou adotar um gato. Ponto-final.

Ela começou a lamber minha mão para que eu a soltasse. Eu apertei ainda mais as costas dela contra mim e me lembrei das nossas brincadeiras naquela manhã. Nós dois tínhamos muitas cócegas.

Eu a soltei antes de perder a paciência.

— Nicholas! — ela gritou, sufocada e com as bochechas vermelhas.

Levantei as sobrancelhas à espera do que ela teria para me falar. Estava tão linda com aquele vestido... Queria arrancá-lo ali mesmo, mas me contive.

— Você babou em mim — eu a acusei, limpando a mão na minha calça.

Ela ignorou meu comentário e me fulminou com seus olhos felinos.

— Tudo bem, sem problemas. Se não quiser comprar um gato para mim, eu mesma compro — ela disse. Em seguida, deu meia-volta e entrou naquele inferno para qualquer homem, sem nenhuma dúvida.

Eu a segui exasperado e automaticamente o cheiro de animais e excrementos tomou conta dos meus sentidos. O barulho dos bichos — de hamsters correndo em suas rodinhas e de gatos miando — chegou aos meus ouvidos, e tive que me segurar para não arrastar a Noah para fora daquele lugar.

Ignorando-me completamente, ela se dirigiu ao responsável atrás do balcão. Era jovem, com certeza da idade dela, e, ao vê-la, os seus olhos se iluminaram.

— Posso ajudar?

A Noah olhou para mim por um segundo e, ao ver que eu não tinha a intenção de fazer nada, virou-se indiferente para o rapaz.

— Quero adotar um gato — ela respondeu, determinada.

Eu me aproximei dela quando o rapaz se afastou com um imenso sorriso, disposto a lhe oferecer o mundo inteiro, estava claro.

— Por aqui, por favor — ele disse, apontando para um corredor. — Ontem mesmo resgatamos alguns gatinhos de um estacionamento. Eles foram abandonados e não têm mais do que três semanas de vida.

Um "oh!" infinito e de pesar saiu dos lábios da Noah. Revirei os olhos enquanto o babaca nos levava para onde ficavam várias gaiolas com gatos de todos os tamanhos e cores. Alguns estavam dormindo, outros brincando ou simplesmente miando para encher o saco.

— São esses aqui — ele anunciou, apontando para uma gaiola mais distante. Noah foi direto para lá, como se buscasse um tesouro mágico.

— Eles são tão pequenos... — ela comentou, com aquela voz estranha que as mulheres fazem quando estão falando com filhotes ou com bebês.

Eu me aproximei e olhei para os quatro gatos sarnentos, que estavam em cima de uma manta. Três eram cinza, com manchinhas brancas nas patas ou na cabeça, e o quarto era completamente preto. Logo de cara já não gostei de nenhum deles.

— Olha só eles brincando — o rapaz falou, com uma vozinha aguda. Eu o fulminei com o olhar e cheguei mais perto da Noah.

— Posso pegar um? — a Noah pediu, usando todos os seus encantos femininos. Fiquei com vontade de levá-la embora dali de imediato.

— Claro, o que você quiser.

E quem poderia imaginar? Qual a Noah escolheu? O preto, claro.

— Ele é o mais tranquilo de todos. Ainda não o vi brincando desde que os trouxemos.

Os outros três não paravam quietos. Jogavam-se uns sobre os outros e se estapeavam na cara com as patinhas. Estava claro que o pobrezinho tinha sido intensamente importunado.

Noah levou o gatinho até o peito e começou a acariciá-lo, como uma mãe faria com um bebê. Quando o maldito gato começou a ronronar, percebi que não havia mais nada que eu pudesse fazer para impedi-la.

Suspirei profundamente.

— Oh, olha só, Nick — ela disse, olhando para mim com olhos ternos.

O gato era feio pra caramba, com os pelos arrepiados, mas eu sabia que a Noah não escolheria o gatinho mais bonito nem o mais brincalhão. Ela ia escolher o mais desamparado, aquele que tinha sido deixado de lado, que ninguém queria... Aquilo me fez lembrar de mim mesmo.

— Tá bom, tá bom... Pode ficar com o maldito gato — cedi. Um sorriso enorme se desenhou no rosto dela.

O rapaz nos levou até o balcão e eu tive de assinar um monte de papéis me comprometendo a cuidar do gato, dar-lhe todas as vacinas e tudo o mais. A Noah começou a passear pela loja e voltou cheia de troços para o animal sem nome.

— Você está planejando comprar tudo isso? — alfinetei. Eu não me importava com a merda do dinheiro, só queria encher o saco dela.

— Você disse que era "o que eu quisesse" — ela me lembrou, colocando uma coleira, uns potes de comida e uma cama molenga azul em cima do balcão.

O gato endemoniado estava em uma gaiola pequena que nos deram para levá-lo embora.

— Espero que ele se adapte bem a vocês e que aproveitem muito da companhia dele — o rapaz desejou, olhando somente para a Noah. — Não esqueçam de levá-lo a um veterinário em algumas semanas, quando ele estiver na idade de ser castrado e vacinado.

Eu estava cada vez com mais pena do animal.

Dez minutos depois, seguíamos para o meu apartamento. Eu finalmente ficaria a sós com ela para propor o que andava pensado há alguns meses.

Eu me virei para olhar para ela e um sorriso involuntário apareceu no meu rosto. Lembrava minha irmãzinha com um brinquedo novo.

— Qual vai ser o nome dele? — perguntei, enquanto saía da estrada e ia para o bairro onde ficava meu condomínio.

— Hum... Ainda não sei — ela respondeu, fazendo um carinho cuidadoso no Sem Nome.

— Vê se não coloca Nala, nem Simba, nem outra dessas bobagens, por favor — eu pedi, estacionando na minha vaga. Em seguida, saí do carro e fui abrir a porta para ela.

A Noah não estava nem olhando para mim, parecia abobada. Fulminei com o olhar o animalzinho que roubou meu protagonismo.

— Acho que vou chamá-lo de N — ela anunciou, então, quando estávamos no elevador.

— N? — repeti, incrédulo. Meu Deus! Ela tinha perdido a cabeça!

A Noah olhou para mim, se sentindo ofendida.

— N, por causa dos nossos nomes, Nick e Noah — ela esclareceu. Eu dei uma gargalhada.

— Acho que o café de hoje não te fez muito bem.

Ela me ignorou deliberadamente enquanto entrávamos no meu apartamento.

Finalmente em casa. Era o único lugar onde eu me sentia tranquilo, e adorava a sensação de que teria a Noah só para mim.

— Você vai ter que cuidar dele quando eu não estiver — ela comentou, soltando o gato no meio da sala e observando como ele explorava o cômodo.

— Nem pensar. Seu gato, suas responsabilidades — eu avisei, sem meias palavras.

Ela olhou para mim com cara de quem não podia fazer nada e eu a puxei antes que começássemos a discutir de novo.

— Só você para me fazer ceder nessas situações — afirmei, me inclinando para beijar o pescoço dela. A Noah se mexeu para facilitar o meu acesso. A pele dela era macia e tinha um cheiro tão bom... Vi as marcas que eu tinha deixado... Eu gostava, adorava ver as marcas dos meus beijos na pele dela, mas nunca admitiria em voz alta, já que seria problema na certa.

— E se eu dissesse que adoro a ideia de ter um bichinho com você? — ela soltou, então, e recuei para poder olhar no seu rosto. Ela deu de ombros, se sentindo culpada. — Vai ser nosso. O nosso gatinho. Vamos ser os pais dele.

Respirei fundo ao ouvir aquilo. Sabia que por trás daquela frase havia algo muito mais profundo, algo que eu sabia sempre a perseguir, algo que fazia o meu sangue ferver.

Dei um beijo carinhoso nos lábios dela.

— Tudo bem, eu vou cuidar do K — concordei, enquanto passava a mão no cabelo dela, encerrando o assunto.

Ela me deu um tapa.

— O nome dele é N!

Eu dei risada e a levantei até sentá-la em cima do balcão da cozinha.

— Queria conversar com você — eu comentei, ficando nervoso de repente.

A Noah olhou para mim com curiosidade.

Que merda, não fazia nem ideia de qual seria a reação dela.

— Quero que você venha morar comigo quando começar a faculdade.

11

NOAH

— Está falando sério? Morar com ele? A maneira como ele me olhava me fez perceber que devia pensar com calma, porque ele estava falando sério, não havia dúvida.

Nick ficou diante de mim e segurou meu rosto com as duas mãos.

— Por favor, diga que sim.

Aquilo era demais para mim. Eu não podia me colocar em uma situação dessas. Desci do balcão e comecei a andar pelo apartamento.

— Nicholas, eu tenho dezoito anos. — Virei-me para encará-lo. Ele ficou parado no mesmo lugar, de pé, me olhando com a testa franzida. — Dezoito — eu repeti, caso não estivesse claro. Senti o nervosismo crescendo dentro de mim, porque aquela sensação de que não estávamos em sintonia, de que ele precisava de mais do que eu podia oferecer, me assustava mais que tudo.

— Você é mais madura do que qualquer mulher da minha idade. Nem parece que você só tem dezoito anos, Noah, não venha com essa. É ridículo. Se você morasse aqui, a gente ia se ver todas as noites, todos os dias — ele respondeu, se apoiando no balcão e cruzando os braços. — Você não quer morar comigo, é isso? — soltou, um segundo depois.

Nossa… Como eu ia explicar que não era uma questão de querer ou não querer? Como dizer que estava com medo de dar esse passo ainda tão jovem? Como contar que, na verdade, tinha receio de que, se morássemos juntos, ele acabasse descobrindo o quanto eu ainda me sentia afetada por tudo o que tinha acontecido no passado e se cansasse de mim — ou, pior, terminasse comigo?

— Claro que eu quero — falei, me aproximando com cuidado de onde ele estava. Ele olhou para mim sem mover um músculo sequer. — Meu medo é que a gente acabe estragando o que a gente tem por ir rápido demais.

O Nicholas negou com a cabeça.

— Isso é bobagem, Noah. Eu e você não podemos ir rápido demais porque já começamos na velocidade da luz. As coisas são assim com você, são assim comigo. Você me conhece, sabe perfeitamente que eu não daria esse passo com mais ninguém, só com você, e estou lhe propondo isso porque acho que é o certo a se fazer, porque é o nosso destino, porque não consigo ficar longe de você... Nem você de mim.

Respirei fundo para tentar controlar o meu nervosismo... Morar com o Nicholas... Seria um sonho, de verdade; vê-lo todos os dias, me sentir segura sempre, amá-lo o tempo inteiro.

— Tenho medo de não ser o que você espera — admiti, com a voz trêmula.

Ele finalmente se moveu e esticou o braço para fazer carinho na minha bochecha. Os olhos dele percorreram as minhas feições cuidadosamente, admirando cada parte da minha expressão.

— Quero olhar para esse rosto quando acordar — ele confessou, deslizando o dedo sobre meu lábio inferior —, quero beijar seus lábios antes de dormir — ele continuou, com a voz rouca —, quero sentir a sua pele todo dia antes de dormir. Sonhar com você nos meus braços. Olhar para você enquanto estiver dormindo e cuidar de você o dia inteiro.

Ergui os olhos e percebi que cada palavra saía diretamente do seu coração. Estava falando sério; ele me amava e me queria por perto. Senti meu coração se acelerando, algo dentro de mim ardendo de felicidade, parecia que eu ia derreter. Como era possível amá-lo tanto? Como ele conseguia tirar tanto de mim, sem que eu pudesse impor dificuldade alguma?

— Sim. Eu vou morar com você — afirmei, sem nem acreditar. Um sorriso radiante apareceu no rosto dele.

— Fala de novo — ele pediu, se afastando do balcão e colocando as mãos no meu rosto.

— Vou morar com você, vamos morar juntos.

Chega de pesadelos, chega de medos. Com ele do meu lado, ia me recuperar aos poucos. Com ele eu superaria tudo. Ele segurou meu rosto e colocou os lábios sobre os meus. Senti um sorriso, ele parecia feliz de verdade, e adorei perceber isso.

— Meu Deus, como eu te amo! — ele exclamou, apertando minha cintura contra o seu corpo. Eu o abracei e dei risada ao perceber que o N estava olhando para a gente do final do corredor, tão pequeno, preto e com olhos claros. Íamos morar os três juntos, o Nick, o N e eu.

Infelizmente, os dias seguintes passaram rápido. Minha mãe ainda não fazia ideia de que eu ia morar com o Nick quando voltássemos de viagem, e eu não pretendia contar até que fosse extremamente necessário. Ele estava de muito bom humor, que foi diminuindo à medida que se aproximavam a viagem e meu mês longe. Ele levou muito a sério o projeto de morarmos juntos. Esvaziou metade do guarda-roupa e uma cômoda para abrir espaço para as minhas roupas, que eu vinha levando para lá aos poucos, em segredo, quando ia visitá-lo. O apartamento, que parecia masculino demais para o meu gosto, tinha se transformado em um lugar mais alegre. Saímos juntos para comprar algumas almofadas coloridas e o obriguei a trocar os lençóis sempre escuros do quarto dele por outros brancos, muito mais aconchegantes. O Nick estava encantado, claro. Seria capaz até de pintar o chão de rosa, desde que eu estivesse lá com ele. Eu já tinha levado alguns dos meus livros favoritos, e minha mãe parecia não ter percebido nada.

O calor tomou conta da cidade, e os tempos de usar casaco e calças pesadas ficaram para trás. O Nick me levava para a praia quase todos os dias, entrávamos no mar juntos e ele tentou me ensinar a surfar, sem muito sucesso... No entanto, finalmente chegou o dia da minha viagem com a minha mãe, e só voltaríamos em meados de agosto.

Meu Deus, eu queria muito viajar, mas não sabia como poderia ficar tanto tempo longe do Nick!

Estávamos no meu quarto. Havia uma mala aberta em cima da cama, e o Nicholas estava sentado na cadeira da minha escrivaninha, brincando com o N e me ignorando deliberadamente. Ele já estava há dois dias aborrecido, não queria ouvir falar da viagem nem de nada que tivesse a ver com ela, mas faltavam algumas horas para eu partir, então ele precisava se acostumar com a ideia. Ele chegou a tirar algumas coisas da minha mala sem eu perceber umas cinco vezes, além de esconder o meu passaporte, que eu tinha achado, três dias depois, no meio das suas coisas de trabalho. Ele ameaçou me amarrar na cama e até deixar o N morrer de fome se eu não ficasse. Eu ignorei todas as suas tentativas de sabotar a viagem da melhor maneira possível, porque sabia que aquilo o afetava tanto ou até mais do que me afetava.

— Já vou avisando que o calor na Espanha é infernal e, além disso, você não gosta de frutos do mar, então vai se ferrar. A Torre Eiffel não é tudo o que dizem… Você sobe nela e depois se pergunta: "Era só isso?". Ah, e não vá esperando nada de outro mundo da Inglaterra. O clima de lá é horrível e as pessoas, então, sempre sérias e emburradas…

— Você vai continuar com esse plano insuportável? — eu o interrompi, perdendo a paciência. Eu me aproximei dele e peguei o N, que ganhara um brinquedinho estúpido que o deixava doido. O Nick já estava com uns dez arranhões no braço.

Antes de eu lhe dar as costas, ele me segurou e me obrigou a sentar no colo dele, com o N entre nós.

Ele olhou para mim sério, como se estivesse pensando se ia ou não falar o que se passava de verdade em sua cabeça.

— Não vai — ele soltou. Revirei os olhos. De novo, não.

— Vai, N, ataca o Nick! — pedi para o gato, pegando-o e o colocando diante do rosto do Nicholas, que franziu a testa. — Bom, é melhor se comportar bem, gatinho. Não queremos que esse doido te jogue na máquina de lavar roupas. — Beijei a cabecinha escura e peluda dele.

O Nicholas olhou para mim, tenso.

— Você vai me ignorar agora?

— Considerando que eu já respondi a essa pergunta umas dez mil vezes, sim — respondi, fixando meus olhos nele. Meu Deus, ia sentir muita saudade daquele olhar, daquelas mãos, daquele corpo, dele inteirinho… — Não gosto de ficar me repetindo.

Ele ergueu a sobrancelha, obviamente incomodado com as minhas palavras.

— Larga esse maldito gato e olha para mim — ele pediu, tirando o N das minhas mãos e o colocando no chão. Olhei para o Nick, preparada para uma briga. — Não quero que você faça nada estúpido ou perigoso — ele advertiu, me segurando com força pelo quadril, como se daquela maneira pudesse me obrigar a ficar com ele. — Não é para beber, nem falar com estranhos.

— Você consegue ouvir o que está dizendo? — Fugi das mãos dele e me afastei.

Por que ele tinha que ser tão ciumento e controlador? Não aguentava aquilo. Ele não confiava em mim? Que merda.

Comecei a guardar as coisas na mala sem nem olhar para ele e, quando terminei, puxei o zíper e… Que merda, não estava fechando!

Ele afastou minha mão e puxou o zíper com força, fechando a mala para mim. Ouvi-o suspirando ao meu lado.

— Vou ficar com saudade.

Olhei para ele e percebi o quanto estava abatido.

— O que eu vou fazer sem você? — ele perguntou, perdido.

Respirei fundo para me acalmar. Coloquei as duas mãos no rosto dele, ficando nas pontas dos pés para poder olhar em seus olhos.

— Logo estarei de volta e serei só sua. Vou me mudar para o seu apartamento quando voltar — prometi, esperando que isso o animasse.

As mãos dele fizeram carinho nos meus braços, cuidadosamente, de cima para baixo.

Como era possível mudar de postura tão rápido?

— Eu te amo, sardenta. Não quero que nada de ruim lhe aconteça e me sinto mal por não poder cuidar de você enquanto estiver fora.

Senti um calor dentro de mim. Eu ia ficar com muita saudade. Dei um beijo carinhoso nos lábios dele.

— Eu também te amo, e vou ficar bem...

Vi nos olhos dele que minhas palavras não foram suficientes e entendi que a viagem seria um grande teste para o nosso relacionamento. Não sabia como iríamos reagir passando tanto tempo separados.

12

NICK

Eu levei as duas para o aeroporto. Meu pai se despediu em casa, porque precisava ir para o trabalho. Não foi muito legal ter que passar minha última hora com a Noah tendo a mãe dela no banco de trás, mas novamente tive que engolir o que estava pensando. Não estava achando a menor graça naquela viagem, deixei isso muito claro, mas não havia nada que eu pudesse fazer.

Olhei de soslaio para a Noah, que estava calada e pensativa no banco do passageiro. Ela insistiu para levar o gato com ela e estava fazendo carinho nele, distraída, olhando pela janela. Estiquei o braço e peguei uma das mãos dela para levá-la à alavanca de câmbio. Estava com um vazio no peito e odiava me sentir daquela maneira. Desde quando eu tinha me tornado tão insuportavelmente dependente?

Não podia ser assim, não dava para enlouquecer porque não a veria por um mês, eu precisava encarar a situação com mais calma. Essa viagem seria um teste para vermos como suportaríamos ficar separados. Olhei de soslaio para ela, que sorriu para mim com certa tristeza nos olhos.

A mãe dela estava com um sorriso imenso no rosto, felicíssima.

Por que para ela não era um problema ficar um mês separada do marido? Não entendia aquilo e, sem perceber, apertei a mão da Noah com mais força. Quando chegamos ao aeroporto de Los Angeles, parei no estacionamento e peguei as malas, enquanto a Raffaella buscava um carrinho. A Noah se aproximou de mim rapidamente e me beijou na boca.

— O que você está fazendo? — perguntei, tentando demonstrar alguma alegria, mesmo não estando feliz.

— Estou beijando você antes que a minha mãe volte — ela respondeu. Então, não queria me beijar lá dentro, quando estivéssemos junto com a minha sogra?

Guardei minha opinião para mim, sabendo que a beijaria quantas vezes eu quisesse e onde quisesse.

Meia hora depois, já tínhamos despachado as malas e a Raffaella insistia em entrar na área de embarque. Ainda faltava uma hora para o voo, mas aquela mulher era irritante.

— Mãe, pode ir na frente. Preciso ficar um momento a sós com o Nicholas antes da viagem — Noah disse. A mãe dela franziu a testa. Olhou para mim, depois para a Noah, por último para o gato. A maneira como ela olhou para ele, enojada, despertou minha veia protetora.

É o nosso gato.

Finalmente ela se despediu de mim e seguiu para a área de embarque, deixando-nos a sós.

Passei o braço por trás do pescoço dela e a puxei para mim. Beijei o topo da sua cabeça enquanto íamos a passos de tartaruga para a área de embarque.

— Eu não deveria estar tão triste, Nick — ela confessou, então.

Baixei o olhar e a observei fixamente. Que merda, era verdade! Não deveríamos estar tão abatidos. Seria só um mês… Havia casais que não se viam durante um ano inteiro. Não queria que a Noah fosse viajar tão triste, não queria que ela sofresse, muito menos por causa de alguém que deveria fazê-la feliz. Eu me senti culpado por insistir tanto para ela ficar. Se eu tivesse apoiado a viagem desde o início, talvez agora ela não estivesse tão desanimada, com tanta tristeza no olhar.

— Não fica assim, sardenta — eu disse, apertando-a contra o meu peito. O N miou, incomodado por ter sido esmagado entre nós. — O calor da Espanha é incrível e a Torre Eiffel é linda, você vai adorar — garanti, e um sorriso surgiu no rosto dela. — A gente se vê quando você voltar. Vou ficar esperando com o bichano — adicionei, apontando para o N.

— Por favor, cuida dele, Nicholas. Não esquece da comida dele e não dá mais vinho para ele, pelo amor de Deus — ela pediu, realmente preocupada.

— Foi só uma vez, e o gato adorou — respondi, brincando.

Ela revirou os olhos e abraçou o gatinho contra o peito.

— Toma, pega ele — disse, entregando-o. Eu o peguei com uma das mãos e com a outra segurei a cabeça da Noah, puxando-a para sentir os lábios dela nos meus.

— Eu te amo — declarei, depois de saborear sua boca pela última vez naquele mês.

Um sorriso se desenhou no rosto dela.

— Eu te amo mais.

Fiquei olhando quando ela foi embora e senti um nó no estômago. Seus cabelos longos presos em um coque alto, suas pernas apertadas em um shortinho... Os caras que cruzassem com ela ficariam doidos. Respirei fundo tentando me acalmar. Agora, éramos só o N e eu.

Assim que entrei em casa, senti um desânimo. Deixei o gato solto para ele fazer o que quisesse e olhei para o apartamento com nostalgia. Não tinha nenhuma ideia do que faria naquelas quatro semanas sem ela. Eu sabia que minha vida tinha mudado de maneira inimaginável, nem me lembrava de como era estar solteiro e sem ninguém do meu lado. Era como se estivesse olhando através de um vidro embaçado, como se houvesse um antes e um depois da Noah Morgan.

O chão estava impecável. Não que a Noah fosse maníaca por limpeza, mas no último dia antes da viagem ela ficou um pouco histérica e limpou tudo que estivesse pelo caminho, o que ela só fazia quando estava estressada de verdade. Era algo que eu tinha aprendido sobre ela durante os últimos meses.

Ficava nervoso ao pensar que ela estava a milhares de quilômetros de distância, atravessando o país naquele exato instante em direção a Nova York, já que fariam uma escala por lá antes de seguirem para a Itália. Nunca tive medo de avião; já pegara tantos voos na minha vida que até perdera a conta, mas agora que a Noah estava voando... Fiquei surpreso com a quantidade de pensamentos terríveis que passavam pela minha cabeça. Que o avião poderia estar com algum defeito, que cairia no mar, que podia sofrer um atentado... As possibilidades eram infinitas e eu não podia fazer nada para acalmar o medo que atormentava o meu peito.

Cinco horas depois, o toque do meu celular me tirou do sono inquieto no qual eu tinha caído sem nem perceber. Acordei desorientado.

— Nick? — disse a voz do outro lado da linha.

— Vocês chegaram? — perguntei, tentando me concentrar.

— Sim, estamos no aeroporto. Esse lugar é imenso! Que pena que não dá para sair e conhecer a cidade, parece ser incrível — A Noah parecia feliz, o que me animou um pouco, apesar de eu estar com saudades dela.

— Eu quero Nova York — eu disse. A Noah deu uma risada.

— O quê? — ela perguntou, e pude escutar o alvoroço ao redor dela. Imaginei homens de roupa social carregando maletas e chegando à cidade que nunca dorme, mães com crianças que só reclamam e choram, aquela voz feminina falando nos alto-falantes e chamando as pessoas atrasadas prestes a perderem o voo...

— Eu quero ter a honra de mostrar Nova York para você, foi isso que eu quis dizer — me apressei em explicar. Levantei do sofá e me aproximei da pia da cozinha.

— Prometa que vamos vir no inverno, para ver a neve — ela exclamou, animada, do outro lado da linha.

Sorri como um idiota me imaginando com a Noah em Nova York, nós dois juntos, percorrendo as ruas, parando nos cafés... A gente tomaria chocolate quente, eu a levaria ao Empire State e, enquanto estivéssemos lá em cima, eu a beijaria até que ficássemos sem ar.

— Eu prometo, meu amor — sussurrei.

Escutei uma voz distante a chamando. Era a mãe dela, claro.

— Nick, preciso ir — ela soltou, com pressa. — Eu te ligo quando chegarmos à Itália. Te amo!

Ela desligou antes mesmo que eu pudesse responder.

A Noah chegou sã e salva à Itália. Recebi apenas uma breve ligação, já que, segundo ela, se continuássemos conversando a chamada ia custar uma fortuna. Disse para não se preocupar com a conta de telefone, mas ela insistiu que nos falássemos por Skype quando ela estivesse conectada à internet do hotel. O problema era a enorme diferença de fuso horário. Enquanto eu estivesse dormindo, ela estaria acordada — e vice-versa.

Os dias foram se passando e as chamadas via Skype se transformaram em breves resumos do que havia acontecido durante o dia. Ela estava sempre exausta quando me ligava, e acabávamos conversando só por uns cinco minutos. Eu odiava isso, odiava estar tão longe, não poder tocá-la, não poder conversar com ela por horas, mas prometi para mim mesmo que não ia incomodá-la durante a viagem. Então, quando a gente se falava, eu fazia uma cara ótima, mesmo que por dentro estivesse arrependido de tê-la deixado ir viajar.

Dediquei a maior parte do meu tempo a ir à academia, surfar e, nos fins de semana, visitar a minha irmã, Madison. No sábado seguinte à partida da Noah, peguei o carro e fui direto para Las Vegas. O Lion quis me acompanhar e, como tínhamos passado a semana inteira sem nos ver, fiquei feliz por ele ir junto. A Maddie já conhecia meu melhor amigo e eles se davam muito bem.

— Não sei como você vai aguentar ficar mais três semanas sem a Noah — Lion comentou na estrada. Chegaríamos a Las Vegas à noite, por isso veríamos a minha irmã somente no dia seguinte. Reservamos um quarto no hotel Caesars, já que, apesar de termos ido para visitar a minha irmã de seis anos, não podíamos deixar de passar no cassino e beber alguma coisa. Afinal de contas, estaríamos em Las Vegas.

Eu o fulminei com o olhar quando ele me lembrou das torturantes semanas que eu teria pela frente.

— O que você quer que eu diga? — ele continuou, erguendo as mãos. — Faz só dois dias que a Jenna foi para um cruzeiro idiota com os pais dela e eu já estou subindo pelas paredes. E só faltam cinco dias para ela voltar.

Era a primeira vez que a Jenna tirava férias e deixava o Lion por aqui. No ano anterior, os dois foram com a gente para as Bahamas e ela só tinha se ausentado antes por um fim de semana, quando foi com os pais para a casa que tinham nos Hamptons. Neste ano, parecia que todos os pais tinham combinado de nos ferrar e levar nossas namoradas embora.

— Não vejo a hora de a Noah vir morar comigo. Só assim para essas bobagens acabarem e para a mãe dela levar nosso relacionamento mais a sério — eu disse, apertando o volante com força. Eram três da tarde em Los Angeles, então a Noah devia estar dormindo. Como eu queria estar na cama com ela naquele exato momento...

O Lion ficou calado, coisa rara, e olhei para ele de soslaio com curiosidade.

— O que está acontecendo? — perguntei, vendo que o humor dele ficou pior do que já estava. Nesse momento, nenhum de nós dois era uma boa companhia.

Ele continuou olhando pela janela.

— Eu queria ter um lugar legal para poder morar com a Jenna. Você sabe, um lugar que esteja à altura dela, não aquela merda de apartamento onde eu moro — ele soltou.

Fiquei surpreso quando ele disse aquilo. Já fazia cinco anos que nos conhecíamos e nunca o tinha ouvido reclamar por causa de dinheiro, nenhuma

SUA CULPA

vez. Nós dois vínhamos de mundos completamente diferentes: eu tinha minha herança garantida e ganhava muito bem trabalhando no escritório. Nunca precisei me preocupar em relação a isso, não fui educado assim, simplesmente cresci com tudo à minha disposição, mas tenho consciência de que é difícil alcançar a estabilidade sem que haja um pai milionário bancando tudo. No ano em que morei com o Lion, aprendi que nem tudo caía do céu, que as pessoas realmente passavam por dificuldades para ganhar dinheiro e conseguir se alimentar. O Lion trabalhava grande parte do dia na oficina que o avô deixara para a família. Ele não podia contar com o irmão mais velho, que em poucos dias sairia da cadeia — onde já estivera duas vezes antes —, então o Lion precisava pagar todas as contas, tanto da casa quanto da oficina.

Eu participava dos rachas, das lutas e de tudo o mais porque, além de gostar, também era uma maneira de ajudar o Lion. Éramos irmãos, mesmo tendo origens diferentes, e às vezes, como naquele instante, dava para notar claramente a diferença monumental que havia entre nós.

— Você sabe que a Jenna não se importa com o lugar onde você mora, Lion — eu falei, me sentindo mal. O Lion não deveria estar passando por aquilo, não deveria ter de pensar dessa maneira. Ninguém merecia mais do que ele viver com tranquilidade e sem problemas. Além do mais, a Jenna nunca seria um peso para ele. Assim como eu, a Jenna com certeza tinha uma conta no nome dela, e bastaria completar 21 anos para poder viver tranquila. Claro que tinha uma conta, o pai dela era um magnata do petróleo!

— Eu me importo. Sei muito bem como ela é e com qual padrão ela está acostumada — ele me recriminou, elevando o tom de voz. — Não vou poder oferecer a ela nem a metade do que ela precisa.

— Nem tudo na vida é dinheiro — eu disse.

Lion deu uma gargalhada.

— Falou o menino rico.

Bom, em qualquer outra situação eu já o teria mandado à merda, mas sabia que, por trás daquela conversa, havia algo sincero e profundo, algo que o estava incomodando de verdade.

Eu não respondi e ele parou de falar. Seguimos viagem em silêncio, ouvindo música, e não paramos nem para almoçar.

Quando chegamos, nosso ânimo já estava diferente: era impossível não ser afetado pelo clima de Las Vegas, pelas pessoas, os lugares, as luzes, o hotel… O Caesars era impressionante, praticamente uma cidade, incluindo as lojas das melhores marcas de roupas... As mulheres ficavam doidas. Não era como estar na Itália, mas era um lugar incrível, eu tinha que admitir. Nosso quarto ficava na parte oeste do hotel, que era imenso, e tivemos de andar bastante até chegar nele.

— O que você quer fazer? — o Lion perguntou, saindo para a sacada e acendendo um cigarro.

— Vamos beber alguma coisa — respondi. Não queria admitir, mas sempre que visitava a Madison meu estado de ânimo piorava um pouco. Eu simplesmente odiava o fato de que minha mãe estava tão perto de mim, era insuportável.

Descemos e fomos para um dos vários bares do hotel, que ficava perto do cassino. O Lion se saía bem com as cartas e eu tinha certeza de que ele ia querer jogar um pouco antes de voltarmos para o quarto. Já era bem tarde e eu estava cansado depois de dirigir tanto, mas aproveitei mais do que deveria bebendo um rum envelhecido, que pouco a pouco acalmou a minha ansiedade e o meu mau humor.

— Você quer jogar? — ele perguntou meia hora depois, quando nós dois estávamos bem mais animados.

— Vai você, eu prefiro ficar por aqui — respondi, enquanto pegava o celular e verificava se havia alguma mensagem da Noah.

Um tempo antes eu tinha mandado uma mensagem para ela, um pouco brincando, um pouco falando sério, perguntando se eu tinha que mandar algo para que ela se lembrasse de mim. Já fazia quase dois dias que a gente não se falava, e ela devia ter chegado a Londres há pouco tempo.

Ela respondeu.

> Conservar algo que possa recordar-te seria admitir que eu pudesse esquecer-te.

Revirei os olhos.

> Agora você vai citar Shakespeare para conversar comigo? Será que não tem algo mais apropriado?

Um segundo depois ela ficou on-line e senti uma calidez no meu interior que eu só sentia quando ela estava envolvida.

> Cheguei só há duas horas e já estou completamente imersa na cultura literária do país. Se você não gosta das minhas mensagens românticas, eu não mando mais nenhuma, idiota.

Depois da mensagem, vieram um monte de emojis com carinhas aborrecidas. Eu abri um sorriso.

> Eu vou te dar algo muito melhor do que mensagens românticas quando você voltar dessa viagem idiota. Você não vai sentir falta de nenhum escritor morto. Eu e você somos poesia, meu amor.

Eu não tinha a mínima ideia de como poderia aguentar as próximas duas semanas e meia.

Na manhã seguinte, acordei cedo e tomei um banho para tentar ficar com uma aparência boa para ir buscar a minha irmã. Depois de pegá-la, nos encontraríamos com o Lion no hotel para decidir o que fazer.

Dirigi para longe da área turística daquela cidade cheia de pessoas malucas até chegar ao parque que havia perto do bairro de ricaços onde minha irmã morava. Saí do carro e coloquei meus óculos de sol, lamentando por ter bebido um pouco além da conta na noite anterior. Meu humor já andava delicado nos últimos dias e eu não estava preparado para brincadeiras ou para surpresas desagradáveis. Por isso, quando meus olhos se fixaram na mulher que estava de mãos dadas com a minha irmã, andando na minha direção, precisei respirar fundo várias vezes e me lembrar de que havia uma menina de seis anos por perto para me impedir de entrar de volta no carro e ir embora sem olhar para trás.

A mulher alta e loira que vinha na minha direção era a última pessoa que eu queria ter diante de mim.

— Nick! — minha irmã gritou, se soltando da minha mãe e correndo até mim. Fingi não me importar com a dor de cabeça provocada por aquele tom agudo que apenas a Madison conseguia alcançar e a levantei do chão quando ela se aproximou.

— E aí, princesa?! — eu a cumprimentei, ignorando minha mãe, que parou perto da gente.

— Oi, Nicholas — ela disse com timidez, mas sempre com a cabeça erguida, como sempre fazia. Ela não tinha mudado muito desde a última vez que eu a vira, havia uns oito meses, quando ela e o idiota do marido se descuidaram da minha irmã e fizeram com que ela fosse parar no hospital com cetoacidose diabética.

— O que você está fazendo aqui? — alfinetei, colocando a Maddie no chão. Minha irmã ficou entre nós, ficando de mãos dadas comigo e esticando o braço para dar a outra mão para minha mãe.

— Finalmente, os três juntos! — a pequena exclamou, encantada. Diversas vezes ela implorou para que eu fosse visitá-la na casa dela, insistindo para que eu fosse brincar no quarto dela ou que aparecesse em sua festa de aniversário. Todos os pedidos tinham um único objetivo: fazer com que eu e minha mãe ficássemos juntos no mesmo lugar.

— Quero conversar com você — ela respondeu, tensa, mas tentando não demonstrar. Estava vestida de maneira impecável, com os cabelos loiros escovados para trás e uma tiara ridícula na cabeça. Era igual a todas as mulheres que moravam no meu bairro, igual a todas as mulheres que eu odiava e desprezava por serem tão sonsas. No entanto, sua aparência nunca a impediu de ser tratada como uma abelha-rainha por todos os homens que conhecera: todos a idolatravam e queriam dormir com ela.

— Não me interesso por nada que você tenha para me dizer — eu respondi, tentando esconder no meu tom de voz o quanto ficava afetado ao vê-la, o quanto odiava a sua presença.

Lembranças da minha infância começaram a tomar conta da minha cabeça: minha mãe me colocando para dormir, minha mãe me defendendo do meu pai, minha mãe me esperando com panquecas aos domingos… Mas, depois dessas lembranças, vinham outras… Outras que eu preferia esquecer.

— Por favor, Nick…

— Nick! — Madison a interrompeu. — A mamãe falou que quer vir com a gente. Ela me contou.

Meus olhos se voltaram para aquela mulher, e acho que o olhar que lancei a fez recuar, porque ela se apressou a falar:

— Madison, é melhor vocês irem sem mim. Eu tenho que ir à cabeleireira, querida. Nos vemos hoje à noite — ela disse, se inclinando para dar um beijo na cabeça da pequena.

Fiquei surpreso com a maneira como minha mãe tratou a Madison. Achei que ela seria fria ou que simplesmente demonstraria indiferença;

qualquer coisa, menos aquela doçura que presenciei. Minha mãe conseguia ser doce, sim, mas também podia ser vadia.

Maddie não falou nada, simplesmente ficou nos observando de baixo. Eu queria sair daquele lugar o quanto antes, e tive que usar todo o meu autocontrole quando minha mãe deu um passo à frente e me deu um beijo rápido na bochecha. Que merda era aquela? O que ela estava tramando?

— Se cuida, Nicholas — ela disse, e depois se virou e se afastou da gente.

Não ofereci a ela nem mais um segundo da minha atenção. Eu me virei para minha irmãzinha e esbocei o melhor sorriso que consegui.

— Como é que você vai me torturar hoje, baixinha? — eu perguntei, levantando-a de cavalinho. Ela começou a dar risada, e percebi que o olhar de tristeza de alguns momentos antes havia desaparecido. Comigo ela nunca ficaria triste, era o que prometera para mim mesmo havia anos, desde o momento em que a conheci.

O Lion estava esperando na porta do hotel e dava para notar pela cara dele que estava com a mesma ressaca que eu. Não consegui segurar a risada quando a Maddie saiu correndo para abraçá-lo, gritando com aquela vozinha infernal.

O Lion a levantou e a segurou pelo pé, deixando-a de cabeça para baixo. Dei risada enquanto minha irmã gritava como se estivesse possuída. Só um maluco cogitaria deixar uma baixinha daquelas com dois brutos como eu e o Lion.

— Vamos para onde, senhorita? — meu amigo perguntou para aquele monstrinho de enormes olhos azuis e cabelos loiros como ouro.

A Maddie se virou para mim, animada, olhando para todos os lados, indecisa. As possibilidades eram infinitas, estávamos na capital da diversão.

— Podemos ir ver os tubarões? — ela exclamou, dando pulinhos.

Eu revirei os olhos.

— De novo?

Já tínhamos ido ao aquário umas mil vezes, mas a minha irmã, diferentemente de qualquer menina da idade dela, adorava ficar diante de um vidro e provocar tubarões assassinos. Depois de almoçar, fomos para o aquário. Minha irmã estava muito feliz, correndo de um lado para o outro. Enquanto o Lion cuidava dela e os dois faziam gracinhas na frente de um tubarão-branco muito amedrontador, peguei o celular para verificar se minha namorada tinha mandado alguma mensagem. Mas nada.

Decidi usar a carta mais adorável que eu tinha na manga para chamar a atenção da Noah.

— Ei, baixinha, vem aqui!

A Maddie me fulminou com seus olhos azuis.

— Não sou baixinha — ela protestou, irritada.

"Como quiser", eu pensei.

— Vamos mandar uma foto para a Noah, vem cá.

Os olhos da pequena se iluminaram ao ouvir aquele nome. Acho que era a mesma cara que eu fazia sempre que falava ou estava com a Noah.

Preparei o celular para uma selfie e abracei a pequena para tirarmos uma foto.

— Com a língua pra fora, Nick, assim — ela indicou, muito brincalhona, enquanto mostrava sua pequena língua. Eu dei risada, mas a imitei, e tiramos a nossa selfie.

> Estou com saudades, sardenta, e o monstrinho que está comigo também. Te amo.

13

NOAH

Ao acordar naquela manhã, a primeira coisa que eu fiz foi olhar o celular. Na noite anterior, acabei dormindo antes de conseguir responder à última mensagem do Nick.

Abri as mensagens e vi que ele tinha me enviado outra coisa quatro horas antes. Sorri como uma idiota quando vi a foto: ele e a Maddie, mostrando a língua e sorrindo para mim. Ele estava tão lindo, com o cabelo preto despenteado... E aquela menina, tão parecida com ele e ao mesmo tempo tão diferente... Sabia que, quando ele voltava de ver a Maddie, sempre ficava desanimado, emburrado e de mau humor.

Eu estava com saudades. Estava morrendo de vontade de ouvir a voz dele e de tê-lo ao meu lado.

Por sorte, minha mãe estava hospedada em um quarto separado, então estava sozinha quando peguei o celular e fiz a ligação. Esperei ansiosa que ele atendesse... Já era tarde nos Estados Unidos e achei que Nick pudesse estar dormindo, mas, mesmo assim, esperei impaciente para ouvir a sua voz.

— Noah? — ele atendeu em um tom estranho.

— Estou com saudade — eu disse simplesmente.

Escutei ele se levantando e o imaginei acendendo o abajur e passando a mão pelo rosto, acordando para mim.

— Não me acorda só para me dizer isso, sardenta — ele protestou, soltando um grunhido. — É melhor contar que está tudo maravilhoso, que você não está nem pensando em mim, porque senão essa viagem idiota não faz o menor sentido.

Sorri tristemente, apoiando a cabeça no travesseiro.

— Você sabe que estou gostando da viagem, mas não é a mesma coisa sem você — respondi, sabendo que, apesar do que tinha dito, ele gostava que eu lhe dissesse que estava com saudades. — Como foi com a Maddie? — perguntei, pensando na minha vontade de estar com os dois. Adorava ir para Las Vegas e observar como ele era com a irmã: o Nick ficava completamente diferente, doce e paciente, divertido e protetor.

Um silêncio momentâneo tomou conta da chamada antes que ele voltasse a falar.

— Foi a minha mãe que a trouxe — ele soltou, em um tom que eu já conhecia muito bem. — Se você tivesse visto... Estava toda esticada, parecendo uma Barbie de quarenta anos, me forçando a tratá-la de um jeito que ela não merece, na frente da menina.

"Que merda, a mãe dele." Ainda me lembrava de como ele ficou mal quando a viu rapidamente no hospital, naquela vez que a Maddie foi internada. Lembro do desespero na voz dele, dos olhos úmidos por vê-la pela primeira vez depois de tantos anos...

— Ela não podia ter forçado a situação desse jeito — comentei, incomodada. Entendia que ela quisesse retomar o contato com o Nick, pois, no fim das contas, era o filho dela, mas não daquela maneira, colocando-o entre a cruz e a espada.

— Não sei que diabos ela quer, mas não quero vê-la de novo, não tenho interesse nenhum por ela ou pela vida dela. — O tom dele era claramente de raiva, mas também tinha uma pitada de tristeza, que ele até que escondia bem. No entanto, eu já o conhecia o suficiente para saber que uma parte dele queria, sim, saber o que a mãe tinha para dizer.

— Nicholas... Você não acha que... — comecei a falar devagar, mas ele me cortou de imediato.

— Não venha com isso de novo, Noah. Não, nem pensar, nem volte a falar nisso. Não quero conversar com aquela mulher, não quero nem sequer estar no mesmo ambiente que ela. — O tom de voz dele dava medo. Uma única vez eu insinuei que talvez ele devesse retomar o contato com a mãe, deixá-la se explicar ou, pelo menos, tentar manter uma relação cordial, mas ele ficou furioso. Havia algo que ele não estava me contando, e eu sabia que o Nicholas não a odiava tanto apenas por ter sido abandonado quando era criança. Isso era realmente horrível, mas havia algo mais, algo que eu sabia que ele não ia me contar.

— Tudo bem, desculpa — falei, tentando acalmar os ânimos. Ouvi a respiração acelerada dele no outro lado da linha.

— Agora eu só queria grudar em você, esquecer de toda essa merda e fazer amor por várias horas. Que péssimo momento para não tê-la aqui.

Senti um frio na barriga ao ouvir aquelas palavras. Ele estava bravo, mas aquelas palavras mexeram comigo. Eu também queria estar nos braços dele, queria que ele percorresse o meu corpo com os seus lábios, queria sentir as mãos dele me imobilizando contra o colchão com firmeza, mas ao mesmo tempo com infinita ternura e cuidado...

— Sinto muito que a minha viagem seja tão horrível para você, de verdade. Eu também queria que você estivesse comigo agora — respondi, tentando afetá-lo com minhas palavras, mesmo sabendo que o Nicholas era uma pessoa que precisava de contato físico para se sentir bem e amado... Não sabia se minhas falas seriam suficientes para fazê-lo entender o quanto eu o amava e o quanto me sentia mal por saber que ele estava sofrendo por causa da mãe, sem ninguém para ajudá-lo além de mim, porque ele nunca falava sobre isso com ninguém, nem mesmo com o Lion.

— Não se preocupe comigo, Noah, eu estou bem — ele afirmou, um segundo depois. Uma parte dele queria tornar a minha viagem agradável, enquanto a outra só queria me recriminar por ter viajado.

Ouvi minha mãe acordando no quarto ao lado. Tínhamos dormido até tarde e, se quiséssemos fazer tudo o que planejáramos para o dia, tínhamos que sair logo.

— Preciso ir — falei, apesar da vontade de conversar com ele por horas.

Fez-se um silêncio do outro lado da linha.

— Se cuida. Te amo — ele soltou finalmente e desligou.

A viagem estava sendo incrível. Por mais que eu sentisse saudade do Nick, nem acreditava na minha sorte de poder conhecer tantos lugares maravilhosos. Gostei muito da Itália, visitamos o Coliseu romano, caminhamos pelas ruas e comemos tortellini e o melhor sorvete de framboesa que já provara em toda a minha vida. Agora, já estávamos havia dois dias em Londres e eu estava encantada pela cidade. Tudo parecia ter saído de um romance de Dickens. Além disso, todos os livros que eu lera nos anos anteriores eram ambientados naquela metrópole, na maioria românticos e de época, nos quais as mulheres passeavam pelo Hyde Park a cavalo ou a pé, sempre acompanhadas de suas aias, claro. A arquitetura era elegante, antiga, mas linda e cheia de classe. Piccadilly era um mar de gente: executivos engravatados com maletas, hippies com gorros coloridos ou simplesmente turistas como eu, perdidos no meio de tanta gente e admirando as luzes daquela rua esplêndida. Fiquei fascinada com a Harrods, mas também horrorizada com os preços, embora soubesse que para os Leister um bombom de chocolate que custava dez libras não era nada do outro mundo.

Minha mãe estava encantada com tudo e tão animada quanto eu, apesar de estar mais acostumada, por já ter visitado vários lugares com o William. Na lua de mel, eles foram para Londres e depois passaram duas semanas em Dubai. Estava claro que minha mãe estava em um patamar diferente do meu, e dava para notar como reagíamos de maneira diferente ao que víamos. Eu ficava empolgada com tudo e alucinada até com as coisas mais simples, e minha mãe dava risada de mim. Mas, no fundo, por mais lugares que ela tivesse conhecido, sempre se sentiria afortunada por ter tudo que nós tínhamos agora.

Os dias foram passando e já estávamos havia quase duas semanas viajando. Ainda visitaríamos a França e a Espanha e, até então, três dias depois daquela conversa com o Nicholas, eu não tinha precisado dividir o quarto com a minha mãe nenhuma vez. Sempre dormíamos em uma suíte com dois ambientes separados, mas, na França, houve uma confusão com a reserva e tivemos que dividir não apenas o quarto, mas também a cama.

— Está gostando de Paris? — minha mãe perguntou enquanto tirava suas joias, já de pijama. Eu ainda estava enrolada em uma toalha e com o cabelo molhado, já que tinha acabado de sair do banho.

— A cidade é linda — respondi enquanto me vestia. Depois de colocar a calcinha e o sutiã, me virei para o espelho diante do qual minha mãe penteava o cabelo e vi, pelo reflexo, como os olhos dela ficaram alguns segundos reparando na cicatriz da minha barriga.

Não devia ter ficado com tão pouca roupa na frente dela. Sabia que ela sempre ficava triste diante da evidência daquela noite na qual quase me mataram. Vi nos olhos dela que as más recordações tomaram conta da sua mente e quis animá-la, antes que começasse a se culpar por algo que não era responsabilidade dela.

— Você falou com o Nicholas? — ela perguntou um minuto depois, quando fui para a cama, já de pijama, e fiquei esperando ela terminar de passar todos aqueles cremes que levara para a viagem.

— Sim, ele te mandou um abraço — menti, torcendo para ela não perceber. A relação entre o Nicholas e a minha mãe não estava nas melhores, por isso eu tentava não mencionar nenhum deles quando conversava com o outro.

Minha mãe assentiu com a cabeça, pensativa.

— Você é feliz com ele, Noah? — ela perguntou, de repente.

Não estava esperando por aquela pergunta e fiquei em silêncio por alguns instantes. A resposta era fácil: claro que era feliz com ele, mais do que com qualquer outra pessoa. Então, lembrei-me de que, havia algum tempo, quando fomos para as Bahamas e ainda não estávamos juntos, o Nick me perguntou a mesma coisa: se eu estava feliz. E minha resposta foi que ali, com ele, eu estava. Mas e quando não estávamos juntos? Eu era feliz quando não estava com ele? Sentia-me completamente feliz naquele momento, naquele quarto, a quilômetros de distância, apesar de saber que ele me amava e que em breve estaríamos juntos de novo?

— O seu silêncio é preocupante.

Percebi que ela estava olhando fixamente para mim e havia interpretado mal a minha mudez.

— Não, não, claro que sou feliz com ele. Eu amo o Nick, mãe — eu me apressei a esclarecer.

Minha mãe me encarou, franzindo a testa.

— Você não está sendo muito convincente — ela afirmou, e notei certo alívio no olhar dela.

— O problema é que eu o amo demais — soltei, então. — Minha vida sem ele não faria sentido, e é isso que me dá medo.

Minha mãe fechou os olhos por um segundo e se virou para me olhar de frente.

— Isso não faz nenhum sentido.

Claro que fazia sentido. Eu estava falando sério, com o Nicholas eu me sentia segura, ele me protegia dos meus pesadelos, me dava a segurança que não tive em nenhum momento da minha vida: era a única pessoa para quem eu podia contar todos os meus problemas. Então, quando não estávamos juntos, parecia que eu perdia o controle de mim mesma, acabava tendo pensamentos indesejados e sentia coisas que sabia que não deveria.

— Faz todo o sentido do mundo, mãe, e achava que você, de todas as pessoas que eu conheço, seria a que mais entenderia, considerando o quanto está apaixonada pelo William.

Minha mãe negou com a cabeça.

— Você está errada. Homem nenhum deveria ser a razão da sua existência, está ouvindo? — De repente, o rosto dela perdeu um pouco da cor e ela me olhou de maneira inquietante. — Minha vida durante muito tempo girou em torno de um homem, alguém que não merecia nem um minuto dela. Quando eu estava com o seu pai, achava que só ele seria capaz de me aguentar e cheguei a acreditar que nunca alguém iria me amar, que jamais conseguiria ficar sem ele ao meu lado.

Meu coração começou a bater acelerado. Raramente a minha mãe falava sobre o meu pai.

— A dor que eu sentia não tinha nada a ver com o medo de ficar sem ele... Homens como o seu pai entram na cabeça das mulheres e fazem o que querem com elas. Nunca deixe um homem tomar conta da sua alma, porque você não sabe o que ele fará com ela, se vai protegê-la e cuidar dela ou se vai fazê-la murchar.

— O Nicholas não é desse jeito — falei, com as emoções à flor da pele. Não queria ouvir aquilo da boca da minha mãe, não queria que ela dissesse que havia uma grande probabilidade de o meu coração ser despedaçado de novo. O Nicholas me amava e nunca ia me deixar, ele não era igual ao meu pai e nunca seria.

— Só estou dizendo que você deve priorizar a si mesma e depois pensar nos outros... Você sempre tem que vir primeiro, e se a sua felicidade depende de um homem, algo está errado. Homens vêm e vão, mas a felicidade é algo que só você mesma pode cultivar.

Tentei não me deixar afetar por aquelas palavras e impedir que elas me penetrassem, mas não consegui. Aquela noite foi um claro exemplo disso.

Eu estava de mãos amarradas e olhos vendados, sem enxergar um raio de luz. Meu coração batia acelerado, o suor frio percorria meu corpo e minha respiração, curta por causa do medo, evidenciava que eu estava a ponto de ter um ataque de pânico.

Estava sozinha, não havia ninguém por perto. A escuridão infinita me cercava e, com ela, a razão de todos os meus medos. Então, de repente, retiraram a venda, as cordas não prendiam mais minhas mãos e uma intensa luminosidade entrou por uma janela enorme. Corri para fora, por um corredor infinito e com uma voz dentro de mim dizendo que não devia continuar correndo porque nada de bom me esperava do outro lado.

De qualquer maneira, decidi sair, e, lá fora, me cercando, dei de cara com um monte de Ronnies apontando armas na minha direção. Parei assustada, tremendo, e notei que o suor encharcava a minha camiseta.

— Você já sabe o que tem que fazer... — todos os Ronnies disseram para mim ao mesmo tempo.

Eu me virei para um revólver que estava em cima de uma caixa velha de madeira no chão. Com as mãos trêmulas, eu peguei a arma e, depois de alguns segundos de hesitação e como uma profissional, a destravei, levantei-a e me virei para enfrentar a pessoa que estava ajoelhada no chão, bem na minha frente.

— Não faça isso, Noah, por favor... — meu pai pediu, chorando e ajoelhado no chão, com um olhar aterrorizado.

Minha mão começou a tremer, mas não recuei.

— Desculpa, pai...

O barulho do disparo me fez abrir os olhos, mas não foi isso que me acordou, e sim a minha mãe, que estava me sacudindo assustada.

— Meu Deus, Noah! — ela exclamou, suspirando ao me ver abrir os olhos.

Eu me sentei na cama, desorientada. Estava suando e tremendo igual a uma vara verde. Os cobertores estavam enrolados ao redor do meu corpo, como se quisessem me afogar enquanto eu dormia, e quando levei as mãos ao rosto percebi que estava chorando.

— Eu tive um pesadelo... — falei, tremendo.

Minha mãe olhou para mim com o medo evidente em seus olhos azuis.

— Desde quando você tem pesadelos assim? — ela perguntou, olhando para mim como se de repente algo tivesse mudado. Seus olhos não estavam mais em paz, aquele olhar tinha voltado a aparecer... *Aquele* olhar...

Eu não ia lhe contar que os pesadelos eram algo normal na minha vida, algo que só conseguia evitar quando estava com o Nicholas. Não queria que ela ficasse preocupada, não queria admitir que eu sonhava que matava o meu pai, que eu puxava o gatilho, que eu fazia o sangue dele se espalhar pelo chão...

Eu me levantei da cama para ir ao banheiro, mas a minha mãe me impediu, segurando o meu braço com força.

— Desde quando, Noah?

Precisava me afastar dela, tirar aquele semblante de preocupação do meu rosto. Não queria que ela se sentisse mal de novo, não queria que ninguém soubesse o que estava acontecendo.

— Foi só dessa vez, mãe. Acho que porque estamos em um quarto estranho... Você sabe, costumo ficar nervosa em lugares desconhecidos.

Minha mãe olhou para mim franzindo a testa, mas não me impediu quando escapei da mão dela e me tranquei no banheiro.

Queria ligar para o Nicholas. Só ele conseguia me acalmar, mas não queria ter de explicar o que acontecera, não à distância, sabendo que ele sequer fazia ideia de que eu tinha esses pesadelos.

Lavei o rosto e fingi tranquilidade. Quando voltei para o quarto, ignorei o olhar de dúvida da minha mãe e me deitei de novo entre os lençóis.

"Não faça isso, Noah, por favor..."

As palavras do meu pai continuaram ecoando na minha cabeça até que, não sei como, consegui dormir.

Faltavam cinco dias para voltarmos para casa. Eu estava esgotada, não apenas fisicamente, mas também psicologicamente. Precisava com urgência dormir por vinte e quatro horas seguidas e só conseguiria fazer isso nos braços do Nick. Por sorte, não tive mais que dividir nenhum quarto com a minha mãe, mas as olheiras eram um lembrete perfeito do que tinha acontecido.

Também havia o pequeno problema de que eu ainda não tinha contado para a minha mãe que iria morar com o Nick. Eu sabia que ela não reagiria bem, mas a decisão estava tomada, não havia nada que ela pudesse dizer para me fazer mudar de ideia.

Minha mãe estava com mais receio do que o normal. Era como se tivesse uma intuição de que algo não seria do jeito que ela queria, de que algo daria muito errado. Eu andava evitando as perguntas intrometidas dela, sempre recorrendo a respostas evasivas, mas sabia que, assim que pisássemos na Califórnia, uma guerra ia começar. Por isso, eu estava contando os dias para voltar a ver o Nick. Com ele eu conseguiria enfrentar a minha mãe.

Depois de tantos anos, e com a morte do meu pai, minha mãe era incapaz de me proteger, porque tudo estava na minha cabeça, tudo estava dentro de mim... E eu não fazia ideia de como superar esse problema.

14

NICK

Faltavam apenas dois dias para a Noah voltar. Acho que nunca tinha ficado tão ansioso para ver alguém. Estava dividido entre querer enchê-la de beijos e estrangulá-la por ter ido embora e me abandonado. Não sabia o que eu faria primeiro.

Achei que ela estava um pouco estranha nas últimas vezes que nos falamos. Disse que estava cansada e morrendo de vontade de me ver, e eu estava contando as horas para esse momento chegar. Dei uma arrumada no apartamento, que estava um nojo, fiz as compras e até limpei o gato com lenços umedecidos, o que deixou meu braço cheio de arranhões. Tive de contar até cem para não jogar aquela bola de pelos janela afora.

Queria que, quando ela chegasse, a gente passasse a melhor noite da nossa vida. Queria que ela se lembrasse do que tinha perdido ao ir embora e me deixar para trás. Queria que a vida dela dependesse tanto da minha como a minha dependia da dela.

Passei quase o mês inteiro enfiado em casa ou no trabalho, estudando, já que queria me formar o mais rápido possível. Se conseguisse concluir todos os trabalhos que faltavam, poderia terminar a faculdade antes do tempo e, se tudo desse certo, conseguiria fazer o meu pai finalmente passar a me levar mais a sério.

Na noite seguinte, quando eu estava saindo do chuveiro, enrolado em uma toalha para não molhar o chão, a campainha tocou.

Resmunguei com os dentes cerrados e, frustrando meus planos de manter tudo seco, fui abrir a porta. Era o Lion.

— Preciso da sua ajuda — ele disse, entrando com tudo.

Eu me virei para ele após fechar a porta com um chute. O Lion estava com uma aparência péssima. Fazia uma semana que não o via, e ele não se parecia em nada com o meu amigo.

— Que diabos aconteceu com você? — perguntei, enquanto me aproximava do sofá em que ele se sentou. Ele não retribuiu o meu olhar. Em vez disso, levou as mãos à cabeça em um gesto desesperado.

Ele estava despenteado e sujo, como se não tomasse banho há dias. O olhar que ele lançou me fez entender que, apesar de não estar bêbado, ele tinha bebido.

— Eu me meti em confusão.

Merda... Aquilo não podia significar nada de bom. Os problemas do Lion nunca eram brincadeira, eram problemas dos grandes.

— Você sabe que faz um ano e meio que parei de vender... — Ele não terminou de falar, mas logo entendi para onde aquela conversa seguiria assim que ouvi a palavra "vender".

Peguei a calça que estava jogada no sofá e a vesti.

— Não me diga que você voltou para essa merda, Lion! — exclamei, irritado. O Lion passou a mão na nuca e me fulminou com o olhar.

— O que você quer que eu diga? Eu não podia recusar a oportunidade de ganhar uma grana... O Luka está morando comigo agora, e o idiota queria fazer isso por conta própria, mas acabou de sair da prisão. Não podíamos correr o risco de ele ser preso de novo...

— Ele não corre o risco, mas você sim? Que idiotice! Se não tomar cuidado, é você quem vai acabar em cana!

— Não me venha com os seus julgamentos! — ele gritou, então, ficando de pé. — Você tem tudo que quiser à sua disposição!

Eu me levantei, controlando a vontade de lhe dar um chute, já que ele era meu amigo e eu sabia que estava passando por dificuldades financeiras. Mas era por isso que frequentávamos os rachas e as lutas. Eram ilegais, sim, mas nada comparado à venda de drogas, que dava até dez anos de prisão.

— Em que tipo de confusão você se meteu? — perguntei, tentando manter a calma.

Lion olhou para os lados. Seus olhos verdes, que contrastavam de maneira impressionante com a sua pele bronzeada, cravaram-se em mim um segundo depois.

— Tenho que entregar um pacote no Gardens hoje à noite. Era para ser na praia, coisa rápida, mas me ligaram, e agora tenho que entrar nessa merda de bairro.

Que merda. Nickerson Gardens era o que havia de pior em Los Angeles, e eu e o Lion éramos jurados de morte lá havia anos por causa de uma briga das grandes. Se não fosse pelo meu pai, já estaríamos mortinhos, e juramos que nunca mais apareceríamos por lá.

— Você não quer que eu vá com você...

— Vai ser rápido, cara. Entregamos essa merda e voltamos para cá.

Que ótimo! Não queria me meter em problemas, não agora que estava colocando a minha vida nos eixos. Desde os acontecimentos com o Ronnie e o pai da Noah, jurei que não ia mais entrar em confusão, muito menos arrastar a minha namorada junto. O que rolou com o Ronnie tinha sido minha culpa, assim como tudo que se passou depois. Nada daquilo teria acontecido se eu tivesse mantido a Noah longe daquele mundo.

— Eu não vou, Lion — anunciei com firmeza, encarando-o nos olhos para deixar bem claro.

Ele primeiro pareceu surpreso; depois, bravo.

— Ir àquele lugar sozinho é suicídio, você sabe bem disso... Você pode só ficar de olho dentro do carro enquanto eu faço a entrega. Você sempre diz que somos irmão, nas horas boas e nas ruins. Estou precisando de você agora.

"Que meeeeerda."

— É só entregar um pacote? — indaguei, sabendo que ia me arrepender.

O rosto dele se iluminou.

— Vou fazer a entrega e a gente dá o fora, cara, eu juro — ele disse, levantando-se do sofá. Lembrei-me de quando fui morar com o Lion e passei a acompanhá-lo nas merdas que ele fazia. Naquela época, éramos muito mais novos e irresponsáveis. Eu não queria fazer besteira de novo, havia muita coisa em jogo agora. Não podia mais voltar àquele mundo.

— Eu dirijo — ofereci, pegando a chave e querendo mandá-lo à merda.

O Lion, porém, sempre esteve ao meu lado quando precisei. Seria ótimo se ele não continuasse naquele mundo, mas não havia nada que eu pudesse fazer. Meu pai chegou a lhe oferecer um emprego, mas ele recusou. A oficina do avô era tudo na vida dele, e ele não a largaria. Por outro lado, ao recusar a oferta do meu pai, ele renunciou à oportunidade de ter uma vida melhor e sem mais problemas.

A Noah chegaria na noite seguinte, então eu teria tempo de sobra para fazer o que o Lion quisesse, voltar para casa, tomar banho e me aprontar para buscá-la no aeroporto. Peguei a chave e saí do apartamento sem olhar para trás.

Entramos no carro e saímos do estacionamento em completo silêncio.

— Obrigado por ir comigo, Nick — o Lion falou, então, com o olhar fixo na janela.

— A Jenna sabe do seu envolvimento com o tráfico?

Senti que ele ficou tenso ao ouvir o nome da namorada.

— Não, e nunca vai saber — ele respondeu, taxativo. Era claramente uma advertência. Eu não pretendia me meter na vida dele, mas ficava possesso quando ele me metia em problemas.

Ao chegarmos aos Gardens, lembranças que eu queria esquecer inundaram a minha mente... Ronnie, os amigos dele, os rachas, o sequestro da Noah, o filho da puta do pai dela lhe apontando uma arma... Que merda, tudo aquilo fazia parte daquele bairro ao qual jurara nunca mais voltar.

— Vira à direita — ele indicou quando chegamos em uma encruzilhada que eu não conhecia muito bem.

— Não vai ser no Midnight, né? — perguntei, nervoso, enquanto fazia a curva.

O Midnight era uma casa noturna na qual todos os traficantes da cidade se encontravam para negociar. Era uma espécie de bar com balada, frequentado por pessoas da pior índole possível. Quando éramos mais novos, andávamos com um grupo de lá. Fazíamos todo tipo de barbaridade, até que a coisa ficou feia. A gente se viu cada um com uma arma ao lado de um cara que repassava cocaína para ricaços. Foi quando eu saí daquela vida. Claro que não é fácil sair assim, quando der na telha. A surra que levamos ainda estava guardada na minha memória. Acho que acabei com três costelas quebradas, e foi a gota d'água. Um pouco depois rolou a situação com a minha mãe e a minha irmã e tive que voltar a morar com meu pai. Desde então eu nunca mais tinha voltado àquele lugar.

— É, sim, mas já falei que vai ser rápido. Entrego o pacote, eles fazem o pagamento e vamos embora.

Eu parei o carro na esquina do bar. De onde estacionei, não dava para ver as pessoas entrando e saindo. Não tinha interesse nenhum de encontrar algum babaca do passado. Segurei o volante com força enquanto o Lion saía do veículo e andava até a entrada.

Às vezes, eu parava para pensar nessa época da minha vida e não conseguia entender por que havia feito tantas cagadas. E agora, quando enfim tinha tudo do que precisava e sabia o que é amar alguém mais que tudo nesse mundo, inclusive mais do que a mim mesmo, eu me via envolvido nessa merda de novo.

Esperei impaciente pela volta do Lion, mas ele estava demorando e comecei a ficar nervoso. Quinze minutos haviam se passado, e, se ele tinha dito mesmo a verdade, era para tudo ser resolvido em uns cinco, no máximo.

Reclamando entre dentes, tirei a chave do contato e saí batendo a porta. Enquanto me aproximava do bar, os dois brutamontes que estavam na entrada ficaram olhando para mim.

— Aonde você acha que vai? — um deles falou, ficando na minha frente.

— Vamos deixar a festa rolar em paz, beleza? — respondi, contando até dez para me conter. — Vim buscar um amigo.

Antes que o grandalhão tivesse tempo de me responder, um cara com *piercings* no rosto apareceu e olhou para mim.

— Deixe-o entrar.

O grandão me mediu e depois se afastou. Dobrei as mangas da camisa enquanto entrava, pois sabia que aquilo não terminaria bem. Minhas suspeitas não eram infundadas. Segui o cara dos *piercings* até uma sala nos fundos da balada e lá eu encontrei o Lion jogado no chão, com um olho roxo e a boca machucada.

Senti meu corpo inteiro ficar tenso e meus punhos se fecharam automaticamente.

— Olha só quem está por aqui — falou uma voz que eu conhecia muito bem. Cruz, o amigo do Ronnie. O mesmo que tinha me dado uma surra na noite em que fui burro o suficiente para entrar sozinho em uma viela daquele bairro. Quando o vi, todas as lembranças do que tinha acontecido com a Noah voltaram à minha cabeça. Eu vinha tentando com todas as forças deixar aquela merda para trás e me concentrar no futuro, na Noah, em protegê-la, em traçar um caminho diferente do que eu tinha começado na adolescência... Mas vê-lo ali, ver o Lion jogado no chão e dar de cara com aquele filho da puta cercado de idiotas como ele... Toda a raiva que eu passara meses controlando pareceu ressurgir dentro de mim.

— Sabia que o seu retorno era questão de tempo — Cruz continuou, apoiando-se na mesa atrás dele. Seu cabelo preto não estava mais raspado. Tinha crescido e estava preso em um rabo de cavalo. Os braços dele estavam cobertos de tatuagens e seu olhar revelava que ele estava alterado, sabe-se lá por causa do quê. — Seu amigo nos deve dinheiro, filhinho de papai, e ele fez bem em trazê-lo para quitar a dívida.

Meu olhar imediatamente se desviou do Cruz e foi para o Lion. Mas ele não olhou para mim. Seus olhos estavam inchados e cravados no chão.

— Eu não te devo merda nenhuma, idiota. Já vai pensando em outra maneira de recuperar o seu dinheiro, porque de mim você não vai receber nem um centavo.

Pronunciei cada palavra tentando manter o controle. Não fazia ideia de como sairia dali. O Lion parecia derrotado. Em meio a toda a minha ira, em algum lugar dentro de mim, senti-me mal por ele, por ver que ele ainda estava metido naquela merda da qual eu já tinha saído. No entanto, estava tão bravo naquele momento que só tinha vontade de dar um soco naquele idiota por ter me envolvido nos malditos problemas dele.

O Cruz se afastou da mesa e se aproximou de mim lentamente.

— Sabe, é uma pena que o Ronnie tenha acabado na cadeia. Claro que para mim foi excelente, porque tudo o que era dele agora me pertence... Olha só — disse, muito perto do meu rosto —, eu não sou tão burro quanto ele. O idiota do seu amigo me deve três mil dólares, e vou cobrar essa quantia em dinheiro vivo ou em sangue. Então, você decide: se me der o dinheiro, o assunto está resolvido. Ou então fazemos de outro jeito e ninguém vai reconhecer mais o seu rosto.

Apertei a mandíbula e me contive. Só conseguia pensar em uma coisa: na Noah. Não queria me meter em problemas, não ia brigar com aquele babaca... Pensei na Jenna, em como ela reagiria se visse o Lion em um estado ainda pior do que aquele em que já estava.

— Não tenho três mil dólares em dinheiro. Não sou traficante igual a você.

O Cruz começou a rir e seus amigos o imitaram.

— Não precisa se preocupar. Tem um caixa eletrônico aqui perto, vamos todos juntos. O que você acha?

Respirei fundo para não quebrar a cara dele ali mesmo e me virei para a porta. Sabia que estavam me seguindo, mas a verdade é que seria melhor irmos para longe dali. Não havia muita chance de eu conseguir sair sem problemas daquela quebrada depois de entregar o dinheiro que pediram. Mas, na rua, a história era outra.

Do lado de fora, quando senti o ar frio da noite, meu olhar percorreu com rapidez tudo o que me cercava. Havia caras agrupados nas esquinas, um ou outro vagabundo e duas prostitutas falando com três sujeitos em um carro. Não via a hora de dar o fora dali.

O Lion ficou do meu lado enquanto nós seis — Cruz, três amigos dele, Lion e eu — íamos para o caixa eletrônico, que ficava a duas quadras do bar.

— Você é um idiota — eu soltei, dando passos apressados e contendo a vontade de quebrar a cara dele, embora fosse o meu melhor amigo.

— Armaram pra mim — ele se desculpou e, em seguida, cuspiu no chão. — Disseram que eu só tinha que devolver a cocaína que não vendesse e ponto-final, mas agora estão me pedindo o valor do que eu não vendi. São uns babacas de merda.

— Você tem um problema mais importante do que esses idiotas, e é melhor começar a pensar em como resolvê-lo — rebati, dando um passo à frente quando chegamos ao caixa eletrônico.

O Cruz se aproximou de mim. Eu estava perdendo a paciência, então o encarei e me contive para não quebrar a cara dele.

— Você está testando a minha paciência... Saia de perto de mim, ou juro por Deus que acabo com a sua cara.

Ele sorriu, mas levantou as mãos e se afastou. Sabia que ele estava se comportando porque precisava do dinheiro. Peguei o cartão e digitei a senha. Digitei, em seguida, o valor, torcendo para conseguir sacar tudo de uma vez e sem problemas. E foi o que aconteceu: três mil dólares. Os três mil dólares que eu tinha ganhado nas duas malditas semanas que tinha ficado longe da Noah.

— Aqui está. Tente não cruzar mais o meu caminho — ameacei, enquanto lhe entregava a grana.

Cruz contou o dinheiro e um sorriso divertido apareceu no seu rosto.

— Você não devia ter ido embora, Nick. Você tem mais a ver com a gente do que imagina... Essa história de sujeito bonzinho não combina com você. — Eu sorri, me contendo com todas as minhas forças, e lhe dei as costas, com a intenção de ir embora sem olhar para trás. — Claro — ele continuou —, foi fácil fugir pela porta da frente antes que os policiais chegassem até o cativeiro da sua namorada... Como a Noah está?

Então, eu perdi todo o meu autocontrole.

Meu punho voou tão rápido que só entendi que tinha lhe dado um soco na mandíbula ao vê-lo no chão. Ele reagiu rápido com os pés e me levou ao chão junto com ele. A primeira porrada veio um segundo depois, em cheio no meu olho esquerdo.

— Não ouse dizer esse nome, filho da puta!

Consegui me reerguer o suficiente para ir para cima dele. Dei um, dois, três socos na cara daquele imbecil.

Então, senti um chute por trás, bem nas minhas costelas.

— Vou matar você, babaca de merda!

Ouvi as palavras do Cruz e, antes de me dar conta, já havia três caras me chutando no chão. Peguei o primeiro tornozelo que consegui e puxei com todas as minhas forças. Só via uma confusão de braços e pernas, golpes e sangue. A adrenalina correndo em minhas veias me impedia de sentir dor. A raiva me cegara, o nome da minha namorada na boca daquele idiota me transformou em um barril de pólvora.

Fui para cima do cara que eu tinha derrubado e comecei a esmurrar a barriga dele. Com o canto do olho vi que o Lion lutava contra os outros dois. Não aguentaríamos muito tempo, éramos nós dois contra quatro e o Lion estava nas últimas. Eu poderia brigar com dois tranquilamente, até com três, mas quatro? Até eu tinha os meus limites.

Levei uma joelhada em cheio no queixo e minha vista escureceu. Caí no chão de barriga para cima e recebi um chute no estômago que me deixou sem ar. Tentei puxar oxigênio para os pulmões, mas foi impossível.

— É melhor não voltar mais para cá... Porque vai ser a última coisa que você vai fazer.

15

NOAH

Minha viagem terminara. Tinha visitado lugares magníficos, conhecido as melhores praias e provado todo tipo de comidas típicas, mas, quando o avião pousou no aeroporto de Los Angeles, vindo de Nova York, só conseguia sentir alegria e um nervosismo de dar frio na barriga.

Eu me levantei imediatamente ao soar do sinal que indicava que podíamos desafivelar os cintos. Minha mãe revirou os olhos, mas eu a ignorei. Fiquei grata por ter viajado na primeira classe e poder ser uma das primeiras a sair. Quando as portas se abriram, fui direto para o *finger* que nos levaria ao terminal. Fiquei impaciente com a lerdeza da minha mãe. Que diabos ela estava fazendo?

Por sorte, como havíamos feito uma escala em Nova York, não foi necessário esperar nem mostrar o passaporte de novo. Só tivemos de percorrer um corredor imenso e descer as escadas rolantes. Em Los Angeles já eram sete da noite, e a primeira coisa que vi foi a luz ofuscante do entardecer, que obscureceu a minha vista por alguns instantes. O William estava por lá.

Mas onde estava o Nick?

Percorri todo o aeroporto com os olhos enquanto os degraus da escada continuavam descendo e não tive escolha a não ser me aproximar do pai do meu namorado.

Ele sorriu e abriu os braços para me cumprimentar, mas não posso dizer que retribuí o sorriso. Não queria ser mal-educada, mas ele não era exatamente quem eu queria abraçar.

— O que aconteceu, forasteira? — ele perguntou quando eu o abracei brevemente.

— E o Nicholas?

Ele olhou para mim por um segundo, mas, quando estava prestes a responder, viu a minha mãe.

Ela veio correndo e ele a tomou em seus braços. Fiquei olhando sem entender absolutamente nada. Quando se separaram, depois de um beijo na boca que me obrigou a desviar o olhar, os dois se viraram para mim.

— E o Nicholas? — minha mãe perguntou, como eu tinha feito antes.

Will voltou a olhar nos meus olhos e deu de ombros, como se dissesse "o que você esperava?".

— Ele me mandou uma mensagem avisando que não poderia vir buscá-la, mas que ligaria assim que pudesse.

Aquilo não fazia o menor sentido.

— Ele não falou mais nada? — soltei, incrédula. Minha alegria murchou como uma bexiga furada… A decepção tomou conta de mim.

William negou com a cabeça e lhe dei as costas enquanto ele e o Steve apanhavam as malas. Peguei o meu celular e fiz a primeira ligação.

Caiu na caixa postal. Desliguei antes que meu silêncio ensurdecedor ficasse registrado.

Por que ele não viera me buscar? Estava trabalhando? Se fosse por isso, teria ido ao aeroporto de qualquer jeito. Tinha sido assim no meu aniversário, ele largara tudo para me ver…

Será que essas semanas em que ficamos afastados fizeram com que ele se distanciasse?

Meu Deus, o que é que eu estava pensado? É claro que ele se importava comigo!

Tínhamos conversado, ele queria me ver, foi o que ele me dissera…

Liguei de novo.

— Nicholas, estou no aeroporto. O que aconteceu que você não veio?

Gravei a mensagem e guardei o celular no bolso da minha calça jeans. Eu me virei para a minha mãe, que não largava do William, e fui para perto do Steve enquanto saíamos do aeroporto em direção ao carro. O Steve sempre sabia onde o Nick estava. Na verdade, sempre sabia onde todos nós estávamos, pois era o agente de segurança da família Leister.

— Você sabe o que aconteceu, Steve? — perguntei, olhando fixamente para ele.

Eu sabia que o Nicholas confiava nele. Sempre que algo acontecia, eles se falavam, e o Steve sempre aparecia quando o Nick não conseguia me buscar ou só queria garantir que eu chegasse em casa sã e salva.

SUA CULPA

O Steve desviou o olhar e entendi que ninguém queria me contar o que estava acontecendo. Eu o segurei pelo braço e o obriguei a olhar para mim.

— Que diabos está acontecendo?

— Não precisa se preocupar, Noah. O Nicholas está bem. Ele vai entrar em contato com você depois que eu levá-la para casa.

Não fazia nem meia hora que eu estava de volta e já queria estrangular alguém. Que brincadeira era aquela?

O trajeto para casa pareceu eterno e fiquei com vontade de ir direto para o apartamento de Nick. Não fazia ideia do que estava acontecendo, só sabia que não estava gostando nem um pouco. Eu sabia por que o Steve não queria me contar nada. Já era tarde, e com certeza o Nicholas queria que eu ficasse em casa naquela noite. Várias possibilidades passavam pela minha cabeça, quase todas péssimas.

Já havia escurecido quando chegamos. Uma parte de mim queria encontrá-lo ali, ver que ele estava me esperando e que tudo era apenas uma brincadeira de mau gosto. Ele não atendia às minhas ligações e comecei a ficar preocupada... Ou brava, ainda não tinha certeza.

— Noah, que cara é essa? Você está chegando de uma viagem, não do manicômio.

Tinha certeza de que minha mãe estava feliz com aquela situação. Uma parte dela queria ver quantas vezes o Nicholas me decepcionaria e estava só esperando que eu terminasse com ele, que fosse a gota d'água, mas ela estava completamente errada.

Subi para o meu quarto sem lhe dizer nada. Peguei o celular e liguei para o Nick de novo. Já tinha ligado várias vezes no carro, durante o trajeto. O pior de tudo era que nem o Lion nem a Jenna estavam me respondendo também.

O telefone tocou cinco vezes e finalmente ele atendeu.

— Noah — disse simplesmente.

— Onde você está?

Prestei bastante atenção, mas não ouvi nada além da respiração dele, pesada, como se ele estivesse pensando no que ia dizer na sequência. Um medo tomou conta do meu peito... Um medo irracional, porque eu não sabia o que estava acontecendo.

— Estou bem. Desculpa, aconteceu um negócio e não pude ir buscar você. — A voz dele parecia aflita e dura.

— Você está bem mesmo? Tá todo mundo bem? Nem o Lion nem a Jenna estão atendendo ao celular — indaguei, sentando-me na cama. Ouvir a voz dele me acalmou um pouco.

— Estou ótimo — ele respondeu, mas não acreditei. Tinha algo acontecendo e ele não queria me contar.

— Vou agora mesmo para o seu apartamento — anunciei com determinação, me levantando.

— Não.

A voz dele soou tão cortante que me detive onde estava, com a mão na maçaneta.

— Nicholas Leister, você vai me contar agora mesmo o que está acontecendo, ou juro por Deus que vou arrancar todos os cabelos da sua cabeça.

Um silêncio tomou conta da ligação.

— Desculpa, mas não estou brincando — ele soltou, em um tom do qual não gostei nada. — Fique em casa e espere que eu ligue para você.

E desligou.

Olhei para o celular como se tivesse levado um tapa na cara. Liguei de novo para ele tão rápido que fiquei a ponto de quebrar a tela.

Estava ocupado.

Com quem diabos ele estava falando? Como se atreveu a desligar na minha cara?

Fui direto até a mesa de cabeceira, onde ficava a chave do Audi. Ela não estava lá.

Que brincadeira era aquela?

Saí do meu quarto e corri para a cozinha. Abri a gaveta onde ficavam as chaves de reserva e vi que não havia nenhuma do meu carro. Minha mãe e o William não estavam em lugar algum e não queria nem imaginar o que tinham ido fazer.

Será que meu carro estava lá fora? Acabei nem reparando. Fui até a porta de casa, mas o Steve apareceu de repente, saindo de seu escritório, com um celular em mãos e um olhar de advertência.

— Está falando com ele? — perguntei, olhando para o celular e lhe apontando o dedo um segundo depois.

— Noah, ele me pediu para não deixar que você saia de casa. Amanhã ele vai explicar tudo.

Dei uma risada que soou estranha até para mim. O Steve parecia envergonhado, mas sabia que ele ficaria do lado do Nicholas.

— Já é tarde. Descanse. Amanhã você se encontra com ele.

Mas que merda.

— Tudo bem, você tem razão.

O Steve pareceu aliviado e ficou me olhando atentamente enquanto eu dava meia-volta e começava a subir as escadas. Ele estava maluco se achava que me impediria de sair da minha própria casa. Entrei no meu quarto, disposta a esperar o tempo que precisasse. Andei de um lado para o outro, nervosa, e peguei o celular.

> Nada justifica o que você está fazendo, você vai se ver comigo.

Por sorte, Nick respondeu imediatamente.

> Não precisa ficar violenta. Eu te amo. Descansa. A gente se vê logo menos.

"A gente se vê logo menos?"

Fui tomar um banho. Estava nojenta depois de tantas horas de voo. Verifiquei as horas: já passava das nove, e eu não pretendia tentar fugir antes das onze. Dei risada do meu próprio pensamento: "fugir", como se eu estivesse em uma prisão.

Eu ia matar o Nicholas...

Quando consegui ficar minimamente apresentável, mesmo com o cabelo molhado, saí para o corredor. Não dava para ouvir nada. A verdade é que nunca se ouvia nada naquela casa enorme. Meu plano consistia em ir para a garagem que havia no porão e pegar o meu antigo carro. Sim, o mesmo que tinha enguiçado mil vezes, mas que fiquei com pena de vender — ou de levar ao ferro-velho, melhor dizendo. Sabia que aquela lata-velha ainda serviria para alguma coisa.

A porta da garagem ficava na parte de trás da casa, então não teria que passar pela entrada nem pelo escritório do Steve. Desci as escadas fazendo o mínimo possível de barulho e abri um sorriso ao ver meu lindo carro perto do BMW da minha mãe. Também havia uma moto, que eu nunca perguntei de quem era, e fiquei tentada a pegá-la, mas não sabia onde estava a chave e o Nicholas ia me matar se me visse chegar tarde da noite com uma moto que eu nunca tinha pilotado na vida.

Entrei no carro e abri o portão da garagem. Dei graças a Deus de novo pelo fato de a casa ser enorme e ninguém me ouvir saindo.

Tinha quase uma hora de viagem pela frente, então pus uma música alta para extravasar e abri as janelas, lamentando por não estar dirigindo meu conversível, e sim aquele carro que chegava, no máximo, a noventa por hora.

Sabia que era imprudente pegar a estrada àquela hora da noite, ainda mais depois de ter passado umas vinte horas acordada, mas eu não me importava. A vontade de ver o Nicholas e a sensação de que algo não estava bem eram maiores do que tudo.

O trajeto pareceu eterno, e quando finalmente cheguei ao condomínio fui ficando cada vez mais nervosa. Não só porque o veria pela primeira vez depois de um mês, mas também porque sabia que ele ficaria bravo comigo por eu ter ido tão tarde, e sozinha, ao seu apartamento.

Entrei no elevador e percebi que não tinha trazido as chaves que ele me dera. Merda... Agora, eu teria que tocar a campainha, à uma da madrugada. Com o coração a mil por hora, anunciei a minha chegada... Bati na porta em vez de tocar a campainha. Não sei o motivo, mas me pareceu o mais sensato a se fazer. Foram batidas suaves e nada dramáticas. Uma parte de mim já estava tentando se manter calma antes mesmo de encontrá-lo.

Ninguém atendeu.

Bati de novo, dessa vez com mais força, e vi uma luz por baixo da porta. Será que estava dormindo? Ouvi uma reclamação e depois um insulto. Finalmente a porta se abriu, e lá estava ele.

Acho que era impossível estar pronta para o que eu vi. Tive que prender o fôlego. Minhas mãos foram diretamente para a boca, abafando um grito. Ele não estava esperando que eu aparecesse por lá, e agora eu sabia por quê.

— Que merda, Noah — ele resmungou, apoiando a testa no batente da porta. — Será que não dá para fazer o que te peço nem uma única vez?

— O que fizeram com você? — perguntei com um sussurro abafado. Meu Deus... Ele estava com o rosto cheio de hematomas, o olho esquerdo esverdeado e cheio de pus. A boca dele estava cortada, completamente destroçada.

Ele levou uma mão à cabeça e depois esticou o braço e me puxou, logo antes de fechar a porta com força.

— Falei para você ficar em casa!

Agora que eu estava lá, vendo-o, entendi por que ele não tinha ido me buscar. Estava acabado, tinha tomado uma surra daquelas... Senti meu coração se acelerando, não apenas pelo medo de vê-lo tão maltratado, mas porque a alegria de encontrá-lo depois de tantas semanas longe desapareceu diante dos meus olhos de uma maneira desoladora.

Olhei para o seu peito despido, para a faixa que envolvia as costelas...

Ele estava muito acabado... Tinham machucado o meu Nick de uma maneira horrível.

— Não olha assim pra mim, Noah — ele pediu, então. Em seguida me deu as costas e levou de novo as mãos à cabeça.

Não sabia nem o que dizer. Fiquei sem palavras. Era a última coisa de que eu precisava naquele momento: ver o meu namorado ferido. Para mim, uma surra não era simplesmente uma surra: era algo muito maior, muito pior... Trazia malditas lembranças que eu não queria de volta.

Ele se aproximou de mim.

— Não chora, merda! — ele exclamou, e senti os dedos dele na minha bochecha, secando as lágrimas que escorriam por ela.

— Não estou entendendo... — confessei. E era verdade. Não sabia o que tinha acontecido, estava confusa, nada estava da maneira como eu esperava.

O Nicholas me puxou e me apertou contra si. Estava com medo de encostar nele, não queria machucá-lo, mas instintivamente meus braços o rodearam e senti os lábios dele na minha cabeça.

— Estava com tanta saudade... — ele disse, e senti a mão dele fazer carinho no meu cabelo enquanto sentia o cheiro do meu xampu... Nick percorreu meu rosto com os dedos, e abri os olhos para olhar para ele. Estava com o olho esquerdo meio fechado por causa dos machucados, o que me impedia de ver aquela cor azul-celeste que eu amava. Só dava para ver dor e sofrimento... Quando ele se inclinou para me beijar, eu me afastei.

— Não — eu me neguei, com medo.

Fechei os olhos com força. Lembranças, lembranças, malditas lembranças... Minha mãe machucada, meu pai morrendo, eu sangrando no chão, esperando que ela voltasse...

Virei de costas e levei as mãos ao rosto, escondendo-o.

— Por que você faz isso, Nicholas? — indaguei, abafando minha voz com as mãos.

Eu me virei para ele. Odiava chorar, ainda mais na frente dos outros, e menos ainda por causa de algo que podia ser evitado. Ele olhou para mim quieto, acho que ainda ferido por eu lhe ter negado o contado físico.

— Será que não dá para você ser um namorado normal? — eu o reprovei com um tom de lamentação. Estava magoada, magoada por vê-lo naquele estado e porque minha fantasia tinha evaporado pelos ares.

A dor que se refletiu em seu rosto diante das minhas palavras me fez sentir culpa, mas eu não ia retirar o que disse. Com certeza ele tinha voltado para as lutas para conseguir dinheiro, ou simplesmente tinha ficado bêbado e se envolvido em alguma briga. O Lion e a Jenna também deviam ter algo a ver com essa história. Por isso, ninguém atendeu às minhas ligações.

— Você não devia ter vindo — ele me recriminou, controlando seu tom de voz. Ele decidiu se controlar só agora? Tarde demais. — Eu tentei evitar essa situação, mas você nunca me ouve!

— Você não pode tentar mandar em mim e simplesmente esperar que eu faça o que você quer sem me dar uma maldita explicação, Nicholas. Eu estava preocupada.

— Que merda, Noah, eu tinha os meus motivos!

— Que motivos? Ter levado uma surra?

Ele olhou para mim com a respiração acelerada e eu dei meia-volta sem saber o que fazer: sentia-me perdida entre a raiva por ele ter voltado para aquele mundo que eu tanto odiava e a vontade de abraçá-lo com força e não soltar mais. Eu sabia que estava prestes a desabar e não queria que fosse na frente dele.

Ele agarrou o meu braço quando me aproximei da porta e eu tentei me soltar.

— Não encosta em mim agora, Nicholas, é sério!

Os olhos dele soltaram faíscas ao ouvir aquilo.

— Sério? Faz um mês que não nos vemos...

— Tanto faz! Mal consigo reconhecê-lo agora. Achava que você estaria me esperando no aeroporto com um sorriso no rosto, mas sou uma idiota, uma tonta que espera algo de alguém que faz promessas que obviamente não vai cumprir.

— Você não está nem me deixando explicar!

— Que explicação você vai me dar? Que bateu o rosto em uma porta?

Ele me fulminou com o olhar e eu cruzei os braços, esperando pela explicação. Um silêncio estranho tomou conta do apartamento até que o Nick tentou diminuir a distância entre nós.

— Não encosta em mim — repeti, dessa vez completamente séria.

Ele ficou quieto. Nós dois sustentamos nossos olhares, mas sem saber o que falar na sequência.

— Não é o que você está pensando — ele sussurrou, então. — Tive que ajudar o Lion, ele estava com problemas.

As palavras dele penetraram minha cabeça lentamente.

— Que tipo de problemas? — perguntei, reparando na ferida aberta que ele tinha nos dedos.

Ele deu um passo à frente, me advertindo com o olhar. Deixei-o se aproximar e, ao ver que não recuei, ele pôs as mãos no meu rosto.

— Problemas financeiros. Olha, Noah, não queria que isso tivesse acontecido. Eu juro, sardenta — ele sussurrou, ficando na minha altura e cravando seus olhos nos meus. — Estou esperando por esse dia desde que você foi embora. Eu fui ao mercado, limpei o chão, até o maldito do gato está limpinho. Por favor, acredite em mim, eu só queria te ver, você é a coisa mais importante do mundo pra mim.

Senti a fragrância dele inundar os meus sentidos, a calidez do tato dele nas minhas bochechas, e aquela dor que eu tinha no peito diminuiu um pouquinho, pois, apesar de ele ser responsável por ela, ele era o único capaz de fazê-la desaparecer.

Respirei fundo e, quando ele aproximou a testa da minha, fechei os olhos, tentando me acalmar. Hesitando, segurei o rosto dele.

— Nunca vivi nada tão complicado quanto amar você — admiti.

— Nunca vivi nada tão lindo quanto amar você.

Suspirei. Era impossível ficar brava com ele.

— Estou morrendo de vontade de te beijar — ele falou, então. Estava pedindo minha permissão.

Demorei alguns segundos para responder.

— Então me beija.

Senti o sorriso dele junto à minha boca um instante depois.

16

NICK

Fiz besteira. O medo no rosto dela quando me viu confirmava isso, mas não me importava. Ela estava ali comigo de novo e eu estava morrendo de vontade de beijá-la.

Quando ela colou seus lábios macios nos meus, senti uma pontada de dor no maldito corte. Ainda assim, não parei. Mas a Noah deve ter percebido, porque de repente se afastou.

— Estou te machucando? — perguntou alarmada, percorrendo meu rosto com seus olhos felinos, aqueles olhos adoráveis, marcados por cílios úmidos por causa das lágrimas que, novamente, eu tinha causado.

— Não — respondi distraído, baixando as mãos até a cintura dela e a puxando de volta para mim. — Que maravilha, faz semanas que eu quero te beijar desse jeito.

A Noah me olhou com a testa franzida, se jogando para trás, sem me deixar chegar aos seus lábios.

— Você está reclamando de dor — ela afirmou, segurando meu rosto com as mãos.

O quê?

— Não reclamei de nada.

— Reclamou, sim — ela insistiu, passando o dedo pela minha bochecha com delicadeza até chegar ao meu lábio inferior. Contraí a mandíbula. Sim, eu estava com dor, mas nada comparado à dor de não poder acariciá-la durante dias, de não poder beijá-la, de não poder fazer amor com ela. — Vou cuidar da sua mão — ela anunciou, decidida.

Ela se afastou e se soltou do meu abraço. Queria estar mais ágil para carregá-la nos ombros até o quarto, mas estava com uma costela quase quebrada. Os médicos disseram que eu não deveria sair da cama… E lá estava eu, sem me importar, como sempre. Observei-a ir para a cozinha. Finalmente meu apartamento parecia ter vida. O gato saiu sabe-se lá de onde e começou a se esfregar nos pés da Noah.

— Oi, N, seu lindo! — ela exclamou, efusiva, agachando-se para pegar o bicho. Eu me sentei na cadeira da cozinha e observei a minha namorada fazendo caretas para o nosso gato e procurando um kit de primeiros socorros. Quando encontrou, ela veio na minha direção e se sentou, girando a cadeira para ficar de frente para mim.

— Você está linda — falei, adorando perceber como ela ficou vermelha.

— Não posso falar o mesmo de você.

Sorri e senti dor em partes do meu rosto que nem sabia que existiam.

— Me dá a mão — ela pediu com doçura.

Fiz o que ela pediu e, enquanto a observava limpando a minha ferida, que na verdade sangrava só um pouco, notei que ela estava ainda mais bonita do que antes da viagem. Estava com o cabelo mais avermelhado, com algumas mechas loiras, e sua pele, bronzeada por causa do sol, tinha um matiz alaranjado que lhe realçava os traços. Os lábios dela sempre ficavam inchados depois que ela chorava... Assim como depois de nos beijarmos. Enquanto olhava para eles, não conseguia parar de pensar em todas as coisas que estava com vontade de fazer com ela. Queria aqueles lábios no meu corpo, aquelas mãos nas minhas costas...

— Nicholas, estou falando com você — ela falou mais alto, me arrancando do meu devaneio.

— Desculpa, o que você estava dizendo mesmo? — perguntei, tentando controlar o desejo que tomava conta de mim.

— Estou perguntando como é que o Lion está.

Lion... Não queria nem ouvir aquele maldito nome.

— Ele ficou várias horas na emergência, mas está bem, já está em casa.
— O olhar da Noah permaneceu cravado na ferida que ela estava limpando e desinfectando...

— E a Jenna? — ela perguntou, inclinando-se sobre o balcão da cozinha para pegar uma tesoura.

Quando ela fez isso, tive uma visão privilegiada dos seus seios e tive que respirar fundo para me acalmar. Precisávamos falar daquilo agora? Não estava me importando nem um pouco com a Jenna. Sim, ela sabia de tudo que tinha acontecido. Não contamos, claro, que envolvia tráfico de drogas

— ou que o namorado dela estava traficando, mais precisamente —, e ela já estava cuidando do Lion.

— Ela está com ele, provavelmente lhe dando mil broncas — respondi, impaciente para que ela terminasse de cuidar da minha ferida e voltasse a olhar para mim. Parecia nervosa. Percebi pela maneira como apanhava e guardava as coisas no kit de primeiros socorros.

— Quero saber exatamente o que aconteceu. Quem foi, Nick? Quem foi que fez isso com você?

— Noah, não precisa se preocupar, tá? Não vai acontecer mais.

— Tanto faz, mas quero que você me conte tudo — ela rebateu.

— E eu quero fazer amor com você — falei, sem titubear.

Eis que o olhar dela se cravou nos meus olhos, como eu queria.

— Você não vai conseguir — ela respondeu, ficando de pé, com a voz ligeiramente trêmula.

Eu a puxei para colocá-la entre as minhas pernas abertas. Os olhos dela estavam na altura dos meus.

— Você sabe que eu sempre consigo — afirmei, colocando a mão nas costas dela e a puxando para mim.

Ela me olhou em dúvida, percorrendo minhas feridas até parar na minha barriga enfaixada.

— Não, Nicholas. Você está machucado, tenho certeza que não consegue nem respirar sem sentir dor nas costelas — ela insistiu, parando as minhas mãos com as dela quando comecei a tirar a sua camiseta.

Que merda, não me importava nem um pouco com a dor no corpo. Havia uma dor mais forte que eu precisava atenuar.

— Não se preocupa comigo, sardenta. O prazer vai ser mais forte do que a dor, eu garanto — afirmei, tirando a camiseta dela e a deixando só de sutiã na minha frente. Fiquei excitado só de olhar.

Senti o coração dela bater enlouquecido quando comecei a beijá-la na altura dos seios. A pulsação no seu pescoço estava tão forte que dava até para ver o sangue sendo bombeado pelo corpo, preparando-a para mim.

Fiz carinho nas costas dela. Tinha me esquecido de como ela era macia, como ela era perfeita... Às vezes, não dava para acreditar na sorte que eu tinha. Quando minha mão foi parar no fecho do sutiã, ela se afastou e fugiu dos meus braços.

— Que merda — soltei sem pensar.

— Já falei que não, Nicholas. Não quero machucá-lo — ela insistiu, olhando para mim martirizada.

Eu dei risada.

— Para de me olhar assim — ela advertiu, apontando o dedo para mim, que eu segurei de imediato.

Peguei a pequena mão dela e a levei aos lábios. Beijei e mordi a ponta do dedo dela e vi o seu corpo reagindo. Quando ela tentou se afastar, a prendi nos meus braços com rapidez. Com a força das minhas pernas, eu a obriguei a ficar na minha frente, onde eu queria que ela ficasse. Minha boca foi diretamente para o pescoço dela e eu a beijei no lugar que eu sabia que ela adorava. Ela deixou escapar um suspiro entrecortado quando minha língua assumiu.

As mãos dela foram parar no meu pescoço e se afundaram no meu cabelo, e naquele momento eu soube que tinha vencido a batalha. Comecei a beijar o topo dos seios dela enquanto as suas mãos desciam para as minhas costas. Eu a apertei com os braços, deixando os seios bem na altura que eu queria. Ela estremeceu e suas unhas se cravaram na minha pele. Soltei um gemido, não sei se de dor ou de puro prazer, mas não deu nem tempo de descobrir, porque ela escapou de mim.

— Nicholas, não dá! — ela exclamou, excitada e brava. Sim, eu também estava assim.

Que merda! Estiquei o braço para alcançá-la, mas ela se afastou, e sua resolução estava estampada naqueles malditos olhos cor de mel.

— Você sabe muito bem como isso vai acabar, sardenta, então você pode se afastar de mim e me obrigar a te perseguir, o que só vai fazer o meu corpo doer ainda mais, ou pode vir para cá agora mesmo e parar de besteira.

Uma faísca de ira surgiu no rosto dela.

— Quer ver como eu saio desse apartamento rapidinho?

— Quero transar.

As bochechas dela ficaram ainda mais vermelhas. Ela claramente não esperava essa resposta e uma parte de mim sorriu por dentro ao ver aquele olhar.

— Você está ficando muito atrevido, sabia? — ela contra-atacou, ainda distante de mim.

Um sorriso diabólico surgiu no meu rosto.

— Sempre fui atrevido, sardenta. Tento me controlar quando estou com você, mas você não facilita.

Estava chegando ao limite da minha paciência.

Peguei as mãos dela com força, fiquei de pé, me inclinei e coloquei a língua na boca dela. Meu lábio doía, mas aquilo não me importava, já tivera machucados piores antes e ninguém ia me impedir de beijar a Noah naquela noite. Tinha esperado tempo demais.

Um segundo depois ela respondeu com o mesmo entusiasmo. A língua dela começou a acariciar a minha, primeiro em lentos círculos, depois com desespero. Suas pequenas mãos pressionaram meu peito e deixei escapar uma careta de dor.

Ela interrompeu o beijo e olhou para mim, alarmada.

— Para — pedi, antes que ela pudesse dizer alguma coisa. — Vamos estar fazendo amor em menos de cinco minutos, então é melhor você economizar suas palavras.

A Noah ficou em silêncio e eu sabia que, no fundo, também estava morrendo de vontade. Ela pareceu pensar por um momento e enfim entendeu que não havia nada a fazer. Em vez de ir para o quarto, porém, ela pegou na minha mão e me obrigou a sentar no sofá.

— O que está fazendo? — perguntei, mais excitado do que nunca.

— Vamos fazer do meu jeito.

Os olhos felinos dela brilharam de desejo.

— Você só sabe fazer como eu ensinei, sardenta.

Eu tinha as costas apoiadas no encosto do sofá, e ela montou em cima de mim. Usando uma das mãos, ela enrolou o cabelo e o jogou por trás dos ombros.

— Eu fui para a França e aprendi algumas coisas novas.

Não achei a menor graça naquela brincadeira e a fulminei com o olhar.

— Não seja tonto — ela soltou. Então, com um movimento tirou o sutiã. Os seios dela ficaram diante de mim e perdi o raciocínio. — E agora você vai ficar quietinho.

17

NOAH

Era verdade que eu não queria machucá-lo, mas também estava precisando daquilo. Queria sentir as mãos e os dedos dele me percorrendo inteira, os beijos dele em cada porção de mim, incluindo os lugares proibidos. Queria ser dele e fazê-lo esquecer todas as outras.

— Essa vai ser a única vez que você vai ficar no controle, então aproveita — ele soltou, convencido. Mas estava muito excitado, dava para senti-lo debaixo de mim, duro como uma pedra.

— É o que vamos ver — disse, me inclinando para beijar a sua mandíbula. Ia tentar evitar os lábios, não queria machucá-lo, mas seria difícil. Detestava ter que ir com cuidado, queria que fizéssemos amor com liberdade, queria que ele me dominasse com seu corpo, do jeito que eu gostava, que ele me erguesse, que o atrito nos desse prazer, não dor. Mas ter o controle também podia ser muito excitante.

Passei a língua por sua barba incipiente até chegar à orelha direita.

O Nick tinha um cheiro muito gostoso, cheiro de homem...

As mãos dele se apoderaram dos meus seios e soltei um suspiro entrecortado quando ele os apertou com força, causando um intenso prazer que me fez estremecer.

Desci as mãos por sua barriga. Meu Deus, que corpo escultural... Sentia os músculos sob meus dedos, queria beijar cada centímetro daquela pele. Parei na calça dele e sorri quando ele tremeu inteiro, enquanto meus lábios davam mordidinhas em seu pescoço e mandíbula.

— Não faz maldade comigo, sardenta, não vou conseguir esperar muito — ele advertiu, levando as mãos à minha cintura. Impedi que ele fizesse o que eu sabia que ele queria fazer.

Sorri e me afastei. Deslizei os dedos pela minha calça e a tirei, ficando só de calcinha. Os olhos dele se escureceram de desejo.

— Se não estou enganada, há algo que você queria que eu fizesse — comentei, deixando-o nervoso e torcendo para que ele perdesse o controle.

Então, vi os olhos dele cravados nos meus, fixamente, por um instante me prendendo com seu olhar.

— Hoje, não — ele soltou, e vi que falava com dificuldade. Eu abri o primeiro botão da calça dele.

— Por que não?

A respiração dele se descontrolou por completo.

Tirei a calça dele e comecei a fazer carinhos lentamente. Ele fechou os olhos com força. Sabia que ele não ia durar muito se eu continuasse daquele jeito. Estávamos há um mês sem transar e sabia que ele não aguentaria muito mais.

— Porque, depois que você fizer isso, não vou deixar mais você ir embora.

Ao ouvir aquelas palavras eu fiquei quieta, tentando recuperar o controle da situação.

Ele se inclinou para a frente enquanto um sorriso aparecia em seu rosto, um sorriso diabólico.

— Melhor fazer o que eu mandar — ele disse, tirando minha calcinha delicadamente, me deixando completamente nua diante dele.

Os olhos dele pareceram medir cada centímetro do meu corpo, e fiquei grata por já ter superado a vergonha que eu sentia no início. Não há nada como confiar plenamente no outro, mostrar todas as suas inseguranças e ver que a outra pessoa o aceita do jeito que se é.

— Algum dia eu vou ter o controle e deixá-lo maluco — eu disse, enquanto ele começava a beijar a minha barriga e seus dedos tocavam meu ponto mais sensível.

— Fico maluco só com a sua respiração, Noah — ele admitiu, se aproximando ainda mais.

Eu o empurrei suavemente para trás até sentá-lo no sofá e pus as mãos sobre seus ombros. Sentei no colo dele, trêmula por causa do contato. A boca dele veio atrás da minha e, quando nos juntamos para dar um beijo desesperado, ele me levantou pela cintura com cuidado e me guiou até entrar em mim pouco a pouco. Fechei os olhos com força, aproveitando aquele toque e feliz por tê-lo dentro de mim de novo...

— Agora é com você — ele disse com os dentes cerrados, me obrigando a abrir os olhos.

Eu me agarrei a ele e comecei a subir e descer, no início bem devagar, deixando meu corpo se acostumar com a sensação de tê-lo dentro de mim depois de um mês.

— Você está acabando comigo, Noah — ele grunhiu, colocando as mãos na minha cintura e me obrigando a ir mais rápido.

Tentei lutar contra a força dos seus braços. Queria ir devagar e fazer o prazer durar o máximo possível, mas ele não deixou: os braços e o corpo dele, mesmo naquela situação, ainda eram mais fortes do que eu.

— Que merda, Nicholas — reclamei, quando estava perto de chegar ao orgasmo. — Devagar!

Ele se afastou do sofá e juntou o rosto dele ao meu. Os olhos dele me persuadiram, me calaram, e ele pôs a mão entre nós para me tocar no local que me matava de prazer.

— Assim — ele indicou, e se inclinou para morder meu lábio.

Meu Deus, aquilo era demais... O que dizia, a mão dele me tocando, ele entrando e saindo de mim... Meu corpo precisava extravasar, todas aquelas semanas sem ele, os pesadelos, a decepção de não ter sido recebida no aeroporto, o medo por tê-lo encontrado destroçado... Eu mesma acabei aumentando o ritmo. Ele soltou um gemido profundo de prazer quase ao mesmo tempo que emiti um grito desesperado e, depois de várias ondas de prazer infinito, chegamos juntos ao orgasmo.

— É aqui que tenho que estar todos os dias.

Baixei o olhar e o atraí para a minha boca. Ele me beijou sem se importar nem um pouco com a dor. Estávamos juntos de novo, e era só isso que importava.

Quando abri os olhos na manhã seguinte, senti cócegas no nariz. N estava lambendo o meu rosto. Sorri e, ao sentar-me na cama, notei que estava sozinha no quarto e que a luz entrava pela janela por um ângulo estranho... Passei as mãos nos olhos, desorientada, tentando me lembrar de onde estava, em qual país, em que cama e como havia chegado até ali.

A aparição do Nick sem camisa e de calça de moletom na porta foi a melhor visão que eu poderia ter.

— Ainda bem. Estava começando a ficar preocupado — ele comentou, apoiado no batente da porta.

Olhei para a janela, depois para ele, e em seguida de volta para a janela.

— Que horas são?

— Seis — ele respondeu, entrando no quarto. — Da tarde — completou, sorrindo.

Meus olhos se arregalaram de surpresa.

— Está brincando...

Nick se sentou ao meu lado na cama.

— Você dormiu umas quatorze horas.

Nossa! Minha cabeça estava rodando... Maldito *jet lag*.

— Meu Deus, preciso tomar um banho.

Eu me levantei da cama e fui direto para o banheiro. Estava com uma cara horrível, até tranquei a porta para que o Nicholas não inventasse de tomar banho comigo. Essa história de morar com ele ia ser muito difícil. Eu era um ser de outro mundo pela manhã e tinha medo de que ele se desapaixonasse por mim ao me ver com aquela cara de doida todos os dias. Ele parecia um deus grego quando acordava, e ia além: ficava ainda mais atraente com cara de sono.

Entrei debaixo da água quente para molhar o cabelo. Fui acordando e me livrando daquela sensação estranha à medida que a água fazia meus sentidos despertarem.

Quando terminei o banho, encontrei apenas uma toalha para me cobrir. Saí do banheiro pingando atrás da minha roupa e, em seguida, ouvi alguém batendo na porta. Depois, alguns gritos.

— Onde ela está?

"Merda. Era a minha mãe?"

Tentei correr de volta para o banheiro para que ela não me pegasse pelada, mas ela chegou quando eu estava na metade do processo. Ficamos frente a frente, e ela parecia irada, fora de si.

— Como você se atreve?! — ela gritou. — Como se atreve a desaparecer assim, por horas?

Olhei horrorizada para ela. Tínhamos discutido muitas vezes, mas nunca a tinha visto tão brava. O Nicholas apareceu e ficou bem na minha frente, bloqueando a minha visão.

— Calma, Raffaella. A Noah não fez nada de errado.

SUA CULPA

Vi os músculos das costas dele tensos como cordas de um violão, e o clima ficou tão pesado que era até difícil respirar.

— Saia de perto dela, Nicholas — minha mãe ordenou, tentando sem sucesso manter a calma.

Dei um passo para o lado, e minha mãe cravou os olhos cheios de fúria nos meus.

— Vista a sua roupa agora mesmo e vamos embora.

Não sabia o que fazer. Estava confusa ao vê-la tão descontrolada pela primeira vez em muitos anos.

— A Noah não vai a lugar algum — o Nick declarou, tranquilamente.

Então, apareceu o William, que tinha acabado de subir.

— O que está acontecendo aqui? — ele perguntou furioso, olhando primeiro para a minha mãe e depois para nós dois. — Quem fez isso com você, Nicholas? — o pai dele perguntou, olhando horrorizado para os hematomas espalhados pelo corpo do filho.

— O seu filho está fora de controle e não quero saber dele perto da Noah — minha mãe falou, então. De repente, ela se virou para o Nick e o atacou com a mesma ira com que tinha falado comigo. — Você é violento, se mete em brigas, tem amigos de baixo nível e não vou tolerar que envolva a minha filha em toda essa merda! Nem pensar!

— Mãe, chega! — gritei, contendo a vontade de falar algo pior. — Desculpa por não ter avisado, mas você não pode entrar aqui assim e...

— Claro que posso, quando eu quiser. Você é minha filha! Pode pegar as suas coisas, se vestir e entrar no maldito carro!

— NÃO! — eu gritei, me sentindo malcriada, mas me negando a aceitar que ela mandasse em mim. Eu não era mais criança.

— Você foi sequestrada, Noah! — minha mãe berrou em resposta. — Você foi sequestrada e achei que tivesse acontecido algo parecido hoje. Quase tive um ataque do coração — ela confessou, com os olhos cheios de lágrimas.

— Desculpa, mãe — falei, e lamentava de verdade, mas ela não podia perder a compostura daquela maneira. — Mas logo você não vai saber onde estou o dia inteiro. Não dá para você ficar assim sempre que não souber onde estou.

O olhar da minha mãe se cravou no meu.

— Ponha a roupa e vamos para casa — ela pronunciou cada palavra lentamente e sem admitir nenhuma réplica.

Não queria ir, era a última coisa que eu queria fazer, mas dava para ver que a minha mãe estava à beira de um ataque de nervos. Precisava fazer com que ela e o Nick ficassem longe um do outro, principalmente porque eu logo ia contar que viria morar com ele.

— Vai me esperar no carro, eu já desço — eu disse, finalmente. O Nicholas, a meu lado, resmungou. Minha mãe fingiu não ouvir e foi para o corredor com o William. Ouvi-os fechando a porta um segundo depois.

— Não vai embora, Noah. Se for, dará razão a ela — o Nicholas falou, furioso.

— Você viu como ela está. Se eu não for vai ser pior.

Ele suspirou, conformado.

— Não vejo a hora de você vir morar aqui.

Estava com medo de falar sobre isso com a minha mãe.

— Não vai demorar.

Ele me abraçou e, com meu rosto em seu peito, não pude deixar de pensar que uma parte de mim sabia que eu estava mentindo.

18

NICK

Quando a vi indo embora, senti a raiva que eu estava contendo se derramar como a lava de um vulcão. Estava tão cansado de toda aquela merda... As palavras da Raffaella não paravam de ecoar na minha cabeça.

"O seu filho fora de controle e não quero saber dele perto da Noah."

Fui direto para a cozinha e tentei me acalmar.

"Você é violento, se mete em brigas!"

Eu me arrependi amargamente de ter decidido ajudar o Lion.

"Não vou tolerar que envolva a minha filha em toda essa merda!"

Precisava mudar se quisesse que meu relacionamento com a Noah funcionasse de verdade. Estávamos a ponto de dar um grande passo, decisivo para a nossa relação, então tínhamos de mostrar para todos que aquilo era sério. Por isso, queria que ela viesse morar comigo, porque parecia que ninguém nos levava a sério. Às vezes, sentia que os poucos que sabiam a verdade estavam apostando pelas costas em quanto tempo terminaríamos e quanta pressão seríamos capazes de aguentar.

Peguei o celular, que estava em cima do balcão. Havia uma mensagem da Jenna.

> O Lion está bem. Precisamos conversar. Você sabe muito bem que não acredito nessa história que vocês contaram. Sei que você vai estar com a Noah, mas precisamos nos encontrar. Quando tiver um tempinho, me liga.

Eu sabia que isso ia acontecer. Era relativamente fácil mentir para a Jenna, que acreditava em qualquer história mirabolante inventada. Mas não desta vez. O Lion estava entrando em um terreno pantanoso e perigoso demais. A Jenna precisava saber que o Lion não estava bem.

Mandei uma mensagem para ela, sugerindo que nos encontrássemos em uma hora e meia, e fui direto para o banho. Estava com o corpo detonado, e parecia que os machucados estavam piorando com o passar das horas. Fiquei feliz ao me lembrar de como a Noah se preocupou comigo, como ela cuidou de mim, como sofreu ao me ver nesse estado... Ninguém nunca me fizera sentir assim antes. Meu pai ficava bravo quando eu chegava em casa com sinais evidentes de ter me metido em alguma briga, e o normal era que não voltasse a dirigir a palavra a mim até que as marcas desaparecessem. Na época em que isso acontecia, uma das razões para eu me envolver nesses problemas era justamente essa: irritar o meu pai e mantê-lo bem longe de mim.

Saí do banho, vesti um jeans e uma camiseta e tomei um remédio antes de sair. O carro da Noah estava estacionado na frente do prédio.

Que merda, a mãe dela ainda a obrigara a ir com eles. Não queria nem imaginar o que estavam falando de mim... Senti um embrulho no estômago. Odiava imaginar que eles estavam falando mal de mim para a Noah. Tinha medo de que ela se rendesse à vontade da mãe, que me enxergava como alguém com quem a Noah não deveria estar. Então, recebi outra mensagem da Jenna.

> Estou chegando.

Um pouco depois, eu estava estacionando no Starbucks que havia no centro comercial, a quinze minutos da minha casa.

Ao ver a Jenna pela janela, sentada em um dos sofás lá dentro, eu soube que deveria ter muito cuidado ao contar a história para a minha amiga. Quando entrei, ela me fulminou com um olhar furioso. Sentei-me diante dela, tentando não fazer nenhuma careta de dor, mas os olhos dela estavam bem atentos a todos os sinais do meu rosto.

— Vocês dois são muito idiotas, né? — ela disse, deixando a sua bebida verde, que eu não sabia o que poderia ser, em cima da mesa.

— Só agora você percebeu? — eu rebati, simplesmente. Estava com o sangue fervendo porque não queria que ela continuasse achando que eu era o mesmo Nick de um ano atrás. Eu tinha mudado, ou pelo menos acreditava que sim. Já o namorado dela continuava sendo um babaca.

— Você acha que vou engolir que tudo isso aconteceu porque vocês estavam jogando pôquer com uns imbecis? — ela soltou, o que me deixou calado por alguns segundo. Pôquer? Do que ela estava falando? — Ainda mais sabendo como vocês jogam mal... Vocês têm que parar de andar com essas gangues, Nicholas!

O Lion já tinha inventado uma mentira para ela... Maravilha!

— Olha, Jenna, eu não estou em um bom dia — comentei, tentando não ficar bravo e acabar descontando nela. — O Lion já é bem grandinho, e pode se responsabilizar pelo que faz. Ele está preocupado com dinheiro, por causa da oficina e por sua causa — continuei, sem olhar diretamente nos olhos dela. — Mais cedo ou mais tarde ele vai perceber o que é melhor para ele. Enquanto isso, você tem que dar espaço para ele. Não é fácil sair dessa vida. Além disso, os rachas logo vão começar, e você sabe como todo mundo fica tenso... O Lion sabe bem o que tem que fazer.

— Rachas? Achei que vocês não iam mais participar de nada disso, Nicholas.

"Merda, eu não devia ter mencionado nada disso!"

— E não vamos. Mas, digo, as gangues estão nervosas, tivemos uma briga estúpida e tudo acabou pior do que pensávamos. Não precisa se preocupar.

Ela olhou para mim com a testa franzida, mas pareceu aceitar a minha explicação. Depois, passou a olhar ao redor, como se tivesse percebido que algo ou alguém estava faltando.

— Onde está a Noah?

— Não está comigo, como você deve ter percebido — eu disse, irritado.

A Jenna ficou mais séria do que já estava.

— O que você fez com ela?

Soltei uma risada amarga.

— Assim tão rápido você já supõe que fui eu quem fez algo com ela?

O olhar da Jenna deixava bem claro que não era só a mãe da Noah que achava que eu não era bom o suficiente. E a Jenna costumava ficar do meu lado.

— Ela o viu com essa cara? Se viu, deve estar arrasada. Parece que você não entende, Nicholas... — ela disse, contendo-se por um momento. Acho que meu olhar lhe causou algum efeito, mas ela parecia estar tomando coragem para continuar falando. — Se continuar assim, ela vai terminar com você.

— Cala a boca.

A Jenna baixou o olhar, mas voltou a me encarar um segundo depois.

— A Noah é a minha melhor amiga. Ao longo desse ano, ela me contou coisas que não sei se você sabe, mas ela não suporta violência. Essa sua cara, seus machucados... Você sabe muito bem que lembranças tudo isso traz para ela.

— Que merda, Jenna, não foi algo que eu planejei.

— Nicholas, acorda! — ela falou, elevando o tom de voz. — A Noah não está bem. Ela tem pesadelos. Faz um tempo, meu irmão mais novo jogou uma bolinha no meu olho, que ficou roxo. Quando a Noah me viu, quase teve um troço, achou que alguém tinha me batido. Nessa noite ela dormiu na minha casa, e você tinha que ver como ela ficou se remexendo entre os lençóis. Ela não admite, mas deve ser por isso que ela não quer mais dormir lá em casa.

Neguei com a cabeça.

— Eu dormi com ela mil vezes. Ela dorme como um bebê, deve ser tudo sua imaginação. A Noah está ótima.

Sentia o sangue borbulhando... Não tinha ido ali ter essa conversa para ouvir toda aquela merda. A Noah estava bem, sim; os machucados mexiam com ela, disso eu sabia, por isso não fui buscá-la no aeroporto, por isso tinha planejado ficar vários dias sem vê-la, para que ela não me visse naquele estado. Mas a Noah não tinha pesadelos, eu também sabia disso. Era a Jenna que devia se preocupar com seu relacionamento, não eu, era o Lion que estava traficando drogas, e fazia isso porque a Jenna não percebia como a vida do Lion e a dela eram completamente incompatíveis.

Eu me levantei antes de falar qualquer coisa de que me arrependeria.

— Eu talvez venha a ter problemas com a Noah, Jenna, mas os seus com o Lion já estão aí — eu disse, olhando nos olhos dela. — Se eu fosse você, não me meteria onde não fui chamado e me preocuparia com o seu namorado.

— Meu namorado está como está porque fica andando com você.

Soltei todo o ar que estava segurando.

— Vá à merda, Jenna.

E fui embora.

Depois de ficar dando voltas com o carro, sem rumo, por uma hora, pensando em tudo o que a Jenna tinha me dito, em tudo o que a mãe da Noah tinha dito para mim, cheguei à conclusão de que deveria fingir não ter escutado nada daquilo. Não podia esperar outra coisa das pessoas que me rodeavam: eu mesmo havia criado essa imagem para mim, e mudá-la seria difícil, ainda que eu estivesse dando a vida para que me levassem a sério. No entanto, embora a Noah ainda desconfiasse de mim, sabia que ela acreditava que eu podia melhorar. A Noah me amava, estava apaixonada por mim, eu sabia que ela não pensava como a Jenna nem como a mãe dela e nunca me diria as coisas que tive que ouvir naquele dia. Eu lhe mostrara que eu poderia melhorar...

Estacionei o carro perto da praia e comecei a caminhar pela orla enquanto o sol se punha no horizonte. Havia gente passeando com cachorros e um ou outro casal aproveitando a tranquilidade da região. Deixei o barulho das ondas me tranquilizar; deixei que todos os meus medos e todas as minhas inseguranças quanto à minha relação com a Noah voltassem a ficar muito bem guardadas.

Um pouco depois, quando achei que as minhas emoções já estavam sob controle, meu celular tocou. Atendi sem olhar quem estava ligando, achando que seria a Noah. Um silêncio se fez do outro lado da linha.

— Oi, Nicholas.

Não era possível. De todas as pessoas no mundo...

— Que raios você quer e por que está ligando para o meu celular?

— Sou sua mãe e preciso falar com você.

A Madison apareceu na minha mente, e tive que parar de andar, com o coração acelerado.

— Aconteceu alguma coisa com a minha irmã?

— Não, não, a Maddie está bem — Anabel respondeu.

— Então não temos nada sobre o que conversar.

Estava prestes a desligar.

— Espera, Nicholas! — ela me pediu.

— Que diabos você quer? — repeti.

O silêncio persistiu por alguns segundos antes de ela me responder.

— Quero falar com você. Só preciso de uma hora, em um café. Muitas coisas não foram esclarecidas e não consigo mais vê-lo seguir com sua vida sentindo tanto ódio por mim.

— Eu a odeio porque você me abandonou. Não temos mais nada para conversar.

Desliguei antes de ouvir a reação dela.

Toda a raiva que eu havia contido ressurgiu. Minha mãe era a pior coisa que já me acontecera na vida, eu era desse jeito por culpa dela. Minha relação com a Noah seria completamente diferente se eu tivesse um bom modelo para seguir. Eu saberia lidar melhor com as mulheres e confiaria mais nelas. Eu não tinha nada para conversar com Anabel Grason, ela não tinha nada para me contar... E agora estava me ligando, querendo me ver?

Toda a tensão que eu acumulara em um mês inteiro tomou conta de mim. Todas as brigas, inseguranças, a tristeza de ficar sem a Noah e de decepcioná-la ao não ir encontrá-la no aeroporto como ela queria... Comecei a correr feito doido pela praia até conseguir esvaziar a cabeça.

19

NOAH

O caminho de volta para casa ocorreu na companhia de um incômodo silêncio.

Quando o Will estacionou na entrada, saí do carro e fui correndo para o meu quarto. Não queria falar com a minha mãe. Na verdade, não queria falar com ninguém. Desde que tínhamos voltado de viagem, tudo tinha ido de mal a pior: não ver o Nick no aeroporto, depois encontrá-lo naquele estado lamentável, a discussão que tivemos, a briga com a minha mãe e ainda por cima ouvir o que ela achava do Nicholas... Eu precisava me afastar de todo mundo, precisava de espaço.

Quando entrei no meu quarto, a primeira coisa que vi foi um grande envelope em cima da cama: era da universidade. Eu o abri e fiquei com um nó na garganta ao examinar os papéis referentes à residência estudantil. Quando enviei a solicitação, meses atrás, marquei a opção de compartilhar quarto. Esse tinha sido o plano desde o início, morar com uma colega em um dos dormitórios do *campus*. Mas agora tudo mudara. Eu estava decidida a morar com o Nicholas e precisava entrar em contato com a universidade e esclarecer a situação.

Estava com medo de contar isso para a minha mãe. Ela ia me matar. Uma parte de mim, aquela que continuava a ser uma criança, estava assustada por ter de revelar que decidira ir morar com o namorado no primeiro ano de faculdade.

Não acreditava que iria embora em duas semanas... Queria fazer as malas imediatamente e partir, mas ainda tinha que aguentar mais alguns dias. Minha mãe precisava aprender a ficar sem mim. Além disso, tinha certeza de que o William tinha vontade de morar a sós com a esposa, já que desde que chegamos só havíamos causado problemas, eu especialmente.

Peguei todos os papéis e os enfiei na gaveta da escrivaninha. Vesti um pijama mesmo sem estar com sono, já que havia dormido por várias horas, e me deitei na cama, disposta a não pensar em nada.

Como imaginava, demorei para dormir, e quando consegui os pesadelos voltaram. Eu sabia que estava procurando o Nick entre os lençóis da minha cama; sabia que, se o sentisse junto de mim, meus medos desapareceriam, mas ele não estava comigo, não estava ali para me proteger...

O sol brilhava de maneira deslumbrante. Por um instante, não sabia onde estava, mas logo percebi que era em um sonho.

Meu pai estava comigo.

— Às vezes, na vida, Noah, as pessoas têm que fazer coisas de que não gostam... Por exemplo, quando a mamãe não faz o que o papai manda, o papai lhe aplica um castigo, não é? — meu pai falou, enquanto nós dois, sentados perto do mar, olhávamos para as ondas que chegavam à orla.

Assenti. Eu sempre respondia que sim às perguntas do meu pai, o que era fácil, porque as perguntas dele quase sempre eram retóricas. Eu não precisava pensar na resposta certa, já que ela estava sempre implícita na pergunta.

— Isso acontece porque a sua mãe não sabe das coisas. Ela não entende que só eu sei o que é melhor para ela.

Ele me pegou pela cintura e me sentou no colo dele.

— Você é a minha menina, Noah, minha pequena, e sempre vai fazer o que eu disser, não é?

Assenti olhando nos olhos do meu pai, idênticos aos meus, da mesma cor de mel. Só que os dele estavam avermelhados pelo álcool.

— Então, me diga: na próxima vez que eu pedir para você se afastar, para deixar sua mãe onde está, o que você vai fazer?

— Vou para o meu quarto — eu respondi em um sussurro quase inaudível. Meu pai assentiu, satisfeito.

— Não é para me desobedecer nunca, pequena... Não quero fazer algo com você e me arrepender depois...

Não com você. No fim das contas, nós dois estamos juntos, não é?

Assenti e sorri quando meu pai pegou uma corda do chão e começou a amarrá-la com rapidez e agilidade.

— Esse vai ser para sempre o nosso vínculo, tão forte que ninguém vai conseguir desfazer.

Olhei para o nó em oito que meu pai tinha me obrigado a fazer algumas vezes...

Eu não podia parar até que ele ficasse perfeito.

No dia seguinte, acordei com olheiras profundas. A noite tinha sido horrível, e o café da manhã incômodo não ajudou em nada. O William comeu sem proferir uma única palavra e minha mãe ficou olhando com cara feia para mim sem dizer nada, virando as páginas de um jornal sem ler uma única linha. Uma parte malvada de mim imaginou como seria soltar a bomba da mudança para o apartamento do Nicholas naquele momento, mas quase vomitei só de pensar.

Fiquei feliz quando meu celular começou a tocar. Estava esperando o Nicholas me ligar, então saí da cozinha, ignorando o olhar de desaprovação da minha mãe, para atender à chamada.

— Alô?

— Quem fala é a Noah Morgan? — uma voz feminina me perguntou do outro lado da linha.

— Sim, quem fala? — respondi, subindo os degraus da escada de dois em dois.

Um breve silêncio tomou conta da linha, o que me fez parar na porta do meu quarto.

— É Anabel Grason, mãe do Nicholas.

E então fui eu quem se calou. Anabel, a mulher que em parte era culpada pelos meus problemas, os meus e os da pessoa que eu amava loucamente, a mulher que abandonara meu namorado, aquela que ele não queria ver nem pintada de ouro.

— O que você quer? — perguntei, me trancando no quarto.

O silêncio persistiu por mais alguns segundos, seguido de um suspiro.

— Preciso de um favor — ela respondeu, finalmente, do outro lado da linha. — Sei que o Nicholas não quer me ver, mas isso é ridículo. Preciso falar com ele e você pode me ajudar. Você é a namorada dele, não é?

O tom de sua voz era tão amável que me fez desconfiar. Eu me sentei na cama, sentindo-me nervosa de repente.

— Não tenho a intenção de fazer qualquer coisa que o Nick não queira. É um assunto que vocês dois precisam resolver sozinhos. Desculpe-me, senhora Grason, mas, como deve imaginar, não gosto muito da senhora e, para falar a verdade, acho que o Nicholas está melhor sem você.

Pronto. Eu tinha desembuchado e não dava para voltar atrás... Aquela mulher tinha abandonado o Nick, o meu Nicholas, aos doze anos, deixando-o a sós com um pai ocupado demais com o seu império para lhe dar atenção. Tinha deixado uma criança sozinha, sem lhe dar nenhuma explicação, e agora queria retomar a relação? Ela devia estar mal da cabeça.

— Eu sou a mãe dele. É impossível que ele esteja melhor sem mim. As coisas mudaram e quero voltar a vê-lo.

Eu não ia ceder. Já havia tentado falar com o Nick sobre esse assunto e ele deixara bem claro que não queria que eu me envolvesse. A Anabel era um tema complicado para ele, e eu o conhecia o suficiente para saber que não ia mudar de opinião.

— Desculpe, mas o Nicholas é taxativo quanto a isso. Ele não quer falar com você, senhora Grason.

— Então, você pode se encontrar comigo? Só eu e você? O Nicholas não precisa ficar sabendo, pode ser onde você quiser.

O quê? Eu não podia fazer aquilo. O Nicholas ia me matar. Ele se sentiria traído se eu me encontrasse com a mulher que ele mais odiava no mundo, a mulher que mais o havia machucado... Nem pensar.

— Você não está entendendo. Eu não quero vê-la e não pretendo mentir para o Nicholas.

Fui dura e clara, acho que todo o estresse dos últimos dias estava à flor da pele. Mesmo assim, sentia a necessidade de defender o meu namorado, de evitar que alguém o machucasse, e eu me incluía nisso.

Ouvi Anabel respirando profundamente antes de continuar falando.

— A situação é a seguinte — ela disse, usando um tom de voz bem desagradável. — A minha filha de seis anos tem um pai que passa a metade da semana viajando pelo mundo. Eu não posso ficar o tempo inteiro com ela e sei que o Nicholas quer que ela passe algumas semanas no apartamento dele. Por mim, não haveria problema, mas o meu marido não quer nem ouvir falar disso. Se fizer o que eu lhe peço, se vier se encontrar comigo e me ajudar a reestabelecer a minha relação com o meu filho, deixarei que ele fique com a Madison enquanto meu marido estiver fora. Porém, se você não me ajudar, farei de tudo para que o Nicholas não veja a irmã nunca mais.

Que merda. A Maddie era tudo para o Nicholas. Não podia acreditar que aquela mulher estava me ameaçando com algo assim. Era esse o tipo de relação que ela queria ter com o filho? Baseada em mentiras e chantagens? Senti meu sangue ferver de raiva. Quis encerrar a ligação e deixar bem claro o que eu achava da proposta, mas era da Maddie que estávamos falando. Se dependesse do Nicholas, ele levaria a irmã para morar com ele. Chegou a consultar advogados, e o pai dele até tentou fazer com que a pequena ficasse com o Nick por algumas semanas, mas não teve jeito: sem a autorização da mãe, não havia nada a fazer. Sabia que eu estava entrando na jaula dos leões e ia acabar me arrependendo, mas não podia permitir que aquela mulher separasse a Maddie do Nick.

— Onde nos encontramos? — perguntei, me odiando por deixar aquela mulher me manipular.

Quase pude vê-la sorrindo do outro lado da linha.

— Avisarei o Nicholas que ele pode ficar com a Maddie na semana que vem. A gente se encontra quando eu for levá-la. Não se preocupe, vai ser um segredo nosso, ninguém vai ficar sabendo.

— Não quero mentir para ele e vou acabar contando. Tenho certeza de que ele não vai gostar nem um pouco. Isso que você está fazendo, essa chantagem, vai causar exatamente o contrário do que você espera. O Nicholas não perdoa com facilidade, e você é a pessoa que mais o machucou em toda a vida dele.

Anabel Grason levou alguns segundos para responder.

— Você não ouviu todos os lados da história, Noah. As coisas nem sempre são como uma das partes a relata.

Não queria continuar falando com aquela mulher.

— Depois me mande o lugar onde quer que a gente se encontre.

Desliguei sem esperar a resposta e me joguei na cama, olhando para o teto e me sentindo mais culpada do que nunca.

Um pouco depois, minha mãe veio falar comigo para avisar que, naquela noite, ela e o Will iam sair para uma festa beneficente no outro lado da cidade e não passariam a noite em casa. Ela propôs que eu convidasse a

Jenna para dormir em casa e me fazer companhia, e eu assenti sem prestar muita atenção. Era o Nick que eu queria convidar para dormir comigo, mas uma parte de mim temia chamá-lo, com medo de que ele percebesse que eu estava escondendo algo. Passei o restante do dia com o coração dividido, mas, ao ver que ele também não me ligou, no fim das contas fui para a cama conformada de que passaria a noite mais uma vez na companhia dos meus pesadelos.

20

NICK

Depois das palavras da Raffaella, da conversa com a Jenna e da ligação da minha mãe, passei alguns dias com um bloqueio total. O que mais me assustava era que elas podiam ter razão. Eu não era o namorado perfeito. Que merda, há até pouco tempo eu nunca tinha namorado! Quando a minha mãe me abandonou, jurei para mim mesmo que nunca mais sentiria nada por ninguém, nunca mais daria a alguém o poder de me machucar. Não queria voltar a me sentir rejeitado.

Mas, com a Noah, tudo mudou, e uma parte de mim sucumbia ao pensar que algo podia dar errado, que ela talvez não estivesse bem comigo e que pudesse acabar fazendo o mesmo que a minha mãe: abandonar-me.

O fato de ela não ter me ligado não ajudou muito a acalmar os meus pensamentos. Não entendi por que a Noah não me ligara para que eu fosse vê-la. Eu tinha ficado sabendo pelo meu chefe que meu pai estava indo para o outro lado da cidade e uma ligação me fez confirmar que a Raffaella ia com ele, o que significava que a Noah ficaria sozinha em casa. Não posso negar que, inicialmente, fiquei chateado, mas, ao cair da noite, as palavras da Jenna vieram à minha mente: "A Noah não está bem, ela tem pesadelos". A única maneira de tirar a frase da cabeça era comprovar que não era verdade. Então, peguei a chave do carro e saí.

Estacionei o carro em meio ao breu. A casa do meu pai era pura escuridão, aparentemente ninguém tinha acendido as luzes da entrada, algo de que não gostei nem um pouco. Entrei usando a minha própria chave. Fui logo para o andar de cima e comecei a achar que a Noah não estava por lá, pois não vi nenhuma luz por baixo da porta do quarto dela. Mas consegui ouvir que ela estava chorando. Abri a porta com o coração na mão. Não podia ser verdade. O quarto dela estava escuro e ela se revirava sob os cobertores.

Eu me apressei a apertar o interruptor, mas a luz não acendeu. Merda, a energia elétrica tinha caído.

Eu me aproximei e, ao vê-la de perto, percebi que as bochechas dela estavam encharcadas de lágrimas e que ela apertava tanto as mãos que uma das palmas chegou a sangrar pela força das unhas. Eu a observei completamente aturdido. Ignorei o alarme que soou dentro de mim e me sentei perto dela.

— Noah, acorda — pedi, afastando o cabelo dela do rosto, os fios grudados por causa das lágrimas.

Não adiantou nada. Ela continuou adormecida e se mexendo como se uma parte dela quisesse parar de sonhar com o que estava sonhando. O que quer que fosse, a deixava aterrorizada.

Eu a sacudi, primeiro devagar, depois com insistência: ela não parecia disposta a acordar.

— Noah — eu chamei, me aproximando do ouvido dela. — É o Nicholas. Acorda, eu estou aqui.

Ela fez um barulho, e vi as mãos dela se tornarem punhos cerrados, apertando ainda mais a própria pele. Que merda, ela estava se machucando!

— Noah! — falei, elevando o tom de voz.

Então, os olhos dela se abriram de repente. Ela estava completamente horrorizada. Eu só a tinha visto assim quando os babacas da escola a prenderam em um armário, no escuro. Os olhos dela percorreram o quarto até repousarem em mim, e nesse momento ela pareceu entender que tudo tinha sido apenas um pesadelo. Ela se atirou nos meus braços e senti o coração dela batendo acelerado.

— Calma, sardenta — eu a tranquilizei, abraçando-a com força. — Estou aqui, foi só um sonho ruim.

A Noah afundou o rosto no meu pescoço e fiquei em pânico quando o corpo dela começou a tremer, acompanhado de soluços que machucaram minha alma. O que será que estava acontecendo? Eu a peguei e a sentei no meu colo. Precisava que ela olhasse para mim, queria entender se ela estava bem.

— Noah, o que está acontecendo? — perguntei, tentando ocultar o medo na minha voz. — Noah, Noah, para! — ordenei, quando a minha pergunta a fez piorar. Há muito tempo eu não a via chorar daquele jeito.

Eu a afastei um pouco e pus o rosto dela entre minhas mãos. Os olhos dela evitaram os meus por alguns segundos, mas eu segurei o seu queixo e a obriguei a olhar para mim.

SUA CULPA

— Há quanto tempo você tem tido esses pesadelos? — indaguei, descobrindo que a Jenna falara a verdade: a Noah não estava bem. Eu me senti mal por ter pensado que o passado de nós dois tinha ficado para trás.

— Foi só dessa vez — ela respondeu, com a voz entrecortada. — Não sei o que aconteceu...

Sequei as lágrimas dela com os dedos e, ao ouvi-la, soube imediatamente que ela estava mentindo.

— Noah, você pode me contar a verdade — eu disse, odiando descobrir que ela não confiava em mim.

Ela negou com a cabeça e começou a se tranquilizar.

— Estou feliz porque você está aqui — ela sussurrou.

— De verdade? — perguntei. Ainda não tinha entendido por que ela não tinha me ligado.

A Noah me devolveu o olhar, franzindo a testa.

— Claro que sim... — ela afirmou, apoiando a bochecha na minha mão e olhando para mim como se realmente acreditasse no que estava falando. — Desculpa pelo que minha mãe falou. Você sabe que nada daquilo é verdade — ela murmurou, erguendo os braços e os colocando ao redor do meu pescoço.

Eu a observei inseguro. Não me importava com o que a mãe dela pensava, mas estava preocupado por saber que a Jenna estava certa sobre a Noah não estar bem, e ainda por cima por não confiar o suficiente em mim para ser sincera sobre o que estava acontecendo...

Peguei as mãos dela e as coloquei entre nós dois para que ela visse as feridas nas palmas. Ela baixou o olhar, aturdida por um instante, mas sem se surpreender nem um pouco. Já havia acontecido mais de uma vez.

— É por minha causa? — indaguei, tentando manter a compostura e deixar de lado todas as coisas que faziam a Noah reviver momentos ruins da infância... Meu rosto ainda estava marcado pela surra que eu levara enquanto ela voltava da Europa. Eu era um alerta constante de que a violência não havia desaparecido da vida dela, e tive que me controlar para não ir embora imediatamente, já que estava claro que minha presença lhe fazia mais mal do que bem.

— Claro que não — ela respondeu automaticamente. — Nicholas, isso não é tão importante, foi só um pesadelo e...

— Não foi só um pesadelo, Noah — rebati, tentando controlar os ânimos. — Você tinha que ter visto, parecia que você estava se torturando... É melhor me contar com o que estava sonhando, por favor, porque eu sei que não é primeira vez que isso aconteceu.

Seus olhos se arregalaram, surpresos, quando ela me ouviu falar aquilo. Ela se levantou e se afastou um pouco de mim.

— Foi só uma vez — ela sentenciou, me dando as costas. Eu me levantei da cama.

— Nem ferrando que foi só uma vez, Noah! — exclamei.

Por que ela estava mentindo para mim?

— Nick! — ela disse, se virando. Estávamos tomados pela escuridão e apenas a luz que entrava pela janela nos iluminava de maneira tênue. — Isso não tem nada a ver com você.

Queria acreditar nela. Uma parte de mim sabia que isso tinha a ver com o que lhe acontecera quando ela era criança, mas eu achava que seria um assunto encerrado depois da morte do filho da puta do pai dela. Saber que demônios ainda a perseguiam era algo que me consumia. Eu me aproximei, tentando me acalmar e acalmá-la. Ela me olhava com desconfiança, mas deixou que eu me aproximasse.

— Olha só — eu disse, pondo as minhas mãos nos ombros dela. — Quando estiver pronta, quero que você me conte. — Odiava o fato de ela ainda não estar preparada. — Você sabe que estou aqui para tudo o que você precisar e odeio ver que você está mal. Só quero saber o que posso fazer para que você se sinta melhor.

Os olhos dela ficaram marejados. A Noah tinha chorado mais do que nunca nos últimos dois meses… Antes, ela nem chorava… E, sinceramente, eu não sabia o que era pior.

Puxei-a para perto e a abracei. Ela era tão pequena comparada a mim… Odiava que algo a estivesse atormentando. Ela se afastou alguns centímetros e, com as mãos no meu rosto, me obrigou a baixar o olhar e cravar os olhos nela.

— Para de achar que isso é sua culpa, Nick — ela sussurrou, com os olhos úmidos de lágrimas, mas sempre deslumbrantes. Quando nos olhávamos desse jeito, eu achava que tínhamos algo único, achava que ela me pertencia: eu seria capaz de matar por aquele olhar. — Você é a única pessoa que traz paz à minha vida, é só com você que eu me sinto segura.

— Mas do que é que você tem medo? — não pude deixar de perguntar.

O olhar dela mudou, e vi a transparência de alguns segundos antes se transformar em um muro intransponível, embora eu tenha tentado tantas vezes derrubá-lo. Esse muro sempre aparecia quando certos assuntos vinham à tona.

Mas não consegui insistir nem esperar que ela respondesse, porque um barulho de algo se quebrando ressoou do andar de baixo, nos assustando.

— O que foi isso? — Noah murmurou, desviando o olhar para a porta e com o medo começando a tomar conta de seu rosto novamente.

Eu me sobressaltei e fiquei entre a Noah e a porta. Com certeza tinha sido o Steve ou a Prett.

— Quem mais está em casa? — indaguei, mantendo a calma. Um silêncio se fez por alguns instantes.

— Só nós dois — a Noah respondeu, e a senti se agarrando às minhas costas.

"Merda."

21

NOAH

Mesmo assustada com o barulho de algo se quebrando no andar de baixo, por alguns instantes eu me vi agradecida pela interrupção.

"Mas do que é que você tem medo?"

Essa pergunta era tão complicada, envolvia tantas áreas da minha vida e podia ser respondida de tantas maneiras diferentes que parecia ser a pior pergunta que alguém podia me fazer, ainda mais o Nicholas. Se eu começasse a listar todos os medos que povoavam a minha cabeça, talvez acabasse tendo muitos problemas, porque havia coisas que era melhor deixar enterradas bem fundo, mesmo que algumas tentassem sair de lá para amargar a minha vida.

— Me diz que você ativou o alarme, Noah — o Nicholas pediu, se aproximando da porta e abrindo-a lentamente para manter o silêncio e poder ouvir qualquer outro barulho.

— Essa casa tem alarme? — perguntei, me sentindo uma idiota e começando a ficar com medo de verdade.

O Nicholas me fulminou com o olhar.

— Que merda, Noah! — ele simplesmente exclamou. Então, foi para o corredor, indicando que eu ficasse parada onde estava.

Fingi que não vi e fui para perto dele com os ouvidos atentos. Por alguns segundos, não escutamos nada além das nossas respirações, mas depois ouvimos algumas vozes... Vozes masculinas.

O Nicholas se virou depressa, me pegou pelo braço e entrou comigo de volta no quarto. Olhei aterrorizada para ele, que levou um dedo aos meus lábios, indicando que eu deveria ficar calada.

— Me dá o seu celular — ele pediu, sussurrando, tentando parecer calmo, ainda que eu pudesse perceber o contrário.

Assenti e resmunguei com os dentes cerrados um segundo depois.

— Merda, esqueci o celular na piscina! — lamentei em voz baixa.

Como podia ser tão burra? Meu celular estava sempre comigo, e agora que precisávamos eu o tinha deixado lá fora, no jardim.

— O meu ficou lá embaixo, na mesinha ao lado da porta.

O cérebro dele começou a trabalhar rapidamente.

— Escuta bem — ele disse, segurando meu rosto com as mãos. — Quero que você fique aqui. — Eu neguei com a cabeça. — Merda, Noah, fica aqui. Vou lá pegar o telefone do quarto do meu pai para ligar para a polícia!

— Não, não, fica aqui comigo — supliquei, desesperada.

Meu Deus! Eu estava tão assustada… Nunca sofrera um assalto nem nada parecido. O sequestro tinha sido horrível, é verdade, mas não significava que eu tinha ficado mais preparada para enfrentar esse tipo de situação. Pelo contrário, eu estava com tanto medo que minhas mãos tremiam.

— Nicholas, devem ter cortado a energia. O telefone não vai ter linha — eu disse quando caiu a minha ficha.

Antes que ele conseguisse responder, ouvimos as vozes de novo, dessa vez mais perto. O Nicholas me calou, colocando a mão na minha boca, e então escutamos claramente as vozes de dois caras subindo as escadas.

Permanecemos em silêncio por um minuto que pareceu eterno, até que as vozes voltaram a se afastar. Significava que, em vez de entrarem no nosso corredor, eles foram na direção do quarto dos nossos pais.

O Nick se virou para mim, me olhou por alguns instantes e não sei bem o que ele viu, mas deve ter percebido que, não importasse o que acontecesse, teria que me levar com ele.

— Fica atrás de mim e não faz nenhum barulho — ele advertiu. Em seguida, abriu a porta, e passamos a andar pela escuridão do corredor. Aquilo era demais para mim, eu estava novamente mergulhada em um breu que me lembrava de situações horríveis e reforçava meu medo de escuro. Pensando bem, nada de bom acontecia no escuro… Bem, só uma coisa, mas não era o momento de pensar naquilo.

Por sorte, para chegar ao quarto do Nicholas, bastava cruzarmos o corredor. Entramos nele depressa e ele trancou a porta. Fiquei quieta no meio do cômodo enquanto ele vasculhava o armário. Então, retirou um estojo de uma espécie de caixa-forte.

— O que você tem aí? — eu perguntei, sentindo que o medo me impedia de respirar normalmente.

— Nada — ele respondeu, enquanto se aproximava da janela e a abria. Depois, veio para perto de mim, e percebi o que estava na parte superior do jeans que ele vestia.

— Que diabos você está fazendo com uma arma, Nicholas? — Tive que usar todo o meu autocontrole para manter o tom de voz baixo.

Ele se virou e olhou para mim, sério.

— Quero que você saia pela janela, Noah — ele ordenou, ignorando a minha pergunta. — Essa árvore tem vários galhos, não vai ser difícil.

As lágrimas ameaçaram escorrer pelas minhas bochechas de novo. Olhei para ele, negando com a cabeça… Não ia conseguir, não podia correr o risco de cair de uma janela de novo… Não, seria impossível.

— Nicholas, não vou conseguir — confessei com um sussurro inaudível, abafado por minhas lágrimas.

Por que o destino estava tão empenhado em me fazer reviver momentos que eu queria desesperadamente deixar para trás?

— Por que não? — ele perguntou, incrédulo, como se eu estivesse doida, como se eu não soubesse que corríamos perigo, que estávamos na casa de um milionário e não em uma casa qualquer, que tinham cortado a luz, o que demonstrava que era uma ação planejada, porque sabiam que o William estaria fora, assim como eu e todos os funcionários.

Simplesmente devolvi o olhar e, em seguida, a compreensão iluminou o semblante dele. Ele se aproximou de mim e pôs meu rosto entre as mãos.

— Noah, não é a mesma coisa que pular pela janela, meu amor — ele disse com a voz calma, e seus olhos se desviaram para a porta do quarto durante um segundo quase imperceptível. — Eu desci por essa árvore milhares de vezes quando era criança, você não vai cair nem se machucar.

O que ele dizia fazia sentido, mas eu estava paralisada de medo. Sair por uma janela… As consequências de ter fugido por uma no passado foram devastadoras para mim. Minhas mãos seguiram diretamente para a minha barriga, quase inconscientemente, para o lugar onde estava a minha cicatriz.

O Nicholas percebeu. Seguiu o gesto com os olhos e vi a tristeza passando pelo rosto dele, mesmo que tentasse escondê-la. Aquele assunto era um tabu até então, eu não falava daquilo, ele não falava daquilo, mas teríamos que conversar a respeito mais cedo ou mais tarde.

— Por favor, Noah, faz isso por mim — ele me pediu, desesperado. — Não posso deixar que a machuquem de novo.

Tentei me colocar no lugar dele... Se algo acontecesse comigo, ou se os invasores nos vissem, não tinha ideia do que poderia acontecer. De repente senti medo pelo Nicholas, sabia como ele era e tinha certeza de que naquele exato instante ele estava se controlando para não sair dali, correndo o risco de se colocar em perigo. O fato de ele ainda estar ao meu lado significava que ele se importava mais comigo do que com qualquer coisa que pudessem fazer ou roubar.

— Desce primeiro e eu vou depois — indiquei, tentando controlar minhas emoções. Sabia que, se eu descesse antes, o Nicholas provavelmente iria atrás dos invasores. E, como ele estava armado, o medo de que algo acontecesse superou todos os outros medos que passavam pela minha mente.

Ele me fulminou com seus olhos claros e percebi que eu acertara em cheio. A intenção dele não era descer comigo.

— Às vezes eu tenho vontade de te estrangular — ele ameaçou, mas depois me deu um beijo rápido nos lábios.

Fiquei grata pela casa ser grande o suficiente para que não nos ouvissem conversando, ainda que estivéssemos sussurrando.

O Nicholas se pendurou na janela com facilidade e me aproximei dela para vê-lo descer. A árvore tinha uns três metros. Quando me aproximei, as lembranças do meu acidente voltaram para me atormentar. Quando pulei daquela janela, não tive tempo de assimilar o que estava acontecendo... Lembro-me de que fiquei tão assustada que nada parecia importar mais, só queria sair daquele inferno de escuridão e maus-tratos. Meu pai tinha se tornado o monstro que todas as crianças temem, mas não havia nenhuma mãe por perto para me dizer que tinha sido apenas um pesadelo: o monstro era de verdade, e eu precisei pular pela janela para me salvar dele.

O Nick não demorou para chegar ao gramado lá embaixo e fez um sinal para que eu descesse rápido. Olhei para trás assustada, e então houve um barulho do lado de fora do quarto. Sem pensar duas vezes, saí pela janela e me joguei nos galhos. Precisava sair antes que nos vissem. Olhar para o Nick lá embaixo, pronto para me salvar se eu caísse, foi o que me acalmou um pouco. Quando, uns minutos depois, ele me abraçou, senti que conseguiria voltar a respirar normalmente.

— Vamos — ele disse, me puxando para o jardim da parte de trás da casa. — Onde está o seu celular?

Nós dois olhávamos para todos os lados com medo de que alguém aparecesse na escuridão da noite.

Graças a Deus o meu celular estava exatamente onde eu o havia deixado, em cima de uma espreguiçadeira. Mas não foi só isso que encontramos. Thor, o cachorro que nós dois adorávamos, estava deitado no chão, a um metro da piscina. Nem tínhamos percebido que os latidos dele haviam cessado, e senti um nó de medo na garganta. O Nicholas foi correndo até ele e pôs a orelha sobre o peito do animal. Pus a mão na boca para mitigar o meu horror.

— Ele está vivo — Nick declarou, e soltei todo o ar que estava segurando. Eu me aproximei e me ajoelhei ao lado do bichinho. Estava com a respiração cadenciada, como se estivesse dormindo, e não havia sinais de violência.

— Devem ter lhe dado algum sedativo — Nick comentou, passando a mão na cabeça do cachorro.

Eu me inclinei na direção do Thor e dei um beijo no pescoço peludo dele.

— Vamos, Noah, não podem nos ver — Nick falou, me puxando pela mão e me obrigando a deixar o Thor para trás.

O Nick pegou o celular e me arrastou até chegarmos à parte de trás da casa da piscina. Ele me colocou contra a parede e ficou na minha frente, claramente me protegendo com o próprio corpo. Estar assim, naquela situação, me lembrou da minha festa de aniversário e pensei na ironia de voltarmos a nos esconder justo ali para não sermos vistos.

Os olhos dele não se separaram dos meus enquanto ele ligava para a emergência. Nicholas explicou a situação, disse que tinham invadido a nossa casa e que estávamos escondidos. Informaram que uma viatura estava a caminho e pediram para ficarmos onde estávamos. Ao desligar, ele me abraçou e beijou o topo da minha cabeça.

— Você está bem? — ele perguntou, dando um passo para trás para ver o meu rosto. — Não vão nos encontrar aqui, vai ficar tudo bem.

Eu estava em tamanho estado de nervos que senti minhas mãos começarem a tremer. O pesadelo, saber que o Nicholas tinha me ouvido, o que conversamos depois e ter que sair por aquela janela... Queria me esconder em um buraco no chão e esperar até tudo voltar ao normal. Precisava fugir das lembranças ruins.

— Você me dá um beijo? — eu pedi, evitando responder à pergunta. Sentia a adrenalina correndo nas minhas veias e não ficaria tranquila antes que a polícia chegasse.

Ele pareceu estranhar o meu pedido, mas, de qualquer maneira, se inclinou para carimbar os lábios nos meus. A intenção tinha sido me dar um simples beijo, mas entrelacei os dedos atrás da sua nuca e o incentivei a mergulhar em mim. O Nicholas me agarrou e colocou minhas costas contra a parede. Sabia pelo que ele estava passando, toda a frustração desde o nosso reencontro depois de um mês separados, a briga com a minha mãe, as dúvidas... Estava tudo se resolvendo exatamente naquele instante.

O Nick diminuiu o ritmo do beijo quando notou que a situação estava saindo de controle e eu o abracei, mantendo-o junto de mim. Minhas mãos passaram pela cintura dele e então ele deu um passo para trás, se separando completamente de mim.

Por um segundo nos entreolhamos em silêncio, mas com nossos pulmões trabalhando arduamente. Vi-o retirando algo das costas e reacomodando o objeto de uma maneira que não o incomodasse. Estremeci ao ver a pistola prateada.

— Você não deveria ter isso — adverti quando ele se afastou.

Antes que ele pudesse responder, ouvimos as sirenes das viaturas da polícia. Ele se aproximou de mim e pegou meu rosto com as duas mãos.

— Agora, por favor, não fica longe de mim.

Assenti e demos as mãos para enfrentar o que nos esperava.

O Nicholas não saiu de perto de mim em nenhum momento. Ao deixarmos o nosso esconderijo, demos de cara com duas viaturas. Um rebuliço se formou na entrada com a aproximação de alguns vizinhos, uns com medo, outros curiosos. Dois caras tinham tentado roubar a casa e foram pegos no flagra, sem chance de fuga. O pior de tudo é que eles estavam armados, o que me fez lembrar que o Nick também estava.

Fiquei observando o Nicholas calada enquanto ele conversava com os policiais, explicando tudo o que havia acontecido e que tínhamos descido pela janela. Os agentes anotaram tudo em seus caderninhos e nos pediram para ir à delegacia registrar os nossos depoimentos.

— Podem fazer isso amanhã, senhor Leister — o policial informou, olhando para mim com preocupação. — Talvez seja melhor descansarem agora.

— Tomara que apodreçam na cadeia — Nicholas comentou, desviando o olhar do policial para a viatura que saía da casa naquele momento.

Depois disso e de várias conversas cordiais com os vizinhos, os policiais foram embora, assim como todos os demais. Liguei para a minha mãe e contei o que acontecera.

— Fala para o Nick ficar aí em casa com você hoje — ela pediu, me surpreendendo. Senti uma calidez e uma gratidão no estômago que estavam há muito tempo adormecidas. — Vamos chegar o quanto antes.

Quando desliguei, o Nick me arrastou para dentro, trancou a porta e acionou o alarme que eu não sabia que existia. Ele me mostrou como ativá-lo e onde ficava. Eu prometi que nunca mais o deixaria desativado.

— Vamos para a cama — ele disse, segurando a minha mão e subindo as escadas.

Fomos para o quarto dele e ele me deu uma camiseta limpa para usar como pijama. Nós dois nos trocamos em silêncio, totalmente mergulhados em nossos pensamentos.

— Se eu não tivesse decidido vir... — ele comentou de repente, e vi o medo no rosto dele. As imagens que há pouco tinham passado pela minha cabeça surgiram também na mente dele. — Por isso a gente tem que morar juntos, para que eu possa protegê-la, para estar por perto sempre que você precisar de mim.

Agora parecia tão óbvio... A segurança que ele me transmitia, o quanto eu me sentia bem quando ele estava comigo. Ele estava falando a verdade, eu precisava dele, confiava nele, ele era a cura para os meus pesadelos. Ele espantava os meus demônios.

— Vou conversar com a minha mãe, Nick, eu prometo — garanti, afastando qualquer dúvida que aparecesse pela minha cabeça. Era evidente, eu tinha que estar com o Nicholas. Um sorriso genuíno se desenhou no rosto dele, ele beijou meus lábios e me deu um abraço forte. Era estranho estar ali, no quarto dele. Foram poucos os momentos que compartilhamos entre aquelas quatro paredes, porque ele se mudou logo que começamos a ficar juntos, mas me lembrei da primeira vez que transamos... Como eu estava nervosa e como foi um momento bonito. Ele cuidou de mim como se eu fosse feita de cristal... Agora as nossas relações eram tão distintas, tão diferentes... À medida que o tempo passava, tudo parecia ficar mais intenso, como se precisássemos de mais e não soubéssemos como dar conta.

— Vem cá — ele me pediu, simplesmente.

Fiz o que ele pediu. Fui para a cama dele e me aconcheguei embaixo das cobertas. Grudei nele que nem um chiclete, deixando-o me abraçar e me apoiando em seu peito. Nicholas apagou a luz, e a última coisa de que me lembro é de estar sonhando, mas dessa vez com algo muito mais lindo: com ele.

22

NICK

A cordei com a Noah sussurrando no meu ouvido.

— Nick — ela disse em voz baixa. — Acorda.

Não abri os olhos, simplesmente resmunguei e, em resposta, a língua dela começou a percorrer a minha mandíbula de maneira suave e sedutora.

"Ah, que merda."

— Nick — ela repetiu, enquanto sua mão descia pelo meu peito e parava lentamente sobre os pelos escuros abaixo do meu umbigo.

Eu estremeci, mas decidi continuar com aquele jogo.

— Estou todo quebrado, sardenta. Se quiser alguma coisa, vai ter que se esforçar mais.

Não estava acostumado com a Noah tentando chamar a minha atenção dessa maneira. Quase sempre era eu quem tomava a iniciativa, e gostei dessa troca de papéis.

— Vou ter que ir atrás de outro — ela soltou, então, captando a minha atenção de imediato e me deixando alerta. Senti ela se afastar, abri os olhos e fui para cima dela tão rápido que nem se quisesse ela conseguiria escapar. Apertei meu corpo contra o dela, e aproveitei o contato da minha ereção com o tecido delicado da calcinha.

A Noah respirou profundamente e cravou os olhos nos meus. Coloquei a mão por dentro da camiseta dela e apertei suavemente um daqueles seios maravilhosos.

— A gente mal dormiu, sardenta — eu disse, fazendo carinho nela enquanto minha boca percorria docemente o seu pescoço. — De onde vem toda essa energia pela manhã?

— Só quero que você cumpra com seu dever de namorado — ela respondeu, empinando o quadril e soltando suspiros entrecortados contra o meu ombro.

— Você pode solicitar o meu dever de namorado quando quiser... Agora, fica quietinha — ordenei, imobilizando-a na cama. Meu Deus, ela parecia tão pequena embaixo de mim... Queria enchê-la de beijos lentamente até que ela não se lembrasse mais do próprio nome. — Você sabe que nossos pais já podem ter chegado, né?

Não me importava nem um pouco com os nossos pais, mas queria que ela esperasse um pouco mais antes que eu lhe entregasse o que ela pedira. Como resposta à minha pergunta, ela rodeou minha cintura com as pernas e se apertou suavemente contra mim.

— Desde quando você se importa com isso? — ela respondeu, incomodada.

Sorri em meio à penumbra e, antes de me dar conta, a mão dela desceu até chegar à minha calça. Ela tentou colocar a mão lá dentro, mas a interrompi antes que ela me obrigasse a perder o controle.

— Se me lembro bem, da última vez foi você quem assumiu as rédeas de tudo, sardenta, e já está querendo comandar de novo. Quem lhe deu permissão?

— Permissão? — ela repetiu, levantando as sobrancelhas. — Assim você vai ficar sem sexo. Fica esperto.

Dei risada, afundando meu rosto no ombro dela, mordi-a por um momento e perdi a razão.

— Você não vai se arrepender de ter me acordado, meu amor — garanti, tirando a sua roupa e fazendo carinho por seu corpo inteiro, até chegar exatamente onde queria estar. Beijei suavemente as pernas e as coxas dela, e contei até dez tentando manter o controle. A Noah se retorceu inquieta, suspirando baixinho, e notei que suas mãos agarraram os lençóis com força, confirmando a verdade no que eu dissera. — Olha pra mim — pedi.

Quando nossos olhares se encontraram, não consegui separá-los em nenhum momento.

— Meu Deus! — ela exclamou.

— Você gosta assim? — perguntei, e então ouvi um barulho atrás da porta.

Reclamei entre dentes e fui para cima da Noah, cobrindo-a totalmente com o meu corpo e puxando o edredom por cima de nós dois.

— Mas o que foi isso? Eu estava quase... — tapei a boca dela com a mão enquanto a porta do meu quarto se abria com um rangido.

— Nicholas? — a voz da Raffaella perguntou na penumbra.

Que merda!

— Eu estava dormindo, Raffaella — respondi, tentando fazer com que ela não notasse nenhuma agitação na minha fala. A Noah ficou tensa como uma tábua sob o meu corpo.

— Desculpa, só queria agradecer por você ter ficado com a Noah.

Apertei o meu corpo com força contra o corpo da Noah e percebi que ela estava tremendo, indo ao meu encontro quase por inércia. Os olhos dela se fecharam com força.

— Nem precisa agradecer. Eu não ia deixá-la sozinha — comentei, sorrindo na escuridão e fazendo carinho na Noah. Ela me olhou alarmada, e tive que usar todo o meu autocontrole para não dar uma gargalhada.

— Eu sei — Raffaella declarou, tranquilamente. — Bom, vou deixar você dormir. Eu e seu pai queremos tomar café com vocês. Vou acordar a Noah.

— Ótimo — respondi, enquanto fazia uma careta de dor ao sentir os dentes da Noah se cravarem selvagemente no meu braço. A mãe dela fechou a porta e finalmente a Noah me deu um tapa forte no ombro.

— Idiota! — ela repreendeu, irritada.

Dei risada de novo e a calei com um beijo. Enfiei a língua entre os lábios apertados dela e a saboreei inteira enquanto meus dedos continuavam brincando com a sua pele. A irritação desapareceu tão rápido, e bastaram alguns movimentos da minha mão.

— Você é tonto — ela disse, fechando os olhos com força e aproveitando minha dedicação.

— Um tonto com sorte. Vem cá — indiquei, enquanto tirava minha cueca e, sem esperar mais, a abraçava com força. Gemi contra o travesseiro ao sentir ela se esfregando em mim. A Noah murmurou algo incompreensível e comecei a me mexer, sem perder tempo.

— Por favor, Nicholas, preciso terminar… — ela sussurrou, me abraçando com tanta força que acabou cravando as unhas nas minhas costas. Acabei deixando meu serviço pela metade antes, então voltei a fazer carinho nela enquanto continuava me mexendo.

Quando a senti suspirar, parei por alguns segundos, me concentrando para alongar o momento e não finalizar junto com ela.

Tapei a boca dela com a mão para que ninguém a escutasse e comecei de novo, dessa vez mais lentamente, esperando-a se recuperar.

Senti-la daquela maneira, sem nenhuma barreira, pele com pele, era incomparável. Desde que a Noah começara a tomar anticoncepcional passamos a ter aquela experiência incrível.

— Mais uma vez, Noah — eu pedi, indo um pouco mais rápido. — Vamos juntos.

E conseguimos... Juntos alcançamos uma libertação espetacular, que nos deixou exaustos por vários minutos. Ficamos quietos na cama, respirando com dificuldade e tentando recuperar o fôlego.

— É isso que acontece quando você me acorda de manhã — comentei perto do pescoço dela.

— Vou me lembrar disso da próxima vez.

Fazia meses desde a última vez que eu tinha tomado café com o meu pai na cozinha. Acho que foi um pouco depois de a Noah ter voltado do hospital por causa do sequestro. Reviver essa situação foi bastante estranho. A Raffaella também estava, então foi um café da manhã em família.

Não queria que percebessem o quanto eu não queria estar ali. Além do mais, a Noah ficava triste quando me via insatisfeito por causa da mãe dela, então tentei transparecer tranquilidade. A Noah estava ao meu lado, mais brincando com os cereais do que os comendo. O rádio, como sempre, era um pano de fundo, e quando meu pai e a Raffaella se sentaram na nossa frente percebi que aquilo seria muito mais do que um café da manhã em família.

— Bom... — meu pai começou a falar, com os olhos ora voltados para a Noah, ora na minha direção. — Como estão as coisas? Falta pouco para a faculdade, Noah. Já está tudo pronto?

— Que nada, ainda nem comecei — ela respondeu, colocando uma colher cheia de cereais na boca.

Fiquei tenso ao notar que ela não havia comentado nada sobre morar comigo... Aquele momento seria tão apropriado quanto qualquer outro, mas ela não deu nenhum sinal de que tinha intenção de dar a notícia.

— Você já sabe quem vai ser a sua colega de quarto? — a mãe dela quis saber, e Noah quase se engasgou. Estendi o braço e comecei a dar tapinhas suaves nas suas costas.

— Ainda não — ela respondeu com uma voz rouca. Merda, queria dar o fora daquela cozinha.

A Raffaella olhou para o meu pai e depois ambos nos encararam.

— Queremos conversar com vocês — ele começou. — Acho que não nos comportamos como uma família nos últimos meses... Tivemos vários atritos e queremos resolver os problemas para termos uma convivência mais saudável.

Não estava esperando por aquilo. Fixei o olhar no meu pai e deixei a xícara de café na mesa. Eu era todo ouvidos.

— Vocês vão aceitar de uma vez por todas que estamos juntos? — soltei, sem titubear.

A Raffaella se remexeu na cadeira e meu pai lançou um olhar de advertência para mim.

— Aceitamos que vocês são jovens, que se gostam e que... — a Raffaella começou.

— A gente se ama, mãe. Acho que é um pouco mais do que gostar — a Noah declarou, intervindo na conversa.

A mãe dela apertou os lábios e assentiu.

— Eu entendo, Noah, de verdade. Sei que vocês acham que estou atrapalhando a vida de vocês porque não aceito esse relacionamento, e talvez vocês estejam certos... Mas vocês são muito jovens, e quase cinco anos de diferença de idade é muita coisa, principalmente por você ter acabado de completar dezoito, Noah — ela pontuou, se concentrando apenas na filha. — Só peço para vocês irem com calma. Nick, espero que você entenda que a minha filha ainda tem muita coisa para viver, que está prestes a começar a faculdade e que quero que ela tenha essa experiência e se divirta, que aproveite ao máximo algo que eu nunca achei que poderia oferecer a ela.

Fiquei tenso e percebi que a raiva estava começando a surgir, lentamente.

— Você está sugerindo que comigo ela não se diverte e que não vou deixar que ela aproveite a faculdade?

— Ela só está dizendo para vocês não viverem um em função do outro. Vocês ainda têm muita coisa para ver e fazer na vida, não queremos que as coisas sejam rápidas demais — meu pai interveio, tentando apaziguar a situação. — Como eu estava dizendo — ele prosseguiu, suspirando profundamente —, queríamos propor um trato, algo como um acordo de paz. O que vocês acham?

— Não quero chegar a nenhum acordo sobre nada. A Noah é a minha namorada e não há nada mais a falarmos ou negociarmos.

Meu pai respirou fundo, e notei que ele estava se segurando para não começar a esbravejar.

— Então, preciso que vocês nos façam um favor. Em troca, prometemos não nos meter mais na relação de vocês.

— Que tipo de favor? — eu retruquei, querendo ir direto ao ponto. Meu pai parecia pensar na melhor maneira de formular seu pedido.

— Em um mês, a Leister Enterprises completa sessenta anos. Vamos fazer uma festa e haverá convidados de todos os tipos, talvez até o presidente da nação. Todo o dinheiro arrecadado será doado para uma ONG que ajuda pessoas em situação de insegurança alimentar em países em desenvolvimento. É um evento crucial para a empresa, Nicholas, você sabe muito bem do que estou falando, e agora que estamos iniciando novos projetos é muito importante que tenhamos uma imagem forte e unida, que a gente se mostre como uma equipe diante da imprensa e dos convidados.

— Sei o quanto é importante, eu estou ajudando a organizar o evento — falei, com a testa franzida. — Mas não sei o que isso tem a ver com meu relacionamento com a Noah.

— É muito simples. Se vocês se apresentarem como um casal, imaginem as matérias que sairão na imprensa… O foco vai acabar recaindo sobre vocês e o escândalo que representa esse relacionamento. Não, Nicholas, deixa-me terminar — meu pai me cortou ao ver que minha intenção era rebater de imediato. — Sei muito bem que a relação de vocês, por mais que a gente não goste, é perfeitamente aceitável. Vocês não são irmãos de sangue, mas muitas pessoas não verão assim. É necessário transmitir a imagem de uma família sólida, e se vocês aparecerem juntos como um casal, essa imagem vai ficar borrada pela confusão e desagradar a muita gente que estará na festa. Estou falando de pessoas mais velhas, que têm muito dinheiro e não aceitam certas condutas.

— Isso é ridículo. Ninguém vai reparar na gente. Meu Deus, ninguém se importa com o que a gente faz ou deixa de fazer.

— Isso seria verdade se você não tivesse saído com todo tipo de garota que costuma sair nessas revistas de fofocas. Nicholas, você sabe muito bem que sempre despertou o interesse da imprensa. É só ver como é recebido em cada maldito evento social em que aparece.

A Noah olhou para mim de soslaio e resmunguei com os dentes cerrados. Que merda!

— Você está pedindo para eu ir à festa e fingir que a Noah é só minha irmãzinha caçula?

— Estou pedindo a você que vá com alguma amiga sua e que vocês fiquem separados por uma noite. A Noah também iria com alguém. A gente posa como uma família para a imprensa, janta, conversa um pouco, faz as negociações importantes com os convidados e depois vai todo mundo para casa, e vida que segue.

Antes que eu explodisse, a Noah decidiu falar:

— Parece ótimo — ela concordou, e a fulminei com o olhar.

— Nem pensar. Você não vai para uma festa de tamanha importância com um babaca que ache que você está solteira. Eu me recuso a aceitar.

Raffaella, que estava calada até o momento, abriu a boca.

— Nicholas, é a isso que eu me refiro quando digo que você precisa analisar as coisas com mais calma. É só uma festa. Seu pai está falando sobre a importância do evento, a Noah não vai se casar com outra pessoa, pelo amor de Deus. Se ela quiser ir sozinha, dá na mesma.

Respirei fundo várias vezes e me levantei.

— Nós vamos e posaremos como você deseja para as câmeras, mas já vou avisando: quando, no futuro, descobrirem sobre o nosso relacionamento, quem vai sair como o mentiroso da história será você.

Saímos juntos para o jardim dos fundos, os dois sem falar uma única palavra. Eu estava tão bravo que simplesmente fiquei olhando para as ondas do mar se chocando contra as pedras perto de casa para tentar me acalmar. Senti os braços da Noah me abraçando por trás e sua bochecha se apoiando com ternura nas minhas costas. Coloquei a mão sobre as dela e me senti um pouco melhor.

— Não é para tanto, Nick — ela disse, então, acabando com toda possibilidade de calma. Eu me virei e olhei para ela, muito sério.

— É, sim, para mim é... Noah, não suporto que as pessoas achem que você não é minha.

— Mas eu sou, você sabe que sou. É só uma festa estúpida, serão só algumas horas, não precisa fazer tempestade em copo d'água.

Neguei com a cabeça e segurei o rosto dela entre as mãos.

— Tem toda a importância do mundo. Essa vai ser a última vez que vou ceder em algo assim. — Eu a beijei antes que ela conseguisse responder. — Queria gritar para o mundo inteiro que estou com você, não entendo como não é a mesma coisa para você.

Ela deu de ombros, sorrindo.

— Para mim tanto faz o que o mundo pensa. Você sabe que sou sua, e isso deveria ser o bastante.

Suspirei e beijei a ponta do nariz dela. "Deveria, mas não é...", pensei comigo mesmo. As coisas precisavam começar a mudar.

23

NOAH

Naquela tarde eu me encontrei com a Jenna. Fazia mais de um mês que eu não a via, desde antes da minha viagem para a Europa, e depois fiquei com a sensação de que ela estava me evitando. Ela enfim aceitou que eu fosse visitá-la, e era o que eu estava fazendo.

Fiquei esperando na porta e não pude deixar de reparar no imenso jardim que havia na frente da casa dela. Diferentemente da residência dos Leister, não havia uma entrada privativa, apenas um portão que dava direto para a rua, ainda que fosse necessário andar bastante para chegar à porta da casa. Havia um monte de árvores altíssimas com balanços amarelos e um pequeno tanque com rãs e flores bonitas, bem à direita da casa, o que dava a ela um ar etéreo. Quase todas as mansões daquele bairro eram incríveis, mas a da Jenna tinha um toque especial, e eu tinha certeza de que ela era a responsável.

— Pode entrar, senhorita Morgan — falou a Lisa, funcionária da casa. Respondi com um sorriso.

— A Jenna está no quarto dela? — perguntei. Ao longe, pude ouvir os sons do videogame, o que confirmou que os irmãos da Jenna estavam por lá.

— Sim, ela está te esperando — Lisa respondeu, antes de quase sair correndo ao ouvir o barulho de algo se quebrando lá dentro.

Dei risada e segui para as escadas. À diferença da minha casa, elas ficavam em um salão separado, elegantemente decorado e com um bar abastecido com garrafas de diferentes bebidas, que pareciam me tentar a permanecer por ali.

Quando bati à porta do quarto da minha amiga e entrei, encontrei-a cercada de malas e com um monte de roupas espalhadas pelo chão, sentada com as pernas cruzadas no tapete com estampa de zebra. Estava com o cabelo preso em um coque malfeito no topo da cabeça. Um sorriso se desenhou em seu rosto quando ela me viu e se levantou para me dar um abraço.

— Estava com saudade de você, loirinha — ela confessou, me soltando um pouco depois sem falar mais nada. Fiquei surpresa por ela não ter pulado como doida nem me arrastado até a cama para começar a me contar e perguntar coisas. Pude notar que ela estava preocupada, que alguma coisa não permitia que ela agisse naturalmente, com seu jeito energético e divertido.

— O que você estava fazendo? — perguntei, tentando esconder a minha preocupação.

A Jenna olhou ao redor dela, perdida.

— Ah, isso! — ela respondeu, sentando-se novamente no chão e me convidando a fazer o mesmo. — Estou decidindo o que vou levar para a faculdade. Dá para acreditar que falta tão pouco?

Diferentemente de todas as vezes que conversáramos sobre a faculdade, nossa antecipada independência e como faríamos para nos ver, ela parecia mais preocupada do que animada com a ideia.

— Eu ainda nem comecei a fazer as malas… — contei, e fiquei nervosa porque logo teria que enfrentar a minha mãe e contar que ia morar com o Nick. Também precisava contar a notícia para a Jenna, mas fiquei com a impressão de que aquele não era o momento.

Eu a ajudei a dobrar camisetas por alguns minutos e, enquanto me esforçava para descobrir o que poderia ter acontecido, comecei a olhar ao redor, distraída.

O quarto da Jenna era o oposto do meu: o meu era azul e branco, um ambiente que transmitia tranquilidade; o da Jenna tinha paredes de cor fúcsia, com os móveis todos pretos. Em uma das paredes havia um grande manequim com vários colares enrolados que, em mais de uma ocasião, tínhamos tentado tirar, principalmente porque eram lindíssimos e queríamos usá-los. No entanto, como nunca conseguimos, os colares viraram itens de decoração. Em outra das paredes havia um sofá preto e branco zebrado, combinando com o tapete, muito confortável para se assistir à televisão de plasma que ficava na parede oposta. Como eu, ela tinha um *closet*, completamente bagunçado naquele momento.

Uma música do Pharrell Williams estava tocando, e achei estranho que ela não estivesse cantarolando a letra. Eu a observei por mais alguns segundos. Desde quando Jenna Tavish ficava mais de cinco minutos em silêncio? Deixei a camiseta que eu estava dobrando no chão.

— Você pode me contar o que está acontecendo — eu disse, com um tom um pouco mais duro do que gostaria.

Jenna, surpresa, tirou o olhar do chão e o cravou em mim.

— Do que você está falando? Não está acontecendo nada — respondeu. Depois, ela se levantou, dando as costas para mim, e foi até a imensa cama, que naquele momento estava tomada por calcinhas e revistas de moda.

Olhei para ela, franzindo a testa.

— Jenna, a gente é íntima... Você nem perguntou da minha viagem, eu sei que tem alguma coisa rolando. Desembucha — intimei, levantando e me aproximando dela. Não gostava de vê-la daquele jeito, queria a minha melhor amiga como ela era, alegre e animada, e não naquela tristeza toda.

Quando ela ergueu o olhar de um papel que tinha nas mãos, vi que estava com os olhos marejados.

— Eu e o Lion discutimos... Nunca o vi daquele jeito antes, ele nunca tinha gritado comigo assim.

Uma lágrima escorreu pela bochecha dela e eu me aproximei, surpresa com o que ela tinha dito.

O Lion era incrível — bastante babaca, às vezes, igual ao Nick, mas, no fim das contas, era incrível. Ele cuidava muito bem da Jenna, nem imaginava por que eles teriam discutido.

— Por que vocês brigaram? — perguntei, com medo de que tivesse sido por causa da surra do outro dia e da confusão na qual o Lion se metera... E que envolveu até o meu namorado. Decidi, no entanto, deixar isso de lado.

A Jenna abraçou as próprias pernas e apoiou a cabeça nos joelhos.

— Eu decidi que não vou para Berkeley — ela soltou, então.

Arregalei os olhos, surpresa. A Jenna tinha se esforçado demais para conseguir entrar na mesma faculdade do pai, e não preciso nem dizer que era uma das melhores universidades do país.

— Como assim? Por quê?

Ela suspirou, irritada.

— Você está me olhando como se eu tivesse cometido um crime, igual ao Lion — ela falou, soltando o cabelo e voltando a prendê-lo no alto da cabeça. Ela sempre fazia isso quando estava nervosa ou irritada. — A UCLA é tão boa quanto várias outras faculdades. Você vai para lá, o Nicholas está se formando lá...

— Eu entendo, mas, Jenna, entrar em Berkeley não é fácil... Além do mais, você poderia ver o Lion aos fins de semana, San Francisco não fica tão longe...

— Não posso ir para San Francisco! — ela disse, desesperada. — Não sei o que anda rolando com o Lion, mas ele está estranho... E não quero morar em outra cidade sem ter certeza de que estamos bem.

Assenti. Entendia perfeitamente o seu ponto de vista.

— E o que o Lion falou? — perguntei.

— Ele foi um imbecil. Disse que eu era uma idiota por trocar de faculdade só por causa dele, que não ia permitir que o meu futuro fosse afetado pelo nosso relacionamento... — A voz da Jenna ficou trêmula, e vi toda a sua angústia. — Ele ameaçou terminar comigo!

Arregalei os olhos de novo. Como assim?

— Ele não vai terminar com você, Jenna. Você é livre para fazer o que quiser. Além do mais, ele é louco por você. Ele não a largaria, ainda mais por causa disso.

Jenna negou com a cabeça, secando as lágrimas com o dorso da mão.

— Você não entende. Ele mudou, está diferente. Não sei o que acontece, mas ele está obcecado por ganhar dinheiro... Teve aquilo que aconteceu... — ela disse, soluçando. — Você tinha que ver a cara dele, Noah. Bom, eu sei que o Nicholas também ficou péssimo, mas podiam ter matado ele, tudo por causa de...

Os olhos dela se encontraram com os meus e ela não concluiu a frase.

— Por causa do quê, Jenna?

Minha amiga desviou o olhar antes de ficar de pé e pegar um monte de roupas, que deixou ao lado de uma das malas abertas no chão. Parecia que ela não queria olhar nos meus olhos.

— Nada. Eu só não gosto que o Lion se meta nessas confusões, não gosto que ele continue fazendo as coisas que ele fazia com o Nick no ano passado...

— Eles não fazem mais isso, Jenna. Eles mudaram, o Nicholas mudou — declarei, tentando ignorar a vozinha que me dizia que a Jenna tinha acabado de botar a culpa no Nick.

A Jenna se virou para mim, dando uma gargalhada.

— Eles não mudaram! — ela rebateu, me olhando, incrédula. — O Nicholas continua envolvido nos mesmos problemas de sempre...

Fiquei calada, sentindo uma pressão no peito que me deixou sem ar por alguns segundos.

— De que diabos você está falando? — questionei, sentindo-me irritada sem saber muito bem por quê. Não queria deixar que a Jenna descontasse o mau humor em mim e muito menos no Nick. O que ela estava dizendo era uma mentira deslavada.

A Jenna parecia arrependida de ter soltado aquela bomba, mas, de qualquer maneira, continuou falando.

— Nossos namorados são dois idiotas. Eles continuam envolvidos em todas essas merdas e enganam a gente, fingindo que deixaram tudo para trás por nossa causa!

— Foi o que eles fizeram, Jenna. O Nicholas não se mete mais com aquela gente, ele mudou!

A Jenna soltou mais uma gargalhada, agora com um toque de crueldade. Eu não reconhecia a minha amiga naquele instante, não sabia quem ela era. Estava criticando o meu namorado sem razão nenhuma, como se fosse culpa dele o Lion não concordar com a decisão dela de mudar de faculdade.

— Você é mais ingênua do que eu imaginava, Noah. De verdade, você não sabe de nada.

Eu me aproximei dela, perdendo a paciência.

— Do que é que eu não sei?

A Jenna fechou a boca por alguns segundos.

— Eles estão pensando em voltar para os rachas — ela falou, com uma voz amarga. — Os dois. Na semana que vem. Ele não te contou?

Fiquei sem palavras.

— O Nick nunca voltaria para os rachas, não depois do que aconteceu no ano passado — afirmei taxativa, um pouco depois.

— Bom, é só questão de tempo para você ver com os seus próprios olhos.

Acabei indo embora da casa dela. Não queria continuar aquela conversa nem ficar ouvindo aquilo tudo. O Nicholas não ia voltar para os rachas. Tínhamos nos comprometido a não voltar a cometer aquele erro. Por causa dos rachas, atraí o ódio do Ronnie, o que quase me matou. Sem contar que ele ajudou o meu pai a me sequestrar. O que no início pareceu divertido se tornou algo perigoso demais, por isso não acreditava em nenhuma palavra do que a Jenna tinha dito.

Cheguei em casa quase na hora do jantar. Tentei entrar sem fazer barulho e ouvi a minha mãe na sala. Não queria falar com ela, então fui direto para a cozinha, peguei uma salada pronta na geladeira, uma Coca-Cola zero e subi as escadas quase correndo. Justo quando deixei tudo em cima da minha cama, meu celular começou a tocar.

Um número desconhecido de novo.

Que merda. Só podia ser uma pessoa. Deixei o celular tocar, sentindo meu coração se acelerar dentro do peito. Ainda me sentia culpada por ter dito para a mãe do Nicholas que me encontraria com ela para beber alguma coisa e falar sobre ele pelas costas, mas a assistente social já havia ligado para o Nick para avisar que a mãe decidira que ele poderia ficar com a irmã por alguns dias, e ele tinha ficado muito feliz. Não havia mais volta. A Maddie só chegaria na quinta-feira, ainda faltavam alguns dias, mas eu sabia que, assim que aquela mulher colocasse um pé em Los Angeles, ia querer me ver.

O celular voltou a tocar e preferi não atender. Então, recebi uma mensagem de texto.

> A gente se vê no Hilton do aeroporto, ao meio-dia.
> A.

Que merda, Anabel Grason tinha acabado de me mandar uma mensagem. Eu a apaguei logo depois de ler, não queria manter nenhuma prova do que estava prestes a fazer. Eu me sentia péssima, como se estivesse traindo o Nick, e no fundo era isso mesmo que eu estava fazendo. No entanto, além de querer que o Nick passasse alguns dias com a irmã sem a assistente social por perto nem horários para cumprir, uma parte de mim queria saber o que aquela mulher queria conversar comigo, qual era a intenção dela ao me encontrar além de conhecer o próprio filho por tabela.

Peguei o celular e digitei uma resposta simples e monossilábica.

> OK.

Depois disso, perdi o apetite e a pouca dignidade que me restava, ao menos diante daquela mulher.

— Vem cá, Noah, escolhe uma — o Nicholas me pediu exasperado, depois de ficar um bom tempo olhando para o mostruário de cores, sem saber qual escolher.

— Eu pintaria de bege — propus, depois de enrolar um pouco.

Ele revirou os olhos.

— Se for para pintar de bege, é melhor deixarmos verde mesmo, do jeito que está, e ponto-final — ele respondeu, tirando o mostruário das minhas mãos.

— Verde? — eu disse, revoltada. — Deixar o quarto dela pintado de verde?

A mulher que estava nos ajudando, esperando pacientemente que escolhêssemos uma cor para o quarto da Maddie, decidiu que era hora de intervir.

— Verde está muito na moda, se não estiverem muito certos... Você está de quantos meses? — ela perguntou, então, olhando para a minha barriga com um sorriso.

Demorei alguns instantes para entender o que ela estava insinuando.

— O quê? Não, não! — neguei.

Ao meu lado, o Nicholas ficou repentinamente sério e cravou o olhar na moça.

— Eu achei que... — ela titubeou, alternando o olhar entre mim, o Nick e a minha barriga.

Ela achou que eu estava grávida e que estávamos escolhendo a cor do quarto do nosso bebê. Nosso bebê... Meu Deus, o que deu nela para pensar aquilo? Fiquei com o estômago embrulhado.

— Estamos escolhendo a cor do quarto da minha irmã de seis anos — Nicholas disse, deixando o mostruário no balcão. — Por acaso você acha que temos caras de pais? Minha namorada só tem dezoito anos, eu tenho vinte e dois. Por que você não pensa antes de tirar conclusões estúpidas?

Arregalei os olhos surpresa. De onde vinha toda aquela fúria?

— Eu... Desculpa, eu não...

Entendi a confusão da mulher. O Nicholas lançou para ela o mesmo olhar de quando eu o tirava do sério.

— Está tudo bem. Olha, vamos ficar com o branco. Pode pedir para os pintores começarem amanhã cedo — falei, tentando acalmar os ânimos. O Nicholas me fuzilou com os seus olhos azuis, mas não falou mais nada.

Depois de pagar, saímos da loja em um silêncio incômodo. Não consegui aguentar muito, então o segurei pelo braço e o obriguei a olhar para mim quando chegamos ao carro.

— Pode me dizer o que está rolando?

O Nicholas evitou meu olhar, o que fez a angústia dentro de mim crescer de maneira vertiginosa. Aquele medo... O medo de não ser boa o suficiente para ele sempre me acompanhava. Ter filhos era um assunto em que eu não me permitia pensar, simplesmente não conseguia, pelo menos por enquanto, porque sabia que quando fizesse isso eu sucumbiria, e não sabia se seria possível sair do fundo do poço caso caísse nele.

— Não suporto pessoas que se metem onde não são chamadas, é só isso — ele respondeu, segurando o meu rosto e dando um doce beijo na minha testa.

Sabia que ele estava escondendo alguma coisa. Mais ainda: eu sabia o que o preocupava... Mas não queria ouvir, não naquele momento.

Eu o abracei, apoiando meu rosto no peito dele, e fiz a melhor expressão que conseguia. Ignorei o medo que, em momentos como aquele, ameaçava vir à tona, e entrei no carro como se as palavras ditas não tivessem sido pronunciadas.

Depois, passamos a tarde inteira comprando móveis para o quarto. A mobília chegaria no dia seguinte e teríamos que montar tudo em vinte e quatro horas se quiséssemos que o quarto estivesse pronto antes de quinta-feira. O Nick estava animado, dava para ver nos olhos dele; era notável a alegria com que escolhia as coisas. Deixando de lado o incidente da falsa gravidez, tinha sido muito divertido entrar com o Nick em lojas de coisas infantis.

Compramos alguns brinquedos e uma cama azul. O Nick decidiu que o quarto teria as mesmas cores do meu, já que era bastante neutro e nada brega. Quando chegamos à casa dele, eu estava esgotada e me joguei na cama logo que entramos. Senti o corpo dele se colocando sobre o meu com cuidado, me apertando contra o colchão, mas sem me sufocar. A boca dele se aproximou da minha orelha, me fazendo estremecer.

— Obrigado por fazer isso comigo — ele sussurrou, dando beijos quentes no meu pescoço.

Com a bochecha apoiada no colchão, não conseguia ver o rosto dele, mas simplesmente me deixei levar pela sensação da boca dele na minha pele. Ele afastou meu cabelo para o lado com a mão e começou a beijar a minha nuca...

Suspirei, aproveitando os carinhos dele, como sempre.

— Ontem eu estive com a Jenna — soltei de repente, para ver como ele reagiria quando eu mencionasse a sua melhor amiga. A boca dele parou. Ele ficou tenso e senti quando ele me libertou de seu peso. Eu me virei na cama, me apoiando com os cotovelos para olhar para ele. Vi que estava de costas, tirando a camiseta e a jogando no chão.

— Que legal — ele respondeu, alguns segundos depois.

Franzi a testa quando ele foi para o banheiro e fechou a porta com força atrás de si. Eu me levantei e fui para lá sem me importar em bater antes de entrar.

Ele estava com as mãos apoiadas na pia e ergueu a cabeça quando me ouviu entrar.

— Então… — continuei, hesitando um pouco. — A gente conversou.

— E daí? — ele soltou, me fulminando com seus olhos celestes.

"Por que ele está falando comigo nesse tom?"

— Ficar na defensiva só confirma o que a Jenna me contou a respeito do que você pretende fazer — eu disse, imitando o tom dele.

Ele ficou diante de mim.

— Posso saber o que é que eu pretendo fazer? — ele indagou, de mau humor.

Odiava quando ele falava comigo daquele jeito. Acabei me arrependendo por tocar no assunto, mas se fosse verdade que ele ia voltar para os rachas…

Eu me concentrei no torso despido dele, nas marcas que ainda estavam lá… Aquilo precisava acabar.

— Você não pode continuar fazendo isso, Nicholas — eu soltei, medindo as palavras. — A Jenna me contou que o Lion pretende voltar para os rachas…

Sem nem olhar para mim, ele se esquivou para sair do banheiro.

— O Lion pode fazer o que ele quiser. Ele já está bem grandinho, não acha?

— Isso significa que você não vai com ele? — insisti, para ficar mais tranquila. Ele me fulminou com o olhar.

— Não, não vou — ele negou, cravando o olhar em mim. — E, sinceramente, não me importo nem um pouco com o que a Jenna tem a dizer sobre mim e sobre o nosso relacionamento.

Aquilo me incomodou.

— O problema não é a Jenna. É que você não devia ter entrado nessa briga com o Lion! Você me prometeu que isso iria acabar!

— E acabou! Noah, de verdade, eu já te expliquei. O Lion estava com problemas e eu dei uma ajudinha. — O Nick suspirou e se aproximou de mim. Ele me abraçou com força. Depois sussurrou: — Não achei que a situação sairia do controle, mas não vou cometer o mesmo erro de novo, tá bom?

— Não quero mais saber dessas confusões nem de situações perigosas. Promete? — pedi, arqueando o corpo quando a boca dele começou a beijar o meu pescoço.

— Eu prometo.

24

NICK

Quando abri os olhos naquela manhã, a primeira coisa que vi foi o rosto da Noah a poucos centímetros de mim. Ela estava com a cabeça no meu ombro e com o corpo quase inteiro sobre o meu. Tive que me segurar para não começar a rir; parecia que ela tinha tentado escalar o meu corpo e desistido no meio do caminho.

Afastei uma mecha de cabelo do rosto dela com cuidado e deixei meu polegar roçar suavemente aquela pele cheia de sardas... Aquelas sardas que me deixavam doido, sardas que se espalhavam não apenas pelo rosto, mas também pelo peito, pelos ombros esbeltos, pela lombar... Eu adorava saber que era o único que conhecia aquele corpo perfeitamente, o único que sabia onde ficava cada sinal, cada marca, cada curva e cada ferida.

Olhei fixamente para a tatuagem, o pequeno desenho que ficava abaixo da orelha, o mesmo símbolo que eu tinha no braço. Eu a fizera simplesmente porque gostava da ideia da força que algo simples pode ter quando entrelaçado da maneira certa, mas, agora, o desenho significava muito mais do que isso. Agora, eu queria acreditar que foi por causa dela que decidira tatuar aquilo... Era ridículo pensar isso, mas essa ideia não deixava a minha cabeça: nós dois tínhamos feito a mesma tatuagem porque sabíamos que acabaríamos nos encontrando...

Meu celular tocou. Estiquei o braço e o apanhei. Era a Anne, a assistente social da Maddie. Ainda não estava acreditando que a minha mãe tinha me deixado ficar com a minha irmã no fim de semana do meu aniversário, e claro que eu não iria reclamar. Naquele ano, não haveria festa, nem show de *strip-tease*, nem nada de outro mundo: naquele ano, eu passaria aquele dia especial com as duas garotas que eu mais amava no mundo.

A pequena estava feliz por ficar comigo e eu não poderia estar mais animado. Falei com a Anne por alguns minutos para saber a que horas o voo chegaria e onde nos encontraríamos. Eu estava com um sorriso radiante no rosto, finalmente estaria com a minha irmã do jeito que sempre quis.

Um pouco depois os pintores chegaram. Tinha pedido para virem antes das sete porque eu precisava estar no escritório às oito e meia. Quando mostrei o pequeno quarto, eles prometeram que terminariam em algumas horas.

Não gostava da ideia de deixar a minha namorada dormindo no apartamento com aqueles caras por lá, então fui acordá-la enquanto eles começavam a trabalhar.

— Noah, acorda — eu disse, dando tapinhas no ombro dela. Ela resmungou e continuou dormindo. Comecei a me vestir, olhando para o relógio na mesa de cabeceira. Tinha que sair logo para não me atrasar. — Noah! — insisti, erguendo o tom de voz. Os olhos dela se abriram, cansados e incomodados depois de eu tê-la chamado quase aos gritos, vendo que ela não queria acordar.

— Você sabe o significado da palavra "férias"? — ela soltou, virando-se entre os lençóis e colocando a cabeça debaixo do meu travesseiro.

Que merda. Não estava com tempo para aquilo.

Peguei o celular e iniciei uma ligação. No terceiro toque, o Steve atendeu, acordado e alerta, como sempre.

— Nicholas.

— Preciso que você venha ao meu apartamento e fiquei com a Noah até que os pintores terminem um serviço.

A Noah arregalou os olhos ao me ouvir falar aquilo.

— Você está de brincadeira, né? — ela falou, se levantando e passando as mãos pelos olhos como se tivesse quatro anos.

Não, eu definitivamente não estava brincando.

— Estou indo agora mesmo — o Steve respondeu, do outro lado da linha.

— Espero você por aqui — respondi e desliguei.

A Noah cruzou os braços, olhando para mim irritada.

— Você precisa de um psiquiatra.

Sorri, ignorando o seu tom mal-humorado enquanto acabava de me vestir. Chegaria atrasado, mas não me importava: não queria deixar a Noah sozinha com dois caras desconhecidos.

— Estou só cuidando de você — afirmei, terminando de dar o nó na minha gravata.

— Eu sei me cuidar sozinha — ela rebateu, se levantando da cama e passando por mim para entrar no banheiro.

Suspirei ao ouvir a água do chuveiro começar a cair. Ela podia ficar brava, mas havia muita gente maluca no mundo e eu não correria nenhum risco, muito menos em relação a ela. Ela já tinha sido sequestrada uma vez, eu não permitiria que isso acontecesse de novo.

Ela saiu dez minutos depois, enrolada em uma toalha e com o cabelo pingando.

— Você ainda está aqui?

Eu sorri, me divertindo. Ela ficava linda quando estava brava.

— O Steve está estacionando, então já posso ir embora tranquilo… Não vai nem me dar um beijo?

Ela estava incrivelmente sexy. Eu me aproximei para lhe dar um beijo que a deixasse com as pernas bambas.

— Eu vou te molhar — ela advertiu, dando um passo para trás.

— Você sempre me deixa molhado — respondi, com um sorriso malicioso.

— Você é nojento — ela respondeu, mas vi que a sua irritação estava indo embora e ela me fitava com os olhos cor de mel.

Eu a peguei pela nuca e a puxei para mim. Coloquei a língua na boca dela e, quando a coisa estava começando a esquentar, a campainha tocou. A Noah tentou me segurar, puxando a minha gravata, mas eu me afastei. Estava com pressa, não podia perder mais tempo.

— Já estou indo — anunciei, virando-me e indo até a porta. Pouco antes de eu fechá-la, seus olhos se cravaram nos meus e, um segundo depois, ela deixou a toalha cair no chão de madeira.

Que merda!

Cheguei ao escritório em cima da hora. Minha sala ficava no final do corredor e fui direto para lá, sem hesitar nem tomar um café. Sabia que naquele dia meu pai pretendia passar por lá e, meu Deus, não queria que ele me visse chegando atrasado… Se isso acontecesse, ele ia me forçar a servir café para todo o pessoal.

O que eu não esperava era encontrá-lo dentro da minha sala… Falando tranquilamente com uma garota que eu nunca tinha visto na minha vida. Ela estava sentada na minha cadeira, sorrindo educadamente por causa de algo que meu pai tinha acabado de lhe dizer. Quando entrei, os dois se viraram para mim. Meu desconcerto se transformou em raiva quando vi uma segunda mesa, posicionada do outro lado da sala, perto da janela… Da minha janela.

— Oi, filho — meu pai me cumprimentou com um sorriso amigável. Pelo menos estava de bom humor, que novidade!

— O que é isso? — perguntei, apontando para a garota e depois para a mesa no canto.

Meu pai franziu a testa.

— A Sophia é filha do senador Aiken, Nicholas. Ela decidiu fazer um estágio aqui. Eu mesmo lhe ofereci a vaga.

Lancei um olhar semicerrado para a filha do senador. Não fazia ideia dessa oferta que meu pai tinha feito. Supus que ele desejasse ter uma boa relação com o senador, mas não entendia o que eu tinha a ver com essa história.

— Você já faz o seu estágio há bastante tempo e está quase terminando a faculdade, então falei para a Sophia que você adoraria ajudá-la a entrar neste mundinho.

"Que merda, era só o que me faltava!"

A Sophia me lançou um sorriso seco, que percebi ser mais de ojeriza do que de qualquer outra coisa. Ótimo, o desgosto era mútuo. Meu pai nos olhou por alguns instantes, provavelmente irritado com o meu silêncio, mas discreto demais para mencionar algo a respeito.

— Bem, Sophia, espero que se sinta à vontade por aqui. Qualquer coisa, você já tem o meu número, ou então é só falar com o Nick.

— Obrigada, senhor Leister. Pode deixar, estou muito feliz com essa oportunidade. Sempre quis trabalhar na Leister Enterprises, acho que a empresa decidiu focar em setores cruciais na hora de expandir o negócio e prosperar. Conhecendo-se bem as leis, é possível conquistar novos mercados, e tenho certeza de que, com a ajuda do seu filho, podemos conseguir algo magnífico.

Ela, ainda por cima, já tinha um discursinho pronto. Meu pai a olhou com semblante de aprovação e se despediu antes de sair, não sem antes me lançar um olhar de advertência.

— Dá pra ver que você é filha de um político — soltei, olhando fixamente para ela. — E está na minha cadeira, então pode dar o fora.

Sophia sorriu e se levantou com cuidado. Meus olhos se demoraram nela, inevitavelmente. Cabelo preto, pele bronzeada, olhos castanhos e pernas longas. Usava uma saia tubo cinza-pérola e uma camisa branca impecável. Sim, eu tinha uma filhinha de papai diante de mim.

— Não se deixe enganar pela minha aparência, Nicholas. Eu estou aqui para ficar.

Franzi a testa, mas decidi ignorar o comentário. Eu me sentei, abri os meus e-mails e comecei a trabalhar.

25

NOAH

A Maddie ia chegar em dois dias e precisávamos terminar o quarto dela. Falei para a minha mãe que ficaria com o Nick enquanto a pequena estivesse com ele, e, como não queria desgastar ainda mais a nossa relação, fui uma boa menina e fui para casa depois de garantir que não havia nenhum problema com o quarto da Madison: estava pronto para a montagem dos móveis e havia espaço suficiente para eles. O Nicholas teria que supervisionar tudo, já que não me veria antes de minha conversa com Anabel Grason.

Os dois dias passaram rápido. Acho que, quando queremos que o tempo não passe, que as horas se alonguem o máximo possível, é aí que elas voam. Assim, sem que eu tivesse muito tempo para pensar a respeito, naquela manhã a Maddie e a mãe dela chegariam. Eu estava nervosa e sabia que o Nicholas também estava. Ele tinha me mandado um monte de fotos, perguntando se eu tinha gostado do quarto, se a irmã ia gostar também, se ele deveria mudar os móveis de lugar, se era melhor colocar a cama perto da janela em vez de no canto, se a cômoda seria suficiente e se ela gostaria do trenzinho de controle remoto tanto quanto ele.

Dei risada, me divertindo do outro lado da linha.

— Nick, ela vai adorar. Além disso, a sua irmã está interessada em ver você, não o quarto novo.

Um silêncio tomou conta da ligação.

— Estou muito nervoso, sardenta. Nunca passei mais de um dia com a minha irmã. E se ela começar a chorar de saudades de casa? Ela é pequeninha e eu sou um cara enorme, às vezes não sei como lidar com essas coisas.

Sorri para o espelho que estava à minha frente. Adorava vê-lo tão preocupado. Ele era sempre tão seguro de si mesmo, tão autoritário e mandão, que, quando baixava a guarda e demonstrava que sob aquela carapaça havia alguém terno e fraternal, eu ficava com vontade de abraçá-lo.

— Vou estar ao seu lado na maior parte do tempo — respondi, me sentando na cama e olhando para as vigas de madeira do teto.

— Como? Você não vai ficar o fim de semana inteiro com a gente? — ele indagou de repente, mudando o tom de voz e ficando sério.

Dei com a língua nos dentes. E justo então alguém bateu à porta.

— A gente pode conversar um pouco? — minha mãe perguntou, entrando no meu quarto e olhando para mim tranquilamente.

Assenti, grata pela primeira vez por minha mãe interromper uma conversa minha com o Nick.

— Minha mãe quer falar comigo. Amanhã eu te ligo, tá?

Desliguei antes que me arrependesse. Deixei o celular por perto, em cima da cama, e observei minha mãe caminhar pelo meu quarto. Parecia distraída e um pouco abatida. Não estávamos em uma boa fase, nenhuma das duas. Mal tínhamos conversado nas semanas anteriores e tudo ficaria pior quando ela soubesse dos meus planos.

— Falta muito para você terminar de fazer as malas?

Sabia que ela estava preparando o terreno. Eu nunca fazia as malas com antecedência, e tinha herdado esse costume dela. Não entendíamos por que as pessoas precisavam de semanas para separar roupas, colocá-las em uma mala e fechá-la, mas neguei com a cabeça, com a intenção de aproveitar aquele momento para contar que iria morar com o Nick.

— Está quase tudo pronto. Olha, mãe... — comecei a falar, mas ela me interrompeu.

— Sei que você não vê a hora de ir embora daqui, Noah — ela disse, pegando uma das minhas camisetas e começando a dobrá-la, distraída.

Respirei fundo quando percebi que os olhos dela estavam ficando marejados.

— Mãe, eu não...

— Não, Noah. Deixe-me dizer uma coisa: sei que os últimos dias foram difíceis, que não estamos nos dando muito bem desde que voltamos da Europa, mas, acredite, eu entendo que você está apaixonada e quer passar o máximo de tempo possível com o Nicholas... Mas eu queria que isso — ela disse, apontando para nós duas — não tivesse se perdido. Eu e você sempre tivemos uma boa relação, sempre contamos tudo uma para a outra, inclusive quando você saía com o Dan. — Fiz uma careta ao ouvir o nome do meu ex-namorado, mas deixei ela continuar. — Você vinha correndo até o meu quarto para contar como tinha sido a noite e o que ele dissera de romântico, você lembra?

Assenti com um leve sorriso, entendendo aonde ela queria chegar.

— Agora que você está prestes a ir embora, só queria dizer que tentei lhe dar o melhor que eu pude, de verdade. Queria que você achasse que esta casa é o seu lugar, sempre quis que você morasse aqui, cercada de todas essas oportunidades. Inclusive, quando você era pequena, eu sonhava em vê-la em um quarto assim, com mais brinquedos e livros do que eu jamais imaginei que poderia te dar...

— Mãe, eu sei que fui uma insuportável quando você decidiu se mudar para cá. Porém, agora eu entendo os seus motivos, e você não me deve nenhuma explicação, tá? Você me deu tudo o que estava ao seu alcance, e sei que para você é difícil me ver com o Nicholas, mas eu o amo.

Minha mãe fechou os olhos ao me ouvir falar aquilo e forçou um sorriso.

— Eu quero que você se torne uma grande escritora algum dia, Noah. Sei que vai conseguir, e por isso eu quero que aproveite todas as oportunidades que a vida lhe der. Quero que você estude, aprenda e aproveite a faculdade, porque serão os melhores anos da sua vida.

— Vou fazer isso — sussurrei com um sorriso, mas me sentindo um pouco culpada por não ser capaz de ser cem por cento sincera sobre a questão do Nick.

Na manhã seguinte eu acordei cedo. Estava muito nervosa e desci para tomar café tentando não adiar muito o que eu tinha que fazer. A Maddie ia chegar em algumas horas e não havia nenhuma possibilidade de a mãe dela cancelar a conversa. Repeti mil vezes para mim mesma que faria aquilo pelo Nick e que não era algo imperdoável, mas havia uma parte de mim, escondida e profunda, que desejava conhecer a Anabel, saber o que ela queria do Nicholas e que motivos a haviam levado a abandonar o filho.

Não comi quase nada no café da manhã. Só uma torrada, que nem comi inteira, e um copo de café com leite. O Nick me contou que se encontraria com a Maddie na mesma hora em que eu veria a mãe dele, então eu teria algum tempo até que ele começasse a perguntar onde eu estava. Ele ia se distrair levando a Maddie para almoçar e eu poderia tirar o tal do encontro secreto da frente o quanto antes.

Eu sabia que o restaurante do Hilton era chique e que a mãe do Nick gostava de ostentação. Era outra das muitas *socialites*, esposas de multimilionários, que gostavam de mostrar quantos iates, cavalos e mansões possuíam espalhados pelo mundo. Por esse motivo, e para não chamar atenção, escolhi uma saia azul-clara de cintura alta e babado e um *top* amarelo da Chanel que estava guardado havia bastante tempo. A Jenna tinha me dado umas sandálias brancas da Miu Miu, muito bonitas e muito caras — impossível não mencionar isso —, mas que combinaram perfeitamente. Acho que foi uma das poucas vezes que decidi usar roupas de marca dos pés à cabeça, mas não queria que aquela mulher me intimidasse. Todo mundo sabe que uma mulher bem-vestida é uma mulher poderosa.

Quando cheguei ao Hilton, um homem muito elegante se aproximou do meu conversível. Saí do carro e dei a chave para ele, rezando para que não fizesse nenhum arranhão. Minhas sandálias faziam barulho enquanto eu percorria o chão ladrilhado e subia as escadas que me levariam até a porta giratória do hotel. Lá dentro, deparei-me com uma recepção muito bonita, com pequenas cadeiras espalhadas estrategicamente pelos finos tapetes de cores sóbrias, como bege e marrom-claro. No fundo do salão havia escadas enormes que se dividiam em duas, como as da minha casa. Estava perdida, então me aproximei da recepção, onde duas garotas bem-vestidas sorriram para mim amavelmente.

— Como posso ajudar, senhora? — uma delas perguntou, e notei a admiração pelas minhas roupas nos olhos dela. Acho que ela estava se perguntando como uma garota com a mesma idade podia estar do outro lado do balcão, diante dela, e ter tudo aquilo. Às vezes ficava grata por não ser aquele tipo de pessoa, que se importa tanto com grifes e com dinheiro. Eu nunca quis nada daquilo, eu era simples por natureza, e não pensaria duas vezes em dar tudo o que estava vestindo para aquela garota.

— Marquei de almoçar com Anabel Grason… Não sei se ela fez reserva ou algo assim… — expliquei, hesitando. A garota consultou o computador e assentiu, sorrindo.

— A senhora Grason está à sua espera no Andiamo. E só seguir por esse corredor, a entrada fica à direita. Espero que desfrute do almoço.

Sorri agradecida e caminhei na direção indicada, tentando não fraquejar. Quando cheguei à entrada do restaurante, recebi uma mensagem no celular: uma foto do Nicholas com a Maddie, os dois no McDonald's. Abri um sorriso ao reparar que os dois dentes da frente da Maddie haviam caído.

Meu Deus, não queria nem imaginar como o Nicholas devia estar zoando a pobrezinha! Ainda com um sorriso no rosto, respondi dizendo que iria encontrá-los logo. Em seguida, desliguei o celular.

Quando entrei no restaurante, olhei ao meu redor, toda nervosa. O Andiamo era um lugar aconchegante e despretensioso, mas muito elegante: cadeiras de cor café com leite, toalhas brancas sobre mesas quadradas com talheres também brancos e guardanapos grená, assim como bonitas plantas decorativas. Logo que passei pela porta, o cheiro de massa artesanal e molho pesto fresco tomou conta dos meus sentidos.

Quando vi a Anabel, respirei fundo e fui em sua direção. Ela estava, como imaginei, vestida elegantemente. Usava um conjunto de calça e casaco beges e, por baixo, uma bonita blusinha preta. Calçava saltos escandalosamente altos, que pareciam ter muitos centímetros. Ela sorriu quando me aproximei e lhe ofereci a mão antes que a situação ficasse incômoda: não fazia ideia de como cumprimentar a mãe do meu namorado, que o tinha abandonado há dez anos, e que agora eu conhecia em um almoço secreto.

— Oi, Noah — ela disse, amável.

— Senhora Grason — respondi, com educação. Ela se sentou, indicando que eu fizesse o mesmo.

— Estou feliz por ter aceitado o meu convite — ela reconheceu. Em seguida, levou uma taça de vinho aos lábios pintados de vermelho.

Bom, o espetáculo estava para começar. Respirei fundo.

— Não foi exatamente um convite, já que você me chantageou — respondi, fingindo calma.

Não podia titubear.

Aqueles olhos celestes se fixaram nos meus, assim como os do filho dela costumavam fazer, e senti um frio na espinha.

— Você é uma garota muito bonita, Noah, e imagino que saiba disso. Se não fosse, não chamaria a atenção do meu filho, é claro.

Forcei uma risada amigável. O comentário me incomodou, ela falou como se a minha relação com o Nick fosse algo superficial e vazio, mas imagino que, para aquela mulher, os relacionamentos fossem assim mesmo... Dava para notar que ela investia muito dinheiro para aparentar ter trinta anos de idade.

— Tenho certeza de que poderíamos passar horas falando de banalidades, senhora Grason, mas você me fez vir aqui por algum motivo, e quero que vá direto ao ponto — eu disse, tentando ser o mais educada possível, por mais que me custasse. Minhas suspeitas não tinham sido infundadas: não gostava daquela mulher e nunca iria gostar. — Você disse que queria um favor. Do que se trata?

Anabel sorriu, talvez com admiração. Ela pareceu gostar de que eu fosse tão direta com ela.

— Quero retomar a relação com o meu filho e você vai me ajudar — soltou, sem rodeios. Ela pegou um envelope fechado da bolsa de marca que levava consigo e me entregou. Era um papel grosso e luxuoso, de cor marfim, e nele estava grafado o nome do Nicholas com uma caligrafia requintada.

— Só preciso que você garanta que o Nicholas leia essa carta.

Olhei para o envelope com desconfiança. Não fazia ideia de como convencer o Nick a ler aquilo. Além do mais, entregar o envelope seria uma admissão de que me encontrara com a mãe dele, algo que eu não faria de jeito nenhum.

— Desculpe, mas não sei como uma simples carta pode ajudá-la a recuperar o seu filho. Você o abandonou — respondi, sabendo que olhava para ela com ódio, o mesmo ódio que eu sempre sentiria quando alguém machucasse uma das pessoas que eu mais amava. Era inevitável.

— Quantos anos você tem, Noah? — ela me perguntou, então, deixando o envelope na mesa.

— Dezoito.

— Dezoito — ela repetiu, saboreando a palavra e sorrindo de uma maneira angelical que ficaria bem em uma menina de seis anos de idade, não em alguém como ela. — Eu tenho quarenta e quatro… Estou há muito mais tempo que você nesse mundo, vivi muito mais coisas, então, antes de me julgar, como está fazendo, é melhor parar para pensar que você é só uma garota e que, provavelmente, a pior experiência que já viveu tenha sido ser tirada de casa e levada para uma mansão na Califórnia.

— Você não sabe nada da minha vida — declarei com uma voz gélida.

A imagem do meu pai morto veio à minha cabeça, e senti uma pontada de dor no peito.

— Sei muito mais do que você imagina — ela afirmou. — Sei até de coisas que você não sabe e nem gostaria de saber, mas posso mudar isso com apenas algumas ligações.

Um sorriso diabólico surgiu no semblante dela. Então, ela pegou a carta que estava sobre a mesa, levantou-se e veio para o meu lado. Com um movimento lento e elegante, pôs a carta dentro da minha bolsa, que estava pendurada no encosto da minha cadeira.

— É só fazer o Nicholas ler a carta — ela sussurrou. — Se não, vou fazer com que toda essa fantasia que você está vivendo e toda essa riqueza que caiu do céu na sua vida se transforme em cinzas.

Eu me levantei como se tivesse sido eletrocutada.

— Não entre mais em contato comigo — eu disse, tentando controlar o temperamento, porque ela tinha acabado de me ameaçar e eu nem sabia exatamente com o quê.

— Não se preocupe. Não tenho nenhuma intenção de voltar a falar com você. Porém, devo repetir: se não quiser viver o seu pior pesadelo, é melhor fazer o que eu pedi.

Dei as costas para ela e saí do restaurante. Nem sequer parei para pensar na ameaça implícita que as palavras dela continham. Passei pela recepção do hotel e saí para o lado de fora.

Eu tinha sido uma tonta, uma imbecil por aceitar me reunir com aquela mulher. O Nicholas me avisara, me falara sobre ela, dissera como ela era cruel, e eu, como uma idiota, me deixei ser iludida, e ainda tive que ouvir todas aquelas mentiras. Eram só mentiras, que não iam ocupar nenhuma fração dos meus pensamentos. Já do lado de fora, tirei a carta da bolsa, rasguei-a em mil pedaços e os espalhei por todas as lixeiras que encontrei.

Para mim, aquele encontro nunca existiu.

26

NICK

O celular da Noah estava desligado. Permanecera assim a tarde toda, e comecei a me preocupar... Tentei não ficar tão ansioso a ponto de só piorar a situação. Minha irmã estava comigo, a Anne a trouxera, como combinado, e eu estava muito feliz por poder aproveitar a companhia dela pelos próximos quatro dias. Não ia deixar que nada estragasse esses momentos com a minha pequena, de maneira nenhuma, e a Noah... Preferia imaginar que o celular dela simplesmente tinha ficado sem bateria.

— Nick! — a Maddie gritou, chamando a minha atenção com aquela voz tão particular. Eu me virei para ela; estávamos em Santa Mônica, no porto. Eu sempre falei daquele lugar para ela, sobre a praia, os brinquedos do parque, crianças na roda-gigante olhando para o mar quando estavam no ponto mais alto... Naquele momento, minha irmã mais nova, ao contrário de qualquer criança normal, estava com a cabeça grudada no vidro de um dos muitos tanques com moluscos e animais marinhos, no aquário que havia por lá. Eu me aproximei dela.

— Mad, se você encostar neles, eles podem te machucar com as pinças — adverti. Estávamos na loja que vendia alguns daqueles bichos. Peguei a Maddie pela cintura e a tirei dali. Já estava anoitecendo e, um tanto inseguro, comecei a me perguntar a que horas ela deveria jantar e dormir.

— Você está com frio, baixinha? — perguntei, antes de tirar a minha jaqueta e me agachar para cobri-la.

Um sorriso divertido apareceu nos lábios dela.

— Você está feliz porque estou aqui? — ela perguntou, e vi nos seus olhos inocentes que a minha resposta era mais importante do que deveria ser.

Sorri enquanto fechava o zíper da jaqueta. Ela ficou parecendo um pequeno fantasma com a jaqueta quase se arrastando no chão, mas era melhor do que arriscar que ela ficasse doente.

— Você está feliz por estar aqui? — indaguei, puxando as mangas da jaqueta.

— Claro que sim — ela respondeu, animada. — Você é o meu irmão favorito, eu já te falei?

Dei uma gargalhada. Como se ela tivesse mais irmãos!

— Não, você nunca me falou. Mas você também é a minha irmã favorita, então está tudo perfeito, né?

O sorriso que ela abriu me atingiu direto no coração.

— Vamos na roda-gigante? — eu propus, e a resposta entusiasmada dela quase perfurou os meus tímpanos de novo.

O porto estava lotado de famílias, e o barulho das ondas ao fundo nos convidava a nunca mais irmos embora. O anoitecer estava lindo, e justo quando eu ia pegar o celular para tentar falar com a Noah novamente, senti a presença dela. Meus olhos a encontraram no meio da multidão. Um sorriso de orelha a orelha apareceu no rosto dela e eu sabia que devia estar com uma expressão parecida.

— E aí, Maddie! — a Noah chamou, deslumbrante como sempre, chamando a atenção da minha irmã, que não hesitou nem um segundo antes de sair correndo.

— Noah! — ela gritou, animada, e dei risada enquanto ela corria. A alegria dentro de mim cresceu ainda mais quando a Noah agachou e levantou a pequena do chão com um abraço doce.

A Maddie se acostumara com a Noah mais facilmente do que eu imaginava. A Noah era um amor, mas a Mad não era muito fácil, eu tinha que admitir. Eu a adorava porque era minha irmã, mas às vezes ela era insuportável e rude: não se dava bem com qualquer um, não gostava que invadissem o seu espaço — pelo menos, se não confiasse o suficiente na pessoa — e, para ser sincero, andava um pouco malcriada. Bem, como qualquer menina de seis anos cujos pais comprassem absolutamente tudo que queria. Ela era a minha princesa das trevas, como eu gostava de chamá-la. Mas a Noah a adorava e vice-versa, então não havia problemas.

Quando me aproximei delas, a Noah me lançou um olhar que achei estranho, como se estivesse aliviada ao me ver ou algo assim. Abri um sorriso e a puxei para mim, com a Maddie entre nós dois.

— Noah, vamos na roda-gigante, vamos nós três! — A Maddie fez força para ir para o chão, balançando as pernas, e saiu correndo para a área dos brinquedos. Sem tirar os olhos da pequena, passei o braço por trás dos ombros da Noah e a beijei na cabeça enquanto seguíamos minha irmã.

SUA CULPA

— Você está bem? — perguntei.

— Claro! Sua irmã está linda — ela respondeu de imediato, para mudar de assunto.

— Sem os dois dentes da frente? — comentei, me divertindo. — Precisei me controlar para não a perturbar muito, sardenta.

A Noah deu risada, mas não fez nenhum comentário a respeito. Havia algo de estranho nela, mas deixei para lá. Fomos até a roda-gigante com a Maddie e comprei ingressos para nós três. Minha irmã disparou a falar, contando de maneira infantil todas as coisas que tínhamos feito, como tinha sido o voo e como ela estava feliz por estar com a gente. A Noah acompanhou a conversa, se divertindo com a pequena e sorrindo sempre que se virava para mim.

Estava quase anoitecendo e não fazia muito frio, o clima estava fresco. Não havia nenhuma nuvem no céu e a vista do pôr do sol estava linda. Sem falar nada, a Noah veio para perto de mim e sentou no meu colo, com o olhar fixo no mar e no sol que estava indo embora. Eu a envolvi com o braço e a apertei contra mim. Olhar para a Noah era a melhor sensação do mundo, mais do que olhar para qualquer paisagem. Ciente do meu olhar, ela fixou os olhos nos meus e sorriu como apenas ela sabia fazer.

A Maddie dormiu no carro. Não estranhei, já que estava acordada desde muito cedo e o dia tinha sido cheio de novidades. Já era noite e, enquanto viajávamos pela pista, com a Noah ao meu lado e em silêncio, não pude deixar de me lembrar da conversa que tivera naquela manhã com o Lion.

Meu amigo me ligara para contar que os rachas aconteceriam na próxima segunda-feira. Depois do sequestro da Noah, eu tinha me afastado do meu grupo e dos problemas das ruas. Não queria que essas relações afetassem a minha vida e, menos ainda, que colocassem em perigo a minha namorada ou alguém da minha família. No entanto, quem restava era o Lion, e ele, infelizmente, vivia naquele mundo, do qual eu não conseguia tirá-lo, não enquanto ele não quisesse mudar. Não que ele gostasse, mas era uma maneira fácil e rápida de ganhar dinheiro, por isso, ele me pediu para acompanhá-lo e correr por ele, como sempre fazíamos. Eu lhe oferecera um empréstimo, mas ele era orgulhoso demais para aceitar. Decidi ajudá-lo só porque sabia que ele precisava da grana e porque, tirando o ano anterior, nunca houvera nenhum tipo de problema. Eu sempre gostei de carros e de correr à noite, no meio do deserto, sentindo a adrenalina, a velocidade, a satisfação de ganhar... Eu adorava tudo aquilo.

A Noah me mataria se ficasse sabendo. A Jenna fez o favor de deixá-la com a pulga atrás da orelha, e, mesmo achando que a Noah se convencera de que eu não estava envolvido nos problemas do Lion, eu precisava fazer alguma coisa para que ela não desconfiasse. O Lion jurou que a Jenna não sabia quando seriam os rachas e, além disso, seria coisa rápida: era só ir, correr, ganhar e voltar para casa. Sem problemas.

A única coisa que me ocorrera para que a Noah não suspeitasse de nada foi marcar algo com ela na segunda-feira em questão. Convidá-la para jantar em algum restaurante do outro lado da cidade, o mais distante possível dos rachas, e... Bem, dar um bolo nela. Eu inventaria alguma boa desculpa para justificar a minha ausência, mas, assim, eu pelo menos garantiria que ela estivesse o mais longe possível de mim, provavelmente em algum lugar bonito. Ela ficaria furiosa, mas eu a recompensaria.

Satisfeito com o meu plano, estacionei o carro, saí e fui abrir a porta para ela.

— Está tudo bem, sardenta? — demonstrei interesse, fazendo carinho na bochecha dela e afastando do seu rosto uma mecha de cabelo. Ela tinha ficado incomunicável a tarde inteira e, agora que a minha irmã estava dormindo, eu podia me concentrar na Noah. Notei que ela estava muito bem-vestida.

— Estou cansada, só isso — ela respondeu, saindo do carro sem nem olhar para mim.

— O que foi que eu fiz dessa vez, Noah? — perguntei, repassando mentalmente cada coisa que tinha dito e feito desde que nos encontráramos no cais.

Um sorriso divertido se desenhou no semblante dela e fiquei um pouco mais tranquilo.

— Você não fez nada, bobo — ela respondeu, e respirei aliviado quando ela se virou, segurou meu rosto entre as mãos e ficou na ponta dos pés para me beijar nos lábios. Antes que ela se afastasse, levei minhas mãos à sua cintura e a apertei contra o meu corpo. Ela não aprofundou o beijo, então eu mesmo fiz isso: abri os lábios dela e a saboreei com gosto.

Ela retribuiu o beijo, mas a notei distraída. Quando me afastei, voltei a ficar olhando para ela.

— Você está escondendo alguma coisa e vou descobrir o que é — comentei, meio brincando, e a soltei.

Abri a porta traseira do carro e sorri como um idiota ao ver aquela menina tão bonita dormindo perto de um coelho de pelúcia horrível. Tirei o cinto de segurança e a peguei no colo. Fechei o veículo e, depois de pegar a pequena mala que ela havia trazido, com a Noah ao meu lado, subimos para o meu apartamento.

Não queria acordar a minha irmã, então a levei direto para a cama.

— Dorme bem, princesa — disse, dando-lhe um beijo na bochecha.

Ao sair e fechar a porta, deparei-me com a Noah me esperando, apoiada na parede e de frente para o quarto. Precisávamos conversar e gostei quando ela tomou a iniciativa.

— Você vai tomar banho comigo? — ela propôs com um sorriso cálido.

Eu sorri. Peguei na mão dela e fomos para o banheiro. Abri o chuveiro e deixei a banheira se encher de água quente. Eu me virei e me aproximei dela.

— Você está muito linda hoje… Muito elegante com essa roupa — eu observei. Com cuidado, puxei o elástico que prendia o seu cabelo, que imediatamente caiu como seda ao redor do pescoço. — O que você fez hoje? Além de me ignorar, claro.

Os olhos dela se fixaram nos botões da minha camisa e, com os dedos trêmulos, ela começou a abri-los, um por um. Segurei as mãos dela, parando-a e sentindo uma pontada de ansiedade ao notar que havia algo que ela não estava me contando.

— Eu saí com a minha mãe — ela respondeu, erguendo o rosto e olhando fixamente nos meus olhos. — Fiquei sem bateria, por isso, não atendi às suas ligações.

Assenti e deixei que ela continuasse o que estava fazendo. Depois que tirou a minha camisa, ela se inclinou para a frente e fechei os olhos quando senti os lábios dela bem sobre o meu coração.

Os carinhos da Noah eram incomparáveis, provocavam uma sensação tão incrível… Eu me sentia tão bem… Em paz comigo mesmo. Era minha droga particular, feita sob medida para me deixar completamente doido. Abri os olhos e peguei as mãos dela enquanto ela subia para o meu pescoço. Eu a queria comigo na banheira, relaxada, e assim poderia sondar melhor que diabos estava acontecendo.

Tirei o *top* e a saia dela, que faziam a sua pele resplandecer. Depois, agachei-me e tirei suas sandálias. O corpo dela era incrível, atlético, nem muito voluptuoso nem muito magro; eu poderia admirá-la por horas.

Com um sorriso que mexeu comigo, ela tirou o sutiã e a calcinha para entrar na banheira. Tentei avisar que a água estava muito quente, mas ela não demonstrou desconforto: simplesmente submergiu, e a água a cobriu até os ombros. Não demorei para imitá-la, e quando ela abriu espaço para que eu pudesse me sentar atrás dela e abraçá-la, cerrei os dentes com força, queimando a pele instantaneamente.

— Caramba, Noah! — reclamei, aguentando alguns segundos até o meu corpo se acostumar. — Você não se queimou?

— Hoje, não — ela respondeu com um ar distraído, enquanto observava a espuma que tinha entre os dedos.

Colei minha bochecha na orelha dela e ficamos um pouco em silêncio, aproveitando a sensação agradável de estarmos juntos, relaxados e tranquilos. Sabia que havia algo de errado com ela. Às vezes, ela ficava tão imersa nos próprios pensamentos que eu daria tudo para saber o que se passava em sua cabeça.

— Posso fazer uma pergunta? — ela disse, então, despertando minhas preocupações.

— Claro.

— Mas você tem que prometer que vai responder.

Comecei a fazer pequenos círculos com a mão ao redor do seu umbigo. Sabia o que ela estava fazendo, mas estava curioso para saber o que queria perguntar, então acabei aceitando, não sem antes aproveitar um pouco para atiçá-la. Sorri ao perceber que ela soltou o ar de maneira entrecortada quando minha mão baixou um pouquinho mais da conta.

— Você acha que o seu pai amava a sua mãe? Digo, antes do divórcio, claro.

Não esperava por aquela pergunta. Em vez de me mostrar o que se passava em sua cabeça, ela só me deixou ainda mais confuso.

— Acho que ele a amava, sim... Embora quase todas as minhas memórias sejam dos dois brigando ou do meu pai ausente, trabalhando... Minha mãe não era uma mulher fácil, mas ele não ficava muito atrás — respondi, lembrando-me de todas as vezes que ele tinha nos deixado sozinhos, alegando ter que trabalhar ou estar muito cansado. — Quando eu era pequeno, cheguei até a achar que todos os pais viviam longe de casa e só voltavam quando ficavam com fome ou com sono. Claro que, quando cresci e comecei a frequentar a casa dos meus amigos, vi que isso não era normal, que eu estava errado e existiam ótimos pais. O pai de um dos meus colegas de escola levava o filho todos os dias, e na volta eles sempre paravam para comer panquecas e jogar *beisebol* no parque do bairro... Eu tinha inveja daquilo, e foi quando entendi que muitos pais faziam coisas com os seus filhos.

SUA CULPA

Fiquei olhando para o nada, perdido nas lembranças, e não me dei conta de que minha mente tinha me transportado para outra época até que a Noah virasse o rosto. Forcei um sorriso e deixei que ela me beijasse, puxando meu pescoço para que nossos lábios se encontrassem.

— Não devia ter perguntado nada. — Ela se desculpou. Joguei a cabeça para trás e a observei.

— Você pode me perguntar o que quiser, Noah. Minha vida não foi um conto de fadas, embora possa parecer, se a compararmos com tanta coisa que acontece por aí. Não é todo mundo que nasce querendo ser pai, e a maioria fracassa na tentativa.

Não ia me lamentar por ter pais ausentes, que não se davam bem. A minha infância não tinha sido ideal, mas não dava para reclamar, muito menos para a Noah. Ela lamentava por mim, eu podia ver naqueles lindos olhos, embora a infância de história de terror tenha sido a dela. Meu pai pode ter sido um babaca egoísta quando eu era criança, mas nunca tentou me matar. Às vezes, minha cabeça pregava peças em mim, e eu imaginava a Noah pequena, um pouco mais velha do que a Maddie, se escondendo do próprio pai, se vendo obrigada a pular pela janela... Como ela conseguia dedicar um segundo do seu tempo para se compadecer de mim?

— Você acha que existem famílias normais? — ela indagou. — Você sabe, como nos filmes, com pais normais que trabalham e cuja maior preocupação é pagar a hipoteca no fim do mês.

Era isso que a estava deixando preocupada? Será que a mãe dela tinha lhe dito alguma coisa a respeito de família? Fiquei com raiva só de imaginar que a Raffaella estivesse se metendo na minha relação difícil com a minha família. Pensei nisso por alguns segundos.

— Eu e você seremos esse tipo de família. O que você acha? Sem nos preocuparmos com a hipoteca, claro.

A Noah deu uma gargalhada e fiquei com vontade de provar que estava falando sério.

— Agora, eu também tenho direito a uma pergunta — disse, e os olhos dela buscaram os meus. Eu sorri. — Onde é que vai ser, na banheira ou na cama?

27

NOAH

As palavras da mãe do Nicholas não saíam da minha cabeça. Tinha ficado assustada com as ameaças, mas não queria continuar com aquilo, não queria seguir por um caminho que eu talvez não pudesse percorrer sozinha. Estava me sentindo culpada por ter rasgado a carta. Não tinha direito de fazer aquilo, porque a carta não era endereçada a mim, mas não queria que aquela mulher machucasse o Nick ainda mais. Na manhã em que os pintores vieram, o Nick dissera que queria me proteger. Bom, era isso que eu também estava fazendo com ele.

Eu me concentrei no Nicholas, como sempre: ele era meu remédio, minha distração, meu porto seguro. Me virei para ele, ficando grata pelo tamanho da banheira.

— Onde é que vai ser, na banheira ou na cama? — ele me perguntou com aquele olhar obscuro, e percebi que ele precisava do meu contato, ainda mais depois de eu ter trazido à tona o passado dele. Eu também estava precisando, pois, se continuássemos falando daquele assunto, ele acabaria descobrindo verdades que eu preferia manter escondidas... Pelo menos por enquanto.

Ele me sentou sobre as suas pernas e nossas bocas voltaram a se unir com doçura. Nós dois precisávamos daquele momento, porque o dia tinha sido intenso para ambos, mesmo que de maneiras bem distintas.

Com as mãos nas minhas costas ele se curvou e saboreou minha boca com devoção. Minhas mãos foram subindo pelos ombros dele até chegarem às bochechas ásperas e úmidas por causa da água que nos cercava. O cheiro de Nick me inundou por completo e senti um calor dentro de mim.

— Você é tão linda — ele disse, em voz baixa, contra minha pele fervorosa. A boca dele se separou dos meus lábios e percorreu a minha mandíbula, dando mordidinhas até chegar ao meu pescoço. Minhas mãos desceram pelo seu peito, depois pelo abdômen, até que as mãos dele apertaram minhas costas para que nossos corpos ficassem em contato, pele com pele, sem nada para nos separar. — Tão quente, tão suave... — ele soltou, à medida que sua boca e sua língua saboreavam minha pele despida e úmida.

Ele me inclinou para trás e soltei um suspiro entrecortado ao sentir suas mãos subindo e descendo pelas minhas costas e a boca se apoderando do meu peito esquerdo, saboreando minha pele sensível, ávida por carícias. Eu me ergui e apertei o quadril dele com as minhas pernas. Ele buscou minha boca com a dele e repetimos aquela dança antiga, nossas línguas brincando uma com a outra...

— Olha pra mim — ele disse, então, se afastando. Ao abrir os olhos, vi que os dele estavam fixos no meu rosto, muito azuis como sempre, mas parecendo diferentes, contendo algo difícil de expressar com palavras. — Eu te amo e vou te amar por toda a minha vida — ele declarou, e senti meu coração fraquejar, parar um pouco antes de retomar seu ritmo frenético. Não separei meus olhos dos dele nem quando ele me levantou devagar com o braço que rodeava minha cintura e me colocou sobre si, se movendo com lentidão infinita e com uma doçura tão palpável quanto as suas palavras. Quando me penetrou, abri a boca para dar um grito, mas os lábios dele me silenciaram com um beijo profundo.

— Está sentindo? Está sentindo a conexão? Fomos feitos um para o outro, meu amor — ele sussurrou ao meu ouvido enquanto se mexia suavemente, marcando um ritmo lento que me deixava maluca. As palavras dele continuaram na minha cabeça enquanto ele me dava prazer como só ele sabia fazer e só ele faria.

"Eu te amo e vou te amar por toda a minha vida."

— Jura — eu disse, enquanto um medo terrível se apoderava do meu corpo e da minha alma, um medo de perdê-lo, um medo infinito de nunca mais ter o que eu estava vivendo naquele momento.

Os olhos dele, escuros de desejo, voltaram-se para os meus, perdidos, sem saber ao que eu estava me referindo.

— Jura que você vai me amar para sempre — eu quase supliquei.

Sem responder, ele se levantou da banheira, me carregando com ele, segurando minhas coxas com firmeza. Eu o rodeei com meus braços e afundei meu rosto no pescoço dele, mordendo meu lábio inferior para não gritar ao senti-lo tão fundo enquanto ele me levava para o quarto. Nós dois estávamos encharcados, e ele pareceu perdido com a pergunta. Ele me colocou na cama sem se afastar de mim.

— É difícil jurar assim — ele avisou, enquanto nossas respirações entrecortadas pareciam entrar em sintonia. Eu estava a ponto de explodir e ele sabia. Suas mãos tocavam em todas as partes do meu corpo que precisavam de contato. — Sou tão apaixonado por você... que sou mais seu do que meu, vou fazer tudo o que você pedir, tudo o que você quiser — ele disse, olhando fixamente para mim. — Eu juro, meu amor.

E assim, com aquelas palavras e com o corpo colado no meu, deixei de sentir frio.

Os dias seguintes foram maravilhosos. Foi incrível compartilhar tantos momentos com a irmã dele, momentos que nunca pude viver por causa da distância e das poucas horas que ficávamos com ela. No dia do aniversário do Nick, fomos para a Disney da Califórnia, e, embora fosse um lugar para crianças e tenhamos passado o tempo inteiro atrás da Maddie, adorei ver o Mickey Mouse e sua turma cantando parabéns para o Nick. Um ano antes, nessa mesma época, estávamos começando a sair, e se alguém me dissesse que no ano seguinte eu veria o Nick usando orelhas de rato e comendo bolo de chocolate com formato de princesa da Disney, responderia que a pessoa estava doida.

Mas o tempo passou depressa e logo chegou o dia de levar Maddie para o aeroporto. A aeromoça encarregada de cuidar da pequena até que ela chegasse a Las Vegas estava esperando perto da área de embarque. Depois de tanto tempo juntos, a despedida foi muito mais difícil do que todos imaginávamos.

— Você está bem? — perguntei para ele enquanto voltávamos para o estacionamento. Os dedos dele apertavam a minha mão com força.

— Vou ficar bem — ele respondeu, simplesmente.

Não quis insistir porque sabia que o Nick não gostava muito de falar, menos ainda sobre os próprios sentimentos. A irmã era o seu ponto fraco, e saber que ela estava indo embora para ficar com os pais que mal ficavam com ela não ajudava muito. Entramos no carro em silêncio e se passaram uns dez minutos até que ele decidiu voltar a dirigir a palavra a mim.

— Deixo você na sua casa? — ele perguntou.

Um alarme soou dentro de mim. A Jenna tinha me ligado no dia anterior, enquanto o Nick dava banho na Maddie, para contar que descobrira que os rachas seriam na segunda-feira. Não quis acreditar nela, mas, se ela estivesse certa, o Nick não ia me querer por perto. Quase respondi que não, que queria dormir com ele, mas não queria abusar da paciência da minha mãe, que já estava bastante irritada. Além do mais, precisava terminar de fazer as malas, porque só faltavam cinco dias para eu ir para a faculdade. Precisava conversar com a minha mãe, apesar de estar flertando com a ideia de contar para ela depois de já ter me mudado e me instalado na casa de Nick, quando não haveria mais volta. Era uma ideia arriscada, mas preferia enfrentá-la à distância do que ter que contar tudo pessoalmente.

— Sim, me deixa em casa — respondi, enquanto olhava pela janela, tentando decidir o que fazer em relação aos rachas. Quando chegamos e ele estacionou na entrada, achei que desceria do carro para pelo menos cumprimentar o pai, mas ele nem sequer desligou o motor. Porém, não foi isso que me deixou mais confusa, e sim o que ele disse na sequência.

— Jantamos juntos amanhã?

Eu me virei, surpresa.

— O quê?

Um sorriso tímido se desenhou no rosto dele.

— Eu e você... Em um restaurante bem bonito... O que você acha? — ele perguntou, estendendo o braço e prendendo uma mecha de cabelo atrás da minha orelha. Fiquei surpresa, não esperava aquilo, ainda mais se a Jenna tivesse razão e amanhã o Nick fosse para os rachas.

— Você vem me buscar?

O olhar dele se desviou de mim para a casa.

— Acho que não consigo, vou trabalhar o dia inteiro... É melhor a gente se encontrar no restaurante.

Quando ele voltou a olhar para mim, não vi nem um pingo de dúvida em seu rosto. Parecia sincero. No fim das contas, pelo visto a Jenna estava errada. Um sorriso apareceu no meu semblante. Odiava ter duvidado do Nick, ele não mentiria para mim e não ia para os rachas, não sem me contar, não depois de tudo que havia acontecido.

— Então tá bom, nos vemos por lá — eu disse, colocando a mão na maçaneta.

— Ei! — ele exclamou, me parando antes que eu saísse do carro. Eu me virei para ele. — Obrigado por ficar comigo esses dias, não teria sido a mesma coisa sem você.

Segurei a bochecha dele e o acariciei até me inclinar para beijá-lo. Quando ele aprofundou o beijo, só puder torcer mentalmente para que ele não estivesse mentindo.

Na tarde do dia seguinte, a Jenna passou em casa. Nunca a tinha visto tão triste. Ela e o Lion não estavam passando por seu melhor momento e não ajudava que minha amiga estivesse tão certa de que os garotos iriam para os rachas naquele dia. Quando contei que jantaria com o Nick no Cristal, um restaurante elegante da cidade, ela ficou incrédula.

— Sei bem o que estou dizendo, Noah. Tenho certeza de que os babacas dos nossos namorados vão fazer cagada hoje à noite.

Suspirei enquanto procurava um vestido bonito para usar. Estava cansada de tentar convencer a Jenna de que o Nicholas não mentiria para mim, quanto mais me fazer ir a um restaurante se não fosse ir jantar comigo.

— Como você e o Lion estão? Ele ainda está bravo com você? — perguntei, mais para mudar de assunto.

A Jenna, sentada no sofá perto da minha penteadeira, pareceu adquirir uma cor oposta ao vermelho sangue de suas unhas.

— Se você acha que estar bravo significa que só berramos um com o outro e depois transamos como se fôssemos desconhecidos, sim, acho que ele continua bravo comigo.

— Como você é delicada! — respondi, surpresa com a sua maneira de falar, embora não devesse me chocar: a Jenna não era tão patricinha quanto as pessoas achavam. Porém, apesar do tom despreocupado, sabia que ela estava mal, destroçada, e que naquela noite ficaria muito mais nervosa do que transparecia. Se a teoria da Jenna estivesse certa, o Lion pretendia correr em todos os rachas para ganhar um bom dinheiro, sem se importar com o fato de que as pessoas que frequentavam aquelas competições ilegais quase nos mataram da última vez. E não era só isso: desde então, nós duas sabíamos que, se o Lion continuasse naquela vida, era bem provável que acabasse preso como o irmão dele.

— Aliás, dia desses eu vi o Luca — ela comentou, levantando-se do sofá e mexendo nos cabides de roupa distraidamente. Parei por um instante e olhei para ela pelo reflexo do espelho.

— Como é que é? — perguntei com cautela.

— Para falar a verdade, até que ele é bastante simpático, mas tem um ar de... Não sei, fiquei toda arrepiada quando o vi pela primeira vez — ela admitiu, parando para examinar uma camiseta simples, de cor branca. A Jenna estava em qualquer outro lugar, menos ali, olhando para as roupas, e andava assim havia mais de um mês. — Ele é muito bonito. Não como o Lion, mas é óbvio que os pais deles deviam ser bem atraentes... Ele tem os mesmos olhos verdes do irmão, mas um olhar que esconde muitas coisas que o Lion não quer que eu saiba, porque quase me chutou para fora da casa dele quando me viu entrando um dia desses.

A voz dela ficou um pouco trêmula ao dizer aquela última frase. Eu me aproximei, odiando ver a tristeza da minha amiga. A Jenna de antes era o oposto da Jenna que estava diante de mim. Onde estavam o sorriso constante, o brilho nos olhos e os absurdos que ela costumava falar o dia inteiro? Estava com vontade de dar uma sova no imbecil do Lion.

— Por que você não vem jantar comigo e com o Nick hoje à noite? — eu propus, sabendo que ele não se importaria. A Jenna era sua amiga e com certeza ele me ajudaria a animá-la.

A Jenna me encarou e meneou a cabeça, frustrada.

— Você ainda acha que ele vai te levar pra jantar?

Respirei fundo antes de responder.

— O Nicholas não mentiria para mim, Jenna, e não me deixaria plantada esperando.

Ela avaliou a minha resposta por alguns instantes.

— Tudo bem... Mas só para que você não fique sozinha quando o idiota não aparecer. Depois, a gente pode ir atrás dos dois.

Sacudi a cabeça, mas senti uma pontada de dúvida no peito ao ouvi-la dizer aquilo.

Algumas horas depois, já de banho tomado, estávamos terminando de nos maquiar. A Jenna não parecia muito empolgada e tive que insistir para que ela se arrumasse, já que não íamos jantar em um McDonald's qualquer. Finalmente, ela vestiu um short de couro preto e uma blusa branca, com sandálias rasteirinhas. Eu preferi um vestido preto bem justo e sapatos brancos de plataforma baixa. Deixei o cabelo solto e me maquiei, dessa vez realçando os meus lábios.

A Jenna revirou os olhos ao olhar para mim, mas guardou os comentários para si. Naquele momento, recebi uma mensagem do Nick.

> A reserva está no meu nome, me esperem lá dentro e vão tomando alguma coisa.

Mostrei a mensagem para a Jenna, que me ignorou enquanto saía do meu quarto.

Demoramos mais ou menos uma hora para chegar ao restaurante. Como o Nick dissera, havia uma reserva para três no nome dele. O local era muito agradável, com pequenas mesas de estilo francês e uma iluminação tênue e romântica. Achei engraçado estar ali com a Jenna, nós duas cercadas de velas, mas também foi difícil imaginar o Nick por lá comigo. Parecia um lugar brega demais para ele. A Jenna começou a fazer brincadeiras enquanto os casais ao nosso redor olhavam um pouco incomodados para a gente.

— Vem cá, Noah, me dá a sua mão. Talvez caia confete de alguma dessas lâmpadas penduradas em cima de nós — ela disse, se aproximando de mim e se insinuando de maneira boba. Dei risada enquanto bebíamos uma taça de vinho branco e esperávamos o Nick aparecer.

Após mais de quarenta minutos de espera, as brincadeiras deixaram de ter graça e comecei a sentir um mal-estar na boca do estômago.

O ruído do meu celular vibrando na mesa encerrou minha mudez, e li a mensagem com a testa franzida.

> Desculpa, sardenta, não vou poder ir hoje. Estamos lotados de trabalho e, se eu não terminar os relatórios que me pediram, posso dar adeus ao meu cargo de estagiário. Não fica brava, por favor, vou compensar depois... Janta com a Jenna e aproveitem a noite.

Senti um fogo crescer dentro de mim, algo que eu tinha contido durante os primeiros vinte minutos de espera. Não podia acreditar que ele era tão idiota a ponto de achar que essa história ia colar.

Ergui os olhos para a Jenna, que, apesar de tudo, me olhava com certa pena.

— Onde diabos esses rachas vão acontecer?

SUA CULPA

28

NICK

Quando cliquei em "Enviar", soube que aquilo ia terminar em confusão. Estávamos saindo do meu apartamento naquele momento. Não estava gostando muito da situação, mas uma parte de mim estava ciente da adrenalina percorrendo todo o meu sistema nervoso, algo que, no fundo, me fazia falta. Não que eu não estivesse bem agora, mas as lutas, os rachas e as loucuras que eu costumava fazer eram uma válvula de escape difícil de abandonar. Falei para mim mesmo que faria aquilo pelo Lion, mas também ia fazer por mim. Eu queria. Mais ainda, eu precisava. Todas as lembranças que voltaram por conta da minha mãe, minha irmã se despedindo de mim no aeroporto, a sensação de que a Noah estava escondendo alguma coisa e saber que eu não fora capaz de curar os pesadelos dela... Tudo isso me deixava num estado de nervosismo constante. E não ajudava muito saber que absolutamente todo mundo desejava que eu e a Noah nos separássemos.

Repeti para mim mesmo algumas vezes que ela estava a salvo com a Jenna, longe de toda aquela merda, segura de todos e de mim. Não a queria comigo naquela noite... Havia momentos em que eu simplesmente precisava ficar sozinho, e esse era um deles.

Pus o capacete e subi na moto. O Lion e o Luca levariam os carros até o local, então combinamos de nos encontrar por lá. Daquela vez, os rachas não seriam no deserto, mas na cidade. Não era um trecho muito longo, mas as apostas estavam incrivelmente altas. Se vencêssemos, ganharíamos uma grande quantia em dinheiro, e o Lion estava precisando.

A música soava altíssima quando atravessei de moto os enormes grupos de pessoas. Muitas gritaram animadas quando me viram chegar e a adrenalina começou a correr pelas minhas veias quando senti que estava de novo com o meu grupo. Não podia negar que sentira saudades.

— Olha só quem está por aqui! — gritou o Mike, primo do Lion, se aproximando de mim.

Batemos os punhos para nos cumprimentar enquanto eu descia da moto e deixava o capacete sobre o assento.

— E aí, cara? — eu falei, avaliando tudo ao meu redor. Havia muito tempo que não via aquele pessoal e em poucos minutos eu já estava rodeado por todo mundo. Todos faziam brincadeiras e mexiam no meu cabelo, bebendo como loucos, a música alta a ponto de machucar os meus ouvidos.

O Lion apareceu alguns minutos depois e todos comemoraram quando o viram chegar com aquele carrão, uma Lamborghini que eu tinha alugado para a ocasião. Tudo aquilo me lembrou dos rachas do ano anterior, de como meu demônio loiro havia derrotado o Ronnie na corrida, surpreendendo a todos e quase me causando um ataque, claro. Nunca vou me esquecer de como ela fora incrível naquele racha. A Noah sabia correr, e vê-la fazendo aquilo me deixou tão bravo quanto atraído por ela.

Enquanto as pessoas ao redor dançavam e faziam idiotices à espera dos outros, peguei um cigarro e me apoiei na moto. Precisava saber se a Noah estava bem e se já estava de volta em casa.

Ela não respondeu à minha mensagem, o que era um péssimo sinal. Certamente estava brava. Mas tinha a companhia da Jenna, então foi melhor do que deixá-la esperando sozinha em um restaurante romântico... Não é?

Não podia ligar, porque ela ouviria todo o barulho, então resolvi mandar outra mensagem.

> Como foi o jantar? Já está em casa?

Dei uma tragada no cigarro e, um minuto depois, recebi a resposta.

> De pijama e deitada.

Suspirei aliviado ao tirar aquele peso das minhas costas. Com a Noah em casa, eu podia relaxar e me concentrar na minha tarefa daquela noite, ou seja, correr, ganhar e me despedir daquele mundo para sempre.

O Lion fez um sinal e nos reunimos com um cara chamado Clark, que tinha desenhado o circuito do racha. Formamos um círculo em torno dele enquanto ele nos mostrava onde ficavam a largada e a linha de chegada. Haveria quatro corredores desta vez. Era um racha dos bons, porque estavam até cobrando pela participação, nada mais nada menos do que cinco mil dólares de cada um. Quem ganhasse ficaria com tudo, além do que conseguisse com as apostas, claro.

— Se não houver problemas, vocês estarão de volta em dez minutos. Está tudo pronto para cortarmos o tráfego da área, mas os coxinhas podem aparecer de surpresa, e isso não podemos controlar — o Clark falou, olhando para os quatro participantes. Os outros dois eram muito bons, e um deles fazia parte do antigo grupo do Ronnie, que agora era do Cruz.

Eu tinha visto o Cruz. Estava em um canto, rodeado pelo pessoal da gangue dele, todos visivelmente alterados. Eu odiava aquelas pessoas, mas uma parte de mim queria se vingar daquela outra noite. Queria fazê-los pagar, mas não com violência, e sim com dinheiro, algo que eles tanto valorizavam e desejavam.

— Vejo vocês aqui em dez minutos — o Clark falou. Em seguida, me aproximei do Lion e do irmão dele.

— Não acho que será difícil ganhar, mas não quero problemas. Se o negócio ficar difícil, deixamos pra lá, beleza? — falei. O Luca pretendia ir de copiloto com o Lion. Eu preferia ir sozinho. Odiava ter alguém do meu lado nos rachas: eu acabava me distraindo e não dominava o carro por completo. Concordamos ao mesmo tempo e nos viramos, prontos para buscar os carros.

Então, um clarão luminoso chamou a minha atenção. Meu corpo soube antes mesmo que eu visse o Audi vermelho que tinha acabado de chegar. Meu coração parou. Quando aquelas longas pernas saíram do veículo, toda a adrenalina que eu estava sentindo disparou pelo meu sistema nervoso.

— Só pode ser brincadeira! — o Lion exclamou, atrás de mim.

Notei meus pés acelerando o passo e minha respiração se descontrolando ao ver a Noah ali, cercada daquela gentalha. Minhas passadas ficaram cada vez mais largas, tentando encurtar a distância que nos separava, ansiando por chegar a ela antes de qualquer outra pessoa. Os olhos dela se cravaram nos meus à distância. Ela cruzou os braços e me fulminou com um olhar de ódio. Quando ficamos frente a frente, me contive para não colocá-la no carro e dar o fora dali em menos de um segundo. Então, a mão dela voou tão rápido que, quando me dei conta, já havia atingido a minha cara com um golpe seco.

— Você é um maldito de um mentiroso! — ela gritou em meio ao barulho da música e da multidão.

Respirei fundo várias vezes para me controlar, mas não consegui.

— Entra no carro — eu ordenei com os dentes cerrados, tentando manter a calma.

— Vá à merda, Nicholas! — ela respondeu, adiantando-se, com as mãos à sua frente e querendo me empurrar. Eu a detive, pegando-a pelos pulsos. — Nada disso! Nem vem com essa de querer mandar em mim!

Eu a empurrei contra o Audi e a imobilizei com o meu corpo.

— Quero que você entre no carro e vá embora em menos de três segundos, está ouvindo? Não me importo que você esteja brava. Que merda, não era para você estar aqui. Preciso lembrá-la do que aconteceu na última vez?

O olhar dela era tão intenso que queimava. Estava tão furiosa que tive que conter a vontade de sacudi-la por ser tão teimosa. Não importava que eu estivesse ali, pois não conseguiriam me machucar. Eu aguentava qualquer coisa. Mas com a Noah por lá? O medo de que fizessem algo com ela, de que alguém a reconhecesse... Meus olhos se desviaram instintivamente para o Cruz, que estava bebendo com os amigos, e vi que ainda não tinham notado a presença dela.

— Claro que não precisa me lembrar! Eu estava junto! Lembra? — ela rebateu, fazendo força com o corpo para escapar, mas sem sucesso. Apesar da briga e da tensão do momento, reparei em como ela estava vestida... Será que era possível ser ainda mais chamativa?

— Para com isso, que merda — mandei, segurando-a com uma das mãos e pegando o rosto dela com a outra, obrigando-a a me olhar. — Isto aqui não é brincadeira, Noah. Você tem que ir embora.

— Não pretendo ir embora se você não for comigo — ela disse, desafiando-me, enquanto erguia o queixo para me obrigar a soltá-lo.

Apoiei os dois braços no carro, respirando fundo enquanto a Noah se mantinha protegida entre a espécie de escudo que estava se formando entre as pessoas e ela. Virei o rosto e senti o cheiro da pele dela para tentar me acalmar. Ela agora tinha as mãos livres, mas decidiu não encostar em mim dessa vez. As mãos dela permaneceram imóveis, como se estivessem mortas, ao lado do corpo dela.

— Você não deveria estar aqui — sussurrei, aproximando minha boca da orelha dela, e ambos sentimos o arrepio que percorreu a sua pele.

— Nem você.

Eu me afastei o suficiente para me fixar em seu rosto. Ela estava com uma maquiagem sutil e usava um vestido curto, que deixava as suas pernas despidas à vista de todos. Ela tinha se arrumado para mim... E eu lhe dera um bolo para participar de um racha.

Respirei fundo várias vezes.

— Desculpa, sardenta — falei, colocando as mãos na cintura dela. O tecido do vestido era tão fino que parecia que eu estava tocando sua pele. Entre isso e a raiva que Noah parecia conter, estava morrendo de vontade de beijá-la e ter certeza que ela me perdoava.

Quando me inclinei para fazer isso, ela virou o rosto para um lado.

— Não suporto que você minta pra mim — ela disse.

— Eu sei, não vai mais acontecer.

— Não acredito em você — ela rebateu.

Respirei fundo de novo, tentando fazer com que ela não percebesse o quanto aquelas palavras me doíam.

— Essa é a última vez que eu participo dos rachas. Pode perguntar pro Lion, eu disse para ele hoje de manhã. Acabou, Noah... Estou fazendo isso só para me despedir e porque sei que o Lion precisa de mim.

— Você não pode continuar nessa vida por causa dele, Nicholas — ela respondeu, com uma voz que continha mais preocupação do que raiva. — Sei que você gosta dele como se fosse um irmão, mas falei com a Jenna. Ele não é mais o mesmo. Ajudá-lo com esses esquemas só vai piorar as coisas.

Ela tinha razão. Eu tinha seguido em frente, enquanto ele continuava cavando o próprio túmulo. Ou ele saía daquela vida comigo, ou se afundaria junto com caras como o Cruz ou como o próprio irmão, Luca.

Estiquei os braços na direção da Noah e a puxei para mim. Eu nunca deixaria que ela tivesse medo de mim, nunca mais, isso tinha acabado.

— Vou fazer tudo o que eu puder para que o Lion saia dessa vida comigo — eu garanti, e me enchi de felicidade quando a mão da Noah repousou sobre a minha bochecha. Sabia que aquele carinho significava que ela me perdoava.

Subi as mãos pelas costas dela e a beijei na bochecha com ternura, acariciando-a cuidadosamente com a ponta do nariz, da maçã do rosto até a orelha.

— Vai pra casa, por favor. Eu vou embora quando terminar com isso.

A Noah ficou calada e interpretei o silêncio dela como um "tudo bem". Virei a cabeça e vi que os três pilotos já estavam falando com o Clark.

— Preciso ir.

Ela assentiu. Dei um beijo nos lábios dela e só me virei para os demais pilotos depois que vi a Noah junto com a Jenna, perto do Audi, pronta para irem embora. Depois fui na direção do Clark.

— Boa sorte a todos, nos vemos na chegada — eu falei para o Lion, repetindo o que ele sempre me dizia quando ia correr sozinho.

Vi o sorriso no rosto dele, além de algo que me deixou com um mau pressentimento, antes de ele se virar e entrar no carro.

Andei até a Lamborghini, entrei e dei a partida. O Lion entrou no carro que o Luca tinha trazido e dirigiu até a linha de largada. Uma garota usando a parte de cima de um biquíni e um shorts minúsculo já estava no meio da pista com duas bandeirinhas erguidas. A cidade estava iluminada, esperando para nos ver passar por suas ruas a mais de cento e noventa quilômetros por hora. Tinha que ser tudo muito rápido e bem-feito, senão podíamos acabar muito mal...

E, então, bem no último minuto, quando a contagem regressiva já havia começado e minhas mãos apertavam o volante, a porta do passageiro se abriu de repente e a Noah entrou rapidamente, sentando-se ao meu lado.

— Que merda você tá fazendo?

O tiro que dava início à corrida ressoou e as bandeirinhas baixaram: era a largada de mais um racha.

29

NOAH

Quando a Jenna me contou como seriam os rachas, um medo terrível tomou conta de mim. Então, quando vi o carro do Nick na largada, pronto para sair, comecei a correr e, sem pensar nas consequências, entrei e me sentei no banco do passageiro. O Nick me olhou, primeiro surpreso e depois com raiva. Fiquei com tanto medo que desviei o olhar para o câmbio e rapidamente engatei a primeira marcha, obrigando-o a se concentrar no que ele tinha que fazer.

— Vai, pisa no acelerador, Nicholas!

Ainda bem que os reflexos dele eram incríveis, porque nem sei como ele fez para arrancar e emparelhar com os outros carros, que tinham partido com uma pequena vantagem.

— Eu vou matar você! Está me ouvindo? — ele gritou, engatando a quarta e se concentrando na pista. Logo entraríamos na cidade e eu sabia que era melhor ficar quieta e deixar que ele se concentrasse.

Os olhos dele se desviaram para o meu corpo por um segundo quase imperceptível.

— Põe a merda do cinto!

Dei um salto no banco e fiz o que ele me pediu.

Meu Deus, aquilo ia me custar muito caro, eu já sabia, mas precisava estar ali com ele: esse racha não era igual ao do ano anterior. Não importava quantas vezes eu pedisse que não fizesse aquilo, o Nicholas sempre tomava as próprias decisões e às vezes me deixava fora delas. Então, decidi por conta própria: se ele fosse correr, eu ia junto; se ele ficasse em perigo, eu estaria em perigo também. Tanto fazia o que ele ia me falar depois, eu enfrentaria as consequências.

— Falei para você ir embora! — ele vociferou, batendo no volante.

Estava furioso, mas eu também, e não me intimidaria. As coisas não eram assim, e queria mostrar que, se ele continuasse naquele mundo, eu estaria ao lado dele. Se isso o ajudasse a deixar aquela vida para trás, valia a pena correr o risco.

— E eu decidi não ir — rebati, cravando o olhar na pista. Minha ousadia fez a mandíbula dele ficar tensa, marcando as veias do seu pescoço de maneira temível, o que me fez encolher no assento involuntariamente.

Quando chegamos à primeira curva, meus pés se mexeram como se eu estivesse controlando os pedais do carro. Gostava tanto de correr que meu corpo era pura adrenalina naquele momento. Sentia vontade de tomar o lugar do Nick, assumir o controle e mostrar para todo mundo como eu era boa, embora as coisas tenham ficado feias da última vez, apesar de eu ter vencido.

Eu sabia que o Nick era ótimo, mas naquele momento só conseguia enxergar alguém que não entendia o dano que podia causar na nossa relação. Não importava o que acontecesse, o Nicholas continuava seguindo para o lado errado e me arrastando com ele. Eu havia abandonado as corridas, deixado para trás tudo o que tinha a ver com o meu pai... Tinha sido difícil para mim, mas agora eu estava ali, me odiando por gostar tanto de algo que tinha acabado com a minha família.

Comecei a me desconectar dos problemas e a me concentrar somente nos carros à nossa frente. Na frente, não atrás: estávamos perdendo.

— Você precisa acelerar, Nicholas.

A veia do pescoço dele ficou ainda mais saltada e mordi o lábio com nervosismo.

— Não acredito que estou a cento e sessenta por hora com você no carro. "Meu Deus, isso é uma competição, não um passeio no parque!"

— Esse carro chega a duzentos, então é melhor pisar fundo, ou vamos perder.

— Cala a boca! — ele ordenou, virando-se para mim.

Fechei a boca e o deixei quieto. Estava tão nervosa que minhas mãos tremiam. Eu o observei em silêncio enquanto ele trocava a marcha e acelerava até chegar perto dos duzentos quilômetros por hora, assim alcançando os outros. O Lion conseguiu avançar bastante e os outros dois estavam bem perto. A curva seguinte seria a única oportunidade que ele teria de ultrapassagem, e rezei para que desse tudo certo. Se perdêssemos, ele não apenas me mataria, mas também colocaria a culpa em mim.

Então, as coisas mudaram de figura, e observei horrorizada o que acontecia. Ao ultrapassarmos um dos veículos, apareceram outros carros: parecia que o último trecho não estava com o trânsito bloqueado, e entramos com tudo em uma avenida de trânsito intenso. Não gostei nada daquilo, não queria que ninguém se machucasse por causa de uma corrida ilegal... Aquilo não devia estar acontecendo.

— Merda! — o Nick resmungou com os dentes cerrados enquanto fazia outra curva e desviava de dois carros que seguiam a setenta por hora. Com uma manobra espetacular, ele ultrapassou o carro que estava na segunda posição. Fiquei muito animada. Apenas o Lion estava à nossa frente e, embora o segundo lugar também levasse uma grana, meu lado competitivo queria ganhar. O Nicholas pegou outra curva de maneira incrível, tenho que admitir, e precisei me segurar no painel para não ser jogada contra a porta. Ficamos bem atrás do Lion, estávamos perto, mas não o suficiente... Dei um grito quando o Nick pegou a contramão para passar por um caminhão que estava buzinando para a gente. Nem eu seria tão atrevida, mas aquilo serviu para cortarmos caminho. Se conseguíssemos a ultrapassagem no cruzamento seguinte, podíamos chegar em primeiro lugar.

— Vamos, Nick! Temos que ganhar! — eu gritei sem conseguir me conter.

Os olhos dele se voltaram para mim com fúria e, justo naquele momento, quando faltavam poucos metros para alcançarmos o carro do Lion e do irmão e ultrapassá-lo na curva, o ponteiro do velocímetro desabou de duzentos para cento e vinte.

— O que você está fazendo? — gritei incrédula, virando todo o meu corpo para ele e observando horrorizada o Lion ganhar os metros que tínhamos conseguido descontar.

— Estou lhe dando uma lição — ele respondeu, pisando no acelerador novamente, mas agora em vão: o Lion já tinha cruzado a linha de chegada.

Respirei fundo, muito indignada.

— Não estou acreditando... A gente podia ter ganhado!

— O dinheiro vai pro Lion. Só precisávamos terminar em primeiro e segundo, sem importar a ordem — ele disse ao também cruzar a linha.

Ele parou o carro com uma freada abrupta e me preparei para tudo que ele ia me dizer, mas, de repente, luzes chamaram a sua atenção. Ele girou o corpo para olhar pelo vidro traseiro. O som de sirenes ressoou e o rosto do Nick se transformou.

— Mas que merda! — ele exclamou, acelerando de novo. Quebrando todas as leis de trânsito, fez uma curva e se jogou em cheio na pista ao lado. O barulho das buzinas dos carros e dos gritos dos pedestres me assustou, e foi aí que entendi o que estava acontecendo.

O celular do Nick começou a tocar.

— Atende — ele mandou, concentrado na pista. — Está no meu bolso esquerdo.

Eu me inclinei sobre ele e coloquei a mão no bolso da calça dele para pegar o celular.

— Coloca no viva-voz — ele grunhiu.

Foi o que eu fiz. Então, a voz de uma pessoa que eu não conhecia ecoou dentro do carro.

— Cara, a polícia está aqui! Pegaram a gente, que doideira!

— Só pode ser brincadeira, Clark. Você disse que estava tudo controlado!

— Sim, mas não sei o que aconteceu. Alguém deve ter dedurado a gente, você tem que sair da pista agora mesmo.

— Onde está a minha moto?!

Ouvi ruídos de todos os tipos do outro lado da linha. Parece que pegaram o pessoal no descampado e agora estavam vindo atrás da gente. Acho que estávamos um pouco à frente, mas eu estava tão assustada que não conseguia pensar direito. Comecei a ver o quanto tudo aquilo era perigoso e que o Nicholas era um idiota por participar. Ele devia ter me ouvido, nós dois devíamos ter ido embora juntos.

— O Toni deixou no lugar de sempre. Você já sabe o que tem que fazer. Se for rápido, acho que não te pegam.

O Nicholas pegou o celular, que estava apoiado na minha perna, encerrou a chamada e o jogou de qualquer jeito em cima do painel.

Um silêncio tomou conta do carro.

— Nicholas… Eles não podem pegar a gente — comecei a dizer, aterrorizada. Se os policiais nos alcançassem, as consequências seriam terríveis. Para começar, eu não poderia ir para a faculdade; para ele, que já tinha antecedentes, seria ainda pior. Nem mesmo o pai dele poderia livrá-lo dessa se acabasse preso.

— Não vão pegar a gente — ele garantiu, em voz baixa. Ele pisou fundo e entrou em algumas ruas que eu não conhecia. Ele parecia muito seguro quanto ao local a que deveria ir e eu me limitei a rezar para que tivéssemos chance de escapar. As viaturas estavam nos seguindo, pois dava para ouvir o som das sirenes, ainda que estivessem a uma boa distância. Ainda não conseguiriam ler a nossa placa.

Continuamos até o Nick fazer uma curva e entrar em uma via secundária. Logo chegamos a uma rua cheia de galpões industriais e garagens numeradas. Ele entrou em uma rua de terra e tirou algo do porta-luvas ao frear diante do número 120. Quando a porta se abriu, ele estacionou o carro lá dentro. A moto que eu tinha visto na nossa garagem estava estacionada lá.

— Sai do carro — ele mandou, e nem cogitei desobedecê-lo.

Do lado de fora, vi que havia por ali caixas e móveis velhos. Parecia um depósito das tralhas dos Leister, usado pelo Nick em casos como aquele.

Rapidamente, ele pegou uma lona que havia sobre uma mesa e cobriu o carro com ela. Uma nuvem de pó se levantou e ficou difícil de enxergar ao redor. Comecei a tossir, afastando-me do veículo. Então, percebi que ele já estava atrás de mim. Nick me pegou pela cintura e em seguida senti minhas costas se grudarem no carro. Ele pegou meu rosto com uma das mãos.

— Agora você vai fazer tudo o que eu mandar, Noah. Estou falando muito sério — ele soltou, destilando raiva por todos os poros. — Se não fosse a sua merda de trauma, eu a largaria aqui para você aprender a não se intrometer nos meus malditos assuntos.

Tive que piscar várias vezes, surpresa com aquelas palavras tão duras, e fiquei com vontade de chorar. Por mais que ele estivesse certo, era ele o responsável por estarmos naquela situação, foi ele quem decidira voltar para aquele mundo de merda. Engoli o meu orgulho e assenti, porque naquele momento o mais importante era que a polícia não nos pegasse.

Ele me puxou até a moto. Só havia um capacete e ele se apressou a oferecê-lo para mim. Os olhos dele pararam por um instante nos meus e não consegui adivinhar o que se passava por sua cabeça. Ele subiu na moto e eu me acomodei na garupa. Eu me inclinei às suas costas e o abracei. Depois, saímos para a noite fria.

A cada minuto do trajeto a minha raiva aumentava. Não podia acreditar que eu estava naquela moto, fugindo da polícia e ainda por cima aguentando a ira de Nick, uma vez que ele era o responsável por nos meter naquilo. Senti minhas mãos tensas sobre a barriga definida dele e o corpo dele respondendo de imediato. Com uma mão, ele apertou as minhas com força.

"O que será que isso significa?"

Dez minutos depois, ele dobrou uma esquina e parou em um posto de gasolina.

— Não saia daqui — ele mandou, sem nem olhar para mim, enquanto descia da moto e seguia para o caixa para pagar pela gasolina.

Aproveitei a chance: desci com um salto, joguei o capacete no chão e me afastei o máximo possível. Não queria nem olhar para ele.

— Noah! — ele gritou. Ouvi-o largar o que estava fazendo e vir atrás de mim. Percebi que ele estava se aproximando e comecei a correr. Não o queria na minha frente, não queria saber dele encostando em mim nem gritando comigo, só queria me afastar.

Naquela noite, era ele que tinha ultrapassado os limites, não eu.

Corri até chegar aos fundos de um prédio em construção. Atravessei a cerca por uma pequena abertura que havia por ali. O Nicholas não passaria por ela, de jeito nenhum, então parei. Quando o ouvi parar do outro lado, virei-me e vi como ele me olhava com olhos descontrolados.

— Sai daí.

— Não.

As mãos dele se agarraram à cerca e, quando ergueu o rosto, percebi que ele estava muito bravo, de uma maneira que eu nunca tinha visto.

— Você acha que eu não consigo pular essa merda de cerca? — ele me desafiou, claramente calculando como faria aquilo.

— E o que é que você vai fazer quando pular, Nicholas? — indaguei, elevando a voz e sentindo todo o meu corpo começar a tremer de frio. Não era só a adrenalina indo embora, mas as palavras do Nicholas também ecoavam sem parar na minha cabeça.

Ele parou por um momento, acho que porque não tinha a menor ideia do que fazer.

Levei as mãos aos braços para me proteger do frio. Queria ir para casa, queria ir embora e não queria que ele me levasse.

— Que merda, Noah! — ele gritou, então, finalmente explodindo. — Eu falei para você ir embora! Você nunca faz o que eu peço! A gente podia ter sido pego hoje, podíamos estar agora mesmo numa maldita cela, e eu estaria enlouquecendo por ver o que fiz com você!

— Alguma vez já passou pela sua cabeça que esse relacionamento não é só seu? Que é uma via de mão dupla? Que eu também fico preocupada com você e estou cansada de tantas mentiras e de ser deixada de lado?

— Eu sei cuidar de mim mesmo. Já você, não faz a mínima ideia!

Arregalei os olhos, sem acreditar no que estava ouvindo.

— Eu não sei cuidar de mim mesma? — gritei, aproximando-me da cerca para ficar diante dele. — O que você sabe sobre cuidar de alguém? Eu cuido de mim mesma e da minha mãe desde que eu tinha cinco anos!!! Você, por outro lado, só sabe ficar bêbado, drogar-se e se enfiar em merdas ilegais, já que a sua vida está ganha!

O Nicholas recuou, obviamente surpreso com os meus gritos, mas eu estava fora de mim. Naquela noite, eu sentira medo por ele, por nós dois, porque tudo estava em risco, tudo o que nós tínhamos, tudo o que eu nunca sonhei que teria.

— Estou tentando protegê-la! Mas você não deixa — ele rebateu, claramente afetado.

Levei as mãos à cabeça.

— Talvez seja de você que eu tenha que me proteger... — sussurrei entre lágrimas, decidida a falar tudo o que estava guardando havia meses. — Você continua falando que vai mudar, que vai deixar tudo isso para trás... Mas não é isso que você faz, Nicholas!

Ele me devolveu o olhar, incrédulo.

— Pelo menos eu estou tentando. Deixei tudo de lado por você, tentei ser uma pessoa melhor, mas você sempre quer ficar em perigo e não confia em mim, tem coisas que você não me conta. Você acha que eu não sei?

— Você está falando da minha "merda de trauma"?

O Nicholas suspirou, fechou os olhos e, quando voltou a olhar para mim, soube que tínhamos ultrapassado um limite.

— Eu não quis dizer isso.

Dei uma risada sem vontade.

— Mas é o que você acha — respondi simplesmente, enquanto lhe dava as costas e me afastava.

— Noah, sai daí, por favor — ele suplicou, enquanto todos os meus medos tomavam conta do meu peito e as lágrimas encharcavam meus olhos sem que eu pudesse fazer nada para detê-las. — Que merda!

Sentei no chão e abracei as minhas próprias pernas. Não queria que ele me visse chorando, então enterrei a cabeça entre os braços.

— Noah! — ele gritou desesperado, e ouvi a cerca fazer barulho quando ele a chutou. — Sai daí!

Levantei a cabeça e fiquei olhando para ele. Parecia desesperado, mas eu também estava, porque havia muitas coisas guardadas dentro de mim e não me sentia segura o suficiente para ter certeza que ele ia continuar me amando depois que as descobrisse. E, assim, eu acabava só me fechando mais.

— Não quero ficar perto de você agora! — eu gritei com todas as minhas forças. — Você está me fazendo mal!

Ele fez uma expressão de dor enquanto puxava a cerca com força, tentando abri-la. Fiquei de pé. Aquilo era loucura.

— E você está fazendo mal para mim, merda! — ele respondeu, dando um chute na cerca ao perceber que não tinha como retirá-la do caminho. — Eu dei tudo para você, tudo por você, me abri com você... E você me diz que estou lhe fazendo mal?

Fiquei calada. Não queria explicar por que ele estava me machucando. Se ele não fosse capaz de perceber sozinho, o que nós tínhamos não ia a lugar nenhum.

— Então vai embora! — falei, furiosa. Peguei um azulejo solto e o joguei contra a cerca com todas as minhas forças. Ele nem sequer chegou perto de atingi-la. — Se não pudermos fazer isso funcionar, então vai embora, Nicholas!

Ele me deu as costas e reclamou em voz alta. Depois de alguns minutos de silêncio, voltou a me olhar com outra expressão.

— Olha, me desculpa, de verdade. Fui um babaca, mas fiquei muito bravo por vê-la no racha. Estava furioso, continuo furioso, mas também sei que, se eu não tivesse ido, não estaríamos agora nessa situação.

— E o que você acha que eu senti ao vê-lo por lá, Nicholas?

— Eu sei, tá bom? Eu entendo... Mas, por favor, não aguento ficar longe de você, preciso que você saia daí.

Respirei fundo e sequei minhas lágrimas com um dos braços.

— Você sabe que ainda não resolvemos nada, né? — eu disse, quase sussurrando.

Ele ficou calado, simplesmente me olhando, e aquele olhar bastou para que meus pés decidissem por mim. Eu me aproximei dele e saí pelo buraco na cerca. Ele me puxou e um segundo depois estava me abraçando, me apertando contra o seu corpo como se não me ter perto o suficiente lhe causasse dor. Respirei a fragrância do seu corpo e meus batimentos cardíacos se acalmaram quase imediatamente. Como ele conseguia ser, ao mesmo tempo, minha doença e meu remédio?

— Você me deu um bolo — eu o recriminei, chateada. Não conseguia me livrar da decepção que eu estava sentindo.

— Eu queria que você estivesse o mais longe possível de mim — ele respondeu.

— Uma vez você falou que não fomos feitos para ficarmos separados — falei, em um sussurro entrecortado.

— E não fomos mesmo. Eu fui um idiota. Não vale a pena, o racha não vale a pena se eu podia acabar te perdendo.

Eu ia responder, mas naquele momento algo começou a vibrar entre nós. O Nick pegou o celular do bolso e nos separamos alguns centímetros.

Esperei, enquanto ele escutava atentamente, e fiquei preocupada ao vê-lo franzir a testa.

— Calma, Lion — ele disse, reclamando com os dentes cerrados. — Sim, posso tirá-la de lá, não se preocupe. Eu chego aí em uns vinte minutos.

Senti uma pontada de medo quando o Nick guardou o celular no bolso de trás e olhou para mim.

— Prenderam a Jenna.

30

NICK

Quando chegamos à delegacia de North Hollywood, Luca e Lion estavam apoiados no carro deles, o irmão mais velho fumando e o mais novo com as mãos na cabeça. Quando me viu, o olhar do Lion pareceu se iluminar, apesar do seu aspecto de dar pena.

— O que aconteceu? — a Noah perguntou, aproximando-se do Lion enquanto tirava o capacete, que era grande demais para ela. Quando fiquei ao lado dela, peguei o capacete e o pendurei no meu braço. — Como foi que a pegaram?

— A polícia chegou no descampado primeiro, e isso obviamente indica que alguém nos dedurou — Lion explicou, aproximando-se de mim. — Se eu pegar quem foi, juro que mato!

— Calma — eu disse, tentando pensar no que fazer. Eu podia ligar para o meu pai, mas não queria nem imaginar o que aconteceria se ele soubesse o que tinha ocorrido naquela noite. Meus olhos se cravaram momentaneamente na Noah, e pensei em como a mãe dela reagiria se soubesse o que estávamos fazendo.

— Onde está a Jenna? Está presa aqui? — ela continuava perguntando, com a clara intenção de entrar na delegacia. Dei um passo à frente, me apressando para detê-la.

— Nem pensar, Noah. Quero que você fique longe dessa delegacia. Fica aqui e espera com o Lion enquanto eu faço algumas ligações.

A Noah e o Lion me encararam, mas decidiram me ouvir uma vez na vida. Dei uma olhada nos contatos do meu celular e um nome veio diretamente à minha cabeça. Era a última pessoa para quem eu pediria ajuda, mas numa situação daquelas... Liguei, e pareceu que o telefone ficou horas chamando. Finalmente, atenderam.

— Por que diabos você está me ligando às quatro da madrugada, Leister? — perguntou uma voz sonolenta do outro lado da linha.

Respirei fundo e engoli o meu orgulho.

— Preciso da sua ajuda, Sophia.

Meia hora depois, continuávamos esperando que a minha incrível colega de estágio decidisse aparecer. Pedi que ela me ajudasse porque sabia que teria contatos naquela região. Seu pai morava em um dos bairros próximos e, além disso, naquele momento, era ela quem estava cuidando dos nossos casos *pro bono*, então estava acostumada a trabalhar com situações relacionadas a menores infratores. Se me lembrava bem, na semana anterior ela tinha liberado um adolescente que fora preso por porte de drogas, conseguindo até que não registrassem o delito em sua ficha criminal. Sophia Aiken podia ser um saco, mas sabia o que fazia.

Um jipe branco dobrou a esquina e eu soube que era ela. Pedi para a Noah e meus amigos ficarem no carro e me deixarem resolver a situação. Não sabia como estaria o humor da Sophia e preferia enfrentá-la sozinho. Pelo pouco que o Lion havia contado, fora tudo muito rápido: a Jenna não teve nem tempo de entrar no carro e a prenderam quando as pessoas começaram a sair correndo. Ela não tinha sido a única a ser detida, mas, naquele momento, não podia me preocupar com mais ninguém. Todo mundo sabia do risco de comparecer aos rachas, e a prioridade era a minha amiga.

Por sorte, nosso pessoal conseguiu pegar o carro da Noah e o Clark me garantiu que se encarregaria de levá-lo para a casa do meu pai no dia seguinte. Só faltava a polícia ter anotado a placa do carro e a Noah acabar se metendo em problemas... Eu me afastei do carro do Lion e me aproximei da Sophia.

— Você vai ficar me devendo uma tão grande que não viverá tempo suficiente para me pagar — ela soltou, saindo do carro vestida de maneira impecável, ainda que com o cabelo preso em um coque um pouco desalinhado.

Eu me esforcei ao máximo para não revirar os olhos.

— Obrigado por vir — disse, adotando a melhor expressão possível. Ela parecia estar gostando da situação, porque não hesitou em abrir um sorriso de superioridade.

— Você acabou de me agradecer? — ela perguntou, se divertindo maliciosamente. — Acho que quero ouvir de novo.

Dei um passo na direção dela.

— Agradecerei de novo se conseguir tirar minha amiga daí.

Acho que a minha cara devia estar impagável, e os olhos dela se desviaram de mim para o carro do Lion, onde os três, incluindo o Luca, esperavam nervosos.

— Não sei o que você anda aprontando, Leister, mas juro que a cada dia fico mais intrigada.

Os olhos dela me observaram com curiosidade e tive que me armar de toda a paciência que tinha para não mandá-la à merda.

— Você consegue soltar a minha amiga ou não?

— Qual é o nome dela, se é que eu posso saber?

Hesitei por alguns instantes.

— Jenna Tavish.

Ela arregalou os olhos.

— Tavish? Da Tavish Oil Corporation? Esses Tavish?

Assenti, ficando nervoso.

— Você está brincando, né? — ela disse, irritada, como eu já imaginava. — Você ligou para mim, uma estagiária, para tirar da cadeia a filha de um dos maiores magnatas do petróleo?

— Não queremos que ninguém fique sabendo, precisamos de discrição. Além do mais, ela não fez nada, só estava no lugar errado, na hora errada — disse, rezando para que aquilo não acabasse mal.

A Sophia deu uma gargalhada enquanto vasculhava a bolsa.

— Se eu ganhasse um dólar a cada vez que um criminoso me fala isso...

— Minha namorada não é criminosa! Está ouvindo? — o Lion protestou, aparecendo atrás de mim.

Eu me virei para ele, apoiando uma mão no peito dele.

— Calma, Lion. A Sophia veio nos ajudar. Não é, Soph? — eu disse, tentando acalmar os ânimos.

Ela nos deu um sorriso condescendente, primeiro para mim, depois para o Lion, e eu soube no que ela estava pensando assim que notei aquele olhar de superioridade.

— Vou ajudá-los — ela anunciou. — Mas nunca mais me chame de Soph, senão teremos problemas.

Dei risada por conta da seriedade com que ela dissera aquilo. Meu Deus, as mulheres da nova geração tinham o pavio curto, a minha namorada que o dissesse!

A Sophia nos mandou aguardar do lado de fora enquanto fazia uma ligação atrás da outra. Depois do que me pareceu uma eternidade, ela entrou na delegacia e ficamos esperando enquanto ela fazia o que fosse necessário.

A Noah continuava no carro, e aproveitei para dar uma olhada pela janela. Ela parecia esgotada e estava suja por ter se esgueirado pelo chão empoeirado.

— Você está bem, sardenta? — perguntei, notando que o Luca roncava no banco da frente, sem se importar com nada que acontecia em torno dele.

A Noah assentiu em silêncio, sem olhar para mim, mas não pude fazer muito a respeito porque, naquele momento, ouvi a porta da delegacia se abrir e ali, imunda, despenteada e com uma pequena ferida na bochecha direita, estava a Jenna.

A Noah abriu a porta do carro e saiu correndo na direção da amiga.

A Sophia apareceu logo atrás com um sorriso satisfeito no rosto, olhando só para mim. Sorri para ela à distância e a observei entrar no jipe e ir embora. Até que, apesar de tudo, ela não era tão insuportável assim.

Minha paz não durou muito tempo, porque o barulho de um tapa cortou o silêncio da noite. Quando me virei, vi o Lion com uma mão na bochecha e olhando desesperado na direção da Jenna.

"Merda!"

— Não quero vê-lo de novo! Está ouvindo!? — ela gritou, com lágrimas escorrendo pelas bochechas.

A Noah me buscou com o olhar, como se me pedisse ajuda, mas ambos estávamos boquiabertos, esperando pela reação do Lion.

— Jenna, desculpa, me escuta…

— Não! — ela berrou, dando um passo para trás. — Não venha me pedir desculpa! Você jurou que isso tinha terminado, fiquei o verão inteiro esperando que você mudasse, esperando você fazer a coisa certa uma única vez! E estou cansada!

Eu me aproximei deles, sem saber muito bem o que fazer. Eu entendia a Jenna, mas também compreendia o Lion.

— Eu fui uma idiota — ela disse, soluçando. — Você me fez sentir culpada pelo que eu sou, pelo que eu tenho. Eu tentei ficar ao seu lado e fazer tudo o que estava ao meu alcance para continuarmos juntos, e a única coisa que você fez foi me dar a sensação de que eu não estou à sua altura, quando na verdade é o contrário!

O Lion parecia desesperado e perdido. Quando se aproximou da Jenna e viu que ela voltou a se afastar, vi a dor tomar conta de suas feições.

— Jenna, só estou tentando dar o melhor para você... Estou juntando dinheiro...

Aquilo pareceu ser a gota d'água, porque a Jenna deu um passo à frente e o empurrou com todas as forças enquanto as lágrimas continuavam deslizando por suas bochechas.

— Eu não estou nem aí para o dinheiro! Eu estava apaixonada por você! Dá pra entender? Por você, não pela merda do dinheiro!

O Lion segurou os braços dela com força enquanto ela batia no peito dele.

— Você deixou que me prendessem... — ela o recriminou, então, destroçada. — Antes, você nunca teria me deixado sozinha, eu era sempre a sua prioridade...

— E continua sendo, Jenna. Eu te amo — ele declarou, tentando fazê-la olhar para ele.

A Jenna negou. Quando ergueu o rosto e todos pudemos vê-la, eu soube que nada de bom sairia da boca dela.

— Você não faz ideia do que é amar alguém. — Ela se desvencilhou do Lion e deu três passos para trás. — Não pretendo deixar que você me arraste para esse mundo.

— Jenna... — A voz do Lion pareceu falhar e deu para perceber que aquela era a pá de cal sobre o assunto.

A Jenna procurou a Noah com o olhar.

— Quero ir para casa.

A Noah, que estava ao meu lado, foi para dar um abraço na amiga. Eu me aproximei do Lion.

— Cara — eu disse, segurando o ombro dele. Ele parecia completamente confuso —, deixa que eu levo as duas pra casa. Não se preocupa com isso, beleza?

Lion olhou para mim de soslaio enquanto a Noah acomodava a Jenna no banco de trás do carro.

— Pega a chave da moto — joguei o chaveiro para o Luca, que havia observado toda a cena como um mero espectador, ainda que seu olhar não se desviasse do rosto do irmão. Ele pegou a chave no ar. — Cuida do seu irmão nesta noite — adicionei, sentando-me no banco do motorista.

Eu até queria ter ficado com o Lion, mas sabia que o melhor a fazer naquele momento era levar as meninas para casa e rezar para que tudo

SUA CULPA

mudasse no dia seguinte. A Noah decidiu que ia dormir com a Jenna e, quando fui lhe dar um beijo de despedida, ela estava fria e distante. O que presenciamos tinha sido uma clara amostra do que poderia acontecer conosco se não tivéssemos cuidado, e com certeza a Noah estava pensando a mesma coisa.

Fiquei com medo de que, naquela noite, eu e meu amigo tivéssemos ultrapassado um limite que nem sabíamos que existia.

Passei os dois dias seguintes com o Lion. Ele estava em uma situação lastimável, sempre bêbado e sujo, jogado no sofá da casa dele. Além do mais, o cheiro de maconha e a sujeira acumulada tornavam aquela pequena casa um ambiente praticamente inabitável. O Luca parecia muito à vontade em seu antigo lar, e se aproveitava do estado do irmão para fazer o que quisesse. Apesar de ter passado quatro anos preso, mantinha todos os seus antigos maus hábitos, e eu não queria nem imaginar a má influência que ele seria para o Lion.

— Você devia tomar um banho, cara. Você tá fedendo — eu disse para o Lion, enquanto jogava em uma sacola todas as porcarias que estavam em cima do sofá e na mesinha de canto asquerosa. Comecei a ficar irritado, não era minha obrigação limpar toda aquela merda, mas engoli em seco e os ajudei.

— Me deixa em paz. Que merda, só quero ficar bêbado e não pensar em mais nada.

Soltei a sacola, exasperado.

— Olha, Lion, já se passaram dois dias, tá bom? Não vou falar para você superar, mas já está na hora de sair do sofá, caramba.

— Com certeza a Jenna está acabada. Tudo por minha culpa, tudo por não ser bom o suficiente para ela... Maldito dinheiro e malditas classes sociais.

— Você tem que ser muito burro para se envolver com a filha de um magnata...

Aquela foi a magnífica contribuição do Luca para a conversa. O Lion jogou uma lata de cerveja vazia na cabeça do irmão.

Precisava fazer alguma coisa para que aqueles dois idiotas se reconciliassem. Por mais ferrado que o Lion estivesse, ele não podia viver sem a Jenna.

— Se você acha que a Jenna está jogada na cama chorando por você, está muito enganado — falei, lavando as mãos na pia. Aquilo chamou a atenção do Lion, que se aprumou no sofá e olhou para mim. — Ela está com a Noah na praia. Decidiram sair pela última vez com o pessoal da escola antes de irem para a universidade.

— Ela está com aqueles moleques mimados daquela merda de escola de idiotas?

Ergui as sobrancelhas, lançando-lhe um olhar condescendente.

— Não olhe assim pra mim! Tirando você, são todos uns babacas engomadinhos. — Ele deu um salto do sofá e foi para o banheiro. — Me dá cinco minutos.

Deixei a sacola no chão e sorri para o Luca, me divertindo. Pelo menos conseguira tirar o Lion do sofá. Depois, eu lhe daria o que ele merecia por ter me chamado de moleque mimado e idiota.

Mas devo confessar que também não gostei nada de saber que a Noah estava na praia bebendo com o pessoal da sala dela. E, por mais que eu tivesse prometido que a deixaria em paz, uma parte de mim tinha usado o pretexto da Jenna e do Lion para poder ver se estava tudo bem por lá… Se nós dois estávamos bem, para ser mais exato. Não nos víamos desde a fatídica noite e eu não tinha certeza de como estavam as coisas entre nós. Precisava vê-la e falar com ela.

A reuniãozinha acontecia na casa de uma das colegas da Noah, uma tal de Elena, que tinha sua própria praia privativa… Coisa normal por aqui.

Estacionei na porta da casa, notando que havia mais carros do que eu imaginava para uma pequena reunião. Quando entramos, havia mais de cem pessoas, quase todas em trajes de banho. A música altíssima ecoava por todos os cômodos. O Lion parecia tão deslocado ao se ver cercado por todas aquelas pessoas que o obriguei a sair pela porta dos fundos em direção à praia.

Lá, perto da arrebentação, havia duas fogueiras e grandes grupos de pessoas sentadas junto delas, assando *marshmallows* e bebendo diretamente das garrafas.

— Achei que ela estivesse chorando e olha só… — Lion comentou, apontando para duas garotas que caminhavam pela orla, agarradas uma à outra e segurando uma garrafa que parecia ser de tequila.

Jenna e Noah. Que maravilha.

Nós nos aproximamos e, quando elas nos viram, congelaram.

Em seguida, começaram a gargalhar.

— Olha só quem está por aqui, Noah, o idiota número 1 e o idiota número 2 — a Jenna falou, sorrindo, enquanto levava a garrafa à boca e fazia uma careta. As duas vestiam shortinhos minúsculos e as partes de cima de biquínis.

Observei o Lion se aproximar da Jenna com cuidado.

— Ei, Jenn, podemos conversar? — ele perguntou, repentinamente nervoso.

A Jenna olhou para ele como se analisasse um inseto em um microscópio.

— Desculpa, idiota número 2, mas não — ela soltou, cambaleando perigosamente para o lado.

— Imagino que eu seja o idiota número 1, então? — perguntei, contrariado, e a Noah deu de ombros.

— Às vezes, você é — ela afirmou, mas me deixou passar o braço pela cintura dela.

— Pelo menos posso levá-la para casa? Você está muito bêbada, Jenna — o Lion se ofereceu, segurando-a para que ela não caísse.

— Me solta! — ela gritou, se afastando e caindo sentada na areia.

A Noah se remexeu nos meus braços para que eu a soltasse.

— Deixa a Jenna em paz, Lion!

Observei a cena com cuidado. Conhecia meu amigo quase mais do que a mim mesmo. Ele estava tão bravo com toda aquela situação que não estranhei a sua reação. Eu teria feito a mesma coisa.

Ele se agachou o máximo possível e agarrou a Jenna, colocando-a sobre o ombro.

— O que você está fazendo!? Me solta, seu Neandertal! — ela protestou como doida, deixando a garrafa cair na areia, mas sem conseguir, apesar do esforço, escapar do meu amigo.

— Pode me xingar o quanto quiser, mas você vem comigo.

A Noah se virou para mim com as bochechas vermelhas.

— Faz alguma coisa! — ela pediu, e eu a segurei com força quando percebi a sua clara intenção de intervir.

— Ela o chamou de Neandertal. Não posso fazer nada depois disso. Nós, homens, temos o nosso orgulho, sabia?

A Noah me fulminou com o olhar e eu dei risada, enquanto a levantava pelos joelhos e a carregava para perto de uma das fogueiras menos concorridas.

— Você tem que deixar que eles conversem, sardenta. Ou eles nunca vão se acertar.

A Noah estava tremendo de frio e a bebedeira a fizera esquecer da própria raiva, porque, quando me sentei perto da fogueira com ela no colo, ela se aconchegou entre os meus braços e deixou o fogo nos esquentar.

— Estou bêbada — reconheceu.

— Que surpresa! Nem tinha percebido! — eu respondi com sarcasmo.

— E ainda estou brava com você...

Eu a observei e fiz carinho nas costas dela com delicadeza.

— Eu imaginava... Tem alguma coisa que eu possa fazer a respeito?

— Continuar me fazendo carinho assim — ela respondeu, e um arrepio a percorreu. Eu me afastei e tirei a minha blusa. Cuidadosamente, obriguei-a a calçar as mangas e fechei o zíper. Um segundo depois, ela apoiou a cabeça no meu ombro e senti a sua respiração no meu pescoço.

— Amanhã vai fazer um ano... — ela disse com melancolia, e seus lábios tremeram levemente.

— Um ano de quê? — eu perguntei sem entender, mas ela fechou os olhos e adormeceu.

Eu me levantei e a carreguei até o carro. Já tinha festejado demais naquele dia. Não fazia ideia de onde estava o Lion, mas eu não podia ser sua babá eternamente. Ele sabia o que estava fazendo. Dei a partida no veículo e levei Noah para casa. Estava tão bêbada que eu não queria nem imaginar a ressaca que ela teria de enfrentar no dia seguinte. Acho que deveria esperar que ela bebesse, já tinha dezoito anos, mas eu nunca gostava de vê-la daquele jeito.

Um pouco a contragosto, decidi ficar para dormir na casa do meu pai. Em alguns dias, eu e a Noah estaríamos morando juntos no meu apartamento, e eu contava as horas para isso.

31

NOAH

Aquele não seria um bom dia, eu percebi logo que abri os olhos pela manhã. Não só por causa da ressaca, da dor de cabeça e da vontade enorme de vomitar, mas também porque fazia um ano que o meu pai tinha morrido por minha culpa.

Saí da cama, sentindo o meu estômago reclamar por causa de todo o álcool da noite anterior, e me arrastei até o banheiro para tomar um banho. Eu nem me lembrava de como tinha chegado ao meu quarto. Tinha bebido tanta tequila que acho que só corria álcool em vez de sangue pelas minhas veias. Só me lembrava de ter visto o Nick chegando... Junto com o Lion.

Eu tinha que ligar para a Jenna para saber como a noite terminara, mas naquele dia... eu não queria falar com ninguém. Pretendia ficar reclusa no meu quarto com meus próprios demônios, chorando por causa de um pai que nunca me amou, pela pessoa que tentou me matar e pela menina que nunca conseguiu ser amada pelo pai.

Sei que eu era uma idiota por continuar pensando nele, mas suas palavras e a culpa que eu sentia depois da morte dele não desapareciam. Meus pesadelos viraram rotina e às vezes me perseguiam até durante o dia.

Eu o amava. Isso me transformava em um monstro? Eu era um monstro por ter amado a pessoa que batia na minha mãe e a machucava todos os dias? Estava maluca por continuar pensando que, se eu tivesse agido de maneira diferente, o meu pai ainda estaria vivo?

Fechei os olhos, deixei a água cair sobre mim e passei a esponja pelo meu corpo. Estava me sentindo suja por dentro... Odiava aqueles pensamentos, às vezes parecia que havia outra pessoa dentro de mim, me obrigando a ser uma masoquista, a me comportar de uma maneira que nem eu nem meu falecido pai merecíamos. Ele não merecia minhas lágrimas, não merecia que eu sentisse pena dele...

Não importava quantas vezes ele houvesse me levado ao parque ou para pescar... Não importava que tivesse me ensinado a dirigir quando eu ainda nem alcançava os pedais... Não importava que eu adorasse vê-lo correr e ganhar.

Mas ele era o meu pai, e minha mente infantil, minha retorcida mente infantil, me obrigava a olhar para o outro lado sempre que aquele homem maltratava a minha mãe. Eu não entendia a minha maneira de pensar, nem de agir; eu tentava me analisar de uma outra perspectiva e mesmo assim nada fazia sentido.

Nos meses que passei no lar temporário, sentia falta da minha mãe, claro que sim, mas também dele... Sentia falta dele me tratando melhor do que a ela. De uma maneira horrível, eu gostava de ser diferente, de ver que meu pai nunca me machucava, que me amava mais do que ninguém, de ver como eu era especial para ele... Claro que um dia tudo ruiu, porque ele acabou me agredindo também... e me machucando muito.

As lembranças e as conversas voltaram sem que eu pudesse fazer nada para evitar.

— Você é má! — uma das meninas do lar temporário gritou para mim. Éramos cinco meninas e um menino pequeno, e estávamos naquele lugar horrível aos cuidados de pais de mentira que nem ligavam pra gente.

— Você pegou a minha boneca! — gritei, tentando ser ouvida, apesar do choro da menina loira que estava ao nosso lado. — Se você se comportar mal, vai ser castigada. Ninguém ensinou isso a você?

— Não bata nela de novo! — a de cabelo castanho, que tinha tranças tão lindas, não parava de me acusar com o seu dedo sujo, enquanto abraçava sua irmã de quatro anos, que chorava com a bochecha vermelha por causa da bofetada que eu lhe havia desferido.

As outras meninas, que tinham sete e seis anos, respectivamente, ficaram atrás da Alexia, a das tranças. Odiava ver que gostavam dela e não de mim. Eu só tinha ido buscar o que era meu, aquela menina havia pegado a minha boneca à força e tinha que pagar por aquilo, não?

Era isso que acontecia quando você se comportava mal.

— Você é má, Noah, e ninguém gosta de você — a Alexia alfinetou. Ela era quase da minha altura, éramos as maiores da casa, mas tinha um olhar feroz que eu era incapaz de imitar. Apesar de ter batido naquela garota, eu só queria que fôssemos amigas. Tentei explicar que ela podia brincar com a minha boneca quando eu terminasse, que podíamos dividi-la, mas ela a puxou de mim, arrancando-a das minhas mãos.

— Acho que ninguém tem que falar com ela — a pequena ordenou, dirigindo-se às outras. — A partir de agora você vai ficar sozinha, porque as meninas valentonas como você não merecem ninguém que goste delas, você é malvada e feiosa!

Senti as lágrimas querendo cair dos meus olhos, mas eu não tinha autorização para chorar. Meu pai sempre deixou muito claro: só pessoas fracas choravam. Minha mãe era fraca porque chorava, mas eu não era.

— Malvada! Malvada! Malvada! Malvada! Malvada!

As meninas gritaram em uníssono, incluindo a pequena que estava chorando antes, mas agora sorria, gritando junto com as demais. Agarrei a minha boneca com força e saí correndo.

Saí do banho, tentando deixar aquelas lembranças para trás. Eu me olhei no espelho e prestei atenção na minha tatuagem, contornando-a com o dedo de cima a baixo; era pequena, mas significava muito para mim. Respirei fundo, tentando ficar calma. Não queria que tudo aquilo tomasse conta de mim, o momento em si já havia sido terrível, não podia deixar que me afetasse de novo.

Justo naquele momento bateram na porta do banheiro.

— Noah, é o Nick — ele disse.

Fechei os olhos com força e contei até três mentalmente. Eu me aproximei da porta e deixei que ele entrasse. Não sabia que ele tinha dormido por lá. Dei-lhe as costas, enrolada em uma toalha, e peguei o creme que estava em uma prateleira. Não queria companhia, precisava ficar sozinha naquele dia.

— Você está bem? — ele perguntou, se aproximando lentamente, sentindo o clima.

— Estou com dor de cabeça — respondi, me afastando dele e indo para o quarto. Sabia que ele me seguiria e só esperava que entendesse que não era um bom dia. Às vezes, conseguíamos detectar o estado de ânimo um do outro, e era o que eu queria que ele fizesse.

Entrei no *closet* e vesti uma camiseta de campanha promocional, que eu tinha desde antes de me mudar para aquela casa. Era uma das poucas coisas que não estavam nas malas que eu levaria para a faculdade. Naquele dia, queria vestir só aquela camiseta velha e uma calça de moletom.

Eu o senti atrás de mim enquanto tirava a toalha da cabeça e meu cabelo úmido caía sobre os meus ombros. Ele me puxou pelo braço e me virou para que eu o olhasse.

— Está tudo bem mesmo? — ele repetiu, enquanto a sua mão repartia o meu cabelo molhado.

— Só estou cansada e de ressaca — respondi, observando que naquele instante ele parecia o oposto de mim. Com sua calça jeans Levi's, sua camiseta branca Calvin Klein e seu cabelo despenteado, ele estava parecendo um modelo.

— Vou preparar algo para você tomar no café antes de ir embora — ele disse, beijando a minha bochecha. — Queria ficar com você para vermos um filme hoje à tarde, mas preciso trabalhar.

Suspirei aliviada. Não queria que ele me visse naquele estado. Eu não seria uma boa companhia e acabaria por assustá-lo.

— Não se preocupa, vou passar a tarde dormindo.

Dei um passo à frente e beijei-o na boca. Um beijo doce e paciente. A briga que tivemos no dia do racha permanecia na minha cabeça, as coisas que tínhamos gritado, a maneira como ele tinha jogado na minha cara que eu não confiava nele… Mas como poderia, se nem mesmo entendo o que sinto? Como contar isso para o Nick? Sabia que ele ia perceber que havia algo de errado, e uma parte de mim morria de vontade de buscar consolo em seus braços, mas eu não podia… Estava com medo de contar algumas coisas e não queria que ele se decepcionasse comigo ou me julgasse.

Ele saiu do quarto preocupado e tentei forçar um sorriso para que ele ficasse mais tranquilo. Não sei se consegui.

Fazia tempo que eu não passava tantas horas na frente da televisão, vendo *Friends* e comendo chocolate. Embora eu tivesse lido a respeito de algum estudo científico que dizia que comer chocolate liberava hormônios da felicidade no cérebro, para mim não estava funcionando: só estava servindo para que eu ganhasse uns quilos a mais.

Aquele era um dia de tristeza, e por mais que eu tivesse desejado que o Nick fosse trabalhar, agora eu estava com saudade e precisava com todas as forças de um abraço dele.

Fiquei surpresa ao ver a atividade intensa na cozinha quando desci para tomar um suco… E pegar mais chocolate. Minha mãe estava usando um vestido lindo e sandálias, tinha até se maquiado, e quando vi o William de camisa e calça social, percebi que estava acontecendo alguma coisa.

— Vocês vão receber alguém para o jantar?

Minha mãe, que estava dando instruções para a Prett, se virou para mim e me observou de cima a baixo com a sobrancelha levemente erguida.

— O senador Aiken e a filha vão jantar conosco esta noite.

"O senador?"

— Por algum motivo especial? Você pretendia me avisar? — Minha mãe normalmente me avisava com antecedência em ocasiões assim, a não ser quando não queria a minha presença.

— É um velho amigo do Will e eles querem jantar. Como você não estava se sentindo bem, achei que ia preferir ficar lá em cima — ela adicionou, tirando o avental que estava amarrado na sua cintura.

Melhor assim.

— Sim, a verdade é que prefiro nem jantar a ficar conversando com um velho e a filha dele, obrigada — eu disse, um pouco mais ranzinza do que pretendia. Estava de péssimo humor.

Minha mãe me lançou um olhar intimidador, do qual desviei da melhor maneira que pude.

— Vou pedir para a Prett levar algo para você comer lá em cima.

— Não precisa se preocupar, estou sem fome — respondi, girando sobre os calcanhares e voltando para o meu quarto. Hesitante, peguei o celular para ligar para o Nick. Sabia que, no dia seguinte, ele ia trabalhar e não passaria para me ver, mas também sabia que bastaria uma chamada para ele aparecer, era só eu pedir.

Estava em dúvida, mas precisava muito ouvir a voz dele, então liguei.

— Oi, sardenta — ele disse do outro lado da linha.

— Oi, o que você está fazendo? — perguntei.

Ouvi-o afastar o celular da orelha e falar com alguém. Também identifiquei uma risada feminina e, um segundo depois, a voz do Nick reclamando de uma música horrível.

Meu corpo ficou imediatamente tenso.

— Onde você está? — perguntei, um pouco mais seca do que pretendia, curiosa para saber com quem ele estava.

— Neste momento, passando pela porta — ele respondeu, e ouvi ao longe um portão se abrindo lentamente.

— De onde?

— Como assim, de onde? Da casa do meu pai.

Arregalei os olhos, surpresa.

Ele estava lá?

Desci as escadas e fui recebê-lo com o coração na mão. Queria vê-lo imediatamente... Parecia que ele tinha sido entregue pelo correio. Nem sequer parei para pensar no que aquilo significava, muito menos na voz feminina que eu tinha ouvido no telefone. Saí de casa com a intenção de me jogar em seus braços, mas em vez disso dei de cara com ela: a garota que tinha tirado a Jenna da prisão.

Fiquei quieta ao lado da porta.

Ela estava elegantemente vestida com uma saia de tubo até os joelhos, justa e preta, e uma blusa de marca rosa-clara. Os sapatos dela eram, sem dúvida, Manolo Blahnik, e a deixavam quase da mesma altura do Nick.

Quem diabos era aquela garota?

Os olhos do Nick repousaram sobre mim e os vi passar do assombro ao afeto de imediato.

Fiquei parada onde estava, com a porta aberta e o vento forte batendo no meu rosto e no coque frouxo que eu tinha feito no alto da cabeça.

Dei um leve passo para trás para que eles pudessem entrar.

— Noah, esta é Sophia Aiken, minha colega de estágio — o Nick falou, dando um passo para a frente e me dando um beijo carinhoso na bochecha.

Sophia olhou para mim com um sorriso curioso em seus lábios atraentes e carnudos e estendeu a mão, cujas unhas estavam tão bem-feitas quanto as da minha mãe.

— Muito prazer, Noah.

Assenti intimidada e me sentindo completamente deslocada.

Antes que eu pudesse responder, minha mãe apareceu, como a incrível anfitriã que era, e se aproximou para cumprimentar os recém-chegados. Então, os olhos dela se desviaram para mim, como se não tivesse planejado que a sua filha desalinhada viesse abrir a porta.

O que será que estava acontecendo?

— O seu pai ainda não chegou, Sophia. Se quiser ficar na sala, o Nick pode lhe servir algo para beber.

Sophia assentiu e seguiu a minha mãe.

Antes que o Nick fosse atrás delas, eu o fuzilei intensamente com o olhar.

Agora que o choque inicial tinha passado, eu só estava sentindo raiva e uma vontade horrível de chorar.

— Por que você não me contou que vinha para cá?

Ele parecia tão confuso quanto eu. Seus olhos se desviaram do meu rosto para a minha camiseta de propaganda e a minha calça de moletom.

Meu Deus... Eu tinha acabado de abrir a porta para a filha de um senador daquele jeito?

— Achei que sua mãe avisaria... Eles me ligaram hoje à tarde para dizer que eu tinha que convidar a Sophia para jantar, pois o pai dela queria me conhecer ou sei lá o quê. Achei que você soubesse. No outro dia, com tudo o que rolou com a Jenna, não tive tempo de apresentá-la a você.

— Ninguém me avisou que você vinha. Se eu soubesse, não teria dito que não queria jantar com eles — respondi, enquanto ouvia a minha mãe conversando com a Sophia na sala. — Não posso participar do jantar desse jeito... Vou para a cama e conversamos quando vocês terminarem.

Sem me deixar dar nem três passos, ele voltou a ficar à minha frente.

— O que está acontecendo? Suba, troque de roupa e desça para o jantar... Só aceitei participar dessa merda porque você estaria aqui. Não sei o que eles estão tramando, mas não quero ficar no jantar jogando conversa fora.

Ergui as sobrancelhas e o encarei, irritada.

— Não é problema meu, Nicholas — rebati, tentando manter um tom de voz suave. — Além do mais, por que nunca tinha me falado dela? Vocês parecem muitos amigos.

O Nick ficou por um instante com a testa franzida. Olhou para a Sophia e a minha mãe conversando e depois voltou a se concentrar em mim.

— Você está com ciúmes? — ele perguntou, revirando os olhos. Dei um tapa no braço dele praticamente sem pensar.

— Até parece...

Ele deu uma gargalhada que ajudou a piorar ainda mais o meu humor.

— Meu Deus! Ela é só uma patricinha insuportável que quer trabalhar na empresa do meu pai para não ter que trabalhar com o pai dela. Não acredito que você esteja com ciúmes dela.

— Não estou com ciúmes, idiota! — falei baixinho, enquanto me afastava para subir as escadas e ir para o meu quarto.

— Se você não descer, eu vou subir para arrastá-la para o jantar — ele ameaçou, brincando. — Você decide, meu amor.

Se um olhar pudesse matar, acho que o Nicholas estaria morto e enterrado naquele exato momento.

Olhei frustrada para o meu reflexo no espelho. Não pretendia me arrumar para aquele maldito jantar; nem pensar, eu não ia me arrumar por causa dela.

Tirei a minha camiseta furada e a larguei no chão enquanto procurava o que vestir sem ter que desfazer as malas que se espalhavam por todo o *closet*. No fim, escolhi uma calça jeans preta justa, simples, dessas para ir ao cinema, e uma camiseta branca com os dizeres "I S2 Canadá".

Sorri sozinha. Com certeza o senador ia adorar.

Desfiz o coque, prendi o meu cabelo em um rabo de cavalo, lavei o rosto e passei manteiga de cacau nos lábios. Estava o mais arrumada que pretendia para aquela noite. A tal da Sophia podia usar Chanel se quisesse, eu ficava linda de qualquer jeito... Pelo menos era isso que a minha avó dizia.

Quando desci para a sala, ainda com um péssimo humor, preciso ressaltar, identifiquei uma voz masculina que eu ainda não tinha ouvido. Os cinco, William, minha mãe, Nick, Sophia e o pai dela, estavam no bar da sala, conversando amigavelmente enquanto o Will servia as taças. Olhando de longe eles pareciam saídos de uma revista, tão pomposos e elegantes. Olhei para os meus tênis e não pude me sentir outra coisa senão uma intrusa.

Minha mãe me viu primeiro e arregalou um pouco os olhos ao ver minha camiseta, mas, antes que pudesse me mandar de volta, o Will percebeu minha presença e me deu as boas-vindas com um sorriso.

— Noah, vem cá. Quero apresentá-la a um amigo próximo da faculdade, o Riston. Esta é a minha enteada, a Noah. Noah, esse é o meu amigo, Riston.

Ao contrário da filha, Riston era o estereótipo de um típico americano: loiro, de olhos claros como a minha mãe, costas largas e tão alto quanto o Nick. Tinha os mesmos olhos estreitos e as mesmas covinhas da filha, Sophia... Eu achava que as garotas ficavam adoráveis quando tinham covinhas, mas agora, vendo-as nela, não achei muita graça.

Sorri e ofereci a mão para ele. Notei a presença do Nick ao meu lado, mas, em vez de senti-lo cálido e protetor, parecia que havia uma barreira nos separando.

Não demoramos muito a ir para a sala de jantar, cuja mesa a Prett havia servido com mais esmero até do que no Natal — uma festa que os Leister tinham decidido ignorar até que a minha mãe e eu chegássemos para virar seu mundo de cabeça para baixo. Ainda me lembrava de como tinha sido divertido ver o Will e o Nick com gorros de Papai Noel e a testa franzida do Nick quando o obriguei a enfeitar a casa com um grande pinheiro e guirlandas. O espertinho só tinha gostado de espalhar visco por todos os cantos da casa, uma desculpa para nos beijarmos.

Para meu desgosto, e porque adicionaram um lugar para mim de última hora, acabei sentando perto do senador, enquanto a Sophia e o Nick ficaram de frente para mim... Juntos.

Meu Deus! Por que eu estava com tantos ciúmes? Talvez porque parecia inevitável ficar me comparando com ela?

Passaram o jantar conversando sobre um tal projeto com o qual a Sophia parecia especialmente animada. Ela falava de leis, números e estatísticas com a mesma paixão com que eu falava das irmãs Brontë ou de Thomas Hardy. E, para minha tristeza, o Nick também parecia bastante animado. Vi nos olhos dele que aquele projeto o interessava de verdade e eu não conseguia nem acompanhar a conversa... Tantos números me deixavam enjoada, e eu estava me sentindo uma completa idiota. O William não parava de bajulá-la e de se dirigir aos dois como se fossem uma equipe. Todos pareciam olhar para eles como se fossem um brinquedo novo, e comecei a sentir um nó desagradável na garganta.

Já no final do jantar, o senador Riston pareceu reparar em mim.

— E você, Noah? Já terminou a escola?

Aquela pergunta fez um calor intenso brotar dentro de mim e chegar às minhas bochechas.

Era tão óbvio que eu não fazia a mínima ideia do que eles estavam falando?

Era tão óbvio que eu não era crescida como a filha dele e que tinham que me perguntar algo por pena, no final do jantar, como quando se pergunta para uma criança como foi o seu dia na escola?

— Eu me formei em junho, então estou na expectativa de ir para a universidade — respondi, levando à boca a única taça cheia de suco que havia na mesa.

Os olhos do Nick se cruzaram com os meus e senti uma pontada de dor no peito.

Eu não podia falar daqueles projetos com ele, porque não fazia nem ideia de que eles existiam. O Nick não falava comigo sobre o trabalho, porque sabia que eu não poderia ajudá-lo em nada... Naquele instante, a Sophia se inclinou para dizer algo no ouvido dele; não sei o que foi, mas o Nick sorriu e olhou para mim.

Que merda será que ela tinha dito?

A fala seguinte do senador me pegou de jeito.

— ... você vai adorar o alojamento, é a parte mais divertida da universidade...

Eu me virei para o senador.

— Claro que vou adorar, porque eu vou morar com o Nicholas — soltei, com a voz tão calma que só comecei a me sentir enjoada quando o silêncio tomou conta do cômodo, interrompido apenas pelo barulho dos talheres da minha mãe caindo na mesa.

O Nick ergueu o olhar para mim, seus olhos arregalados como pratos, depois o direcionou para os nossos pais.

O senador parecia um pouco atordoado e me encarou antes de se virar para o Nick... Parece que alguém tinha esquecido de contar para ele que éramos namorados.

A Sophia não parecia surpresa, o que me deixou ainda mais brava. Se sabia que estávamos juntos, por que diabos ela não ficava longe do Nick? Deixei que meus olhos se voltassem para a minha mãe por alguns segundos depois de ter soltado a bomba e me arrependi quase de imediato: eu ia morrer naquela noite, estava bem claro.

32

NICK

Quando fixei meus olhos na Noah depois de a Sophia me dizer que formávamos um lindo casal, a última coisa que esperava era que ela soltasse aquela bomba.

O meu corpo todo ficou tenso. O silêncio que pairou sobre nós quando a Noah finalmente admitiu que iria morar comigo só foi interrompido pela cadeira dela, deslizando para que ela pudesse se levantar.

— Se me dão licença, não estou me sentindo bem. É melhor eu subir e me deitar um pouco — disse, com o rosto pálido. Sem esperar resposta, ela saiu quase imediatamente da sala de jantar. Sua mãe ameaçou se levantar, mas o meu pai a pegou pela mão e lhe sussurrou algo, bem baixo. A Raffaella me atravessou com seus olhos azuis e me senti repentinamente enjoado.

Na verdade, estava feliz, porque a Noah enfim decidira contar para a mãe o que eu vinha lhe pedindo durante todo o verão, mas aquela não tinha sido a melhor maneira de fazê-lo. Eu precisava conversar com ela. Sabia que havia algo de errado, por isso tinha aceitado comparecer ao maldito jantar, para ter uma desculpa para vê-la e dormir outra vez naquela casa. Por mais que odiasse aquele lugar, eu adorava tomar café da manhã com a Noah e beijá-la antes de sair para trabalhar. Ademais, algo me dizia que, além do ciúme que parecia sentir por causa da Sophia, um sentimento ridículo e sem fundamento algum, ela estava escondendo algo importante de mim.

Com o olhar, meu pai advertiu que eu ficasse quando eu também ameacei me levantar. A Sophia, entendendo perfeitamente o que havia acontecido, logo puxou outro assunto e a situação deixou de ser tão incômoda... Até que ouvi o barulho da porta de casa se fechando com força.

"Merda!"

Eu me levantei sem me importar com absolutamente nada e fui correndo para a entrada. Quando saí, vi a Noah manobrando o seu conversível e, sem olhar para trás, dirigir-se para a rua pela rampa de acesso.

O que será que ela estava fazendo?

Entrei na casa para pegar a minha chave, que eu sempre deixava na mesinha da entrada. A Raffaella apareceu do nada, e o olhar que me lançou foi tão marcante que precisei parar por alguns instantes.

— Pedimos a vocês que fossem devagar — ela me recriminou, olhando para mim como nunca tinha feito antes. Acho que qualquer resquício de afeto que ainda pudesse ter por mim havia desaparecido por completo.

— Raffaella...

— Foi o que pedimos. E prometemos que não nos meteríamos no relacionamento de vocês, desde que fossem discretos — ela insistiu, dando um passo na minha direção. — Acho que o acordo não está mais valendo.

E o que aquilo significava?

— Vá e a traga de volta... Hoje não é um bom dia para ela ficar sozinha.

Tive um vislumbre quando ela disse aquilo.

— O que você está dizendo?

A Raffaella olhou para mim, impassível.

— Hoje faz um ano do sequestro... Faz um ano que o pai dela morreu.

Não fazia ideia de para onde ela poderia ter ido. Estava dando voltas como um completo idiota enquanto me culpava por ter sido tão cego. Ela me dissera no dia anterior, quando estava bêbada. Que merda, por isso ela estava daquele jeito... Como eu podia ter me esquecido da data? Ainda me lembrava do terror nos olhos dela quando lhe apontaram a pistola diretamente para a cabeça, ainda me lembro de como o meu coração quase saiu pela boca ao ouvir o disparo... O disparo que por alguns segundos achei que tivesse atingido a Noah. Não, aquele pesadelo tinha ficado para trás, eu o havia enterrado bem no fundo, não queria me lembrar daquilo.

No entanto, era claro que ela não se esquecera de nada. Os pesadelos persistiam, por mais que ela negasse, e tinha certeza de que ela continuava dormindo com a luz acesa quando eu não estava junto. Mas o pai dela estava morto, não estava mais por perto, ninguém poderia machucá-la. Por que ela não enterrava aquelas más recordações de uma vez por todas?

Então, enquanto eu me perdia nesses pensamentos, me dei conta que sabia onde a minha namorada estava. Senti um arrepio percorrendo o meu corpo inteiro.

Segui rapidamente na direção do cemitério. Quando cheguei e vi o carro da Noah parado no estacionamento de cascalho que ficava na entrada, respirei aliviado e me apressei para sair do carro. Nunca tinha visitado aquele lugar. Os antepassados dos meus pais descansavam em um mausoléu privado do outro lado da cidade. Custava uma pequena fortuna manter os entes queridos por lá, mas, ao ver um cemitério público pela primeira vez, percebi que valia o investimento.

Enquanto adentrava o lugar, percebi como a noite estava fria e me lembrei de que a Noah tinha saído usando só a roupa do jantar. Tive que me segurar para não dar risada quando ela aparecera com aquela camiseta, e passei a amá-la um pouco mais, se é que isso era possível, por conta da sua beleza e da sua simplicidade. Ela não precisava se arrumar para ser linda, e demonstrava isso todos os dias.

Caminhei entre as lápides à procura do sobrenome Morgan. Muitas delas estavam deterioradas, e eram poucas as que tinham flores ou algum sinal de que as pessoas se lembravam de quem repousava ali.

Finalmente, eu a vi. Lá estava, sentada na grama diante de uma lápide cuja inscrição não podia ser lida à distância. Eu a observei por alguns instantes antes de me aproximar. Ela estava abraçando as próprias pernas com força e, quando vi que enxugava lágrimas do rosto com o dorso das mãos, me aproximei, encurtando a nossa distância enquanto respirava fundo.

Ela me ouviu chegar, porque se levantou depressa, com os olhos bem arregalados, vulneráveis e perdidos. Ela secou as lágrimas com rapidez, e percebi até um toque de culpa quando finalmente decidiu olhar para mim.

— O que você está fazendo aqui? — eu não pude deixar de perguntar. Não entendia por que ela decidira visitar o túmulo do homem que quase a tinha matado.

A Noah ficou calada e um calafrio a percorreu inteira. Dei um passo à frente enquanto tirava o casaco. Indiquei com o olhar para ela não protestar e acomodei a peça sobre os seus ombros.

— Você não devia ter me seguido — ela disse, por fim, sem se atrever a me olhar nos olhos outra vez.

— É uma mania que eu tenho... Principalmente quando a minha namorada decide soltar uma bomba no meio de um jantar e sair correndo depois.

Percebi certo arrependimento em seu rosto, mas ela se recompôs de imediato.

— Eu estava sobrando naquele jantar estúpido e você parecia muito à vontade.

Não deixaria que ela mudasse de assunto. Por mais que estivesse com ciúmes por causa da Sophia, isso não tinha nada a ver com ela nem com o fato de que iríamos morar juntos. Era algo muito maior e mais importante do que todo o resto.

— Por que você está aqui, Noah? — perguntei outra vez, dando um passo em sua direção e desejando entendê-la com todas as forças. — Quero saber por que você está chorando pela morte de um homem que tentou te matar. Me explica, porque acho que vou ficar maluco tentando entender tudo isso.

Os olhos dela se afastaram de mim e se concentraram na lápide. De repente, notei que ela estava nervosa.

— Vamos embora — ela pediu, se aproximando para pegar na minha mão. — Quero ir embora. Por favor, me leva para a minha casa ou para a sua, tanto faz — ela insistiu, puxando o meu braço para que eu a seguisse.

Fiquei surpreso com essa reação. Parecia que ela estava escondendo algo. Instintivamente, desviei o olhar para o túmulo do pai dela.

A lápide era nova e estava limpa. Sobre ela havia uma jarra de vidro com flores laranja e amarelas, que a fazia destacar-se entre tantas lápides sujas e cheias de mato. A inscrição, feita em caligrafia elegante, dizia o seguinte:

Jason Noah Morgan
(1977-2015)

O tempo pode curar a angústia das feridas que você deixou, mas a sua ausência sempre vai me atormentar em meus sonhos.

Abaixo daquelas palavras, o desenho de um nó em forma de oito se destacava sobre o mármore imaculado.

33

NOAH

O Nicholas não devia ter visto aquilo.

Notei as batidas do meu coração se acelerarem até chegarem a um ritmo febril quando ele finalmente decidiu olhar para mim e vi que estava completamente perdido. E assustado. Não gostei nada daquele olhar.

— Não é o que você está pensando — eu disse, dando um passo para trás. Era disso que eu estava fugindo desde o início, era aquilo que eu não queria que ele descobrisse...

— Então, me explica, Noah... De verdade, estou tentando entender, acho que nunca me empenhei tanto, mas você está dificultando as coisas.

Eu estava com muita vergonha porque aquele era um assunto tão íntimo, tão meu... Eu não queria ser julgada por ninguém, muito menos por ele.

— O que você quer que eu diga, Nick? — falei, tentando controlar a vontade de chorar que ameaçava voltar a encher meu rosto de lágrimas. — Ele era o meu pai...

— Ele tentou te matar — ele rebateu, evidentemente confuso. — Ele maltratava a sua mãe, Noah. Não estou entendendo... Você tem saudade dele?

O olhar dele era tão franco que me derreteu. Claramente, ele queria se colocar no meu lugar, mas também era nítido que não conseguia, e era isso que nos separava, o que eu temia que nos separaria completamente.

— Você não entenderia, Nicholas, porque nem eu mesma consigo controlar o que eu sinto. Eu não sinto saudade dele, é diferente... Apenas me sinto culpada porque as coisas terminaram como terminaram... No fundo, ele... ele já me amou.

O Nick deu três passos para chegar até mim. Segurou o meu rosto com as mãos e olhou fixamente para mim, com ternura.

— Não pense assim, Noah — ele disse suavemente, mas com firmeza. — Nada daquilo foi sua culpa. O problema é que você é boazinha demais! Você não consegue culpá-lo porque ele era o seu pai, eu entendo, tá? Mas a culpa pelo que aconteceu não é sua... Foi ele quem assinou a própria sentença quando apontou aquela arma para você... E no instante em que levantou a mão para você naquela noite, há dez anos.

Neguei com a cabeça. Eu não fazia ideia de como me explicar, não sabia expressar o que estava sentindo, porque era tudo tão contraditório... Meu pai tinha me machucado... Mas e quanto a todas as vezes que ele me abraçou, todas as noites em que me levou com ele para a pista e corremos a toda a velocidade... E quando ele me ensinou a pescar... Ou quando me mostrou como fazer o nosso nó?

O Nicholas fechou os olhos com força e encostou a testa na minha.

— Você continua com medo dele, não é? — disse, abrindo os olhos. — Apesar de ele estar morto, você continua acreditando que lhe deve algo e se sente culpada, por isso vem aqui, por isso escreveu esse epitáfio e por isso trouxe essas flores que ele não merece.

Meus lábios começaram a tremer... Sim, eu tinha medo... Tinha mais medo dele do que de qualquer outra pessoa, porque isso era quase tudo o que eu sabia dele.

Não percebi que minhas mãos subiram para a minha tatuagem até que o Nick pôs as deles sobre as minhas e as afastou dali.

— Por que você fez a tatuagem?

Suspirei, tentando me acalmar, mas não adiantou nada. Eu sabia muito bem por que a tinha feito.

Olhei nos olhos do Nick e neles vi o meu reflexo... Um reflexo que não tinha nada a ver comigo.

— Quando o nó que prende alguém é forte demais... ou a pessoa se machuca para escapar, ou fica presa para sempre. Eu sou dessas que ficam presas.

O Nicholas franziu a testa e olhou para mim, impotente. Acho que era a primeira vez que ele ficava sem saber o que me dizer.

Eu me aproximei dele e o rodeei com meus braços. Não queria que ele ficasse daquele jeito, muito menos por minha causa. Eu sabia lidar muito bem com os meus problemas, ele não precisava se preocupar.

— Acho que você precisa de ajuda, Noah.

Quando ele disse aquilo, eu me afastei.

— O que você está querendo dizer?

Ele olhou para mim com cuidado antes de continuar.

— Acho que você precisa falar com alguém imparcial... Alguém que possa ajudá-la a entender os seus sentimentos, que te ajude com os pesadelos...

— Você já me ajuda. — Eu o cortei de imediato.

Ele negou com a cabeça e pareceu tão triste de repente...

— Não ajudo... Não sei como ajudar, não consigo fazer você entender que ter medo não é nenhum problema.

— Quando estou com você eu me sinto segura. Você me ajuda, Nick, não preciso de mais ninguém.

Ele levou as mãos à cabeça, parecia estar pensando no que dizer.

— Preciso que você faça isso por mim — ele soltou, então. — Preciso vê-la feliz para também ser feliz, preciso que você não tenha medo do escuro nem do seu falecido e, principalmente, preciso que você pare de achar que precisa amá-lo ou defendê-lo, porque, Noah, seu pai era um cafajeste e ninguém pode mudar isso, nem você nem ninguém, você entende?

Neguei lentamente, estava perdida... Não sabia o que responder porque era a primeira vez que eu vocalizava aqueles sentimentos e estava acontecendo o que eu mais temia: ele estava me julgando.

— Eu não estou louca — garanti, afastando-o com um empurrão.

O Nicholas negou rapidamente.

— Claro que não, meu amor, mas você passou por situações que a maioria das pessoas não consegue nem imaginar, e acho que você não sabe lidar com isso... Noah, só quero que você seja feliz. Vou estar sempre ao seu lado, mas não consigo lutar contra os seus demônios, isso você tem que fazer sozinha.

— Indo para um hospício? — respondi, malcriada.

— Para um psicólogo, não para um hospício — ele corrigiu docemente, enquanto se aproximava de mim. — Eu já fui uma vez, quando era pequeno... Depois que a minha mãe foi embora, eu passei a sofrer de insônia, não estava dormindo nem comendo direito... Estava tão triste que não conseguia superar a situação sozinho. Às vezes, falar com alguém que não conhecemos nos ajuda a enxergar as coisas sob outra perspectiva... Faz isso por mim, sardenta, preciso que você pelo menos tente.

Ele parecia tão preocupado comigo... E no fundo eu sabia que Nick tinha razão. Eu não podia continuar daquele jeito, com medo do escuro e com os pesadelos que me perseguiam quase todas as noites...

— Por favor.

Olhei para ele por alguns instantes e, de repente, me senti grata por tê-lo ao meu lado. Sabia que sem ele não me atreveria a tomar aquela decisão.

— Tudo bem, eu vou.

Senti um suspiro de alívio nos meus lábios quando ele se inclinou para me beijar.

Não queria voltar para casa. Minha mãe devia estar furiosa e a última coisa que eu queria naquele momento era ter que enfrentá-la.

— Fiz merda, né? — eu disse, passando as mãos pelo rosto já dentro do carro.

Senti os dedos dele acariciarem a minha nuca enquanto ele continuava olhando para a pista.

— Em relação ao modo como você contou, talvez, mas pelo menos contou.

Eu me virei para olhar para ele. Meu Deus... Íamos morar juntos, de verdade, e estava decidido, era algo iminente. Se eu quisesse, podia pegar minhas coisas e ir embora para começar uma nova vida com ele.

O Nick estacionou perto da entrada da casa. Aparentemente, o senador e a filha já tinham ido embora, porque só vi o carro do Will e o da minha mãe. O meu ficara no cemitério... O Nick insistiu para que eu não voltasse sozinha e garantiu que o Steve buscaria o carro no dia seguinte.

Sem entrar em casa e ainda com uma angústia incômoda no peito, apoiei o cotovelo na porta do carro e o rosto no vidro. Aquele dia tinha sido horrível.

— Vem cá — o Nick falou, me puxando e me obrigando a sentar no colo dele, com meus pés repousando de lado sobre o outro banco. Ele me abraçou, e apoiei a bochecha no pescoço dele. — Vai ficar tudo bem, meu amor.

Fechei os olhos e deixei as palavras dele me tranquilizarem.

— Sobre a Sophia... Sei que não devia ter reagido dessa maneira, mas é a garota que tirou a Jenna da prisão e você nem me contou que tinha uma colega de trabalho...

— Não precisa se preocupar com isso, Noah, não sinto absolutamente nada pela Sophia nem por ninguém, só por você... Como você pode achar que não seja assim?

Girei um pouco o pescoço e coloquei meus lábios na pele suave da sua clavícula. Tinha um cheiro tão bom... Eu me sentia tão segura naqueles braços... braços fortes que me protegiam de tudo e que, ao mesmo tempo, me apertavam como se fossem me esmagar.

— Fica comigo esta noite — eu sussurrei, sabendo que isso significaria enfrentar o pai dele pela manhã.

— Claro — ele respondeu, e senti um peso enorme sair das minhas costas.

34

NICK

Pela manhã, saí de casa muito cedo, carregando duas malas enormes da Noah. Não tinha tempo para lidar com os nossos pais antes de ir para o trabalho e não queria que estragassem a minha felicidade por saber que tínhamos começado a mudança e que, em pouco tempo, a Noah e eu estaríamos finalmente morando juntos.

Ao chegar ao trabalho, fui direto para a sala do café. Mal tivera tempo de comer e estava morrendo de fome. Justo quando eu estava terminando meu segundo café e limpando a boca com um guardanapo, a Sophia apareceu.

Eu a observei, sabendo que na noite anterior ela tinha ficado um pouco de lado no final do jantar, mesmo não sendo minha responsabilidade. Além do mais, ela estava com o pai. Eu a cumprimentei com a cabeça e passei por ela com a intenção de sair.

Ela se postou no meu caminho e me encarou, desafiadora.

— Sabe qual é a melhor parte de ser convidada para um jantar insuportável e ainda por cima ser deixada sozinha com meu pai, meu chefe e a mulher dele?

Tiver que morder o lábio para não dar risada. A verdade era que, pensando assim, o cenário parecia até engraçado. Uma parte de mim gostou de vê-la brava.

— Sou todo ouvidos, Aiken — eu disse, me apoiando na mesa e cruzando os braços.

— Os três não pararam de tagarelar sobre como você é um bom advogado, sobre o futuro brilhante que tem pela frente, sobre ter se tornado um filho responsável e maduro...

O sorriso que havia se formado no meu rosto desapareceu quase que de imediato.

— De que merda você está falando?

A Sophia ergueu as sobrancelhas e passou por mim para ir até a máquina de café.

Eu me virei, esperando uma resposta.

— Aparentemente, o meu pai acha que seria uma ideia magnífica se eu e você trabalhássemos juntos futuramente... E você sabe muito bem do que estou falando quando me refiro a "trabalhar".

Arregalei os olhos, sentindo um calor intenso dentro de mim.

— Que bobagem colocaram na sua cabeça? Meu pai disse que sou um filho responsável e maduro? Não sei que merda você tomou antes do jantar, mas com certeza ouviu errado: o meu pai não me suporta.

A Sophia se virou novamente para mim, enquanto seus lábios pintados de vermelho sorviam um gole de café com uma lentidão deliberada.

— Meu pai adora procurar pretendentes para mim. Parece que é o seu passatempo favorito, e o filho do William Leister entrou na mira. Sua madrasta também falou maravilhas sobre você, parecia adorá-lo, mas suspeito que, na verdade, ela não veja graça nessa história de você ficar com a filha dela... E menos ainda se vocês forem morar juntos.

Cerrei os punhos com força. Não acreditava no que estava ouvindo. Aquela mulher ia acabar comigo. Como se atrevia a insinuar que eu poderia me interessar pela Sophia, ainda mais tendo a filha dela como comparação? Que tipo de mãe tentaria fazer a filha ser traída?

Apertei o copo de plástico entre meus dedos, inutilizando-o e tentando controlar a raiva que ameaçava me deixar maluco. Ela não só tinha brincado com a gente, mas também nos desrespeitado.

A Sophia se aproximou com a expressão um pouco mais relaxada.

— Dá para ver que você a ama, Nick — ela disse, apoiando uma das mãos no meu antebraço. — Mas falo por experiência própria que estar em um relacionamento que tantas pessoas querem destruir... Não costuma acabar bem.

Ela saiu sem falar mais nada depois daquilo.

Levei as mãos ao rosto, tentando me acalmar e ignorar novamente todas as coisas que ameaçavam o meu relacionamento com a Noah. Desde a noite anterior, quando tinha entendido que a Noah ainda se sentia muito afetada pelo pai, um medo difícil de esconder havia se apoderado de mim. Uma coisa era lutar contra as pessoas que queriam que a gente terminasse, outra muito diferente era lutar contra a Noah e os seus fantasmas. E agora que entendia que ninguém além de nós mesmos poderíamos fazer com que nossa relação continuasse, não podia evitar sentir o medo de que esse esforço talvez não fosse suficiente. Eu conseguia aguentar tudo, podia lidar com aquilo até o final sem fraquejar. Eu amava aquela garota com tanto desespero que ficava doido só de pensar na possibilidade de ficar sem ela, mas e se a Noah se deixasse levar por outras pessoas? E não apenas por pessoas... E se aquele muro que aparecia entre nós de vez em quando nunca cedesse e ficasse cada vez maior, me impedindo de acessá-la da maneira que eu precisava?

Uma coisa estava clara para mim: ninguém além da própria Noah poderia me tirar do lado dela, ninguém.

O dia estava quase no fim quando o meu chefe apareceu à porta. Sophia estava guardando as coisas dela na bolsa e eu desligava o computador.

— Tenho uma boa notícia para vocês dois — ele anunciou, olhando para nós com um sorriso.

— Estou morrendo de curiosidade — falei, com sarcasmo. Todos sabiam que eu e o Jenkins nos odiávamos. Basicamente, porque ele ocupava o meu posto até que eu tivesse experiência suficiente para substituí-lo, portanto ele sabia muito bem que aquele cargo que tanto adorava era algo meramente provisório.

A Sophia parou e o olhou com um brilho peculiar no olhar. Ela adorava o chefe e, ao contrário de mim, fazia de tudo para entregar trabalhos perfeitos e subir para um cargo mais importante.

— Tivemos duas baixas no caso Rogers de amanhã e nos pediram para mandar alguém daqui. Se eu não me engano, você, Nicholas, queria ficar com esse caso, mas não foi possível porque precisava estar em San Francisco. Então, a parte mais difícil já está feita. Vocês só precisam ir para o julgamento e apresentar a defesa. Vai ser tudo muito rápido e tenho certeza de que vocês podem aprender muito com um caso como esse.

— Ótimo, senhor, quando temos de ir? — A Sophia parecia tão animada que não me estranharia se ela começasse a pular.

— Comprei duas passagens para o primeiro voo de amanhã de manhã.

"Merda!"

— Mas tão rápido? Não dava para avisar com alguma antecedência? A gente tem vida pessoal, sabia?

O Jenkins ignorou o meu tom de voz e continuou falando com calma.

— Mesmo que seja difícil para você aceitar, o mundo não gira ao seu redor, Nicholas. O julgamento vai ser amanhã à tarde, então vocês precisam estar lá o quanto antes. Se não estiver de acordo, tenho certeza de que o seu pai adoraria ouvir as suas reclamações.

Fiquei de pé lentamente e apoiei os punhos sobre a mesa.

— Recomendo a você que não envolva o meu pai, J, porque tenho certeza de que não vai gostar do gosto de asfalto.

Uma careta desagradável surgiu em seu rosto e percebi que estava abusando do meu poder de filho do dono. Porém era tudo que eu podia fazer para não quebrar a cara dele, o que me traria problemas graves.

— Um dia desses você vai tomar um bom choque de realidade, Nicholas. Quando acontecer, eu vou adorar estar presente para assistir. — Sem me deixar responder, ele se virou para a Sophia: — Às cinco no aeroporto. E é bom não se atrasarem, senão vão para o olho da rua!

Dito isso, ele saiu da sala, me deixando com vontade de virá-lo do avesso.

O rosto da Sophia apareceu na minha frente, e tive que apertar a vista para me concentrar no que ela estava me dizendo.

— ... eu é que vou pagar se algo sair errado, está ouvindo? Tenta se controlar, porque não vou perder o meu emprego por sua causa!

Ignorei deliberadamente o que ela tinha dito e saí batendo a porta.

Como eu ia contar para a Noah que viajaria para San Francisco com a garota de quem ela tinha ciúmes e que nossos pais tinham tentado jogar para cima de mim?

35

NOAH

Minha mãe parecia confinada em um silêncio que não significava nada de bom. Aquela calma antes da tormenta me preocupava. Enquanto eu continuava fazendo as malas, terminando de guardar tudo, a Jenna se dedicava a enumerar todas as coisas ruins que podiam acontecer se eu fosse morar com o Nick. Foi então que percebi que precisava começar a ignorar todo mundo que quisesse opinar sobre o meu relacionamento.

A Jenna estava com o modo antirromântico ligado. Desde o término com o Lion, ela passara de chorona incontrolável a rematada feminista e me garantira que nós, mulheres, éramos muito capazes de seguir com a vida sem ter um homem ao nosso lado, que o mundo de hoje era feito para se aproveitar sem que houvesse qualquer tipo de compromisso. Para completar, fazia alguns dias que a frase favorita dela era: "O Lion que se ferre".

— Eu estava animada, achando que agora, na mesma universidade, a gente ia sair todas as noites e frequentar as repúblicas para fazer coisas de calouras — ela disse, me ajudando a colocar as coisas em caixas.

— Eu vou para a faculdade, Jenna, mas, em vez de dormir no alojamento, vou dormir com o meu namorado.

Ela revirou os olhos.

— Até parece que o Nicholas vai deixar que você fique nas festas até tarde...

Ergui os olhos na direção dela.

— O Nick não é meu pai, eu vou para onde eu quiser — respondi taxativa.

— É o que você diz agora, mas, quando se der conta, vai ser dessas amigas que a gente nunca vê porque estão o tempo todo com o namorado.

Soltei uma risada amarga.

— Como você era mesmo há umas semanas?

A Jenna ficou me observando com um dos meus livros na mão.

— Terminar com o Lion foi a melhor coisa que me aconteceu — ela declarou, e percebi que havia se dirigido mais a si mesma do que a mim. — Agora, eu faço o que eu quiser, não brigo com ninguém, exceto com os idiotas dos meus irmãos caçulas, não tenho que me sentir culpada por ser quem eu sou, o que significa que aluguei um dos quartos mais legais do alojamento, um dos mais caros, que tem até a própria cozinha... Sim, sim, é isso mesmo, e sabe o que eu comprei hoje? — ela disse, levantando a saia comprida que estava usando. — Está vendo essas sandálias?

Assenti, deixando-a extravasar... Da maneira dela.

— Sabe quanto custaram?

— Não, nem quero saber — respondi, levantando do chão e dobrando um cobertor para colocá-lo em uma caixa.

— Seiscentos dólares. Isso mesmo! Gastei uma grana nessas sandálias que, com certeza, em algumas semanas, não vou mais conseguir usar porque vai esfriar e vou acabar molhando os pés com a chuva.

— Faz sentido — concordei, entrando no jogo dela.

— Claro que faz, porque, apesar de ter aprendido muito ao ver o meu ex-namorado trabalhando, e ele precisava se desdobrar para manter o trabalho e a casa... apesar de saber que dinheiro não dá em árvore e que existe muita gente passando necessidade, sei que quase todas elas, se estivessem no meu lugar, fariam exatamente a mesma coisa. Então, por que vou ser idiota a ponto de não aproveitar que nasci em berço de ouro?

Levantei a cabeça e olhei para ela.

— Porque eu tenho tudo o que eu quiser, não é? Posso comprar o que eu quiser, posso escolher a faculdade que eu quiser, e digo mais: sabia que o meu pai decidiu comprar um jatinho? Sim, é isso mesmo que você está ouvindo, é só me avisar quando quiser que eu te leve para algum lugar... Porque eu sou milionária e o dinheiro, aparentemente, é a única coisa que me importa...

A voz dela titubeou no final da frase e dei um passo à frente.

Rapidamente, e enxugando a lágrima que deslizava por sua bochecha, ela apontou para mim com o livro que tinha na mão.

— Estou bem — ela afirmou, segura de si.

Ao contrário de muitas pessoas, a Jenna e eu tínhamos algo em comum: não gostávamos de demonstrar nossos sentimentos abertamente. Só chorávamos quando estávamos realmente mal, e com isso quero dizer que ela devia estar mentindo muito para si mesma para chegar a chorar diante de mim.

— Sei que não quer tocar no assunto, Jenn, mas acho que vai ser algo temporário. O Lion te ama muito e você sabe…

— Pode ir parando, Noah. — Ela me interrompeu novamente, de maneira brusca. — O que existia entre nós acabou. Não quero voltar àquele círculo vicioso, nós somos de mundos diferentes, então esquece isso. Agora, eu só quero saber do quanto a gente vai ficar bêbada toda sexta-feira e dos caras gatos que vamos conhecer.

Até quis lembrá-la de que eu não estava solteira, mas deixei pra lá. Se ela estava precisando de uma amiga festeira naquele momento, era isso que eu seria. Sempre em doses moderadas, claro.

Ela não se demorou muito mais e aproveitei para ligar para o Nick. Não nos falávamos desde que ele fora embora na noite anterior, e eu precisava saber a que horas ele me buscaria no dia seguinte. Ainda precisava de algumas horas para terminar de arrumar tudo, e preferia contar com a força física dele antes de começar a carregar as coisas.

Caiu na caixa-postal, então deixei uma mensagem avisando que precisaria dele no dia seguinte e pedindo para ele me ligar quando pudesse.

Justo quando eu estava prestes a tirar a roupa para tomar um banho e me aprontar para passar a minha última noite naquela casa, minha mãe apareceu e vi no rosto dela que eu precisava me preparar para uma boa discussão.

— Estava esperando que você viesse falar comigo para esclarecer que aquilo no jantar foi só uma piada de mau gosto.

— Não foi piada nenhuma, mãe — respondi, cruzando os braços. Minha mãe olhou para todas as malas e caixas espalhadas pelo chão que eu pretendia levar.

— Eu fiz o possível para não me meter no seu relacionamento com o Nicholas e, mais ainda, estava disposta a suportá-lo, mas você ultrapassou todos os limites sem levar em conta nem a sua própria mãe nem o William. Isso eu não posso permitir.

Não gostava da maneira como falava comigo: parecia que estava se dirigindo a uma estranha, não a mim, e entendi como ela estava brava. Mas suas palavras só aumentaram ainda mais a minha raiva por ela querer se meter na minha vida.

Estava cansada.

SUA CULPA

— Isso não é algo que eu tenha que discutir com você. Está é a minha vida, e você precisa aprender a me deixar cometer os meus próprios erros e tomar as minhas próprias decisões.

— Vai ser a sua vida quando você for independente e tiver um trabalho para sustentá-la, está me ouvindo?

Fiquei calada. Tinha sido um golpe baixo e ela sabia disso. O sustento do qual ela estava falando nem vinha dela.

— Foi você quem me trouxe para cá! — eu soltei, sabendo onde aquela conversa ia chegar. — Uma vez na vida eu estou feliz, encontrei alguém que me ama e você não consegue nem ficar feliz por mim!

— Não vou deixar você morar com seu irmão postiço com apenas dezoito anos!

— Sou maior de idade! Quando você vai entender isso?

Minha mãe respirou fundo várias vezes.

— Não vou entrar nesse jogo, não vou discutir com você, de jeito nenhum. E vou deixar uma coisa bem clara: se você for morar com o Nicholas, pode esquecer a faculdade.

Arregalei os olhos, sem acreditar no que estava ouvindo.

— O quê?

Minha mãe olhou fixamente para mim, sem um pingo de dúvida no olhar.

— Não vou pagar a sua faculdade nem mandar dinheiro para...

— É o William que paga isso tudo! — eu gritei, fora de mim. Minha mãe estava se comportando como uma completa estranha. De que merda ela estava falando?

— Eu conversei com o William. Você é minha filha e ele vai respeitar o que eu decidir fazer com você. Se eu lhe disser para não pagar absolutamente nada, é isso que ele vai fazer.

— Você enlouqueceu por completo — eu disse, sentindo a pressão das palavras dela.

— Você acha que pode fazer o que quiser, mas não é assim que funciona. Queremos lhe dar uma mão, mas você quer o braço inteiro, e isso eu não vou aceitar.

— Vou pedir uma bolsa de estudos, então, porque pretendo morar com o Nicholas. Pode ficar com o dinheiro do seu marido, para mim tanto faz.

Minha mãe sacudiu a cabeça, olhando para mim como se eu tivesse cinco anos de idade. Comecei a sentir um calor intenso dentro de mim ao ver que ela estava falando sério.

— Não vão lhe dar bolsa nenhuma. Aos olhos da lei, você é filha de um milionário. Para de falar besteira e de se comportar como uma menininha malcriada.

— Não acredito que esteja fazendo isso — admiti, sentindo uma dor no peito.

Ela pareceu titubear quando senti meu lábio começando a tremer. Era a última coisa que eu precisava naquele momento.

— Acredite, eu só quero o melhor para você.

Dei uma gargalhada.

— Você é uma egoísta! — alfinetei. — Você sempre diz que está fazendo tudo por mim, mas me obrigou a deixar o meu país para se casar com um desconhecido, me prometeu um futuro brilhante, e agora que tenho tudo o que eu sempre quis, quando finalmente estou feliz, você tem que acabar com tudo e tirar de mim a única coisa que eu pedi e que realmente me importa desde que chegamos, há um ano.

— Você pode ter tudo o que quiser, basta se mudar para um maldito alojamento estudantil. Não significa que não verá o Nicholas nunca mais. Além disso, tenho certeza de que isso não foi ideia sua!

— E que diferença faz? Eu já tinha tomado a minha decisão! — eu rebati, me afastando dela e indo até a outra ponta do quarto. — Se me obrigar a fazer isso, eu nunca vou te perdoar.

Minha mãe não pareceu ouvir as minhas palavras, porque ficou simplesmente me encarando, com os braços cruzando, sem nem um pingo de dúvida.

— Ou a faculdade ou o Nicholas. Você decide.

Não demorei nem dois segundos para soltar a minha resposta.

— Escolho o Nicholas.

Meia hora depois, minhas malas já estavam no carro. Não estava acreditando que a minha mãe havia tentado me chantagear, ainda mais envolvendo o Nicholas. Ela entrou no quarto dela e não saiu mais. Acho que não entendeu que eu estava falando sério. Fiquei tão brava que não foi nada difícil ir embora da casa dos Leister sem olhar para trás. Havia um Leister em particular que me importava mais do que toda aquela merda que a minha mãe parecia querer colocar entre nós.

Eu ia encontrar uma solução, de alguma maneira conseguiria o dinheiro, mesmo que tivesse que trabalhar todas as noites.

Sentada no carro, ainda na garagem da casa, liguei para o Nick. Estava tentando falar com ele desde que a minha mãe tinha ido para o quarto dela. Ele enfim atendeu.

— Desculpa, sardenta. Achei que conseguiria voltar logo, mas não deu.

Fiquei calada, sem entender absolutamente nada.

— Do que você está falando? Onde você está?

— Tive que vir hoje cedo para San Francisco. Um caso muito importante de última hora. Achei que daria para pegar um voo agora à noite, mas creio que vou demorar vários dias para voltar.

Senti uma dor estranha no peito. Ele não estava por perto… Não estava por perto para me dar um abraço e dizer que tudo ia dar certo.

A dor deu lugar a algo mais fácil de suportar, e tudo o que eu estava acumulando decidiu explodir naquele instante.

— Você está em San Francisco e não ligou para me avisar?

— A previsão era de voltar hoje e não achei que valeria a pena avisar. Por que você está gritando comigo?

Fiquei furiosa.

— E se eu fosse para outra cidade sem contar para você? O que você faria?

Eu sabia que estava descontando nele tudo o que tinha acontecido comigo, mas precisava dele naquele instante. Estava deixando tudo para trás para ficarmos juntos e ele nem sequer estava na cidade para me receber e me ajudar com as malas. Ele não estava lá, não estava comigo, era só isso que me importava!

— Que merda, tá bom? Eu entendo o seu ponto, mas fomos avisados de última hora.

— Fomos? — indaguei, sentindo um nó na boca do estômago.

O Nicholas ficou calado por alguns segundos.

— Você está com ela, né?

— Ela é minha colega de estágio, só isso.

Um ciúme incontrolável tomou conta de mim, de maneira impensável.

— Meu Deus, foi por isso que você não me contou!? Você sabia que eu ia ficar brava.

Ouvi-o resmungando do outro lado da linha.

— Dá para se acalmar? Você está se comportando como uma criança.

— Vá à merda — eu soltei e desliguei.

Joguei o celular no banco do motorista e dei um soco no volante, me sentindo uma completa idiota. Ia ser assim a partir de então? Ele ia ficar viajando para San Francisco com a Sophia enquanto eu ficava no apartamento dele, sem dinheiro e sem estudar?

Que merda! Estava tudo se complicando muito rápido, e o medo de não conseguir ir à universidade me fez soltar algumas lágrimas. Não hesitei nem um segundo para escolher o Nicholas, mas a minha mãe tinha razão em um aspecto: ele era praticamente cinco anos mais velho do que eu... Em pouco tempo, estaria trabalhando e herdaria a empresa do pai, mas e eu?

Eu não tinha absolutamente nada e não queria que o Nicholas me sustentasse. Se eu fosse para aquele apartamento, perderia muito mais do que meus estudos: perderia a minha independência, porque tinha certeza de que o Nick ia me ajudar se eu pedisse, mas com que cara eu acordaria todas as manhãs sabendo que meu namorado estava pagando não apenas o aluguel do apartamento, mas também a minha faculdade?

Sempre fui muito independente e, se a minha mãe não tivesse se casado com o Will, sem dúvida teria ido atrás de uma bolsa de estudos... Agora, por ser a enteada de uma pessoa tão importante, não me dariam nem um centavo, e estudar nos Estados Unidos não era barato. Eu ia me afundar em dívidas, por mais que me matasse de trabalhar...

À medida que a raiva ia se diluindo e dando lugar à angústia, entendi que, por mais que eu quisesse morar com o Nick, por mais que desejasse ficar com ele e acordar ao lado dele, eu não podia fazer isso antes de ser completamente independente. Minha mãe tinha razão naquele ponto: embora eu fosse maior de idade, se não tivesse dinheiro para começar a vida, era ela quem tinha a última palavra.

Pensando bem, era mesmo uma loucura ir morar com ele. O aluguel era de sete mil dólares, o que me pareceu absurdo quando ele me contou, e fiquei incomodada ao saber que ele pagaria tudo, pois eu não conseguiria ajudar nem com um quarto do que aquilo custava por mês...

Meu celular não parava de tocar.

Vi que havia chamadas perdidas tanto do Nick quanto da minha mãe.

O que eu deveria fazer? A escolha imposta por minha mãe ecoava sem parar na minha cabeça.

A decisão era óbvia: teria que esperar um pouco para poder morar com o Nick.

Saí do carro e subi de volta para o meu quarto. Vasculhei a caixa onde havia deixado a carta de admissão do alojamento até encontrá-la e a reli com atenção. Eu precisava ter confirmado uma semana antes para que me dessem a vaga. Senti que estava me afogando. Como eu resolveria essa merda? Eu me sentei na cama, sentindo o meu coração bater acelerado e a respiração falhar. O medo estava me deixando sem ar e me dominando.

"Fica calma. Tem que haver uma solução."

Justo naquele momento, ouvi a porta de entrada da casa. O Will tinha voltado mais cedo do trabalho e a minha mãe ia contar para ele que eu escolhera morar com o Nick em vez de ir para a universidade. Respirei fundo. Se iam me separar dele, o mínimo que podiam fazer era ir atrás de um quarto para mim. Decidida, enxuguei as lágrimas com uma das mãos e saí do meu quarto disposta a colocar ordem na minha vida.

Ao acordar na manhã seguinte, sentia-me estranha. No dia anterior eu tinha levantado feliz por saber que ia morar com o meu namorado, mas agora estava com um nó na garganta ao pensar que ia morar com alguma pessoa desconhecida. Após comunicar minha decisão à minha mãe e ao Will na noite anterior, o pai do Nick fez algumas ligações e arrumou um lugar para eu ficar. Disse que não tinha conseguido encontrar um apartamento só para mim, mas um lugar em um alojamento de luxo, no qual eu teria meu próprio quarto, mas teria que dividir a cozinha com outra garota. O Will parecia satisfeito com aquilo, então imagino ter sido o melhor que ele poderia conseguir.

Levantei e peguei o celular. O Nick só parou de me ligar por volta de uma da manhã, mesmo eu tendo desligado o celular muito antes. Por mais infantil que parecesse, uma parte de mim o culpava por não estar lá comigo... Não podia evitar, eu estava morrendo de ciúmes e preocupada com toda aquela história da minha mãe e da universidade.

Esperei o Will sair de casa para ir tomar café. Não queria vê-lo, nem ele nem a minha mãe. Quando estava terminando o café, recebi outra ligação do Nick e decidi finalmente atender.

— Oi — falei, nervosa, roendo as unhas. Ouvi o silêncio do outro lado da linha.

— Você acha que é correto passar a noite inteira sem atender às minhas ligações?

Bem, eu já sabia que não teríamos uma conversa agradável, mas não estava disposta a aguentar a irritação dele, não naquele dia.

— Nenhum de nós foi muito correto, então não posso responder à sua pergunta.

— Não liguei para ficar discutindo, Noah, não vou entrar nesse jogo. Só queria avisar que volto em cinco dias, as coisas aqui não estavam do jeito que nos contaram.

— Cinco dias? — perguntei, sabendo como minha voz saíra triste.

— Eu sei, não estarei por aí quando você começar a faculdade, desculpa, tá bom? Não tinha planejado que você se mudasse sozinha, muito menos que tivesse que dormir no apartamento sem a minha companhia, mas não posso fazer nada.

Respirei fundo. Precisava contar que não ia mais morar com ele, mas estava com medo da reação do Nick. Ele seria capaz de ligar para a minha mãe ou de fazer alguma loucura. Sabia que seria um soco no estômago, por isso, preferi não dizer nada e só contar quando ele voltasse, pessoalmente. A conversa terminou um pouco tensa, tanto da minha parte quanto da dele, e, quando desligamos, me senti mergulhada em uma profunda tristeza.

Duas horas depois, a Jenna e o pai dela passaram para me buscar. Eu estava brava demais com a minha mãe para pedir ajuda na mudança, então fiquei muito agradecida quando a Jenna se ofereceu.

Só tinha visto o senhor Tavish em duas ocasiões, já que ele passava a vida viajando pelo mundo, mas sabia que ele adorava a Jenna, por isso, cancelou todas as reuniões para levar a filha à universidade. Ele não parecia incomodado por ter que me buscar nem por me ajudar a colocar quase todas as minhas coisas na sua Mercedes. Nem sei como as minhas coisas couberam junto com as da Jenna, mas finalmente, um pouco apertada, consegui colocar o cinto de segurança e partir rumo ao local que seria o meu novo lar.

Eu já tinha ido à Universidade da Califórnia antes. O Nick estudava lá, então eu já tinha ido a algumas festas de repúblicas ou simplesmente para visitá-lo. Às vezes, levava os meus livros e passava horas estudando na imensa biblioteca, maravilhada ao saber que havia mais de oito milhões de tomos organizados em todas aquelas estantes. Sabia que a biblioteca seria um dos meus lugares favoritos, mas a universidade, no geral, era incrível. Com aqueles tijolinhos vermelhos e jardins imensos, era uma das faculdades mais importantes dos Estados Unidos. Entrar ali não tinha sido fácil. Tive de me esforçar muito para conseguir a vaga e estava orgulhosa por não ter que recorrer aos contatos do Will. Agora que tínhamos chegado, acabei sentindo um pouco de pesar por não estar compartilhando aquele momento com a minha mãe. Era ela quem deveria ter me levado ao alojamento, não o pai da Jenna, e gostaria que o Nick estivesse por lá também, para me mostrar o lugar e, de alguma maneira, eu poder sentir aquela mesma expectativa que via nos olhos dos estudantes que nos rodeavam. A Jenna estava animada, mas também havia tristeza nos olhos dela.

Onde estavam os nossos namorados?

36

NICK

Eu estava sentado no hall do hotel que tinham reservado para nós. Não havia conexão nos quartos, então tive que descer à recepção e passar o tempo com estranhos. Já era tarde, então peguei o celular e olhei pela quarta vez se a Noah tinha me mandado uma mensagem de boa-noite. Não gostei de como nossa conversa da véspera tinha terminado e, como ela começaria a faculdade no dia seguinte, queria lhe desejar boa sorte. Eu tinha plena consciência de que ela estaria tentando dormir e provavelmente teria pesadelos. Ficava feliz por saber que era o único que conseguia conter aqueles sonhos ruins, e por esse mesmo motivo eu odiava saber que ela estava dormindo sozinha.

Para mim, era um alívio que ela tivesse aceitado ir a um psicólogo, e pesquisei um pouco na internet sobre traumas infantis e como superá-los. Eu tinha uma lista dos melhores psicólogos da cidade e já havia ligado para uns cinco para conversar com eles sobre o assunto. Queria que a Noah fosse ela mesma, sem medos nem nada que a impedisse de ser plenamente feliz, e se tivesse que pagar uma fortuna por algumas horas de terapia para ela, eu certamente o faria.

Às vezes, eu pensava no que ela tinha sofrido nas mãos do pai e um arrepio desagradável me percorria. Minha mão se fechou quase sem eu perceber e tive que respirar fundo para me acalmar. Justo naquele momento, vi de soslaio que a Sophia aparecera, carregando seu computador e usando aqueles óculos de armação preta que por algum motivo inexplicável me faziam sorrir: ficavam ótimos nela.

— E aí, Leister?

— Aiken — respondi, com o olhar regressando à minha tela.

Olhei para ela por apenas um segundo, mas percebi que ela se sentou ao meu lado no enorme sofá branco. Estávamos já há dois dias juntos por lá, e tinha que admitir que ela não era como eu imaginava no começo. Ela podia parecer superficial e bastante arrogante, mas definitivamente não era assim. Pelo contrário, podia ser bastante simpática quando queria. Considerando que estava rodeada de homens, já que havia cinco trabalhando no caso e ela era a única mulher, fazia o máximo possível para não chamar a atenção e parecia não querer ser tratada de maneira especial.

— Você não quer ir comer alguma bobagem? — ela perguntou, depois de dar uma olhada no seu computador e fechá-lo de repente.

Ergui as sobrancelhas e olhei para ela.

— Você? Comendo besteira? — eu disse, guardando meu celular no bolso. Zero notícias da Noah. — Acho que você nem sabe o que é isso.

Ela fez uma cara de quem não gostou da piada, guardou o computador na bolsa e se levantou, mostrando que não estava usando salto, apenas umas sandálias brancas bem comuns.

— Estou com vontade de comer um Big Mac e vou com ou sem você. Estou convidando porque a comida daqui é péssima, então você que sabe. Vamos ou não?

Hesitei por alguns instantes, mas ela tinha razão: a comida de lá era uma merda.

— Tá bom, mas já vou avisando que hoje não vou ser uma boa companhia — respondi, me levantando e seguindo para a saída. A Sophia ficou do meu lado, e percebi como ela era baixa sem os saltos que costumava usar.

Ela deu uma risada.

— Nem hoje nem nunca, Leister. Acho que desde que a gente se conheceu eu nunca o vi relaxado. Eu vou colocar um espelho na sua frente.

Ignorei o comentário e fomos até o estacionamento.

— O que você acha que está fazendo? — perguntei, quando a vi pegando a chave do bolso.

— Fui eu quem alugou o carro, Nicholas. — Foi a explicação que ela deu.

— Desculpa, gata, mas eu dirijo — falei, tirando a chave da mão dela tão rápido que ela nem se deu conta.

Para minha surpresa, minha atitude não causou uma discussão. A Sophia deu de ombros e foi para o banco do passageiro.

Em troca, deixei que ela escolhesse a música e fizemos todo o trajeto do hotel até o restaurante ouvindo canções dos anos oitenta. O tempo estava bastante agradável, ainda que em San Francisco fizesse mais frio do que em Los Angeles. Apesar de muitas pessoas odiarem todas aquelas ladeiras, para mim elas eram o que tornava a cidade especial. Isso e as casas coloridas, todas com um ar distinto e visualmente muito agradáveis.

Queria trazer a Noah para conhecer a cidade. Havia tantos lugares que eu queria que ela conhecesse... Desde que começamos a sair, só tínhamos ido para as Bahamas, e era melhor nem lembrar de como as coisas acabaram por lá.

Evitei pensar nela por um momento e estacionei o carro na frente de um restaurante que tinha descoberto uma vez que precisei passar uma semana em San Francisco.

— Isso não é um McDonald's — a Sophia observou ao meu lado, tirando o cinto de segurança.

— Eu não como no McDonald's — respondi, desligando o carro e dando risada quando ela fez uma careta. — Vamos, Soph, eles fazem os melhores hambúrgueres caseiros da cidade. É por isso que a trouxe aqui.

A Sophia ergueu as sobrancelhas com condescendências e me deu um tapa no braço.

— Já falei mil vezes para não me chamar de Soph — protestou. Em seguida, saiu do carro, e eu fiz o mesmo.

— Desculpa, Soph.

Comecei a rir ao ver a cara dela, mas decidi deixá-la em paz. Um rapaz nos recebeu e rapidamente nos acomodou em uma mesa afastada, do outro lado do salão. Não gostei do fato de acharem que éramos um casal, mas não dava para entrar na mente das pessoas, então deixei para lá.

— Espero que os hambúrgueres daqui sejam melhores que um Crispy Chicken, senão você vai me ver irritada de verdade.

Ao final, ela teve que engolir as próprias palavras, porque, como eu imaginava, os lanches estavam maravilhosos.

— Então, vocês vão mesmo morar juntos — ela falou, depois de termos conversado de tudo um pouco, principalmente sobre o trabalho, até chegarmos ao assunto Noah sem eu perceber. — Mesmo sem a autorização dos seus pais?

— Da mãe dela — esclareci, e continuei: — Parece que todo mundo esquece que ela já é maior de idade e pode tomar as próprias decisões.

A Sophia assentiu, mas fazendo um gesto que indicava o contrário.

— Ela é uma criança, Nick — ela afirmou, levando a bebida aos lábios.

— Maturidade não tem a ver com a merda de um número, mas com as experiências vividas e com as coisas que aprendemos com elas.

— Ninguém está dizendo o contrário, mas você não pode esquecer que ela está prestes a começar a faculdade, vai querer fazer as coisas que qualquer garota da idade dela faz e, se eu não estiver errada, você parece ser o típico namorado controlador.

Pus os cotovelos em cima da mesa e apoiei o queixo de maneira descuidada sobre as minhas mãos.

— Gosto de cuidar do que é meu, é só isso.

A Sophia pareceu não gostar das minhas palavras.

— Esse pensamento é bastante machista. Ela não é sua.

Apertei os lábios com força.

— Você vai fazer um discurso feminista, Soph?

— Como uma mulher que tenta crescer em uma empresa liderada majoritariamente por homens, poderia fazer esse discurso, mas não é essa a questão. Seu problema é falta de confiança. Se estivesse realmente seguro de que ela é apaixonada por você, não estaria tentando levá-la para a sua casa de todas as maneiras, contrariando a família inteira por causa disso. Na minha opinião, isso é bastante estúpido da sua parte.

— Ela precisa que eu fique ao lado dela e vice-versa. Não existe nenhum motivo oculto por trás disso. Você não sabe de nada.

A Sophia balançou a cabeça e cravou os olhos nos meus.

— Só sei que namorar alguém como você seria a última coisa do universo na minha lista.

— Eu sou o namorado dos sonhos de qualquer garota, gata — rebati, olhando fixamente para ela. Ela começou a dar risada e eu sorri. Obviamente, eu não era o melhor namorado, nem de longe, mas pelo menos eu tentava ser.

Aquilo me deu uma ideia.

— Para você ver como eu sou um bom namorado — eu disse, pegando meu celular e abrindo o navegador. — O que você acha dessas rosas azuis? São bonitas, né?

A Sophia revirou os olhos enquanto eu fazia o pedido. Hoje em dia, a tecnologia facilitava muito a vida.

— Lindas — ela falou, levando a taça aos lábios.

Cliquei em "Comprar", inseri o endereço e escrevi um pequeno bilhete.

Quando guardei o celular no bolso, ela estava com um sorriso divertido no rosto.

— Uma dúzia de rosas azuis? — ela perguntou.

— Duas dúzias. É bom reforçar a mensagem, assim fica mais clara.

— E qual é a mensagem? Que você é um idiota prepotente?

Ignorei essas palavras.

— Que eu a amo mais do que tudo.

Depois do jantar, voltamos ao hotel. Apesar dos pesares, e mesmo sabendo que admitir aquilo em voz alta me traria muitos problemas, a Sophia não era má companhia. O Lion estava metido nos problemas dele e a Jenna era a melhor amiga da Noah, então não me sobrava nenhum amigo imparcial para compartilhar as minhas questões. Não que eu fosse de falar muito, mas gostava de conversar com a Sophia e descobrir que havia pessoas que levavam uma vida normal. Pelo que tinha me contado, os pais dela continuavam juntos, ela tinha um irmão mais velho que era arquiteto e com quem ela se dava bem e o pai era um político respeitado pela maioria dos partidos políticos. Talvez até se tornasse presidente no futuro. Quem sabe o que poderia acontecer?

Era agradável fugir um pouco de todo o drama que a minha vida tinha se tornado, e a companhia dela me fazia relaxar e olhar para os problemas sob outra perspectiva. As coisas até que não estavam tão ruins... Com a Noah morando comigo, tudo seria mais fácil. Ela dormiria mais tranquila e, se fizesse o que eu tinha pedido, um dos melhores psicólogos a ajudaria a enfrentar os problemas relativos ao falecido pai. As coisas podiam melhorar, e eu mal podia esperar para voltar e mostrar a ela que poderíamos conseguir, que enfrentaríamos todos e que, juntos, formávamos a melhor equipe.

37

NOAH

Meu primeiro dia na faculdade foi melhor do que eu esperava. O ambiente universitário era realmente contagiante. Para onde quer que eu olhasse, havia jovens dando risada, muitos deles tirando suas coisas dos carros para levá-las ao alojamento, pais se despedindo e panfletos anunciando festas, festas e mais festas.

Meu horário era bem flexível, com matérias que finalmente me interessavam, em vez das coisas absurdas que tínhamos que estudar na escola, como as leis de Newton ou a Independência dos Estados Unidos. Eu queria saber de livros, literatura, queria escrever, queria ler. Até que enfim estava cercada de pessoas que tinham os mesmos interesses que eu, e os professores, alguns mais intimidadores que outros, sempre nos deixavam com um friozinho na barriga.

Tenho que admitir que por alguns minutos eu gostei de estar sozinha. Não queria falar com ninguém, pelo menos com ninguém que me conhecesse, nem com a minha mãe, nem com a Jenna, muito menos com o Nicholas, apesar de não querer falar com ele por motivos diferentes. Às vezes, deixar tudo para trás e começar do zero nos permite ver que não há apenas uma porta aberta, mas também muitas janelas.

Mal vi a Jenna depois que ela me deixou no meu alojamento, já que ela frequentava aulas completamente diferentes das minhas: Jenna Tavish estava cursando medicina, algo que não combinava nada com ela, mas que ela queria fazer desde que era muito pequena. Andávamos nos falando apenas por mensagens e ela me contou que estava ocupada atrás de alguma colega de quarto que quisesse dividir a barbaridade que custava o aluguel daquele alojamento dela. Não acho que seria muito difícil, já que havia ricaços por todos os lados.

Depois de assistir às aulas, ter conhecido os professores e sido convidada para jantar com alguns rapazes do alojamento, decidi passar no apartamento do Nick, principalmente para garantir que o N tinha comida suficiente e para pegar as minhas coisas que ainda estavam por lá. Tentei adiar ao máximo essa tarefa porque ficaria triste ao buscar minhas coisas, mas queria fazer isso antes que ele voltasse. Sabia que seria uma guerra e preferia estar com tudo pronto, perfeitamente instalada no *campus*, antes de enfrentá-lo. Além do mais, evitaria a tentação de mandar tudo para o inferno e ir morar com o meu namorado.

Não demorei muito para pegar as poucas coisas que ainda estavam por lá... Depois de juntar tudo perto da porta, percebi que estava tarde para voltar ao alojamento. Sabendo que estava brincando com fogo e que não deveria me apegar a algo que não podia ter, pelo menos por enquanto, deitei-me na cama do Nick, no lado em que ele costumava ficar, e abracei o travesseiro, sentindo aquele aroma que era só dele e que causava reações instantâneas no meu corpo.

Bem naquele momento, uma mensagem de texto chegou no meu celular.

> Parece que você decidiu ignorar as minhas ligações. A gente conversa quando eu voltar. Dorme bem, sardenta.

Suspirei.

Estava tudo meio estranho e era por minha culpa. Senti um nó na garganta e quase liguei para ele para confessar por que não queria conversar. Esperando que ele achasse que não respondi porque estava dormindo, pus o celular embaixo do travesseiro e fechei os olhos com a esperança de descansar.

O barulho da campainha me acordou pela manhã. Olhei ao meu redor um pouco desorientada, tentando me lembrar de onde estava. A campainha tocou de novo e pulei da cama, enrolada nos lençóis e quase caindo, antes de finalmente chegar à porta.

Ao abrir, dei de cara com um arranjo de rosas gigante.

— Você é a Noah Morgan? — perguntou a voz de um homem que estava escondido atrás daquele arranjo espetacular.

— S... sim — consegui articular.

— É para você — ele disse, dando um passo à frente. Deixei-o entrar, confusa com o que os meus olhos estavam vendo. O homem deixou o arranjo impressionante em cima da mesa da sala e tirou um bloco de recibos do bolso traseiro da calça. — Se puder assinar aqui, por favor — ele pediu, amável.

Eu assinei e, depois que o rapaz foi embora, fiquei olhando para as rosas com um nó na garganta. Havia um bilhete e, ao lê-lo, tive que me conter com todas as minhas forças para não começar a chorar.

> Você sabe que essas breguices não são a minha cara, sardenta, mas eu te amo do fundo do meu coração e sei que quando eu voltar vamos começar algo novo e especial. Morar com você é algo que eu quis desde que começamos a sair e, um ano depois, por fim vou realizar esse sonho. Espero que seu primeiro dia de aula tenha sido incrível e sinto muito por não estar com você para vê-la conquistando todos os seus professores. A gente se vê em alguns dias. Te amo muito! Nick.

Peguei o celular em cima da mesa e liguei para ele.

— Oi, meu amor — ele me cumprimentou com um tom alegre.

Eu me sentei no braço do sofá com o olhar cravado naquelas flores impressionantes. Eram lindas, de cor azul-celeste, um tom que me lembrava dos olhos do Nick, e eu nem sabia que existiam rosas daquela cor.

— Você ficou doido — falei, com a voz trêmula.

Ouvi bastante barulho do outro lado da linha, principalmente de um trânsito intenso.

— Doido por você! Gostou das flores?

— Eu adorei, são muito lindas — declarei, querendo me jogar nos braços dele e me esconder de tudo.

— Como foi o primeiro dia de aula?

Eu contei por cima o que tinha feito, evitando falar do alojamento ou da colega com quem eu dividia o espaço. A verdade é que nunca tinha sido muito boa em omitir informações, por isso, tentei encerrar a conversa antes que ele desconfiasse.

— Tenho que desligar para não me atrasar para a aula — eu disse, mordendo a parte interna da minha bochecha.

— Sei que tem alguma coisa acontecendo com você, não sei se por causa da Sophia ou porque eu não estava aí para a sua mudança, mas vou me redimir, tá bom?

Eu me despedi rapidamente e pus o celular embaixo da almofada do sofá. Estava me sentindo péssima porque estava mentindo e porque seria responsável por uma grande decepção quando ele voltasse e descobrisse que não íamos morar juntos.

Com ódio de mim mesma, me vesti rapidamente, deixei comida e água suficientes para alguns dias para o N e peguei as minhas últimas coisas do apartamento. Ao apagar as luzes, soube que ele ficaria furioso quando chegasse e visse que eu não estava ali.

Eu tinha três dias para bolar um plano.

Passei os dois dias seguintes entre aulas e mais aulas e saindo com alguns colegas de faculdade. Falei só uma vez com a minha mãe, e só porque ela ameaçou aparecer no alojamento se eu não a atendesse. Não tínhamos resolvido nada, tudo continuava igual entre nós, e continuaria assim por bastante tempo, pelo menos até que eu me sentisse capaz de perdoá-la por ter me chantageado daquela maneira.

Eu estava sentada no café da faculdade conversando com a Jenna, que finalmente encontrara uma colega de quarto. Ela se chamava Amber e trabalhava em uma empresa de informática da cidade. Ela conseguia estudar e trabalhar, e ganhava o suficiente para morar com a Jenna, o que não era pouco.

— Quando o Nick volta? — ela me perguntou, enquanto eu terminava de comer a minha salada.

— Amanhã à noite — respondi secamente. Não queria falar sobre aquilo.

A Jenna me olhou, se divertindo. Por algum motivo ela estava achando graça na situação em que eu estava enfiada.

— E ele já sabe que você está morando com uma estranha no alojamento do *campus*?

Ergui o rosto e olhei fixamente para ela, de mau humor.

— Ele vai saber quando voltar e eu contar. Não quero falar do Nick. Repete o plano de hoje à noite de novo, não sei se ficou muito claro.

A Jenna revirou os olhos, mas ficou animada rapidamente.

— A festa é de uns caras da minha sala. Eles são de uma república, e é para dar as boas-vindas ao início do ano letivo. Pelo que eu soube, haverá um monte de festas hoje, mas as da área da saúde são as melhores. Vou me cercar de médicos gatos e de um monte de gente que entende que a medicina é o futuro da humanidade, e não a física ou a literatura... Sem ofensas, claro — ela adicionou, quando eu fiz uma cara feia.

— Certo, eu vou com você, mas volto antes da meia-noite. Preciso recarregar as baterias para enfrentar o Nick amanhã.

A Jenna deu risada, pegou os livros dela e se levantou.

— A gente se vê em algumas horas. Vá bem-arrumada. — Ela piscou e saiu contornando as cadeiras de uma maneira que fez os rapazes se virarem para olhar para ela. A Jenna solteira era uma novidade para mim. Quando eu a conheci, ela já estava com o Lion, mas parecia que, antes dele, ela tinha sido uma pessoa liberal até demais.

À diferença das últimas festas a que eu tinha ido, todas em mansões perto da praia e com pessoas ricas, nesta eu poderia finalmente interagir com gente de diferentes procedências, tanto geográficas quanto financeiras. Essa era a parte boa do ensino público: não era elitista. Nunca me senti completamente à vontade no meio daquelas pessoas milionárias porque nunca tinha sido uma delas, e continuava não sendo, apesar de a minha mãe insistir no contrário. Por isso, gostei da sensação de que finalmente poderia encontrar o meu lugar. Até que foi rápido achar a Jenna, que estava com a Amber em um canto da cozinha, bebendo cerveja. Meus olhos se arregalaram de surpresa quando a vi com uma Budweiser na mão. Queria ter tirado uma foto para jogar na cara dela depois, mas ela estava tão animada que resolvi guardar os comentários maliciosos para mim.

— Noah — ela me chamou ao me ver entrar. Eu me aproximei dela, que me deu um daqueles abraços que quase me estrangulavam.

Era a primeira vez que eu via a Amber, e ela parecia ter o mesmo estilo adoidado da Jenna, porém um pouco mais discreto, se é que isso fazia sentido. Ela sorriu para mim com alegria enquanto mexia a cabeça no ritmo da música e flertava com um dos rapazes ao lado dela.

Não demorou muito para eu tomar algumas cervejas e me ver, de uma hora para outra, cercada por cinquenta estudantes bêbados pulando no meio de uma sala cujos móveis tinham sido amontoados em um canto. A música estava muito alta e não dava para ouvir mais nada. A Jenna pulava e se esfregava em mim enquanto rebolava. A Amber tinha sumido havia algum tempo com um rapaz musculoso.

— Preciso parar um pouco, Jenn! — gritei, dando risada, enquanto as pessoas começaram a berrar ao ouvir uma música famosa. — Vou para a cozinha!

A Jenna assentiu, na verdade me ignorando completamente, e se juntou a outro grupo para dançar.

Fazia um calor infernal naquela sala. Estiquei o braço à frente do meu corpo e segui determinada a passar pelas pessoas. Quando cheguei à cozinha, havia um grupo preparando uma rodada de drinques.

— Ei, você, caloura! — um cara gritou na outra ponta da cozinha. — Esse vai para as garotas lindas!

Todos os rapazes reunidos ali levaram seus drinques aos lábios, gritando e dando risada. Eu também ri, mas segui discretamente para o outro lado da cozinha. Apoiei-me na mesa e, antes de conseguir pegar o celular para verificar as horas, o garoto que tinha gritado para mim apareceu na minha frente.

— Toma, estou vendo que você está com sede — ele disse, me oferecendo um pequeno copo cheio de um líquido âmbar.

— Não acho que tequila vai matar a minha sede, mas obrigada — respondi, aceitando a oferta e começando a beber. O álcool queimou a minha garganta e fiz uma careta. O rapaz começou a rir e vi de soslaio que ele se colocou ao meu lado com um ar despreocupado.

— Qual é o seu nome? — ele me perguntou, enquanto pegava um copo e o enchia de água.

— Noah — eu respondi, sentindo a minha cabeça dar voltas. Não devia ter bebido aquele drinque, as cervejas tinham sido suficientes.

— Eu sou o Charlie — ele se apresentou, amigavelmente. — A gente está na mesma turma de literatura, não sei se você lembra de mim. Eu sou o que costuma ficar dormindo no fundo da sala.

Dei risada da descrição e admiti que, sim, já o tinha visto nas aulas.

— Por que você está por aqui? Estamos bem longe das festas shakespearianas… Mas, bem, é óbvio que os caras da área científica são muito mais bonitos que os apaixonados por livros, não acha?

Eu sorri e relaxei ao perceber que ele definitivamente era gay.

— Minha amiga estuda medicina. Eu vim com ela — expliquei, dando de ombros.

O Charlie parecia contente por estar conversando comigo, porque passou os dez minutos seguintes tagarelando sem parar sobre as nossas aulas e os nossos colegas. Fiquei feliz por fazer amizade com alguém da minha sala, já que odiava me sentar sozinha e ainda não tinha conseguido trocar nada além um "oi" e um "tchau" com o pessoal.

SUA CULPA

Estava gargalhando por causa de um comentário bem inquietante sobre um dos nossos professores quando seus olhos se voltaram para a porta. Um rapaz tinha acabado de entrar e veio na nossa direção, um segundo depois.

— Que ótimo... Está vendo aquele cara?

Assenti, percebendo que ele nos olhava com uma cara fechada.

— Não precisa se importar com nada que ele disser daqui em diante.

Eu não tive nem tempo de perguntar, porque ele se aproximou rapidamente a passos largos.

— Você é idiota!?

— É disso que eu estava falando... — ele comentou em voz baixa. Dei risada.

— Ei, tente se comportar, há uma dama conosco — o Charlie o recriminou, com um sorriso no rosto.

— Estou cansado de bancar a sua babá, está ouvindo? O que você está bebendo?

Olhei para os dois disfarçadamente. Eu teria me afastado se não estivesse bem no meio dos dois. O Charlie era loiro, um pouco mais alto do que eu e bem magro. O rapaz que chegou depois, por sua vez, era bem mais alto do que a gente, loiro também, e tinha olhos de cor verde-musgo. Ele parecia querer estar em qualquer outro lugar, menos ali, cercado de adolescentes, porque estava claro que ele não era um deles.

— Estou bebendo água, idiota. — O mais alto não acreditou, já que arrancou o copo da mão do Charlie e o aproximou do nariz para sentir o cheiro.

O Charlie parecia estar se divertindo, muito satisfeito.

— Se você parar de rosnar como um cachorro raivoso, eu posso te apresentar à minha nova amiga. Noah, esse é o meu irmão, Michael; Michael, essa é a Noah.

O Michael não parecia nem um pouco interessado em mim e me olhou até com certo desgosto, como se eu fosse uma má companhia para o irmão dele ou algo parecido.

Antes que eu pudesse falar qualquer coisa, meu celular começou a tocar. Pedi licença e saí depressa para poder ouvir melhor. Meu coração parou quando vi as quinze chamadas perdidas do Nicholas. Atendi quando o nome dele apareceu de novo na tela.

— Onde você está, Noah?

38

NICK

Peguei a chave e saí do apartamento batendo a porta. Nada, não havia absolutamente nada, nem malas, nem roupas, nem as poucas coisas que ela normalmente deixava para o caso de passar a noite por lá. Notei um calor subindo aos poucos dentro de mim, não apenas porque ela não estava lá, mas também porque não atendera às minhas últimas ligações. Fazia três horas desde que eu recebi notícias dela e não pretendia ligar para a Raffaela para perguntar. Algo me dizia que era melhor deixá-la fora daquilo, porque se estivesse acontecendo o que eu achava…

— Em qual festa? — resmunguei ao telefone, esperando que ela me dissesse exatamente onde estava.

— Dá pra você se acalmar? — ela retrucou, e pude ouvi-la se afastando do som ensurdecedor da música.

"Me acalmar?"

— Vou me acalmar quando a gente se encontrar e você me explicar que merda está acontecendo — eu disse, entrando no carro e dando a partida.

— Acho que não quero lhe dizer onde eu estou.

Eu parei, com a chave no contato. Só podia ser brincadeira.

— Noah, me fala onde você está — pedi, fingindo tranquilidade.

A música já tinha ficado para trás. Agora, dava para ouvir a respiração agitada do outro lado da linha.

— Já falei, estou em uma festa.

— Rua, número, local… Onde?

Ouvi-a suspirando e, um minuto depois, ela me disse onde buscá-la.

Estava com um mau pressentimento em relação a tudo aquilo e esperava que, chegando lá, ela me convencesse do contrário. Eu tinha voltado um pouco antes para fazer uma surpresa. Queria levá-la para jantar e compensá-la pelos dias que não pudemos ficar juntos. Em vez disso, ao chegar, dei de cara com o apartamento vazio, exceto pelas flores que eu havia mandado, que estavam murchando em cima da mesa.

Não demorei muito para chegar ao local e a vi quando dobrei a esquina. Ela estava apoiada em seu carro, com os braços cruzados sobre o peito. Quando me viu chegando, ela se aprumou e me encarou, nervosa. Estacionei na frente dela e saí do carro.

Respirei fundo, tentando me acalmar. Depois que a vi e percebi que estava sã e salva, consegui pensar com um pouco mais de tranquilidade.

Eu me aproximei dela a passos decididos, mas não fiz o que estava querendo desde que tinha ido viajar. Não, simplesmente olhei para ela com atenção. Noah permaneceu calada, embora nervosa com o silêncio.

— Vamos embora — falei, dando-lhe as costas, sem nem encostar nela.
— Quero um chocolate quente.

— Espera aí... O quê? — ela indagou, incrédula.

Abri a porta do passageiro, esperando que ela se aproximasse.

— Pelo visto, você tem bastante coisa para me contar, mas não pretendo conversar aqui, com você congelando e tremendo, meio bêbada.

Apesar de estar tentando me controlar, de estar tentando com todas as minhas forças não ceder à tentação de explodir, vê-la ali, bêbada, estonteante e sem mim, me incomodava muito, mais do que eu queria admitir.

A Noah se aproximou com passos vacilantes. Nunca a tinha visto daquele jeito e fiquei ainda mais preocupado.

Fechei a porta após ela entrar, dei a volta no carro e me sentei no banco do motorista. Liguei o aquecedor no máximo, dei a partida e fui atrás de um café vinte e quatro horas. A história do chocolate era uma desculpa para tirá-la da rua. Ela estava tremendo, não sei se por causa do frio ou por algo que estava escondendo, mas todas aquelas ligações que ela tinha ignorado começaram a fazer um sentido totalmente diferente do que eu pensara inicialmente.

— Nicholas... Eu prefiro ir para casa — ela comentou, quando notou que eu estava dirigindo rápido e seguindo por outro caminho.

Ignorei o que ela disse e continuei dirigindo.

— Achei que gostasse de chocolate quente — eu disse depois, virando à direita e entrando em outra rua.

Eu estava sentindo o olhar da Noah cravado no meu rosto.

— Para de agir como se nada estivesse acontecendo, eu sei que você está bravo. Então, para.

— Por que eu estaria bravo? Por que você não atende às minhas ligações desde que eu fui para San Francisco? Eu sei que você adora me provocar, mas espero que isso não seja algum tipo de castigo porque eu tive de ir viajar.

Vi que ela estava inquieta no banco e optei por manter o meu rosto inalterado e continuar dirigindo.

Mal havia carros na rua... Normal, já passávamos das duas da madrugada. Se tivessem me perguntado, horas antes, o que eu estaria fazendo naquele momento, não passaria pela minha cabeça responder com aquilo que estava acontecendo, menos ainda com a Noah ao meu lado, o mais distante possível de mim.

Finalmente estacionei em um café desprezível. Eu ainda nem tinha parado o carro, mas a Noah já havia saído e entrado sem mim no pequeno estabelecimento. Por um instante, não pude deixar de compará-la com a Sophia. A Noah tinha um temperamento tão forte quanto o meu, e mesmo sabendo que nesse caso eu tinha razão, ela não conseguia se controlar. Fui atrás dela e me sentei no lugar que ela escolheu: uma pequena mesa afastada das outras, com vista para a estrada.

Estava com os olhos cravados na mesa e não parecia muito disposta a conversar. A garçonete se aproximou e pedi um chocolate quente para ela e um café para mim. Estava tentando amenizar o clima, porque era estranho que eu não a estivesse enchendo de beijos depois de quatro dias sem vê-la, mas a raiva acumulada e o fato de ela estar escondendo algo criavam entre nós um oceano interminável e intransponível. Ao ver que ela continuava calada, decidi ser o primeiro a falar. Acabaram-se os joguinhos.

— Onde estão as suas coisas?

O rosto dela finalmente se ergueu e consegui ver seus olhos cor de mel. Ela estava maquiada e os cílios, além de parecerem quilométricos, criavam uma sombra curiosa sobre suas bochechas altas. Seus lábios rosados hesitaram e ela fez menção de começar a responder, mas antes que pudesse fazê-lo a garçonete reapareceu com o nosso pedido.

A Noah fechou a boca e envolveu a xícara quente com as mãos. Esperei alguns minutos.

— Você pretende dizer alguma coisa?

Passaram-se mais alguns segundos, até que ela enfim decidiu falar.

SUA CULPA

— Eu briguei com a minha mãe — ela começou, como se não fosse nada. Apoiei as costas no encosto da cadeira e esperei que ela prosseguisse.

Quando ela me olhou dessa vez, vi que estava tentando com todas as forças não começar a chorar. Ficando tenso, esperei.

— Eu não vou morar com você, Nick — ela anunciou, um minuto depois. Olhei fixamente para ela, esperando por uma explicação que não veio.

— O que você está dizendo, Noah?

— Minha mãe me fez escolher entre conseguir ir para a faculdade ou ir morar você, e eu...

— Você não me escolheu — eu concluí por ela.

— Eu escolhi você, tá bom? Falei para a minha mãe que não me importava, que iria com você, mas não posso fazer isso, Nicholas...

Eu neguei com a cabeça. Já estava cansado de toda aquela merda.

— Está claro quais são as suas prioridades.

Eu me levantei e a Noah fez o mesmo. Deixei uma nota de vinte em cima da mesa e me dispus a sair do café sem olhar para trás.

— Nicholas, espera! — ela me pediu. Parei, mas só porque sabia que não podia deixá-la ali. — O que você queria que eu fizesse? Não tenho dinheiro como você, não posso pagar a minha faculdade, eles nunca me dariam uma bolsa...

Aquilo era ridículo. Eu me virei para ela.

— Não venha com esse papinho, Noah! — ralhei. Não havia absolutamente ninguém do lado de fora. Só dava para ouvir o barulho dos carros passando a mais de cem por hora na estrada e o rugir do vento. — Você sabe perfeitamente que o problema não é a sua mãe, ela nunca a deixaria sem estudar... O problema é que você não consegue confrontá-la. Havia muitas outras opções, você não deveria ter decidido sem me consultar antes!

A Noah me encarou, negando com a cabeça.

— Eu a conheço, Nicholas. Ela está decidida a me separar de você. Eu não vou deixar isso acontecer, mas não posso jogar o meu futuro no lixo por algo que decidimos de maneira precipitada e que pode esperar.

— Eu não quero esperar! — gritei, perdendo o controle. — Quero que você fique do meu lado, Noah, não com a sua mãe, nem com meu pai, nem com uma amiga. Quero que a gente seja uma merda de um casal de adultos que toma as decisões juntos, sem que a sua mãe ou o meu pai se metam nelas! Eu quero você comigo, quero você na minha cama todas as noites, todas as manhãs... Se você está comigo, quero que esteja comigo e com mais ninguém!

Os olhos dela se arregalaram de surpresa.

— É por isso que você me quer na sua casa? — ela perguntou incrédula, levantando o tom de voz e o igualando ao meu. — Para poder me vigiar? Que merda de relacionamento é esse, Nicholas?!

Levei as mãos à cabeça. Era a última coisa que eu poderia imaginar. Finalmente tudo acabaria bem, ficaríamos juntos sem ninguém se intrometendo em nossas vidas, e de repente tudo voltou a ser como era antes, mas pior: a Noah não ia morar na casa do meu pai, mas no *campus*, cercada de idiotas, em um local onde ocorriam abusos todos os dias.

— Se você não confia em mim, isso não faz sentido nenhum — ela declarou, e me virei para observá-la. A voz dela falhou na última palavra. Dei um passo à frente e peguei o rosto dela com as mãos.

— Não é que eu queira vigiá-la — disse, aborrecido comigo mesmo e amaldiçoando essa parte de mim. — Quando você não está comigo, eu imagino todo tipo de coisa. Não consigo controlar a minha imaginação, simplesmente é algo que eu tenho dentro de mim e que descobri há pouco tempo. Acontece em relação a você porque eu te amo. A última pessoa que eu tinha amado tanto é alguém que agora eu odeio para sempre, e não consigo evitar comparar vocês duas.

Eu nem acreditava que tinha acabado de dizer aquilo.

— Nicholas, eu não sou a sua mãe — ela afirmou, taxativa. — Eu não vou a lugar nenhum.

As imagens da minha mãe indo embora de casa invadiram a minha mente. Eu nunca mais confiei em uma mulher, nunca. Jurei para mim mesmo que não deixaria ninguém se aproximar, que nunca mais amaria alguém, que não acreditava no amor, principalmente depois de ver o relacionamento dos meus pais. E agora que eu tinha a Noah... Não conseguia evitar o medo de que ela fizesse a mesma coisa comigo. Ela era minha, eu não podia perdê-la. Não ia aguentar.

Eu me aproximei até os nossos olhares se encontrarem.

— Você foi embora da minha casa — sussurrei sobre os lábios dela.

A Noah ficou parada onde estava, esperando, suponho, que eu dissesse ou fizesse algo. Tirei minhas mãos dos ombros dela e dei alguns passos para trás.

— Não sei como vamos resolver isso.

39

NOAH

Fizemos o trajeto até o apartamento dele em completo silêncio. O Nicholas não falou absolutamente nada, nem sequer olhou para mim. Quando chegamos, eu o segui, tentando me acalmar. Estava me sentindo culpada por tudo aquilo, apesar de minha mãe ser a verdadeira causa de nos separarmos novamente... Eu sentia que o Nick estava se afastando um pouco mais de mim a cada dia. Meus problemas e minha mãe estavam ficando entre nós, e eu não sabia o que fazer. Simplesmente tentava tomar as decisões de maneira objetiva com base no que seria melhor para os dois, mas nada saía como eu esperava.

Quando subimos para o apartamento, o silêncio continuava insuportável. Preferiria ouvir as reclamações dele a isso, porque o silêncio significava que ele estava pensando em coisas que não tinha nem coragem de me falar. Eu o observei atravessar a sala e entrar no escritório. Parei no meio do caminho, indecisa. Será que eu queria continuar discutindo com ele? Talvez eu devesse ter pedido que me levasse para o alojamento, mas não queria esfregar na cara dele que já tinha me mudado para outro lugar. Sem ele. Além do mais, não dava para suportar a possibilidade de nos despedirmos sem resolver aquela situação. Não queria que a minha mãe atingisse o seu objetivo e nos afastasse definitivamente.

Não estava ouvindo nada do outro lado da porta e, depois de alguns minutos, tomei coragem e me aproximei para abri-la.

Lá, sentado aos pés da cama, estava o Nick. Ele tinha tirado a camiseta, estava com os antebraços apoiados nos joelhos e segurava um cigarro com a mão direita. Ele ergueu o olhar para o meu rosto quando me ouviu entrar.

Fiquei calada, observando, e ele fez a mesma coisa. Apenas alguns metros nos separavam, mas de repente a distância pareceu um abismo. Senti tanto medo, tanta solidão, que cruzei aquele espaço até grudar nas pernas dele e obrigá-lo a levantar a cabeça para olhar para mim.

— Não deixe isso nos separar.

Foi a única coisa que passou pela minha cabeça, porque eu não tinha entendido o quanto estávamos mal até meia hora antes, quando o Nick dissera tudo aquilo.

Ele baixou o olhar para a minha barriga e vi que ia levar o cigarro aos lábios novamente. Usei uma mão para segurar o pulso dele e, com a outra, peguei o cigarro. Ele olhou para mim com a testa franzida enquanto eu o apagava no cinzeiro ao lado. Então, eu me encaixei no colo dele e peguei o rosto dele com as mãos para que ele me olhasse olhos.

— Preciso ficar um pouco sozinho, Noah — ele disse, em um sussurro tão baixo que quase não ouvi. Minhas mãos foram para a nuca dele. Eu queria afundar os dedos naqueles cabelos, queria tirar a angústia daqueles olhos, acabar com a irritação que parecia controlar todas as suas forças. A mão dele se ergueu para segurar a minha, me impedindo de continuar com os carinhos. — Não brinque comigo, agora não.

As palavras saíram duras, frias, e aquela frieza se prolongou quando ele se levantou da cama sem encostar em mim. Fiquei de pé para olhá-lo.

— Eu sei que te machuquei ao me mudar e que você está assustado com a situação, mas você não pode me ignorar desse jeito. Não pode!

Ele se virou para mim, lançando labaredas pelos olhos.

— Estou te ignorando porque estou tentando me controlar!

Eu me assustei com o grito dele, mas tentei manter a calma. O Nicholas respirou profundamente e continuou falando.

— Eu poderia ajudá-la a pagar pela faculdade — ele afirmou, olhando para mim, sério.

Fechei os olhos e respirei profundamente. Já sabia que ele diria aquilo, mas eu não podia aceitar.

— Você sabe que eu não vou deixar você fazer isso — rebati.

— Estou oferecendo uma solução que seria satisfatória para ambos. Por que você não entende que as suas decisões têm impacto sobre nós dois, não apenas sobre você? — ele disse, quase gritando.

— Eu não ficaria contente, Nicholas! — eu disse, tentando manter a calma, sem sucesso. — Se morar com você significasse entrar em uma guerra com a minha mãe e com o seu pai, e ainda por cima depender financeiramente de você, eu ia acabar odiando ficar aqui… Você não entende?

— Não, claro que não! Eu só consigo ver que você está cercada de pessoas e nenhuma delas sou eu. É isso que eu vejo!

— Eu nunca te dei motivo para ser ciumento, e é por causa de ciúmes que você está nesse estado.

— Não venha com essa conversa, você é igualzinha.

Pensei em como explicar para ele que os ciúmes podiam ser aceitáveis até determinado ponto.

— Eu tenho mais motivos do que você. Você já ficou com mais mulheres do que consigo imaginar. Já eu, pelo contrário, dei tudo para você. Você sabe que eu sou sua em todos os sentidos da palavra e, mesmo assim, continua não confiando em mim.

— Você sabia onde estava se metendo ao sair com alguém como eu. Não posso mudar o meu passado.

A distância entre nós estava me matando. Claro que eu sabia onde estava me metendo ao começar a sair com ele, mas não era algo que eu tinha escolhido. Simplesmente era assim, eu me apaixonei de maneira incontrolável, mas isso não fazia com que tudo que ele tinha feito no passado deixasse de me afetar.

— Um relacionamento sem confiança não vai a lugar nenhum, e você sabe disso.

Os seus olhos se escureceram ao se cravarem nos meus.

— Eu não preciso confiar, preciso de você do meu lado.

Apesar de saber como ele estava irritado, entendi o que ele queria dizer.

— Estou aqui agora, não estou?

O Nicholas negou com a cabeça.

— Está mais ou menos. Sempre mais ou menos, Noah — ele me provocou, dando alguns passos que deixavam clara a sua intenção de sair do quarto.

— Eu estou aqui, Nicholas! — exclamei, e notei que meus olhos estavam ficando marejados.

Não sabia o que mais ele queria de mim. Eu havia lhe dado tudo o que eu tinha, tudo o que eu poderia dar a ele.

— Não, você não está! — ele gritou, virando-se de novo para mim.

— Estou dando o máximo que posso neste momento.

— Então, eu acho que vai chegar um momento em que isso não vai ser suficiente.

Continuei olhando para ele e sentindo um medo horrível. Lá estava o que eu sempre temi: não ser boa o suficiente para ele.

— É injusto que você esteja chorando — ele disse alguns segundos depois, sem tirar os olhos de mim.

— Estou chorando porque não posso dar o que você quer e porque tenho medo de que você acabe se cansando de mim — confessei, controlando um soluço que ficou preso na minha garganta.

Era insuportável ver como ele estava distorcendo as coisas. Queria ir embora para não acabar sucumbindo diante dele.

— É melhor eu ir embora — anunciei, secando a bochecha com a mão e olhando para o outro lado.

Escutei o Nicholas respirando fundo várias vezes. Então, ele atravessou o quarto, pegou o meu rosto com as mãos e me beijou. Foi tão intenso que me agarrei com força aos braços dele para me manter de pé.

— Nem em mil anos eu me cansaria de você — ele cochichou contra os meus lábios, e com um gesto rápido me empurrou para a cama e ficou em cima de mim.

Ele voltou a me beijar, mas, apesar das palavras bonitas, percebi que ele estava diferente comigo. A maneira de me tocar, de me beijar, de tirar a minha roupa, pareceu mais uma luta contra si mesmo do que um ato de amor entre nós dois. Eu o tinha machucado ao me ausentar e aquilo teve consequências. Os beijos se intensificaram e logo a boca dele começou a traçar uma trilha indefinida de beijos quentes e de mordiscadas no meu pescoço e nos meus seios até chegar às minhas coxas.

— Nick... — falei em um sussurro entrecortado.

O Nicholas não estava me ouvindo. Estava perdido no meu corpo, perdido ao beijar cada centímetro de pele despida que estivesse ao seu alcance.

— Chega, não quero falar mais nada, Noah — ele me pediu, tirando a minha calcinha e se colocando entre as minhas pernas. — Já falamos tudo o que tínhamos para falar.

Os lábios dele foram ao meu encontro e optei por me esquecer de tudo.

Eu não estava conseguindo dormir.

Ao meu lado, o Nick respirava lentamente, submerso em um sono profundo enquanto me apertava com força contra o corpo. As mãos dele me rodeavam, garantindo que eu não conseguisse me mexer direito. Eu o observei enquanto dormia e senti um nó nostálgico na garganta.

A noite anterior tinha sido tão intensa, tanto física quanto emocionalmente, que me deixou destroçada. Fui ao banheiro para lavar o rosto e voltar a mim. Quando me olhei no espelho, algo chamou a minha atenção, me despertando por completo.

— Não acredito — exclamei, brava. Eu estava com vários chupões espalhados pelo corpo.

Saí do banheiro e fui até ele, furiosa. Ele já estava acordado e me observou sentado na cama, impassível.

— Por que você fez isso? — perguntei, parada onde estava. O Nicholas ignorou a minha pergunta, levantou-se, vestiu uma calça de moletom e foi para o banheiro sem dizer uma única palavra. Fui atrás dele.

— É isso que vamos fazer agora? — indaguei, observando-o apoiar as mãos na pia e abaixar a cabeça. — Vamos ficar nos castigando?

Aquilo o fez olhar para mim.

— Você acha que é um castigo ganhar os meus beijos?

Eu neguei com a cabeça. Não ia deixar que ele distorcesse a situação.

— Você sabe que odeio essas marcas. — Aquilo era o que eu mais odiava e estava brava porque ele fez de propósito, para me irritar. — Você é um idiota — eu disse, simplesmente.

O Nick levantou as sobrancelhas.

— E você é uma mimada que precisa entender que nem tudo na vida vai ser do jeito que você quer.

Dei uma risada irônica.

— Por favor! Você nunca ouviu um não como resposta na vida, e é por isso que está me castigando: eu sou a primeira e única pessoa que te diz não.

O Nicholas ignorou meu comentário e se aproximou de mim com cuidado.

— Nisso você tem razão… Você é a primeira e a única.

Nós dois sabíamos que aquilo não era certo.

— Desculpa, tá bom? Não pensei enquanto fazia isso, me deixei levar pelo momento, mas, por favor, dá para deixar de ver isso como algo ruim? No fim das contas, são só beijos, meus beijos…

Suspirei frustrada. Não queria brigar com ele de novo. A noite anterior já tinha sido suficiente.

— E se fosse o contrário? Você ia gostar? — perguntei, levantando uma sobrancelha e deixando que ele se aproximasse. Ele prendeu uma mecha do meu cabelo atrás da minha orelha.

— Você está brincando? — ele disse, forçando um sorriso. — Eu amo a sua boca, não há nada que eu amaria mais do que uma marca que me lembre do que você fez com ela.

Aquilo não me convenceu.

— Você me deixaria marcá-lo? — perguntei, olhando fixamente para ele. — De qualquer jeito?

Ele olhou para mim, tentando adivinhar o que se passava pela minha cabeça.

— Você está falando de alguma safadeza, sardenta?

Achei a resposta dele engraçada e, por mais que odiasse aquelas marcas, as coisas andavam tensas demais para acharmos mais um motivo para brigar. Forcei um sorriso e o puxei para fora do banheiro.

— Deita na cama — ordenei.

O Nick olhou para mim hesitante, mas fez o que eu pedi. Abri uma gaveta da mesa de cabeceira e me sentei sobre ele.

— O que você vai fazer? — ele perguntou com um brilho obscuro no olhar.

— Nada que deve ter passado por sua mente poluída.

Então, levei uma caneta rotuladora aos lábios e retirei a tampa com os dentes.

O Nick arregalou os olhos.

— De jeito nenhum — ele se opôs, erguendo as mãos e me pegando pelos pulsos.

Eu abri um sorriso.

— Você vai me deixar fazer o que eu quiser e ficar bem quietinho — ordenei, fazendo força com os braços para que ele me soltasse.

Ele girou o corpo e me encurralou contra o colchão.

— Deixa isso pra lá se não quiser ter problemas — ele advertiu, mas vi nos seus olhos que estava brincando.

A caneta rotuladora continuava na minha mão e eu pretendia utilizá-la.

— Pense que é algo meu que você vai ter. Algo que é meu e de mais ninguém. Nunca fiz desenhos no corpo de ninguém e acho que é algo bonito e especial.

A sua cabeça se elevou sobre mim e ele me observou com curiosidade e, ao mesmo tempo, interesse.

— É isso que você considera algo bonito e especial?

— Qualquer coisa que eu fizer com o seu corpo vai ser algo bonito e especial — afirmei com um sorriso nos lábios.

— Está claro que você anda passando tempo demais comigo — ele comentou. Então, voltou a girar sobre a cama, me obrigando a sentar em cima dele, bem onde eu queria estar.

— Seja boazinha — ele pediu, colocando as mãos sobre minhas coxas despidas.

Aquilo era muito divertido e, ademais, me ajudou a esquecer de toda a carga emocional que tinha se aflorado nas últimas horas. Eu me inclinei sobre ele e comecei a desenhar em seu peito. Um coração no tórax, uma carinha feliz no ombro, um "te amo" onde ficava o coração... Fui me inspirando aos poucos e expressando tudo o que sentia por ele... Senti um quentinho no coração ao me lembrar das flores e do bilhete que ele tinha me mandado. Apesar de aquilo supostamente ser um castigo, logo se transformou em uma carta de amor marcada na pele... e escrita por mim. Os olhos dele não se separaram do meu rosto em nenhum momento e as suas mãos simplesmente traçaram círculos na minha pele enquanto eu trabalhava decidida e empregando minha melhor caligrafia sobre aquele corpo escultural. Queria demonstrar o quanto eu o amava, queria fazê-lo entender que ninguém era mais importante para mim do que ele.

A tinta parecia ajudar a amenizar a nossa dor e a recuperar a nossa cumplicidade. Com um sorriso bem aberto, peguei o pulso dele e escrevi minha última mensagem: "Você é meu".

Para sempre.

40

NICK

Não tirei os olhos dela uma única vez enquanto deixava que fizesse o que queria com o meu corpo. Essa frase poderia descrever o sonho de qualquer homem, mas nunca achei que a usaria para me referir à ocasião em que permiti que desenhassem um monte de besteiras na minha pele. Porém, observá-la ininterruptamente, como fiz naquele instante, não tinha preço. Ela estava tão concentrada em passar a tinta por mim e no que quer que estivesse fazendo que não percebia o quanto estava incrivelmente linda.

Suas bochechas estavam tingidas por um leve rubor, os olhos um pouco inchados pelo choro da noite anterior. Sei que não deveria ser tão babaca, mas gostava dos lábios dela depois que ela chorava... Ficava com vontade de beijá-la por horas a fio. Aproveitei a sua distração para observar cada gesto e me dedicar a fazer carinho nas suas pernas e coxas enquanto ela continuava entretida com a sua tarefa.

Quando minha mão baixou além da conta, chegando a lugares proibidos, os olhos dela buscaram os meus e interromperam os meus movimentos.

— Paradinho aí — ordenou, sorrindo e se divertindo, para depois fixar os olhos no meu pulso.

Deixei que ela escrevesse uma última coisa na minha pele.

— Terminei — ela anunciou, tampando a caneta rotuladora e baixando o rosto para beijar meus lábios levemente. Ficar quieto durante tanto tempo com ela quase nua em cima de mim foi uma verdadeira tortura.

Pegando-a pela cintura, girei-a para ficar em cima dela.

— E agora, o que você acha que eu tenho que fazer? — perguntei, sustentando o meu peso com os antebraços para não esmagá-la. A mão dela subiu até o meu rosto e fez carinho no meu cabelo com delicadeza.

— Sair por aí e mostrar minha obra-prima para o mundo — ela respondeu, com um brilho divertido no olhar. Apertei meu quadril contra o dela, sentindo-a tão frágil, tão pequena e tão incrivelmente perfeita... Senti um nó na garganta ao lembrar que aqueles momentos não se repetiriam com a frequência que eu queria. Teria que deixá-la ir embora para viver a experiência universitária cercada de babacas que brigariam para chamar a sua atenção. De repente, nem meus beijos nem nada que ela pudesse dizer pareceram suficientes para me convencer de que ninguém poderia roubá-la de mim.

Eu sentia dor só de pensar na possibilidade de perdê-la... Era um sentimento desesperador que me dava um aperto no peito, como se houvesse dois gigantes sentados em mim. Não sentia algo assim desde que a minha mãe tinha ido embora. Eu me fechei tanto para as outras pessoas, me neguei tanto a sentir algo... que agora estava totalmente vulnerável e exposto para que aquela garota incrível partisse o meu coração.

Então, vi o que ela havia escrito no meu pulso e uma sensação doce e cálida tomou conta do meu corpo. Eu era dela... Foi isso que ela marcou na minha pele, e entendi que nada me deixaria mais feliz do que me entregar de corpo e alma.

Eu sabia que meu olhar tinha se escurecido, impregnado pelos meus sentimentos e pelo desejo irracional de mantê-la comigo, ao meu lado para sempre. Não conseguia controlar o que sentia nem o modo como o meu amor por ela continuava crescendo.

— Vou deixar que você vá embora... Por enquanto — esclareci, ao ver que ela piscara surpresa. — Mas você sabe que isso não vai durar muito tempo. Quando eu quero alguma coisa, sardenta... eu simplesmente consigo. Não importa se eu tiver que passar por cima de alguém.

Ela apertou os olhos e se mexeu inquieta sob o meu corpo.

— Você me colocaria à frente de tudo?

A pergunta me distraiu por alguns instantes.

— Você está no meu coração, meu amor. Não há lugar mais seguro do que esse.

Ela sorriu e me levantei da cama para começar a me vestir.

— Você não vai tomar banho? — ela perguntou, enquanto eu passava uma camiseta pela cabeça.

— Isso é alguma indireta? Estou fedendo ou algo assim? — indaguei, sorrindo para os sapatos enquanto terminava de amarrar os cadarços.

A Noah ainda usava uma camiseta minha e estava com o cabelo bagunçado. A gente sempre se atrasava, e eu não entendia por que ela não aproveitava o tempo em que eu me arrumava para fazer o mesmo. E lá estava ela: sentada na cama, me observando e se divertindo.

— Achava que você ia sair correndo para apagar o meu Monet — ela comentou, chamando a minha atenção.

Eu sorri e fiquei na frente dela, que estava em um canto da cama. Seus pés repousavam tranquilamente sobre os lençóis brancos, lindos e perfeitos como cada centímetro da anatomia dela.

— Vou ostentar com orgulho os desenhinhos que você fez, sardenta. Eles foram feitos por você, não vou deixar que se apaguem tão facilmente. — Estiquei o braço e ergui um dos pés dela, apoiando-o sobre o meu peito e o massageando. Ela me encarava. — E digo mais, este elefante aqui — falei, levantando a camiseta e apontando para uma das minhas obras de arte — parece me dar um ar másculo bastante interessante.

Os seus olhos se dirigiram para a minha pele despida e um sorriso divertido surgiu em seu semblante. Eu a puxei pelo tornozelo, trazendo-a ao pé da cama. A camiseta roçava na parte de baixo dos seios dela, deixando aquela barriga lisa e plana livre para minha contemplação junto com aquela calcinha branca que fazia meu coração disparar.

— Viu algo do seu agrado? — eu perguntei, me inclinando e beijando o umbigo dela com ternura.

Ela fechou os olhos por um instante. Como conseguia ter um cheiro tão maravilhoso?

— Você — ela respondeu, simplesmente.

Mas não tínhamos tempo para aquilo. Eu a agarrei, com um sorriso de superioridade, e a fiz abraçar meu quadril com as pernas. Precisava tirá-la daquele quarto.

Percorri o corredor até entrar na cozinha. Sorri e a coloquei sobre o balcão. Ela fez uma careta ao sentir o mármore frio em sua pele. Eu a deixei por lá enquanto pegava as coisas na geladeira para preparamos o café da manhã. Senti os olhos dela acompanhando cada um dos meus movimentos.

Apanhei uma tigela de frutas, espremi laranjas e fui preparar ovos mexidos.

— Quer ajuda? — ela se ofereceu, mas eu neguei.

SUA CULPA

— Deixe-me preparar o café para você pela última vez — eu respondi, sem evitar lançar um olhar fulminante para ela. Ela se encolheu onde estava e não falou nada.

Quando estava tudo pronto em cima da pequena ilha da cozinha, voltei a agarrá-la e a coloquei no meu colo, diante da mesa. O braço dela rodeava o meu pescoço enquanto ela brincava distraidamente com o meu cabelo e dei-lhe comida na boca enquanto me perdia nos meus próprios pensamentos. Ela comeu o que eu ofereci, também distraída com algo.

Eu sabia que, por mais que estivéssemos com aquelas feições felizes, o que acontecera na noite anterior continuava presente como um fantasma a nos assombrar. Nervoso, afastei a cabeça de Noah para trás e colei meus lábios nos dela, saboreando a laranja fresca direto daquela boca deliciosa.

Ela se surpreendeu com a minha investida, mas me devolveu o beijo, enroscando a língua na minha enquanto meu braço a rodeava com força, puxando-a para mim.

Quando me afastei, juntei minha testa com a dela e nossos olhares se encontraram. Seus olhos tinham uma cor de mel que me derretia, e senti a urgência irracional de levá-la para meu quarto e não deixar mais que saísse.

— Eu te amo, Noah... Não se esqueça disso nunca.

O olhar dela brilhou de maneira incrível enquanto seus dedos faziam carinho na minha bochecha e no meu lábio inferior. Ela parecia estar perdida nos próprios pensamentos e, quando sua mão estava prestes a se afastar, eu a segurei e a levei aos meus lábios.

Beijei cada um dos dedos dela com cuidado e depois deixei que ela continuasse comendo.

Se antes ela estava pensativa, agora eu a tinha perdido por completo.

— A que horas sua aula começa? — perguntei, sem aguentar o silêncio.

— Meio-dia e meia.

— Eu levo você.

Depois de deixar a Noah na faculdade, fui me encontrar com o Lion e o obriguei a me acompanhar a um lugar em especial.

— A Noah vai te matar — meu amigo previu, enquanto eu esperava que terminassem.

— Você não gostou? — perguntei com um sorriso divertido e me sentindo incrivelmente bem.

Tinha ficado perfeito.

— Você está virando um frouxo. Isso vai acabar afetando a sua reputação, você vai ver — ele adicionou, enquanto pegava a bola de basquete e tentava acertar a cesta pendurada na porta.

Ignorei o comentário dele e me levantei. Precisava resolver outras coisas.

— Não sou eu quem está chorando pelos cantos, Lion — eu o lembrei, ignorando a minha pontinha de culpa. O Lion andava muito seco, sem se importar com nada nem ninguém, e tomei cuidado para não mencionar aquele nome começado com J, porque seria briga na certa.

— Você é um idiota — ele rebateu, arremessando a bola e acertando os equipamentos que ficavam em um canto.

Peguei a minha blusa, vesti-a e saí, sabendo que ele me seguiria.

Meu carro estava estacionado ao lado. Entramos e, enquanto manobrava, eu soube que algo estava se passando pela cabeça dele.

— Estou pensando em vender a oficina — ele anunciou. Eu me virei.

— O quê?

A oficina era o que o Lion tinha de mais importante, era o negócio dele e da família dele. Meu amigo manteve o olhar fixo na pista, mexendo os pés com nervosismo.

— Quero ajeitar as coisas com você sabe quem — ele comentou. Revirei os olhos.

— Acho que você não está no caminho certo se não consegue nem mencionar o nome dela.

— É que eu ainda estou bravo com ela — admitiu, bufando. — Mas o pai dela me ligou ontem à noite.

Tirei os olhos da pista para olhar para ele, incrédulo.

— E o que ele falou?

— O senhor Tavish sempre me tratou bem. Ele não me olha que nem os outros ricaços, se é que você me entende... Ele é um cara legal.

Greg Tavish era um grande homem, que criou os filhos de maneira impecável. A Jenna era como era porque nunca lhe havia faltado nada. Eu mesmo tinha inveja dela quando éramos crianças.

— Então... A gente conversou, você sabe, primeiro ele queria saber por que a Jenna não estava mais falando de mim em casa e por que a filha tinha passado tantas noites seguidas só chorando.

Olhei para o Lion de soslaio e vi que, apesar de ele não gostar do sofrimento da Jenna, saber que a separação tinha sido difícil para ela e que ele não era o único sofrendo parecia um alívio para o meu amigo.

— Ele me ofereceu um cargo na empresa dele. Para eu começar de baixo, claro. Teria que fazer um teste e ir subindo de cargo com o passar dos anos. Esse cara é uma máquina, Nick, você já deve ter ouvido falar… Ele parece tão seguro, tão inteligente… Entendo por que a Jenna o adora tanto, sabe? Quem é que não quer um pai assim?

Olhei fixamente para o carro da frente.

— Não vai dizer nada sobre isso??

A minha mente se desviou para terrenos escuros. Não conseguia evitar a comparação entre o meu pai e o Greg, nem entender como ele e a esposa aceitavam o relacionamento da filha com o Lion. Meu amigo era um cara das ruas, muito gente boa, claro, mas no fim das contas era um rapaz sem recursos e sem estudo. O pai da Jenna o aceitava mesmo assim, e eu precisava lutar com unhas e dentes para ser aceito na minha própria família.

— Acho que é a melhor coisa que poderia ter acontecido, Lion — eu respondi com um sorriso.

Eu olhei para ele e, pela primeira vez em muitos anos, ele parecia estar seguro. Os olhos verdes do meu melhor amigo refletiam uma perfeita calmaria.

41

NOAH

Passei os três dias seguintes sem ver o Nick. Mantivemos contato conversando à noite e ele me mandava mensagens que me faziam ficar vermelha na aula, mas não tivemos uma brecha para nos encontrarmos.

Nesses dias eu saí com a Jenna. Não fomos para nenhuma balada ou algo assim, mas ficamos nos arredores da faculdade. Havia bares muito legais, desde que a gente chegasse antes do horário de pico, senão ficava impossível encontrar mesa. Naquele exato instante eu ia me encontrar com Jenna e Amber, sua colega de quarto, no bar do momento, o Ray's. Chegamos cedo e conseguimos uma das melhores mesas. Um grupo de rapazes jogava sinuca a alguns metros de distância, e era muito claro que queriam chamar a nossa atenção. Três garotas lindas, sem nenhum cara ao redor... Era o suficiente para que quisessem iniciar uma conversa.

A Amber não parava de falar que tinha se apaixonado por um deles, um ruivo, magro e um pouco esquisito, mas bem bonito. Achei engraçado que, em menos de cinco minutos, ela já tinha imaginado um roteiro de cinema.

— Acho que o primeiro a gente chamaria de Fred. Você sabe, sempre gostei de Harry Potter, e com certeza nossos filhos herdariam o cabelo ruivo dele...

— Vai lá e conta que você já sabe o nome do primeiro filho de vocês. Ele com certeza vai se apaixonar — incentivou a Jenna, que não parava de beber e parecia enojada com cada olhar que recebíamos do sexo oposto.

— Olha, Noah, tem um que não tira os olhos de você — Amber comentou, ignorando a Jenna e se virando para mim. Não pude evitar olhar para trás, esperando ver o Nick.

Mas me deparei com alguém completamente diferente. Não era o Nick, nem de longe, e, como dissera a minha nova amiga, não tirava os olhos de mim. Era alto, loiro e segurava o taco de sinuca como se fosse outro membro do seu corpo. O mais estranho é que ele me parecia familiar. Parei de olhar para ele e me concentrei nas meninas.

— Talvez esteja na minha sala, mas não consigo lembrar — comentei, dando de ombros.

A Jenna se virou, olhando descaradamente para o rapaz.

— Eu já vi esse cara, acho que saindo do café do prédio de Biologia, e posso garantir que não é do primeiro ano. E, digo mais, acho que é um professor. Quem sabe ele não queria te dar aulas de alguma coisa...

Aulas? Nem pensar.

Olhei para ele dissimuladamente por trás dos meus cabelos e, como ele estava concentrado no jogo, inclinado sobre a mesa e mirando alguma bola, consegui vê-lo melhor. Não, eu tinha certeza de que não era professor, era jovem demais para isso. Mas não tão jovem para ser um calouro. Vasculhei o meu cérebro para me lembrar de onde o conhecia, mas foi impossível. Depois de alguns minutos, mudamos de assunto e continuamos jogando conversa fora.

— Ei, me traz outra taça? — a Jenna me pediu depois de um momento.

Respondi que sim, e aproveitei para ir ao banheiro, já que não havia muita fila. Para chegar lá, eu precisava passar pelas mesas de sinuca. Tinha até me esquecido do rapaz misterioso, então, quando ele me abordou no meio do caminho, me obrigando a parar, me deixou bastante surpresa.

— Oi — ele me cumprimentou simplesmente, olhando para mim com curiosidade.

— Oi — respondi, olhando bem para o rosto dele e me lembrando imediatamente de onde o vira: tinha sido naquela festa em que eu fui com a Jenna, na mesma noite em que o Nick voltara de San Francisco e me buscou na rua.

— Desculpa, não queria assustá-la, mas acho que você estava com o meu irmão em uma festa há alguns dias, não?

— Sim, estamos na mesma sala — eu respondi.

Ele assentiu. Não me recordava do nome dele, mas me lembrava de ele ter nos abordado de uma maneira péssima naquele dia.

— Queria pedir um favor. Meu irmão é especialista em desaparecer e não dar sinal de vida. Se você o encontrar na aula, pode pedir para ele me ligar? É importante.

Respondi que sim, enquanto ele pegava a carteira e procurava algo lá dentro.

— Sei que é pedir muito, mas não conheço mais ninguém da sala dele... Se você perceber que ele não está bem ou agindo de modo estranho, pode me ligar nesse número?

Eu peguei o cartão que ele me oferecia.

— Claro, pode deixar — eu respondi ao vê-lo tão preocupado. — Ele não está com nenhum problema, né?

Eu gostava muito do Charlie para deixar de ser amiga dele. Graças a ele, nos últimos dias eu tinha dado muita risada, como há muito não fazia. Ele parecia estar constantemente de bom humor e ria de todo mundo, inclusive de si mesmo, sem maldade alguma.

O irmão do Charlie sorriu sem mostrar os dentes, o que supus ser uma indicação de que não queria tocar no assunto.

— Nada com que você precise se preocupar.

A resposta podia parecer antipática, mas ele falou com um tom tão transparente e amigável que tudo que pude fazer foi devolver o sorriso antes de ele desaparecer de onde tinha vindo.

Ao baixar o olhar para ler o cartão, fiquei arrepiada.

MICHAEL O'NEIL
PSICÓLOGO/PSIQUIATRA
(323) 634-7721

Não demorei muito para voltar ao alojamento. Estava cansada e não conseguia parar de pensar no que o irmão do Charlie tinha dito. A questão do psicólogo estava na minha lista de tarefas. O Nick me pediu para fazer aquilo por ele, mas, mesmo tendo aceitado, odiava a ideia de ter que me abrir com uma pessoa estranha, contando meus medos e intimidades. Não era fácil para mim falar dos meus problemas, quanto mais para um desconhecido. Mesmo assim, tinha consciência de que os pesadelos continuavam, e o medo do escuro seguia fazendo parte do meu dia a dia. Sabia que era algo que não dava para continuar adiando, mas não queria que alguém me analisasse, me julgasse ou me dissesse que eu estava completamente doida. Minha mãe tentara me levar para fazer terapia mais de uma vez, inclusive quando eu era criança, mas eu chorava tanto nas consultas que ela finalmente desistiu, comprou luzes suaves para o meu quarto, e assim meu medo persistia. Claro que os pesadelos eram algo relativamente novo, que tinha surgido depois de eu ver o meu pai morrer.

Eu me joguei na cama e voltei a pensar no assunto. Será que tinha sido um sinal? O tal de Michael parecia ser uma boa pessoa, e o mais importante: não era alguém muito mais velho. Isso me deixava segura, porque as sessões podiam parecer simples conversas entre amigos. Queria falar com o Charlie primeiro. Além do mais, queria saber por que o irmão estava tão preocupado com ele, embora ainda não estivesse preparada para contar meus problemas para o Charlie.

Sabia que, se eu contasse, meu amigo usaria qualquer pretexto para me convencer de que o irmão não seria um bom psicólogo, então decidi ligar diretamente para o Michael e perguntar sobre a terapia. No dia seguinte, depois das aulas matutinas, encontrei uma brecha para ligar. Falei um pouco sobre o meu problema, sem muitos detalhes, e ele me contou que era um dos psicólogos do *campus*. Estava há dois anos trabalhando na faculdade, e fiquei animada para marcar uma consulta. Ainda não sabia nada do Charlie, porque ele não tinha aparecido na aula, mas esclareci que ele não costumava ir às aulas da manhã.

Apesar do nervosismo, me senti um pouco aliviada ao dar aquele pequeno passo. Agora, só faltava ir, ver o que eu achava e, principalmente, saber se me sentiria à vontade com ele para contar dos meus demônios.

Passei o restante da manhã no café da faculdade. Estava com um nó na garganta, nervosa, então simplesmente pedi uma xícara de café e peguei um livro que tínhamos que ler para a aula. O ambiente da cafeteria era um pouco caótico, por isso escolhi uma das mesas mais afastadas.

Um pouquinho depois, tive uma sensação estranha na barriga. Como se eu fosse capaz de senti-lo, ergui os olhos e o vi: lá estava o Nick, entrando na cafeteria com um copo descartável de café em uma das mãos e um MacBook na outra. E o pior: não fui a única a reparar em sua chegada. As cinco garotas que estavam na mesa ao lado, que não paravam de falar, começaram a cochichar e secá-lo descaradamente. Olhei ao meu redor, observando atentamente da minha posição privilegiada, e percebi que as garotas da mesa ao lado não eram as únicas que estavam de olho no meu namorado. O Nick passou entre as pessoas até se sentar em uma mesa onde um grupo de rapazes o recebeu com os típicos tapinhas nas costas.

— Meu Deus, que gato! É sério, só de olhar para ele eu já fico super-nervosa — uma das garotas soltou ao meu lado.

Fiquei tensa quase que de imediato.

— Ele é o meu futuro marido, então pode ir tirando o cavalinho da chuva — uma outra falou, e todas riram.

Nunca parei para pensar que, obviamente, o Nick não era invisível, e era lindo ᶜ ᵧmorrer. Bastava reparar nas roupas que usava: calças bem ajustadas, camisetas levemente coladas, ressaltando os braços musculosos... E o pior de tudo é que ele estava usando óculos de leitura, que eu achava incrivelmente sensuais e pensava que ele só usava quando estava no apartamento — e quando estava comigo.

Uma parte de mim queria sair correndo para mostrar que ele era meu, mas não queria deixar aquela posição privilegiada, de onde eu poderia ver como ele se comportava na minha ausência.

Sinceramente, ele parecia não estar se importando muito com os colegas de mesa. Eles não paravam de algazarra, enquanto Nicholas se concentrava em alguma coisa no notebook. Duas garotas se aproximaram da mesa e olharam para ele de maneira provocativa. Uma delas disse alguma coisa, e o Nick levantou o olhar e sorriu. Um calor intenso começou a surgir dentro de mim.

— Ele deve ter algum defeito — comentou outra menina ao meu lado.

— O único defeito dele é que ele se oferece para todas. Eu nunca de-sejaria alguém como ele de namorado. Além do mais, só de ficar na frente dele eu já ficaria sem palavras e me tornaria uma completa idiota, é sério.

Como se o Nick tivesse ouvido exatamente aquelas palavras, ele tirou o olhar do laptop, e seus olhos se encontraram com os meus à distância. Devia ter me feito de tonta ou distraída, mas queria que ele me visse, queria saber o que ele faria agora que eu estava no território dele, na faculdade dele, onde todo mundo o conhecia e falava dele.

Um sorriso divertido apareceu nos seus lábios. Enquanto isso, fiquei simplesmente olhando para ele.

— Ele está olhando pra gente — alguém da mesa ao lado anunciou, e ouvi as tontas dando risada.

O Nick se levantou, pegou as suas coisas e, sem tirar os olhos de mim, veio na minha direção. Deu para perceber que várias garotas o seguiram com o olhar.

Voltei a prestar atenção no meu livro e esperei para ver o que ele faria. Ouvi claramente a cadeira ao meu lado se movendo e ele se sentando.

— Oi — ele disse simplesmente, e, sem esperar a minha resposta, puxou minha cadeira de um jeito que nos deixou frente a frente, com minhas pernas quase roçando os joelhos dele.

As garotas da mesa ao lado nos contemplavam perplexas.

Olhei para ele e senti borboletas no estômago. Não dava para evitar: a presença dele, assim como fazia com todo o público feminino, mexia com os meus hormônios.

— Oi — eu respondi, um pouco tensa. Estava acostumada com as mulheres olhando para ele. Mas nunca tinha ouvido as coisas que falavam, nem como era viver isso estando do outro lado. Obviamente, olhavam para ele quando estava comigo, mas jamais faziam comentários que eu pudesse ouvir. Agora eu sabia que havia uma fila de garotas esperando ansiosamente que eu desse um pé na bunda dele para tentarem ocupar o meu lugar.

"Ele se oferece para todas... Eu nunca desejaria alguém como ele de namorado."

Voltei a me concentrar no livro novamente. Estava nervosa demais por saber que todo mundo estava olhando para a gente. Além do mais, odiava escutar as pessoas falando dele como se fosse uma pessoa frívola, superficial e somente bonita, e nada mais. O Nick era muito mais que o seu físico.

— É isso que eu chamo de uma recepção calorosa — ele alfinetou, passando a mão pelo meu cabelo.

Olhei de novo para ele e franzi a testa.

— Eu não sabia que você tinha aula hoje, nem que estaria por aqui. Você podia ter me avisado.

As garotas ao lado não paravam de cochichar e dar risada, e estavam começando a me incomodar.

— Eu não pretendia vir, mas tive que entregar um trabalho. Como não estamos morando juntos, tenho bastante tempo livre.

Os olhos dele me olharam daquela maneira obscura que me lembrava do que eu estava perdendo por não morarmos sob o mesmo teto.

— Eu não sabia que você era tão popular na faculdade — comentei, mudando de assunto, sem querer entrar de novo na mesma discussão.

O Nick desviou o olhar para as garotas da mesa ao lado. Eu não queria nem que ele olhasse para elas.

— Está com ciúmes? — ele perguntou, olhando para mim de novo.

Preferi não responder àquela pergunta, então me inclinei sobre a mesa e o puxei até mim pela camisa.

— Acho que há gente demais aqui que não faz ideia de quem eu seja — admiti, deixando os olhos dele percorrerem o meu rosto. Um sorriso divertido se desenhou em seus lábios sedutores.

— Não há nada de mal em querer o que é seu, meu amor.

As palavras dele foram suficientes para mim. Juntamos os nossos lábios em um beijo delicioso. O silêncio que se fez na mesa adjacente serviu para que um sorriso finalmente aparecesse no meu rosto. Minha intenção era trocarmos apenas um beijo intenso, mas o Nick parecia ter outros planos. Ele me sentou no colo dele, sem se afastar um centímetro de mim. Então, entreabriu os meus lábios com a língua e deixei que ele invadisse a minha boca.

Naquela posição, eu estava dando as costas para o salão da cafeteria, o suficiente para deduzirem o que estávamos fazendo, mas sem que aquilo se tornasse um espetáculo. O Nick deu mordidas no meu lábio inferior, chupou-o e voltou a apertar os seus lábios contra os meus, como se estivesse selando o nosso amor.

Quando me afastei, percebi que ele estava se divertindo com aquilo e notei uma excitação que obscurecia seu olhar.

— Eu adoro demonstrações públicas de afeto — ele confessou, desenhando círculos constantes ao pé das minhas costas com o polegar. Eu estremeci.

Então, senti algo estranho roçando a minha pele. Franzi a testa e o fiz erguer o braço para que pudesse ver o que era: uma faixa branca cobria o seu pulso.

— O que aconteceu com você? — perguntei horrorizada.

Ele pareceu hesitar por alguns segundos e minha inquietude foi aumentando.

— Nada, não se preocupa.

Imagens do Nicholas entrando em outra briga vieram à minha cabeça. Procurei outro rastro de agressão, mas o rosto dele estava impecável, sem nenhum arranhão. Olhei para os pulsos e não vi nenhum machucado.

— Por que você está com uma faixa no punho, Nicholas? — perguntei, mudando de tom e ficando séria.

Ele jogou a cabeça para trás e um sorriso que eu não sabia bem como interpretar apareceu no semblante dele.

— Não precisa implicar com isso, tá?

Eu franzi a testa e peguei o braço dele.

— O que você fez?

Um alarme soava dentro de mim.

— Veja você mesma — ele disse, indicando que eu levantasse a faixa.

Foi o que eu fiz sem esperar nem um segundo. Então, lá estava: um pouco inchada, mas claramente visível: uma tatuagem.

— Meu Deus! — exclamei, com a voz entrecortada.

O Nick terminou de arrancar a faixa e a deixou sobre a mesa.

— Parece que não preciso cobri-la mais, o que você acha?

Sobre a sua pele linda, em preto e com a minha caligrafia, estava o que eu havia escrito três dias antes no corpo dele: "Você é meu".

— Me diz que isso não é uma tatuagem — supliquei com o coração na mão.

— Você achou mesmo que eu ia deixar isso se apagar? — ele declarou, olhando com orgulho para o próprio pulso.

— Você está maluco, Nicholas Leister! — exclamei, sentindo emoções desencontradas. Uma tatuagem era algo definitivo, uma marca na pele que o faria se lembrar de mim para sempre... Aquelas palavras indicavam que ele era meu.

— Já estava gravado em mim antes mesmo de eu fazer a tatuagem. Isso é só uma recordação sua que vai estar comigo para sempre, sardenta. Não é para você dar tanta importância.

De repente, senti medo. Entendi o quanto aquilo era significativo e, apesar das palavras bonitas, uma pressão já conhecida no meu peito estava me deixando sem ar.

— Preciso ir — anunciei, começando a me levantar, mas o braço dele me mantinha parada onde eu estava.

O Nick revirou os olhos e me fitou com seriedade.

— Você está surtando por causa da tatuagem, e essa não era a minha intenção — ele reconheceu, claramente descontente.

Neguei com a cabeça. De repente, fiquei sem ar e precisava sair dali. Notei que todo mundo parecia estar atento, acompanhando os meus movimentos.

— Uma tatuagem é para a vida inteira, Nicholas — eu falei, com um nó na garganta. — Você vai se arrepender disso, eu tenho certeza. E se eu me tornar uma má recordação, um fantasma que o persegue? Você vai se arrepender e me odiar, porque vai se lembrar de mim até quando quiser me esquecer... — Os lábios dele me silenciaram com um beijo rápido. Embora tivesse parecido algo carinhoso, eu senti a sua tensão sob o meu corpo e a dureza dos lábios dele contra os meus.

— Às vezes, eu não sei o que fazer com você, Noah. De verdade, não faço ideia.

Eu o observei pegar o computador, sem olhar para mim, e ir embora por onde tinha chegado.

Merda... Será que eu tinha ferido os sentimentos dele?

Naquela noite, não consegui dormir. O olhar descontente e machucado do Nick era o motivo de eu não ter pregado os olhos. Estava me sentindo culpada por ter me comportado daquela maneira, por ter reagido daquele jeito. Foi aí que entendi que precisava conversar com alguém sobre aquilo, precisava de ajuda, eu queria ser o que o Nick esperava de mim.

Na manhã seguinte, tive a minha primeira sessão com Michael O'Neil.

— Fale-me um pouco sobre você, Noah. Por que você acha que precisa da minha ajuda?

A consulta com o Michael não foi como eu tinha imaginado. Não havia um divã no meio do consultório, nem objetos estranhos, nem nada assim: era um simples escritório, com uma mesa no canto, dois sofás pretos com uma mesinha de centro e almofadas brancas aconchegantes. As cortinas da enorme janela estavam abertas e deixavam uma luz cálida entrar. Ele me ofereceu chá e bolachas, e eu me senti como se tivesse cinco anos.

Contei meio por cima sobre a minha infância, a minha relação com os meus pais e os problemas que meu pai tivera com a minha mãe. Não tinha a intenção de revelar todos os meus segredos na primeira sessão, mas o Michael era bom em tirar informações de mim sem que eu percebesse. Quase sem me dar conta, acabei falando da minha queda da janela e do meu trauma com o escuro. Também contei que há pouco mais de um ano eu tinha deixado a minha casa para me mudar para Los Angeles e mencionei o Nick. No fim das contas, estava lá por causa dele.

— Você tem namorado? — ele me perguntou, parando de escrever em seu bloco de notas.

Assenti, me remexendo no sofá.

— Fale sobre o relacionamento de vocês.

A sessão passou voando e não consegui falar muito mais.

— Olha, Noah, pude conhecê-la um pouco melhor na última hora, mas não conseguimos nos aprofundar em nada... Queria que a gente começasse com duas horas por semana. Pelo que me contou, o que mais a preocupa é a sua nictofobia, e podemos resolver isso com a terapia. Você se surpreenderia se soubesse quantas pessoas têm esse problema, não precisa ficar com vergonha dele.

Fiquei com vontade de dizer que não estava com vergonha, mas que simplesmente odiava aquele bloqueio mental que me dominava quando as luzes se apagavam. Não tive muita certeza de que aquela hora com ele tinha servido para alguma coisa, mas me senti bastante confortável, e isso era muito importante.

O Michael se levantou e me acompanhou até a porta.

— Foi um prazer conhecê-la, Noah. Espero conseguir ajudar, de verdade.

Eu devolvi o sorriso. Aquela maneira tão calma de falar e o jeito de olhar para mim transmitiam uma tranquilidade quase absoluta. Supus que ele fosse realmente bom no trabalho dele.

42

NICK

Olhei para os prédios diante de mim. Às vezes, olhar daquela altura podia ser embriagante. Outras vezes, fazia eu me sentir superior, olhando para todas aquelas pessoas sem que elas soubessem, para o trânsito noturno, para os últimos raios de sol... Nunca tive nenhum problema com altura. Por outro lado, não gostava nada da distância. Estava há um bom tempo perdido nos meus pensamentos, tentando entender por que às vezes era tão difícil conseguir o que se queria. Muitas pessoas poderiam julgar minhas palavras, porque parecia que não me faltava nada, mas algo em particular tinha me cativado, alguém, na verdade, e eu não sabia o que fazer para garantir que esse alguém ficasse ao meu lado, não importava o que acontecesse.

A cara dela ao ver a tatuagem não foi a que eu esperava. Não achava que ela fosse dar pulinhos de animação, mas nunca pensei que veria medo. O medo não entrava na minha cabeça, nos meus planos, era muito difícil eu me assustar com algo.

A Noah vivia com medo, já havia admitido para mim, e eu não podia fazer nada a respeito. Minha simples presença fazia com que ela dormisse sem ter pesadelos e que os demônios dela se acalmassem, mas eles não desapareciam. Eu tinha receio de que esses demônios se tornassem meus também, porque todos têm limites... Eu, como homem, tinha limites bem definidos, mas que se tornavam confusos diante dessa pessoa que me deixava completamente doido.

Eu queria conhecê-la por inteiro e, quando achava que tinha conseguido, me surpreendia com algo que não estava preparado para ver. E lá estava eu, de volta à estaca zero.

"E se eu me tornar uma má recordação, um fantasma que o persegue? Você vai se arrepender e me odiar porque vai se lembrar de mim até quando quiser me esquecer..."

Como ela tinha sido capaz de me dizer aquelas palavras? Será que meus sentimentos por ela não estavam claros? Não era óbvio que o meu mundo praticamente girava em torno dela?

Olhei para o contrato que tinham me enviado naquela manhã. Ganhamos o caso Rogers, um novato como eu conseguira uma vitória em um caso que todos davam como perdido. O Jenkins me mandou para lá junto com a Sophia para que perdêssemos. Assim, ele teria argumentos para mostrar que ainda não estávamos preparados para assumir casos mais complexos... O Jenkins estava defendendo o próprio cargo com unhas e dentes, mas com aquele plano o tiro dele saíra pela culatra.

E lá estava o papel que eu sempre quis ler. Estavam me oferecendo dois anos de estágio em um escritório que não tinha nenhuma relação com o do meu pai, em Nova York, com estadia paga e um salário de quatro mil dólares por mês, que seria renegociado assim que eu passasse do período de experiência. Uma oportunidade única, minha oportunidade de andar com as próprias pernas, de ascender por mérito próprio, sem depender do meu pai.

E lá estava novamente na minha cabeça... Aquele rosto bonito, pelo qual eu mataria e daria a vida: o da Noah.

Peguei o contrato e o guardei em uma das gavetas. Não havia mais o que pensar sobre aquele assunto.

43

NOAH

Silêncio.

Era o que havia entre mim e o Nicholas, e não era algo que eu estava esperando. Fiquei sentada na minha cama olhando fixamente para o meu celular e pensando no que poderia dizer para justificar o meu comportamento do outro dia. Estava com saudade e com medo de que tivesse acabado com a paciência dele.

Fazendo das tripas coração, comecei a escrever uma mensagem... Depois, apaguei tudo e tomei coragem para ligar para ele. Esperei ansiosa até que ouvi uma voz.

— Alô?

Uma voz de mulher.

Bastaram três batimentos do meu coração para que o som do sangue bombeando tomasse conta meus ouvidos.

— O Nicholas está?

Minha voz saiu esganiçada, e só por toda a raiva que eu sentia não encerrei a chamada ao ouvir a voz da Sophia.

Ela disse que sim e, alguns minutos depois, ouvi a voz dele do outro lado da linha.

— Noah.

Noah... Nada de "sardenta", aparentemente.

Estava me sentindo tão distante dele naquele momento que me doeu o coração.

— O que você está fazendo com ela?

Perguntar aquilo não era exatamente a minha intenção.

— Eu trabalho com ela.

Respirei fundo, tentando encontrar uma maneira de me conectar com ele, mas haviam se passado quatro dias sem que nenhum de nós dois desse sinal de vida, o que nunca tinha acontecido. Eu estava perdida, porque não sabia o que estava acontecendo.

"A tatuagem."

Conversei sobre isso com o Michael. Ultimamente, estava indo quase todos os dias para o consultório, e falávamos sobre tudo. Nunca tinha me sentido tão capaz de me abrir com um desconhecido, mas ele tinha conseguido, e foi dele a ideia de que eu esperasse para ver como se desdobrariam os acontecimentos com o Nick. Ele me falou que pressionar nunca era bom e que o melhor era esperar a irritação desaparecer em vez de deixar que ela falasse por mim.

Bom, então lá estávamos nós: conversando. Mas aquela não estava sendo a conversa, muito menos a saudação que eu estava esperando.

— Nick...

— Noah...

Falamos ao mesmo tempo e depois nos calamos para ouvir o que o outro tinha a dizer. Em outra ocasião, teria sido até divertido, mas não naquele momento, quando o sentia a quilômetros de distância.

— Eu quero te ver — eu falei, ao perceber que ele não tomava a iniciativa.

Ouvi do outro lado da linha que ele se afastava do tumulto que o rodeava, provavelmente estava se trancando em alguma sala.

— Desculpa por não ter ligado — ele disse, um segundo depois. — Estou muito ocupado com a história do aniversário da empresa...

— Estou indo num psicólogo — soltei sem pensar, depois de um silêncio que nenhum dos dois quis interromper. Não sei por que falei daquele jeito, de repente. Talvez porque sentisse que precisava explicar que, apesar da minha atitude, eu estava disposta a mudar e melhorar por ele.

— Como? Desde quando? Por que você não me contou antes?

— Estou contando agora.

— Você não pode ir a qualquer psicólogo, Noah. Eu pesquisei, conversei com os melhores e agora você vai...

— Nicholas, tanto faz quem é o psicólogo. Ele está me ajudando e é jovem, da faculdade, parece que estou conversando com um amigo.

— Amigo?

O tom mudou de frio para gélido em questão de segundos.

— O nome dele é Michael O'Neil. Ele é irmão de um colega de classe e me disse que se...

— Os psicólogos da faculdade são uns moleques que ganham mal e não fazem a menor ideia do que estão fazendo. Quantos anos ele tem?

Aquilo era inacreditável.

— O que isso importa?

— Acredite, importa muito. O que um babaca que mal se formou pode saber para ajudá-la no que você está passando?

— Ele tem vinte e sete anos e está me ajudando... Isso é a única coisa que deveria importar.

— Eu me importo com você e com o que é melhor para você, garanto que um psicólogo da faculdade não vai saber nem o que fazer quando você começar a contar tudo para ele.

— O que você está insinuando?

— Estou dizendo que você deve parar de ver esse idiota e que...

Não consegui continuar ouvindo. Desliguei na cara dele e tentei respirar fundo para me acalmar. Como era possível que aquela conversa tivesse se transformado em mais uma briga?

Peguei a minha jaqueta de couro, calcei as minhas botas e saí para a sala, onde a minha colega olhava distraída para a televisão. Nosso apartamento era bem aconchegante, com dois quartos, um banheiro e uma sala com cozinha americana. Não dava para reclamar, pelo menos o William tinha se preocupado em achar algo agradável. Minha colega se chamava Briar, e, agora que já estava há várias semanas convivendo com ela, já dava para dizer com certeza que ela era bastante sem-vergonha. Não é que ela se vestisse de maneira provocante nem nada do tipo, mas simplesmente tinha um dom que fazia qualquer cara com olhos querer levá-la para a cama, o que ela aceitava de bom grado. O cabelo dela era lindo, mais avermelhado do que laranja, e seus olhos eram verdes e exóticos. Ela era alta e esbelta e, segundo o que me contou, trabalhava como modelo para várias agências conhecidas. Os pais dela eram famosos diretores de Hollywood e ela sabia que acabaria trabalhando com os dois mais cedo ou mais tarde.

Não me surpreendia. Com aquela cara, eu também teria me tornado atriz, mas a Briar tinha um ar de "não ligo para nada" que era muito preocupante. Tínhamos conversado algumas vezes, ela era simpática e tudo o mais, mas eu não entendia direito qual era a dela.

— Problemas no paraíso? — ela me perguntou indiferente, enquanto olhava para as unhas, que continuou pintando com um esmalte vermelho-sangue.

Fui até a geladeira e peguei uma lata de Coca-Cola. A cafeína me deixaria mais alterada, mas eu agia por reflexo, não estava nem com sede, só não conseguia ficar quieta. Aquela conversa mexera comigo.

— Não quero falar sobre isso — respondi, com um tom bastante seco.

Os olhos da Briar se cravaram em mim e me senti culpada de imediato.

Não que fôssemos amigas nem nada parecido, mas ela tinha sido simpática comigo. Suspirei e contei por cima o que tinha acontecido com o Nick. A verdade é que eu estava carente de amigas, porque a Jenna estava andando com a turma dela desde que começamos a faculdade e, além do mais, ela morava do outro lado do *campus*. Não contei nada sobre o psicólogo, obviamente, mas da tatuagem e de como eu reagi.

— Nossa, uma tatuagem. Ele está bem apaixonadinho, né? — ela comentou, sentando-se em um dos banquinhos dispostos ao redor da mesa da cozinha. Fiquei brincando distraída com a lata de Coca-Cola enquanto decidia até que ponto da história eu contaria para ela.

— O que temos é diferente de qualquer coisa que eu tenha sentido por qualquer outro cara… É intenso, sabe? Uma palavra dele consegue me deixar nuvens ou me derrubar a sete palmos.

A Briar me observava com atenção.

— Eu só senti algo assim por uma pessoa, e no fim das contas era um mentiroso manipulador que estava brincando comigo… — As palavras dela foram sinceras. Enquanto ela falava, tirou de maneira descuidada o bracelete de prata que sempre usava no punho direito. — Entendo quando você diz que as coisas podem ser intensas.

Arregalei os olhos ao ver as duas marcas na pele dela. Nossos olhares se cravaram, e me enxerguei naquela garota muito mais do que quando me olhava no espelho.

Os lábios dela ensaiaram um sorriso.

— Não é para tanto. É engraçado como me olham quando conto que tentei me suicidar — ela falou, colocando o bracelete de volta no punho. — É uma marca de vulnerabilidade, sim, mas passou, e estou aqui, conversando com você sem nenhum tipo de arrependimento. Às vezes, a vida é uma merda, e cada um lida com ela como pode.

Não sabia muito bem o que dizer. Eu a entendia, eu a entendia mais do que ela podia imaginar. Era tão estranho ver como ela falava do assunto sem nenhum problema... Eu demorei dez anos para mostrar para alguém a cicatriz que tinha na barriga.

Marcas na pele... Lembranças infinitas de momentos que eu não queria reviver...

— Eu gosto da sua tatuagem — ela falou, e percebi que eu a estava tocando. Às vezes, eu fazia aquilo sem nem perceber.

— Eu vivo me perguntando o que havia na minha cabeça quando decidi fazer essa tatuagem.

A Briar sorriu, levantou a camiseta e me mostrou suas costelas. Em preto, com uma caligrafia linda, pude ler uma mensagem que tocou o meu coração: "*Keep Breathing*", siga respirando.

Entendi de imediato os sentimentos por trás daquelas palavras.

— É agora que nos abraçamos e juramos ser amigas para sempre — ela disse, abaixando a camiseta e dando risada de maneira totalmente despreocupada.

Era óbvio que eu não era a primeira pessoa para quem ela contava tudo aquilo. A gente se conhecia havia pouco tempo e a maneira como ela falava de seu passado deixava claro que ela não queria que ninguém tivesse pena. Ela exibia os próprios demônios sem reservas e logo eu soube que era para que ninguém chegasse a conhecê-la plenamente. Sabia que ela escondia muitas coisas e ao vê-la com outros olhos entendi que pertencia àquele lado da vida onde nem tudo eram flores.

— Vamos sair para algum lugar? — perguntei sem pensar.

Ela me encarou, surpresa.

— Essa normalmente não é a reação das pessoas depois que eu conto que tentei me matar, Morgan — ela brincou, esboçando um sorriso e teimando em me chamar pelo sobrenome. Ainda não a tinha ouvido me chamar pelo primeiro nome nenhuma vez. — A maioria costuma olhar para o outro lado ou mudar rapidamente de assunto, mas você quer me convidar para beber?

Dei de ombros.

— Eu não sou como as outras pessoas e não falei nada sobre beber.

A Briar deu uma gargalhada e se levantou do banquinho.

— Eu gostei da ideia... Vamos sair por aí, então.

Sorri e entrei no meu quarto.

Eu entendi, então, que não era a única que tinha problemas, não era a única garota que tinha sido machucada nessa vida. Falar com a Briar me fez sentir muito melhor do que eu imaginava.

— Qual desses caras você pegaria?

Estávamos em um *pub* perto do *campus*. A Briar era uma espécie de salvo-conduto de acesso às áreas VIP. Bastou um olhar para que nos deixassem entrar sem nem pegar a fila.

— Eu tenho namorado, lembra? — respondi, levando o canudinho da minha taça aos lábios.

O garçom vinha nos abastecendo de bebidas desde que havíamos chegado. A Briar fez um gesto de indiferença com uma das mãos.

— Deixa esse namorado pra lá. É só por hipótese.

Olhei para um grupo de rapazes em um camarote ao lado que não tiravam os olhos da gente. Não era de se estranhar: duas garotas sozinhas em um *pub*, uma delas sendo a Briar, que não parava de olhar para eles também...

— Para de fazer isso, senão eles vão vir pra cá — eu pedi, enquanto ela piscava descaradamente para um dos mais bonitos.

— Lá vêm eles — ela disse com um sorriso radiante. Seus dentes eram impecavelmente alinhados e brancos. Dava para notar que vinha de uma família endinheirada, mas, apesar disso, não tinha nada a ver com as pessoas que conheci na escola. A Briar parecia diferente de qualquer garota que eu tinha conhecido na vida.

Não queria que se aproximassem porque não poderia ignorá-los, enquanto a Briar flertava descaradamente com eles. Para piorar, dois deles vieram se sentar no nosso camarote sem nem pedir permissão.

— Olá, gatas — cumprimentou o loiro, para quem a Briar lançou um olhar sonhador.

O outro tinha o cabelo escuro e me lembrou do Nick. Aquilo não estava certo, e fiquei desconfortável.

Depois de uns dez minutos de conversa informal e sem nenhuma profundidade, a Briar começou a beijar o loiro. Já eu, continuava falando para o outro que tinha namorado e pedindo que me deixasse em paz.

— O seu namorado não está aqui e sei que você gostou de mim, pois estou te deixando nervosa. Admita — ele disse, se aproximando ainda mais.

Apertei os lábios com força.

— Não vou repetir — eu o ameacei, mais brava do que o normal. — Não quero absolutamente nada com você. Sua simples presença já é insuportável. Agora, dá o fora.

Ele pôs a mão no meu joelho e lhe dei um tapa, ficando de pé.

— Além de surdo você é idiota? — gritei, me sobrepondo ao volume da música.

— Por que você não imita um pouco a sua amiga e deixa de ser tão difícil?

Eu me virei para a Briar, que se separou do loiro para me lançar um olhar marcante.

— Ninguém vai ficar sabendo, Morgan.

Aquilo era ridículo.

— Vou embora.

Saí do camarote amaldiçoando o momento em que decidira ir àquele lugar estúpido. Não me surpreendeu que a Briar não viesse atrás de mim: ela havia deixado muito claro que, para ela, cada um era livre para fazer o que quisesse.

Saí para respirar um pouco de ar puro. Estava mais bêbada do que pensava. Não deveria ter bebido tanto sem sair do lugar. Parecia que tudo estava girando.

Decidi pegar o celular para chamar um táxi. Ao fazer aquilo, vi que havia várias chamadas perdidas do Nick. Ficara brava com a história do psicólogo e decidi não atender, mas de repente percebi que estava cansada de ficar irritada com ele. Precisávamos nos ver e resolver os nossos problemas frente a frente. Então, decidi mandar uma mensagem para ele com o endereço do *pub*.

> Estou aqui. Você vem me buscar? Precisamos conversar.

Logo recebi a resposta.

> Chego em cinco minutos.

Ele não demorou muito para chegar. Quando vi a Range Rover estacionando, não soube muito bem o que fazer. Não sabia em que pé estávamos nem como me comportar, porque estava tudo estranho depois dos últimos atritos. Optei por esperar onde estava enquanto ele saía do carro.

Justo quando ele atravessava a rua na minha direção, ouvi gritarem o meu nome. Era o cara do bar.

— Você não vai entrar? Eu só estava brincando antes — o rapaz falou, me alcançando antes do Nicholas.

Eu me virei para o Nick. Ele abraçou a minha cintura com um braço e me puxou para si com a outra mão.

— Dá o fora — a voz do Nick soou tão gélida quanto o clima daquela noite.

Senti um arrepio.

O cara ergueu o olhar para o Nick.

— Quem é você?

— Aquele que vai quebrar a sua cara se não se afastar da minha namorada.

Fiquei tensa ao notar como ele estava bravo.

O rapaz deu um passo para trás, apertando os dentes.

— Ela não falou de você nenhuma vez enquanto me xavecava lá dentro.

Arregalei os olhos, perplexa. Mas que babaca...

O Nick me soltou e deu um passo à frente.

— Se não sumir da minha frente agora mesmo, eu vou acabar com você, está me ouvindo?

Aquilo estava prestes a sair do controle. Dei alguns passos e peguei na mão do Nick.

— Vamos embora, por favor — pedi em voz baixa.

Não queria que eles brigassem, só queria dar o fora de lá imediatamente.

O babaca do bar pareceu entender que só tinha a perder, porque estava claro quem ia se ferrar se os dois brigassem. Então, a porta se abriu e o barulho abafado da música ressoou pela rua. Vi a Briar saindo de mãos dadas com o rapaz loiro, amigo daquele idiota.

— O que está acontecendo? — ela perguntou, vindo na nossa direção. O Nick demorou um segundo a mais para se virar para eles.

O corpo dele ficou completamente tenso, e percebi que aquilo não terminaria bem.

44

NICK

Cravei os olhos na garota que tinha acabado de sair do bar. Briar Palvin. Eu não podia acreditar.

O cara que estava ao lado dela logo a soltou para se aproximar do amigo. Eu já estava tão irritado que conseguiria arrebentar quatro caras ao mesmo tempo se precisasse, mas ver a Briar me afetou por completo. O rosto dela também revelou surpresa, mas desviei o olhar e me concentrei nos dois babacas.

— O que você disse que ia fazer, imbecil?

Apertei o punho com vontade de calar aquela maldita boca com um soco. Eles achavam que eu me acovardaria por serem dois... E estavam enganados. A única coisa que me impedia de deixá-los sangrando no chão era a garota que agarrava o meu braço com força.

— Nicholas, por favor — a Noah insistiu.

O loiro deu um passo à frente, invadindo o meu espaço pessoal.

— Eu recomendo que dê o fora — ele disse, controlando o tom de voz.

— E se eu não quiser? — O outro babaca se posicionou ao lado do amigo.

Seria tão fácil acabar com os dois, mas não era isso que eu queria. Não era o momento nem o lugar, muito menos na frente da Noah.

Desviei o olhar para a Briar e vi que ela se aproximava de um bruta-montes na porta do bar. O grandalhão olhou para nós com cara de poucos amigos e veio na nossa direção.

— É melhor darem o fora se não quiserem que eu chame a polícia — ele disse, desviando o olhar para mim um segundo depois. — Os três.

O ânimo dos babacas pareceu se acalmar e aproveitei para evitar uma situação que só me traria dor nos punhos e uma briga ainda pior com a Noah.

Eu tinha problemas mais importantes para resolver, principalmente ao ver que a Briar estava se aproximando da Noah e lhe oferecendo o braço como apoio. Tentei com todas as minhas forças encontrar algo para dizer àquela garota de cabelos vermelhos como o fogo. O olhar dela foi de total indiferença.

— Você não vai nos apresentar, Morgan? — ela perguntou, com uma voz angelical que eu sabia que ela usava sempre que lhe parecia conveniente.

A Noah olhou para mim nervosa, mordendo o próprio lábio. Tive vontade de proteger aquela boca incrível para que ela não se machucasse, mas as palavras que vieram em seguida fizeram com que todos os alarmes do meu corpo soassem.

— Nick, essa é a minha nova colega de apartamento, a Briar. Briar, esse é o meu namorado, o Nicholas.

Demorei tempo demais para erguer o braço e apertar a mão que a Briar me oferecia.

Não acreditava que aquilo estava acontecendo. Briar Palvin era a última garota do universo que eu teria escolhido para morar com a Noah, não apenas pelo seu jeito, mas também porque ela tinha conhecido a minha pior versão. E quando eu digo pior, é a pior mesmo.

— Muito prazer. Nicholas de quê? — ela perguntou. Apertei os lábios de imediato.

— Leister — respondi, com os dentes cerrados.

Como se ela não soubesse… Não entendi por que ela estava fingindo que não me conhecia, mas já era tarde demais para explicações. Além do mais, a última coisa que eu queria era que a Noah tivesse outro motivo para duvidar do nosso relacionamento. Briar Palvin pertencia ao meu passado e ficaria por lá.

— Já estávamos indo — comentei, pegando a mão da Noah e a puxando para o carro.

— Espera — a Noah pediu, soltando-se de mim. — Você está em condições de dirigir, Briar? — ela perguntou, preocupada.

Fiquei com vontade de pegar a Noah e jogá-la no porta-malas. Ela sempre se preocupava com quem não devia. Aquela garota sabia perfeitamente se podia dirigir ou não, e, se não estivesse em condições, ia dar um jeito de chegar em casa sã e salva. Eu sabia muito bem que ela sabia se virar.

— Sim, não se preocupe. Vá resolver as coisas com o seu namorado — ela respondeu, com um tom de voz baixo, mas que eu pude ouvir claramente.

A Noah sorriu, como se elas fossem amigas de uma vida toda. Eu entrei no carro e dei a partida, com a intenção de não ouvir mais nada daquilo.

Quando vi a Noah dando as costas para a ruiva e se aproximando da porta do passageiro, meu olhar encontrou o da Briar. Seus olhos verdes e felinos revelaram mais do que eu esperava e notei, ao ver o sorriso no semblante dela, que teria que afastá-la da Noah de qualquer jeito.

Fizemos o trajeto num silêncio sepulcral. Fazia muito tempo que a Noah não me via tão irritado e tão propenso a brigar. Prometi para ela que não ia mais brigar, mas me custava muito deixar essa parte de mim de lado. Nunca fui uma pessoa tranquila, e ao ver aquele idiota tão perto dela...

Quando desliguei o motor, me virei para olhar para ela. Ela se remexeu inquieta no banco.

Afastei uma mecha de cabelo do seu rosto com uma das mãos. Ela não se mexeu, mas ficou arrepiada quando acariciei a orelha dela com os dedos. Ela olhou para mim por um segundo e depois o seu olhar desceu para o meu pulso. Vi que a expressão dela revelava algo estranho e suspirei profundamente.

— Eu fiz a tatuagem porque eu quis, Noah. Gosto dessas palavras, ainda mais vindas de você, ainda mais porque foi você quem as escreveu na minha pele...

— Posso ver? — ela indagou.

Estiquei o braço e ela virou o meu pulso com cuidado, deixando a tatuagem exposta. Depois, com os olhos fixos nela, começou a traçar com a ponta do dedo o que havia escrito.

Senti um calafrio.

— Eu gostei — ela declarou finalmente, e os olhos dela voltaram a se cravar nos meus.

Soltei lentamente o ar que estava nos meus pulmões enquanto me perdia no olhar dela. Por que amá-la era tão complicado? Se ela se deixasse levar, seríamos perfeitos um para o outro. Se a Noah não tivesse tantos medos, a amaria sem dúvidas nem ressalvas.

Estiquei o braço e a puxei para mim, mas ela me deteve, colocando a mão no meu peito. Ela baixou o olhar, e tive a impressão de que o seu coração parou por um instante.

SUA CULPA

— Fazemos sempre a mesma coisa, Nicholas — ela reclamou, agora olhando nos meus olhos.

— O quê? — indaguei, sabendo do tom das minhas palavras.

A Noah desviou o olhar até cravá-lo nas luzes à nossa frente.

— Você não pode me tratar daquela maneira ao telefone e depois aparecer assim, como se nada tivesse acontecido, me dar meia dúzia de beijos e esperar que eu me esqueça de tudo.

Ao ver que eu permanecia calado, ela se virou de novo para mim.

— Estou indo ao psicólogo por você, estou fazendo terapia, contando tudo da minha vida para um desconhecido por sua causa, e com o que você se preocupa? Com o fato de ele ser jovem e, supostamente, eu ser ferrada demais para que ele consiga me ajudar... O que acontece é que você está com ciúmes.

— Não são ciúmes, caramba. Eu quero que você fique bem, quero o melhor psicólogo para você, Noah, não um qualquer.

— Você quer controlar tudo, Nicholas, e há coisas que fogem do seu controle. Sou eu quem decido para quem vou contar a minha história ou em quem confiar. Mas você só parece se preocupar com o fato de o psicólogo ser um homem. Há homens por todos os lados, você não pode me prender em uma bolha! Você não estaria se comportando dessa maneira se eu estivesse me consultando com uma mulher.

— Eu só quero o melhor pra você. Quero que te curem de uma vez!

Os olhos dela se arregalaram, primeiro de surpresa e incredulidade, e então de dor ao se virarem para mim, um segundo depois.

"Merda."

— Que me curem? — ela repetiu com uma voz baixa, que falhou na última sílaba. Sem me dar tempo de impedi-la, ela saiu do carro e bateu a porta com força.

Saí o mais rápido que pude e, quando a alcancei, ela já estava ligando para alguém com o celular.

— Para quem você está ligando? — eu perguntei, me aproximando dela. Os olhos dela, reluzentes por conta das lágrimas, me pegaram em cheio. — Noah... Não foi o que eu quis dizer.

Tentei falar com um tom conciliador.

— Fica longe de mim — ela ordenou, dando um passo para trás, com o celular na orelha e a mão à frente do corpo. — Eu não estou doente, Nicholas, não acredito que tenha me dito isso.

"Que merda, eu só faço cagada!"

Dei mais um passo adiante.

— Já falei pra ficar longe de mim!

Reclamei com os dentes cerrados, enquanto a escutava dar o endereço para alguém.

— Noah, me escuta — pedi quando ela colocou o celular no bolso.

Ela se virou para mim soltando fogo pelos olhos.

— Isso não é nada fácil para mim, Nicholas! Estou fazendo o máximo possível para ficar bem, para que o nosso relacionamento funcione, e você não quer nem me entender, só ficar jogando as coisas na minha cara. Você não confia em mim e já estou cansada disso!

As palavras dela me machucaram como estacas sendo cravadas no meu coração, uma por uma.

— Não foi o que eu quis dizer, Noah — eu me desculpei, tentando acalmá-la. — Você não está doente, nunca achei isso, só quero que você melhore, que não tenha medo, que pare de fugir de mim. É a única coisa que eu quero.

— Você quer que eu melhore, mas sempre sob as suas condições, Nicholas! — ela rebateu, abraçando os próprios braços despidos. — Isso é loucura… É você quem precisa de ajuda! Você sempre enxerga ameaças onde elas não existem!

Eu me aproximei sem me importar que os pés dela fugissem de mim e seus olhos me advertissem para manter distância.

Minhas mãos seguraram os braços dela e me abaixei para ficar da sua altura.

— Você está fazendo isso de novo. Está atrás de alguma desculpa para ficar longe de mim. Por que você sempre faz isso?!

Ela negou com a cabeça e fechou os olhos.

— Acho que precisamos de um tempo — ela reconheceu, olhando para o chão. Apoiei o queixo dela nos meus dedos e a obriguei a olhar para mim.

— Você não está falando sério.

Os olhos dela brilhavam por conta das lágrimas que ainda não tinham derramado.

— Acho que nós dois precisamos olhar para as coisas com algum distanciamento. Precisamos sentir saudade um do outro, Nick… Porque neste instante não o reconheço mais, não reconheço mais a gente. Só vejo ciúmes por todos os lados, e isso não está certo.

— Não faz isso, não fica longe de mim.

Pus as mãos nas bochechas dela, envolvi o seu rosto e me abaixei para beijá-la.

— Só por alguns dias, Nicholas — ela disse. — Preciso de um tempo para assimilar tudo o que aconteceu: sair de casa, a história do seu apartamento, ter começado a falar do meu passado, me recordar de lembranças dolorosas, sentir que não sou suficiente para você...

A voz dela falhou na última palavra, e a apertei entre os meus braços, abraçando-a com força.

— Você é tudo do que eu preciso, meu amor. Por favor, não me prive da sua companhia, não tira isso de mim — supliquei, jogando a cabeça dela para trás e a beijando de verdade, com carinho infinito, mas também com infinita paixão. O corpo dela estremeceu e me afastei.

— Acho que nós dois precisamos resolver os nossos problemas, Nicholas. Ficar gritando um com o outro não vai solucionar nada. Você tem que aprender a confiar em mim e eu preciso parar de fugir dos sentimentos que você me causa... Porque eu te amo muito, Nick, te amo tanto que até dói.

Senti que estava sem ar. Não podia deixá-la ir embora daquele jeito, não podia ir embora sem ela, vendo como segurava as próprias lágrimas.

— Por isso mesmo. Não vai adiantar nada ficarmos separados. Nós dois não nascemos para isso, lembra? — eu disse, secando uma lágrima que havia escapado, sem permissão, de seus lindos olhos.

— Preciso pensar... Preciso saber que quero você, saber o que é que eu estou perdendo, porque agora mesmo a única coisa que eu faço é pensar em você, e mesmo que uma parte de mim saiba que preciso de você, outra parte está desaparecendo. Nicholas, não existe a Noah sem você, e isso não está certo, não posso depender de você dessa maneira, porque vou acabar perdendo a minha essência... Você não vê?

O que eu via era uma garota especial e destroçada por minha culpa, porque eu não sabia fazê-la feliz. Por que eu não era capaz? O que será que eu estava fazendo de errado? O que aconteceu com aquela época em que a Noah me dava cem sorrisos por dia? Onde será que se perdera aquele brilho especial que eu via sempre que nossos olhares se encontravam?

Será que ela tinha razão? Será que ela estava mesmo mudando por minha causa?

Nesse instante, uma luz nos iluminou. A Noah olhou na direção da luz e percebi que ela estava a ponto de chorar, e chorar de verdade.

Respirei fundo tentando deixar meus sentimentos de lado.

— Eu lhe dou uma semana, Noah — afirmei, obrigando-a com o olhar a entender a seriedade das minhas palavras. — Dou uma semana para que você sinta saudades de mim com todos os poros da sua pele, sete dias para perceber que o seu lugar é comigo e com mais ninguém.

Ela ficou quieta e me inclinei para beijar aqueles lábios sensuais, aquela boca linda, aquela boca que me pertencia, e a abracei com força, transmitindo a ela meu calor, meu desejo por ela e minha dor por deixá-la ir embora.

Quando me afastei, nós dois estávamos ofegantes.

— Sete dias, Noah.

Observei-a entrando no carro. Então, quando vi um borrão vermelho, entendi que era a Briar quem tinha ido buscá-la.

O medo de que aquela garota abrisse a boca fez com que eu me arrependesse imediatamente de ter deixado a Noah ir embora.

45

NOAH

Olhei fixamente para a xícara que estava segurando. A fumaça morna subia em redemoinhos e esquentava o meu rosto. Estava fazendo cada vez mais frio na cidade, o verão já tinha ficado para trás, e, enquanto eu observava os *marshmallows* se derretendo no meu chocolate quente, tive que fazer um esforço para entender o que o Michael insistia em me fazer enxergar. Falar com ele estava me ajudando, ou pelo menos era o que eu achava, embora cada palavra que saísse da boca dele me deixasse mais confusa a respeito do meu relacionamento com o Nicholas.

— Eu sempre tive esse medo do escuro — eu dizia naquele momento. — Sempre senti que estava embaixo d'água, me afundando cada vez mais, sem conseguir sair. Só consegui voltar a respirar e chegar à superfície quando conheci o Nick. Como isso pode ser ruim? Como pode ser prejudicial para mim?

O Michael se levantou da cadeira e se aproximou do sofá no qual eu estava sentada. Ele me observou cuidadosamente.

— Você tem que nadar sozinha, Noah. O Nicholas não vai ser o seu salva-vidas para sempre. Ou você aprende a nadar ou, quando menos esperar, vai se afogar de novo.

Seis dias haviam-se passado, seis longos dias durante os quais não dirigimos a palavra um para o outro. No início, o Nick tentou entrar em contato comigo, e passei perto de ignorar que tínhamos decidido nos dar um tempo e pedir para ele vir me ver, para ele me apertar entre os seus braços…

— Você está indo bem, Noah. Tem ouvido o que eu falo, está aprendendo a existir sem ele. Só assim, quando aprender a caminhar sozinha, você vai conseguir caminhar com alguém.

Respirei fundo. No fim das contas, sempre acabávamos falando do Nick, e eu queria que o Michael me ajudasse com os meus medos, meus pesadelos...

Eu me levantei, deixando a xícara sobre a mesinha, e me aproximei da janela. Já era quase noite lá fora, e avistei alguns alunos que certamente tinham saído tarde da aula.

— Eu só quero ser... normal — confessei, sem querer me virar nem ver como ele reagiria às minhas palavras.

Então, senti que ele tocou no meu braço, me obrigando a me virar, e os seus olhos procuraram os meus.

— Noah, você é normal, mas viveu situações que não são nada normais, entende? Os seus medos e inseguranças estão se transferindo para o seu relacionamento amoroso com o Nicholas, por isso tenho tentado fazê-la enxergar que esse relacionamento não tem lhe feito bem.

Eu me afastei e fui para o sofá.

— Não quero mais falar sobre o Nick.

O Michael suspirou e voltou a se sentar diante de mim. Percebi que ele demorou mais do que o normal para falar e estava examinando suas anotações.

— Vamos falar de como foram as suas últimas noites. Você fez o que eu lhe pedi?

Assenti, apesar de achar que não tinha adiantado nada. Os pesadelos continuavam perturbando as minhas noites e eu continuava não conseguindo dormir com a luz apagada.

— O medo que você tem está diretamente relacionado à situação que viveu com o seu pai. Você me contou que, antes de ele atacá-la, você se trancava no seu quarto, no escuro, e se sentia protegida. De certa maneira, o seu pai acabou com isso e fez parecer o contrário, por isso agora o escuro a afeta desse jeito. Aquilo que para você era sinônimo de segurança acabou se tornando o seu maior pesadelo.

Eu odiava lembrar daquela noite, odiava voltar a sentir as mãos dele na minha pele, seus dedos no meu tornozelo me imobilizando com força contra o colchão. Fechei os olhos e apertei os punhos sobre as pernas.

— Você foi traída pela pessoa que deveria protegê-la. E era um adulto, alguém que sabia o que estava fazendo. Você, pelo contrário, era só uma criança indefesa e estava sozinha. Ninguém podia ajudá-la, Noah, e você fez o que tinha de fazer para fugir, você foi corajosa e confiou em si mesma. Você lutou quando ninguém mais poderia fazer isso por você.

SUA CULPA

Abri os olhos, pensando na minha mãe. Em como ela enfrentava as agressões sem nunca se sair bem. Na verdade, isso só piorava tudo. Ao observá-la, eu aprendi que às vezes era melhor ficar calada e aceitar o que quer que gritassem para a gente... Meu pai sempre dizia que fazia isso por ela, que eu não era uma má menina, por isso nunca encostava em mim.

— Ele me amava e nunca quis me machucar...

Na manhã do sétimo dia, acordei com uma sensação estranha na boca do estômago. Aquele era o último dia do tempo que havíamos dado e não sabia se estava preparada. Por um lado, todas as células do meu corpo queriam ver o Nick, por outro, a separação estava me ajudando a refletir sobre muitas questões. Decidi ir ao trabalho dele e tentar entender se a nossa separação havia sido suficiente ou não.

Estava nervosa quando entrei na Leister Enterprises. Ao sair do elevador, uma mulher de meia-idade me indicou como chegar à sala do Nick. Nunca tinha estado lá e me senti pequena como uma formiga. Tudo reluzia e as paredes eram de vidro. No meio do andar, após a recepção, havia um hall enorme com sofás brancos e um tapete preto. Tons de cinza, branco e preto... Por que eu não me surpreendia?

E, então, eu o vi.

A sala dele era de vidro e ele não estava sozinho. Senti um nó na garganta ao ver a Sophia sentada ao seu lado. De onde estava, pude ver que as bochechas dele se tensionavam para cima, porque estava sorrindo. E gesticulava com as mãos. O Nick parecia irritado, mas segurava a vontade de rir por causa de algo que ela estava dizendo.

Eu me aproximei da porta e, naquele momento, ele me viu.

Observei pelo vidro ele se levantar da cadeira, a Sophia se virar para mim, o sorriso dele desaparecer do rosto e ele vir me receber.

— Noah — disse simplesmente, ao abrir a porta.

Não soube muito bem o que dizer. Todas as minhas inseguranças e aquele ciúme terrível voltaram a tomar conta de mim. Eu não conseguia evitar: ela parecia perfeita... Perfeita para ele.

— Oi, Noah. Que bom vê-la de novo — a Sophia me cumprimentou com um sorriso de orelha a orelha.

Eu devolvi o sorriso da melhor maneira que pude.

O Nick não tirou os olhos de mim.

— Você poderia nos deixar a sós, Soph?

"Soph."

Ela assentiu e saiu da sala.

Eu me aproximei da mesa e o Nick fez o mesmo, pegando um papel que estava em cima de todos os outros e o guardando em uma gaveta. Depois, ele apertou um botão e as janelas começaram a escurecer. Em menos de quinze segundos eu só conseguia ver o que havia dentro daquelas quatro paredes.

Então, as mãos dele me envolveram. O calor que vinha do seu corpo me tomou por completo e ele puxou a minha trança para trás para poder colocar os lábios sobre os meus. Ele não aprofundou o beijo e, ainda mais, me obrigou a me separar dele alguns centímetros para deixar seus olhos percorrerem meu rosto, meu corpo e meus dedos trêmulos.

— Senti a sua falta, sardenta — ele confessou, com os olhos fixos nos meus e carregados de um sentimento estranho, difícil de definir.

Senti que estava me afogando e, de repente, a única coisa que eu queria era sair dali e ouvir o Michael dizendo que eu era capaz de lidar com tudo, que era eu quem deveria enfrentar os meus medos, que eu era forte, inteligente e que nada nem ninguém poderia me derrubar... Bastou que eu visse o Nick perto da Sophia para que toda a minha autoestima desaparecesse.

— Que papel era esse que você guardou na gaveta? — eu perguntei, só para me distrair. Notei que ele ficou repentinamente tenso.

— Nada, coisa do trabalho — ele respondeu, sem dar importância. — Noah... me diz que essa merda de tempo acabou, porque estou quase ficando doido. Você não atende às minhas ligações nem lê as minhas mensagens...

— Eu precisava de tempo para pensar — disse, e notei que a minha voz soou dura e distante.

O Nick olhou para mim, franzindo a testa.

— Noah... O que está acontecendo com você?

Eu meneei a cabeça, olhei para os seus lindos olhos e percebi que ainda não estava preparada.

— Preciso de mais tempo.

Seus dedos interromperam o carinho que estavam fazendo. Sua pele deixou de estar em contato com a minha e logo me senti pequena ao lado dele. Ele se levantou e olhou fixamente para mim, com toda a sua altura.

— Não.

— Nicholas, eu...

— Eu fiquei sete dias sem vê-la e lhe dei o tempo que você pediu para pensar. Não sei nem por que diabos você tem que pensar tanto...

Ele se afastou e foi até a janela que havia atrás da mesa. Antes que eu pudesse continuar falando, a porta às minhas costas se abriu e a Sophia entrou.

Bastou um olhar para eu perceber que algo não ia bem.

— Eu... Desculpe interromper, mas precisam de você na sala de reuniões, Nick.

Ele se aproximou da porta, olhou para a Sophia e depois para mim.

— Me espera aqui.

Quando o Nick saiu da sala, eu e a Sophia imergimos em um incômodo silêncio.

Eu a vi se aproximar da mesa dela e sentar-se.

— Você pode se sentar se quiser. Gostaria de um café ou alguma outra coisa?

Respondi que não e fiquei quieta onde estava.

— Noah... Acho que eu sei por que você está assim... Mas é uma chance única. Eu também daria tudo por uma oportunidade dessas, e Nova York não é assim tão longe. Muitas pessoas mantêm relacionamentos à distância e só seria...

— Espera aí... O quê?

Meu coração começou a bater com tanta força contra as minhas costelas que achei que sairia pela boca.

— O que você disse? — indaguei, dando um passo à frente.

As palavras que tinham saído da boca dela começaram a se repetir na minha cabeça como uma música macabra.

"Oportunidade", "Nova York", "relacionamento à distância"...

A Sophia olhou para a mesa do Nick, depois para mim, e os olhos dela se arregalaram de surpresa. Suas bochechas se tingiram de uma intensa coloração escarlate.

— Eu... Achava que o Nick...

— De que oportunidade você está falando?

A Sophia negou com a cabeça.

— É melhor perguntar a ele, Noah. Eu não deveria ter dito nada, simplesmente achei que... Que ele tinha contado, ainda mais considerando como eles têm sido insistentes.

— O Nicholas não me contou nada, mas, agora que você já começou, desembucha. De que diabos você está falando?

Eu sabia que logo ia acabar explodindo e não queria fazer isso na frente dela. Só queria ir embora, mas antes precisava saber o que estava acontecendo.

— Um dos melhores escritórios de Nova York ofereceu um contrato de dois anos para o Nick. Como ganhamos o caso Rogers, ele chamou a atenção de muitas pessoas, pessoas importantes. Eu gostaria que tivessem reconhecido o meu mérito também, mas a verdade é que não teríamos conseguido se não fosse pelo Nicholas.

Eu nem sequer sabia que eles tinham ganhado o caso, ou que o Nicholas estava interessado em trabalhar em Nova York, e muito menos que havia o tal contrato de dois anos...

Eu tinha que sair dali, precisava ir embora antes que o Nicholas voltasse.

— Avise o Nicholas... Fala pra ele que precisei ir embora, que não estava me sentindo muito bem...

Antes que eu me retirasse, a Sophia me segurou pelo braço e olhou para mim com seus olhos castanhos circundados por cílios imensos. Os saltos que usava a deixavam mais alta do que eu, e não gostei nem um pouco daquela sensação.

— Sei que você não quer que ele vá... Mas você deveria apoiá-lo nisso, Noah.

A raiva tomou conta de mim e consegui me soltar dela com um puxão.

— Não ouse me dizer o que eu devo ou não devo fazer em relação ao meu namorado.

Não demorei nem dois minutos para entrar no elevador e sair do prédio.

Dois anos? Ele estava planejando se ausentar por dois anos e me deixar aqui? E por que ela já estava sabendo e eu não?

"Você deveria apoiá-lo nisso, Noah."

Por que o Nick não conseguia confiar em mim? Por que não podíamos contar tudo um para o outro, sem medo de julgamentos?

Quando saí do estacionamento, pisei fundo no acelerador e pisquei com força, tentando fazer com que as lágrimas não me impedissem de enxergar a pista.

46

NICK

Levei pouco mais de dez minutos para sair da sala de reuniões e me livrar do Jenkins. O maldito insistia em dizer que eu seria um idiota se recusasse o cargo que me ofereceram em Nova York, que eu tinha que aceitar, que aquilo impulsionaria a minha carreira etc. A questão é que cairia muito bem para ele, já que ele se livraria de mim e teria o caminho livre para ascender na empresa do meu pai. Ou seja, mataria dois coelhos com uma cajadada só. As más intenções do Jenkins acabaram me distraindo, e, por isso, quando voltei à minha sala, encontrei apenas a Sophia.

— Há quanto tempo ela saiu? — perguntei, parando na porta.

— Faz uns cinco minutos. Só que, Nick… — ela disse, me obrigando a parar e olhar para ela. Algo no seu tom de voz me instigou a fazer aquilo. — Eu contei a ela sobre Nova York e acho que ela não aceitou muito bem.

— Você fez o quê?

A Sophia me devolveu um olhar de nervosismo.

— Achei que vocês tinham discutido por causa disso. Desculpa, fiz besteira, não era a minha intenção…

"Que merda!"

Saí da sala e fui direto para o estacionamento. Entrei no carro e tomei o caminho da faculdade.

Não podia acreditar que a Sophia tinha contado para a Noah. Aquele assunto estava resolvido, e eu não sabia o que fazer para as pessoas entenderem que a oferta não me interessava, que eu não queria ir a lugar nenhum. A Sophia ficou especialmente ofendida quando contei que não pretendia aceitar. Eu não estava maluco, sabia que eu estava rejeitando uma oportunidade única, mas não me interessava, não queria deixar a Noah para trás de jeito nenhum, nem que eu fosse contratado pela Casa Branca. O Jenkins ficou possesso quando soube, e passei dez minutos reafirmando que não iria a lugar nenhum, enquanto ele insistia que eu era um completo idiota. E agora eu ainda teria que enfrentar a Noah em um ponto catastrófico do nosso relacionamento. A situação estava saindo do controle.

Liguei para ela, queria avisar que estava indo para o alojamento para explicar tudo, mas, como parecia ter se tornado um costume dela, ela ignorou todas as minhas ligações. Estacionei perto de onde ela morava e saí do carro pensando em uma maneira de me explicar e evitar que ela jogasse tudo aquilo na minha cara. A última coisa que eu queria era que esse tempo que ela continuava me pedindo se prolongasse indefinidamente. A maldita da Sophia tinha que ter dado com a língua nos dentes?!

Toquei a campainha três vezes e esperei na porta. Não foi a Noah quem me recebeu.

"Merda."

— Leister — a Briar falou com uma voz melosa. Ela vestia apenas uma camisola folgada. Estava com o cabelo vermelho preso em um coque no topo da cabeça e, em seu rosto, vi surgir um sorriso que me trazia péssimas recordações.

— A Noah está? — perguntei, olhando para dentro e mal lhe dando atenção.

— No quarto dela — a Briar se limitou a responder, enquanto se afastava e me deixava entrar.

Bom, até que não tinha sido tão difícil. Ignorei a Briar e fui para o quarto da Noah, mas, ao abrir a porta, vi que não havia ninguém.

Eu me virei e a Briar olhou para mim com um sorriso diabólico no rosto. Ela estava sentada no balcão da cozinha e a camisola subia um pouco por suas coxas.

— Esqueci que ela não estava... Desculpa, tenho uma péssima memória.

Eu a ignorei e fui para a porta. Quando tentei abri-la, percebi que estava trancada.

Fechei os olhos, tentando fazer com que a minha raiva não se apoderasse do pouco de sensatez que eu ainda trazia comigo.

— Abre a porta.

— Você continua o mesmo grosso de sempre.

Ela desceu do balcão e abriu a geladeira.

— Quer uma cerveja? — ofereceu, me medindo dos pés à cabeça. — Ou posso oferecer outra coisa... Acho que a sua época de cerveja já ficou para trás, né?

A última coisa que eu queria naquele momento era ter que enfrentar aquela garota. Que merda! Tentara ignorar o fato de a Noah morar com ela, mas sabia que mais cedo ou mais tarde ia acabar me deparando com ela outra vez. Só esperava que não fosse naquele dia.

— Briar, eu não quero fazer o seu jogo, nem hoje nem nunca. Abre a porta.

Ela apoiou as costas no balcão e tirou as chaves de dentro do sutiã.

— Você quer? — sussurrou, maliciosa. — Vem pegar.

Com três passos largos já estava diante dela. Aqueles olhos verdes e selvagens se divertiam ao olhar para mim, mas eu sabia o que estava por trás daquilo. A Briar me odiava. E com razão.

— Me dá a chave, Bri — ordenei, segurando a respiração. — Não brinca comigo, você sabe que não pode.

Minhas palavras fizeram o sorriso em seus lábios desaparecer.

— Achava que nunca mais o veria.

Fechei os olhos, tentando me acalmar.

— Eu também achava... E achava menos ainda que você acabaria morando com a minha namorada. Briar... Você não pode contar nada para ela, está ouvindo?

A amargura surgiu no semblante dela e fiquei momentaneamente calado.

— Está preocupado porque eu posso contar coisas que a façam abrir os olhos, Nick? — ela perguntou, fazendo cara de inocente. Briar Palvin tinha milhares de caras diferentes, mas eu conhecia absolutamente todas.

Se a Noah ficasse sabendo... De repente, senti medo.

— Eu amo a Noah — eu disse, tentando mostrar que era algo completamente sincero.

Minhas palavras foram recebidas com uma careta desagradável.

— Você não sabe amar ninguém, quanto mais essa garota. Você não a merece.

Eu sabia muito bem que não a merecia. Não precisava daquilo, não naquele momento; não queria reviver lembranças antigas, não queria voltar a me sentir culpado. Tinha deixado tudo aquilo para trás exatamente quando voltei a morar com o meu pai, um ano antes de conhecer a Noah, mas a

Briar não deveria estar ali. Ela tinha ido embora, e jurou que não voltaria. Que diabos ela estava fazendo por lá de novo?

— Talvez você tenha razão, mas vou ficar com ela até que ela diga o contrário.

A Briar olhou para mim, incrédula. Ela ergueu uma mão e tocou a minha bochecha com os dedos.

— Você ama a Noah — disse, como se aquilo fosse algo impossível. — Como eu pude pensar que você seria diferente?

Quando ela começou a fazer carinho no meu cabelo, segurei o seu braço e a obriguei a se afastar.

— Eu não sou a mesma pessoa que você conheceu há três anos. Eu mudei.

Um sorriso se desenhou nos seus lábios carnudos.

— Quem nasce um filho da puta, morre um filho da puta, Nick.

Eu a puxei com força, perdendo o controle por três segundos infinitos. Com a outra mão, obriguei-a a soltar a chave e dei um passo para trás, respirando fundo e tentando me acalmar.

Voltei a fixar os meus olhos nela e uma pontada de dor e culpa apaziguou a minha ira.

— Sei que não servirá de nada… Mas me desculpa pelo que eu fiz, eu sinto muito de verdade.

— Sua culpa só serve para você se sentir bem, Nicholas. Ele não vale nada pra mim. Agora, dá o fora.

Ela não precisou pedir duas vezes. Mas, antes de sair, escrevi um bilhete e o deixei embaixo do travesseiro da Noah. Eu tinha tomado uma decisão.

SUA CULPA

47

NOAH

Quando saí da Leister Enterprises, fui direto para a casa do Charlie. Não queria ver ninguém que tentasse me convencer de que eu não tinha motivo para estar tão brava com o Nicholas. Não queria escutar a Jenna me dizer que entendia, mas que o Nick tinha todo o direito de aceitar um cargo tão disputado.

Queria ser egoísta, precisava ser egoísta quando se tratava do Nick. Dois anos separados... Em uma semana sem nos ver, quase tínhamos ficado malucos.

Eu nunca tinha ido à casa do Charlie, mas havia passado na frente de carro, então sabia onde era. Quando toquei a campainha, ouvi barulhos atrás da porta, e então ele abriu em um estado que eu conhecia muito bem: estava bêbado.

— Noah? — ele disse, pronunciando meu nome corretamente, apesar dos olhos vermelhos e do bafo de álcool.

— Oi... Posso entrar?

Afogar meus medos e inseguranças em álcool era justamente o oposto do que eu deveria fazer, mas uma taça até que não faria mal.

O Charlie sorriu e me deixou entrar. Passamos o dia enfiados no quarto dele e trocamos todo tipo de confidências, acompanhados de uma garrafa de tequila. Eu contei o que tinha acontecido com o Nick e ele me confessou que estava daquele jeito porque o namorado o abandonara. Também me falou sobre o seu alcoolismo, e isso me fez sentir culpada de imediato: ficar bêbada junto com ele não o ajudaria a se curar da dependência. Mas, em minha defesa, ele já estava bastante alterado quando abriu a porta para mim.

— Se o meu irmão me vir assim, ele me mata — disse em determinado momento. — Ele acha que aquelas terapias de merda dele podem me ajudar, mas, na verdade, é ele quem deveria fazer terapia... Ele consegue ser um babaca quando quer, sabe? Você nem imagina como foi crescer com ele depois que a nossa mãe morreu...

Lamentei por ele não ser o rapaz alegre e sem nenhum problema que aparentava no início. Eu não sabia nada daquilo, e entendi que todas as pessoas tinham segredos que não revelavam para ninguém.

Quando percebi que a bebida não ia resolver nada, propus que a gente comesse alguma coisa e visse um filme. Demos muita risada vendo Shrek e eu esqueci de tudo que tinha a ver com o Nick por algumas horas.

Fazia tempo que eu não tinha um amigo com quem compartilhar momentos simples como aquele. A Jenna era muito inquieta, nossos planos quase sempre consistiam em ir a festas ou fazer compras, e foram raras as vezes que ficamos simplesmente em casa, jogadas no sofá.

Já era quase noite quando a porta do apartamento se abriu e o Michael entrou, com cara de bravo. Eu não esperava vê-lo por lá, e logo me dei conta de que ele também morava ali. O Charlie morava com o irmão porque mal tinha condições de pagar a faculdade.

Não sei por que fiquei nervosa, talvez porque estava acostumada a vê-lo nas consultas e porque ele conhecia quase todos os meus segredos, medos e inseguranças. Os olhos dele percorreram a sala até pousarem em mim. Uma expressão surgiu em seu semblante e eu me ajeitei no sofá, como se ele estivesse prestes a me repreender. Fazia horas que tínhamos parado de beber, o Charlie tinha até tomado um banho gelado e parecia bastante calmo, então rezei para ele não perceber o que tínhamos feito mais cedo. O Charlie reparou que uma tensão repentina tomou conta do ambiente.

— E aí, irmãozinho? — ele disse ao cumprimentá-lo. — Quer ver um filme com a gente?

O Michael começou a tirar coisas de uma sacola de supermercado e a arrumá-las em cima do balcão.

— Vocês comeram alguma coisa? — essa foi sua resposta. Ele nem sequer me cumprimentou, e me pareceu tão esquisito que eu me levantei, disposta a ir embora.

— Acho que é melhor eu ir — comentei, pegando a minha bolsa de cima do sofá. O Michael olhou fixamente para mim antes de falar.

— Eu trouxe comida para o jantar, você pode ficar. Assim, também pode me contar por que decidiu não ir à consulta hoje. Fiquei esperando até às sete.

Merda! Eu me esqueci completamente. Por isso ele estava tão estranho, eu o tinha deixado plantado, esperando por mim.

Vi de soslaio que o Charlie nos observava. Então, falou algo sobre precisar limpar o seu quarto.

Que oportuno.

Eu me aproximei do balcão de mármore em que o Michael arrumava as compras de maneira despreocupada.

— Desculpa, eu esqueci completamente.

Ele ficou calado por alguns segundos e então um sorriso amável se desenhou em seus lábios.

— Não se preocupe. A gente coloca o assunto em dia na próxima sessão. Você gosta de risoto com cogumelos?

Ele pareceu tão relaxado de repente, muito diferente de quando tinha chegado, nada a ver com a pessoa que tinha me fulminado com o olhar alguns segundo antes. Assenti com a cabeça, deixando a minha bolsa sobre a cadeira e decidindo que era melhor ficar. Não faria uma desfeita depois de tê-lo feito esperar no consultório.

Vesti um avental e o ajudei com os cogumelos e o molho. O Charlie não fazia ideia de como cozinhar e se dedicava apenas a nos incomodar e enfiar o dedo na panela quente.

Sentamos os três no chão da sala para usar a mesinha de centro e jantamos jogando conversa fora. Foi agradável ver o Michael relaxado, mas era também estranho estar com ele fora de seu ambiente de trabalho. Ele parecia mais jovem e se virava muito bem na cozinha: o risoto estava delicioso. Foi interessante trocar algumas receitas com ele.

Naquela noite, voltei para casa com um sorrisinho no rosto. Sentia-me relaxada e confortável, e fazia muito tempo que eu não me sentia assim. Com o Nick, era tudo tão intenso... Com um olhar, ele conseguia deixar todo o meu corpo tenso; com um carinho dos seus lábios, chegava a me causar dor de estômago.

Vinha sentindo necessidade de fugir de algo tão intenso, de passar pelo menos algumas horas em uma bolha na qual ninguém pudesse entrar, desligar o telefone e simplesmente me esquecer de tudo. Não sentir nada. Estar comigo mesma e ponto-final.

Aquela noite tinha sido assim. Pude respirar aliviada e ser só a Noah, e não a Noah de alguém. Porém, quando cheguei ao apartamento e fui para o meu quarto, logo vi o bilhete do Nick.

Eu o peguei e, nervosa, comecei a ler.

Vou dar mais tempo a você. Se é disso que você precisa, se é isso que tenho que fazer para que você perceba que eu amo você, e só você, então assim será.
Não sei mais o que fazer para que você acredite em mim, para que você veja que eu quero cuidar de você e protegê-la para sempre. Eu não vou a lugar nenhum, Noah, eu só consigo enxergar a minha vida e o meu futuro com você ao meu lado. Minha felicidade depende exclusivamente de você. Não precisa ter medo: eu sempre vou ser a sua luz em meio à escuridão, meu amor.

Fiquei com o coração apertado ao ler aquelas palavras e me senti ainda mais culpada por fazê-lo passar por tudo aquilo. O Nick ia renunciar a uma oportunidade única por mim…

Fui para a sala buscar uma garrafa de água e me joguei de qualquer jeito no sofá. Eu estava um caco. Tinha medo de que, se o Nick ficasse, no futuro ele jogasse na minha cara que desperdiçara aquela oportunidade por minha causa. As palavras da Sophia continuavam ecoando na minha cabeça: "Você deveria apoiá-lo nisso, Noah". Meu Deus! Por que ela estava se intrometendo? Por que falara aquilo como se ela se importasse com ele? Por que o Nick tinha contado para ela e não para mim?

Eu odiava a Sophia, eu a odiava de verdade. Sabia que não havia muito motivo, mas eram os ciúmes tomando conta de mim, os ciúmes de ver uma mulher que era perfeita para ele e saber que eu era o oposto depois de uma única olhada. Não sei quanto tempo fiquei no sofá, mas acho que acabei dormindo. Quando a luz que entrava pela janela me acordou, percebi que não estava sozinha.

Um par de olhos me fitavam quando me ergui com cuidado no sofá. Briar estava sentada ao meu lado com uma xícara de café nas mãos.

— Bom dia — ela me cumprimentou com um sorriso estranho.

— Eu acabei dormindo… — me desculpei.

— Chegou uma coisa pra você — ela anunciou, me entregando um envelope branco.

Peguei-o sem demora e me dei conta de que me esquecera completamente daquele assunto. Era o convite para a festa de sessenta anos da Leister Enterprises.

— Que merda!

A Briar pegou o envelope das minhas mãos e examinou o conteúdo.

— Essa é a festa da qual estão falando na imprensa já faz quase um mês?

Eu não fazia a mínima ideia, mas assenti, de qualquer maneira. Era a tal da festa na qual eu e o Nick teríamos de nos comportar como meros irmãos que se amam e se respeitam. Que ódio, aquele era o pior momento possível para um evento daquele tipo, e ainda por cima estávamos brigados.

— Que merda, não podia ser em um momento pior! — exclamei, me levantando da cadeira e servindo uma xícara de café para mim.

A Briar me observou com um brilho estranho no olhar.

— Aqui diz que você pode levar um convidado, mas, se não me engano, neste exato momento você não está falando com o seu namorado, não é?

Mais ou menos. Era um pouco mais complicado, mas eu tinha me esquecido dessa história de convidado. O Nick dissera que iríamos sozinhos, então suponho que eu teria que aguentar a maldita festa na companhia do namorado com quem eu estava brava, de pais com quem eu mal falava e de mais um monte de gente que eu nunca tinha visto na vida.

— Não sei muito bem como a gente está, mas, não, eu não vou com ele… — Apoiei a cabeça nas mãos e fechei os olhos com força. A festa seria naquele fim de semana, e algo me dizia que eu não teria resolvido as coisas com o Nick até lá.

— Se quiser, eu vou com você… — a Briar propôs um segundo depois. Levantei a cabeça e olhei para ela. — Sério, eu não me importaria. Além do mais, em eventos como esse eu posso conhecer pessoas influentes… Você sabe, nada melhor do que manter bons contatos. Uma mão lava a outra: farei companhia para você não ficar entediada e, em troca, eu aproveito para conhecer algumas pessoas importantes.

Pensei no que ela falava e não parecia má ideia. Estava claro que era melhor ir com ela do que aparecer sozinha.

— Você não se importaria mesmo? Vai ser uma chatice e eu vou ter que desempenhar o papel de filha perfeita, cumprimentando as pessoas e tirando fotos estúpidas.

Ela sorriu, deixando à mostra os seus lindos dentes brancos. Quando sorria, ela parecia um anjo caído do céu... A Briar me deixava completamente desconcertada, eu ainda não conseguia decifrá-la.

— Por mim, tudo bem. É você quem está me fazendo um favor.

Dito isso, ela girou sobre os próprios saltos e foi para o seu quarto.

Faltavam só dois dias para eu ter que encontrar o Nick na festa dos Leister e eu não fazia ideia de como nos comportaríamos um com o outro. Estava surpresa com o espaço que ele vinha me dando, e a parte de mim que era insegura se perguntou se havia algum motivo oculto para ele estar fazendo aquilo.

"Só dois dias, Noah, só dois dias. Em dois dias você o verá e tudo voltará a ser como antes."

Continuei repetindo aquele mantra para mim mesma e tentei me distrair com a compra do vestido e outros acessórios para a festa. O protocolo exigia que as mulheres usassem vestido longo e salto alto. Naquela tarde, liguei para a Jenna e estávamos passeando e conversando enquanto olhávamos as vitrines em um centro comercial.

— Eu queria ir, mas o Lion está me ligando todos os dias faz uma semana, insistindo para a gente se encontrar, para sairmos para jantar, para conversarmos, dizendo que quer saber como eu estou... E agora, Noah? Sinto tanta falta dele que chega a doer, mas estou com medo... Estou com medo de que ele volte a me machucar, estou com medo de que nada tenha mudado.

Escutei a minha amiga e não pude deixar de me comparar a ela. Apesar de eu e o Nick não termos terminado — e nem cogitava essa possibilidade —, aquele período separados marcaria um antes e um depois no nosso relacionamento.

— Você tem que aceitar, Jenna. O Lion merece que você pelo menos ouça o que ele tem a dizer. Vocês já estão há mais de um mês separados, chegou a hora de colocar as cartas na mesa. E, por mais que você insista que está melhor sem ele, nós duas sabemos que isso não é verdade.

A Jenna começou a roer as unhas de maneira compulsiva e um sorriso apareceu nos meus lábios.

Os dois eram feitos um para o outro e eu não sabia por que não se davam conta disso.

Provei pelo menos vinte vestidos. Minha mãe me autorizou a fazer todas as compras com o cartão de crédito que eu tinha para emergências. Na verdade, eu até tinha pensado em ir com um vestido alugado, mas queria poder não me preocupar durante a festa.

Então, naquele momento, estava passeando por lojas de roupas como Chanel, Versace, Prada… Como se eu não tivesse vários problemas financeiros. Tinha até pensado em comprar um vestido de marca de segunda mão, que sairia pela metade do preço, e assim ficar com o resto do dinheiro para pagar o aluguel, o mercado e outras coisas básicas da vida. No entanto, descartei a ideia, pois tinha certeza de que a minha mãe olharia o extrato do cartão de crédito e acabaria descobrindo.

Finalmente, terminamos na Dior, uma loja que deixava a Jenna maluca. Os preços eram insanos, mas me deixei levar pela minha amiga e segui como se não estivesse comprando algo para mim, mas como se precisasse cumprir uma missão.

O ruim de entrar em lugares como aqueles era que o pior sempre podia acontecer: acabar me apaixonando por um vestido. Ele estava no meio da loja, em um manequim, e meus olhos foram direto para ele logo que entrei.

— Meu Deus, Noah… É esse, esse é o seu vestido — a Jenna falou ao meu lado, tão perplexa quanto eu.

Observei o tecido cinza perolado, toquei com os dedos a suavidade da seda e admirei o quanto ele era bonito.

— Você tem que provar — a Jenna falou, e um segundo depois havia uma vendedora me tratando como se eu fosse uma estrela de Hollywood. Fomos para uma sala onde me ajudaram a vesti-lo. A parte de cima do vestido era uma espécie de corpete com pequenos diamantes prateados. A parte inferior caía em cascata até o chão, realçando meu corpo e marcando todas as minhas curvas como se água caísse sobre a minha pele. Ele tinha, além de tudo, uma fenda em uma das pernas que subia quase até o quadril. Meu Deus, era simplesmente perfeito.

Quando saí do provador, a Jenna arregalou os olhos e ficou me admirando.

— Nossa, tá incrível!

Abaixei o olhar e peguei a pequena etiqueta que estava em uma das laterais.

Quase me engasguei ao ver o preço.

— Custa cinco mil dólares, Jenna.

Os olhos dela não demonstraram nenhuma surpresa.

— E você esperava o quê? Não estamos numa loja qualquer. Você tem que estar à altura. E, acredite em mim, o seu vestido vai ser um dos mais normais da festa. Além do mais, você está maravilhosa, Noah. É sério, estou quase chorando de emoção.

Revirando os olhos, voltei a me olhar no espelho.

O vestido era lindo e aquela cor cinza-pérola contrastava perfeitamente com o meu bronzeado e a cor do meu cabelo. Era um vestido para uma ocasião especial, para brilhar diante das câmeras... Para brilhar diante do Nick.

Sim, eu definitivamente queria ver a cara do Nicholas quando eu chegasse vestindo algo tão bonito. Se a festa seria o nosso reencontro depois de duas semanas em que mal nos falamos... Bem, como dissera a Jenna, eu precisava estar espetacular.

48

NICK

Faltava um dia para a festa e eu e a Noah continuávamos sem nos falar. Estava preocupado, preocupado com ela, conosco, sentindo uma pressão no peito que não me deixava trabalhar. Naquela manhã, meu pai passou no escritório e me entregou em mãos os convites para o evento. Lembrei-me do que tinham pedido para mim e para a Noah havia cerca de um mês. Odiava a ideia de vê-la depois de tantos dias sem poder encostar um dedo nela, sem abraçá-la, e ter de agir como se não tivéssemos nada. Tudo parecia uma maldita piada de mau gosto. Meu mau humor era perceptível, qualquer um que falasse comigo se dava conta dele, e tive tantas discussões com o pessoal do trabalho que sabia que não havia sido demitido pelo simples fato de carregar o sobrenome Leister.

— Aluguei três carros para nos levarem amanhã: um para mim e Ella, outro para a Noah e a amiga dela e o terceiro para você e a Sophia.

Meus olhos se ergueram imediatamente do papel que eu estava lendo distraidamente.

— O que você disse?

Meu pai me lançou um olhar que deixou claro que eu não era o único que havia levantado com o pé esquerdo naquela manhã.

— Foi o Aiken quem me pediu, Nicholas, e não pretendo discutir sobre isso. Ele não poderá comparecer à festa amanhã, então a Sophia vai em seu lugar, e ele pediu para ela ir conosco.

— Pelo menos ela está sabendo? — perguntei, me levantando e fechando a porta da sala com força. — A Sophia tinha me dito que não iria à festa, pois viajaria para Aspen na manhã seguinte.

Meu pai tirou os óculos e apertou a parte superior do nariz.

— Isso foi antes de o Riston ter um assunto importante para resolver em Washington. Ele não vai poder ir à festa, por isso a Sophia vai no lugar dele. O Riston me pediu para que ela fosse com você, e eu, obviamente, concordei.

Balancei a cabeça sabendo dos problemas que aquilo me causaria.

— Vamos no mesmo carro, mas eu não serei o acompanhante dela.

Meu pai me olhou com um semblante cansado. Eu estava falando bobagem. Afinal, se chegássemos no mesmo carro, tanto fazia os convites serem individuais. Todo mundo acharia que estávamos juntos... Incluindo a Noah.

— Você está me causando problemas com a minha namorada — eu reclamei por entre os dentes.

Meu pai suspirou, andando até a porta.

— Seu relacionamento com a Noah já está lhe custando bastante, filho... Se ela não puder aguentar o fato de você ir a uma festa com uma amiga, acho que você deveria repensar muitas coisas.

Ignorei aquelas palavras e deixei que ele fosse embora. Não podia deixar que a Noah chegasse na festa e me visse com a Sophia. Eu precisava contar antes. A última notícia que tive dela tinha sido uma simples mensagem de texto com a palavra "obrigada". Prometi que daria espaço para ela, mas, se não explicasse a história da Sophia, descumprir a minha promessa seria o menor dos problemas. Eu me levantei, peguei a chave do carro e fui direto para o apartamento da minha namorada.

Por sorte, assim que cheguei, vi que ela vinha da direção contrária da rua. Ela estacionou o carro dela perto do meu e seus olhos se arregalaram de surpresa ao me ver. Saí do carro e esperei tenso por sua próxima reação.

Ela se aproximou de mim com cuidado e me olhou aparentando nervosismo.

— Estou feliz de saber que você ainda está por aqui e não foi para Nova York.

Ela me deu as costas e subiu as escadas que davam para a porta de entrada do alojamento. Que merda, ela ainda estava brava? Resmunguei com os dentes cerrados e a segui, disposto a solucionar e enterrar aquele assunto de uma vez por todas.

Prestei atenção no vestido que ela estava usando e em suas curvas enquanto ela abria a porta com um pouco de dificuldade. Nunca a tinha visto com aquele vestido: era amarelo, com pequenas flores estampadas por todos os lados.

Ela finalmente conseguiu abrir a porta... Eu a teria ajudado, mas fiquei entretido, observando o balanço do vestido em seu bumbum.

Ela se virou ao entrar, apertando os lábios com força.

— Para de olhar a minha bunda, Nicholas Leister.

Dei uma gargalhada e fechei a porta atrás de mim. Observei o apartamento e prestei atenção, em busca de algum som que indicasse a presença da Briar, mas não havia nem sinal dela.

— Gostei do seu vestido, só isso — admiti, olhando intensamente para ela. Meu Deus, eu odiava aquele vestido, odiava como ele ficava justo no busto e como dançava acima dos joelhos dela.

A Noah olhou para mim de um jeito condescendente e deixou a sacola que estava carregando em cima do balcão da cozinha.

Eu me aproximei, esperando que ela dissesse mais alguma coisa. Ela parecia nervosa e eu não esperava por isso.

Era a Noah, eu a conhecia como a palma da minha mão.

Olhei para ela atentamente enquanto ela abria a geladeira e pegava duas cervejas.

— Quer uma? — ela perguntou, e percebi que as suas bochechas coraram, por nervosismo ou simplesmente porque eu a estava devorando com os olhos.

— Claro — respondi, esticando o braço e roçando levemente os dedos dela ao pegar a garrafa.

Notei claramente o calafrio que ela teve por conta daquele pequeno roçar, mas fingi não ter percebido nada. Estava lá para ajeitar as coisas, para conversar e explicar sobre Nova York, embora estivesse pensando mesmo em enfiar as minhas mãos por dentro daquele vestido e fazê-la estremecer de verdade.

Levei a garrafa até a borda do balcão e, com um movimento, tirei a tampinha e dei um gole. A Noah me observou por um momento, então baixou o olhar para a sua cerveja, parecendo um pouco perdida.

Eu sorri levemente. Dei mais um gole e me aproximei dela.

— Toma, sardenta — eu disse, oferecendo a minha garrafa e pegando a dela para abri-la da mesma maneira.

Eu sabia que, com aquele gesto, encurtaria a distância significativa que havia entre nós.

Os lábios dela titubearam, mas ela levou minha garrafa à boca, deixando que o líquido gelado descesse por sua garganta. Olhei abobado o pescoço dela contrair-se levemente para receber o conteúdo da garrafa. Respirei fundo, me segurando para não encurtar o espaço que nos separava. Algo me dizia que ainda não era o momento, pelo menos se eu quisesse receber uma resposta agradável, mas não conseguia controlar a maneira como a devorava com os olhos.

Nervosa, ela se separou de mim e foi para o sofá. Sem parecer muito segura do que fazer em seguida, começou a ordenar distraidamente umas revistas que havia por ali. Eu me apoiei no balcão e a observei.

Ela continuou organizando as coisas a esmo e eu permaneci em silêncio. Ficou naquilo por mais alguns minutos até que se virou para mim, deixou as revistas em cima do sofá e jogou os cabelos para trás, exasperada.

— Para de olhar para mim!

Dei risada, me divertindo.

— Você não me deixa alternativa, meu amor. Não posso encostar em você, não posso nem olhar para você... Ser seu namorado está virando uma tortura.

Ela cruzou os braços e ficou olhando para mim com um misto de irritação e nervosismo.

— O que você veio fazer aqui, Nicholas?

Eu a observei por alguns segundos. Só alguns metros nos separavam, mas eu sentia como se fossem quilômetros, algo de que eu não gostava nem um pouco. Estava com tanta saudade... Sabia que tinha prometido lhe dar espaço, que tinha ido só para contar pessoalmente sobre a Sophia, mas antes queria garantir que estávamos bem. Pelo menos um pouco bem.

— Sei que falei que lhe daria espaço, mas precisava vê-la, nem que fosse por meia hora — expliquei.

Ela me observou com a incerteza presente em todas as suas expressões. Acho que nunca a vira tão perdida. Ela veio até mim, mas deixando um espaço excessivamente incômodo entre nós. Dei um passo à frente. Ela recuou até que suas costas se chocaram contra o balcão.

— Por que você não me contou? — ela indagou, então, com uma voz amarga.

A pergunta não foi nada inesperada. Sabia que o que mais a tinha incomodado foi ficar sabendo do assunto de Nova York por terceiros.

— Porque nunca esteve nos meus planos ir a lugar algum. Não sem você.

Ela mordeu o lábio com nervosismo e fiquei com vontade de agarrá-la, mas não sabia se era uma boa ideia… Pelo menos naquele momento.

— Então, você aceitaria… Se eu fosse com você…

Não era uma pergunta, e a verdade é que eu nem sequer parei para pensar naquela possibilidade.

— Estou bem do jeito que estou agora, Noah. Gosto do meu trabalho e para onde a minha vida está indo. — Eu não estava muito animado para herdar a empresa do meu pai, já que isso significaria trabalhar com ele por mais muitos anos, mas aquilo era um detalhe insignificante na perspectiva de ser um funcionário da empresa dos Leister.

Os olhos da Noah procuraram os meus e tentei decifrar o que se passava em sua cabeça.

— Você nem sequer vai perguntar?

Franzi a testa.

— Você quer ir comigo para Nova York?

— Não.

— Então? — eu falei, soltando um suspiro de frustração e jogando a cabeça para trás.

— Não quero ir embora porque, obviamente, acabei de começar a faculdade aqui. Faz pouco mais de um ano que eu saí do Canadá, mas… se é tão importante pra você, Nicholas, então… eu acho que estaria disposta a ir. Por você.

Baixei a cabeça devagar e depois voltei a olhar para ela.

— Você faria isso por mim? — perguntei, tentando identificar algo que me dissesse o contrário no rosto dela. Pela maneira de me olhar, eu sabia que ela tinha sido sincera.

— Nicholas… Eu te amo — ela confessou, sussurrando. — Sei que nesse momento não estamos muito bem… Se você me pedisse e isso fosse importante para você, eu diria que sim, iria com você para qualquer lugar, e você sabe disso.

Uma onda de amor infinito inundou o meu peito e preencheu o vazio que eu senti na alma durante as duas semanas que ficamos separados. Nossa, como a distância tinha me causado dor! Dei um passo à frente, invadindo completamente o espaço dela.

Minhas mãos foram para a sua cintura e eu a apertei com força, quase beliscando as costas dela de tanta vontade de fazê-la entender que eu faria todo o possível para ficarmos juntos e felizes.

A Noah segurou a respiração, e acho que consegui ouvir o coração dela se acelerando.

— Obrigado — sussurrei.

Coloquei a mão no seu pescoço e afastei os cabelos. Queria sentir o cheiro dela, lembrar daquela fragrância que apenas ela parecia ter.

Com a ponta do nariz, rocei o queixo e o pescoço dela, inalando devagar e fechando os olhos depois.

Ouvi a respiração dela se acelerando junto com a minha. A mão dela segurou o meu braço e o corpo dela inteiro tremeu ao me sentir tão perto.

— Estou com saudade de você — eu disse ao seu ouvido. — Fico feliz por você querer ir comigo, mas não vou aceitar a proposta. Ainda não. Quero ficar por aqui, e sei que você também quer, e é exatamente o que vamos fazer, tá?

Não esperei pela resposta. Segurei a nuca dela e depositei meus lábios naquele pescoço. Um gemido entrecortado escapou da sua boca. Percorri levemente a sua clavícula com a minha língua até chegar à orelha, que mordi suavemente. A Noah soltou todo o ar que estava segurando e percebi que o meu corpo estava reagindo às respostas do dela. Eu me afastei por alguns instantes e a observei com calma. A excitação e o desejo eram tão evidentes que precisei me controlar para não devorá-la ali mesmo.

— Você já teve tempo suficiente? — eu perguntei.

— Não... sei.

Não gostei daquela resposta... Talvez eu precisasse lembrá-la de como tinha sentido saudade.

— Não vou fazer nada que você não queira, meu amor — sussurrei, colocando as minhas mãos na cintura dela. — Vou devagar até você me pedir pra parar.

Ela não falou nada, então a posicionei em cima do balcão com um movimento rápido. Com delicadeza, abri suas pernas e me coloquei entre elas.

Sorri para tranquilizá-la, já que notava uma sensação de nervosismo da parte dela. Entendia que aconteceram muitas coisas entre nós, e que eu não estivera à sua altura, principalmente no último mês, por isso, aproveitei aquelas duas semanas para tentar entendê-la, para tentar descobrir no que eu poderia melhorar.

Levei minhas mãos até o rosto dela e fiz carinho naquelas sardas que me deixavam maluco. Com os dedos, tracei o contorno da mandíbula dela, daqueles lábios carnudos... O peito da Noah se mexia bem rápido sob o vestido. Em qualquer outra ocasião eu já teria arrancado toda a roupa dela, já a teria levado para o quarto e minhas mãos já estariam em todas as partes que nós dois adorávamos.

Agora, eu não pretendia cometer o mesmo erro. Iria devagar, garantindo que ela estivesse confortável em todos os momentos.

— Eu quero beijar você.

Ela me devolveu o olhar em silêncio, mas pareceu que não recusaria, que queria tanto quanto eu.

— Vou beijar você.

Juntei nossos lábios com força, com desejo, e desfrutei da pressão da minha boca sobre a dela, uma conexão única que fez desaparecer tudo de negativo dos últimos dias. Mordi o seu lábio inferior para depois acariciá-lo com a língua, voltando a apertá-lo com força. Seus lábios eram a perdição de qualquer homem, e eu não era exceção. Pus a mão em sua nuca para me aproximar ainda mais, obrigando-a a se inclinar para trás e a se apoiar no meu braço esticado. Minha boca se separou da dela por um segundo para retornar um instante depois. Dessa vez usei minha língua e procurei desesperadamente pela dela. O encontro aconteceu, e sentir o seu sabor me fez perder o pouco de controle que ainda me restava.

Sem poder fazer nada, minhas mãos percorreram todo o seu corpo, então ela se ergueu e, usando as pernas, me puxou avidamente para si. Seus braços envolveram o meu pescoço, e nos fundimos em um abraço passional que só podia terminar em uma coisa.

Minhas mãos baixaram até a barra da saia e subiram pelas coxas enquanto eu levantava o vestido até a altura dos quadris da Noah.

Eu me separei dela e me inclinei para beijar as suas pernas... Fui subindo pelas coxas, dando beijos quentes com cuidado para não deixar nenhuma marca. As mãos da Noah me afastaram e me obrigaram a erguer a cabeça. A boca dela foi até a minha novamente, e suspirei sentindo o desespero e a avidez com a qual ela queria me tocar.

Cuidadosamente, eu a ergui do balcão, peguei-a pelas pernas e fui com ela agarrada ao meu quadril até o quarto. Fechei a porta e fomos direto para a cama. Ela fazia carinho no meu cabelo com uma das mãos, enquanto a outra segurava a minha nuca. Eu fui para cima dela na cama, levantando o vestido dela até tirá-lo.

— Odeio esse vestido — confessei, deixando-o cair de qualquer jeito em cima da cama.

— É novo — ela disse, empurrando a minha nuca para baixo e enterrando os lábios dela no meu pescoço. Ela me mordeu e me chupou naquela região, e só consegui responder com um gemido.

— Ele é lindo.

Minha língua acariciou a mandíbula dela e meus dentes deram leves mordidinhas no seu pescoço.

Ela deu risada.

— Mentiroso.

Olhei para o corpo dela, aquele corpo que parecia ter sido feito para mim, o corpo que apenas eu tinha acariciado, tocado e beijado.

— Eu podia ficar horas só olhando para você, Noah. Você é linda demais, em todos os sentidos.

Ela não disse nada, simplesmente olhou para mim enquanto eu tirava a camiseta e mergulhava sobre seu torso despido. Ela estava usando um sutiã de renda tão fina… que parecia que não estava vestindo mais nada.

Coloquei meus lábios sobre o tecido fino e percebi como ela ficou tensa sob as minhas mãos.

— Nick…

Ela pronunciou meu nome de maneira entrecortada, o que me incentivou a continuar. Com cuidado, fui beijando a barriga dela devagar, enquanto fazia carinho nas costas dela com os dedos, de cima para baixo até chegar na parte de trás dos joelhos. Então, levantei as suas pernas, obrigando-a a envolver o meu quadril. Eu me coloquei na altura dela e movimentei a minha pélvis sobre a dela.

Uma onda de prazer percorreu os nossos corpos. Havia-se passado tempo demais.

Então, a Noah se mexeu e me empurrou, até me obrigar a deitar as costas no colchão. Então, com um movimento rápido, montou em cima de mim. Seus cabelos loiros se derramavam pelos ombros e ela jogou para trás da orelha as mechas que mais incomodavam.

Vi em seus olhos que ela estava travando uma batalha interna e pisei no freio. Minhas mãos repousaram sobre as suas pernas e a observei até que ela finalmente falou.

— Acho… que não é uma boa ideia continuar. Sinto que, se fizermos isso… vamos jogar fora tudo o que tentamos esclarecer nessas duas semanas.

Senti que não era ela quem estava falando, mas o tal psicólogo com quem ela vinha se tratando. Era ele quem a tinha incentivado a se separar de mim naquelas semanas, e ver a reação do corpo dela aos meus carinhos, ver nos olhos dela o quanto ela queria continuar... confirmava as minhas suspeitas.

Eu me ergui na cama, com ela ainda em cima de mim, e uni meu rosto ao dela.

— Você quer parar? — perguntei, e uma parte de mim estava torcendo para ela responder que não.

Ela parecia estar refletindo. Com a mão, ela acariciava a minha mandíbula, devagar, e os lábios dela beijaram os meus.

— Não quero, mas é o melhor a fazer, pelo menos por enquanto.

Respirei fundo. Estávamos ofegantes por causa dos últimos beijos. Assenti, beijando-a no nariz.

— Quer que eu vá embora?

Vi algo parecido com medo dominar o seu semblante.

— Não, fica por aqui.

O pedido dela parecia ter um significado enorme. Sorri e me levantei, deixando-a em pé ao lado da cama.

— Está com fome?

Pedimos comida japonesa, e naquele instante estávamos jogados no tapete da sala... Estava passando um filme horroroso na TV, ao qual paramos de prestar atenção assim que começou.

Eu estava com as costas apoiadas no sofá enquanto a Noah estava sentada diante de mim, com as pernas cruzadas e um sorriso divertido no rosto.

— Não acredito em você — ela falou, dando de ombros.

Ergui as sobrancelhas e fiquei de pé. Ofereci uma das mãos para ela.

— Vem cá, vou te mostrar.

Ela se levantou e me esperou arrastar os móveis para abrir espaço. Depois, fui direto para o rádio e sintonizei na estação dos clássicos. Um clássico de Frank Sinatra estava tocando: *Young at heart*.

Perfeito.

— Vem cá, pequena desconfiada.

A Noah olhou para mim se divertindo, mas hesitante.

Eu me aproximei, agarrei a cintura dela com um braço e entrelacei meus dedos aos dela. Eu a observei por alguns instantes antes de começar a me mexer. Eu a conduzi, como tinham me ensinado, como eu costumava fazer havia pelo menos dez anos.

Começamos devagar, até que finalmente a Noah ganhou confiança e minha levada começou a fluir.

— Não acredito que estou dançando com você, na sala, e ainda por cima Frank Sinatra. O que foi que você fumou, Nick?

Sorri e a obriguei a se afastar para depois voltar a puxá-la para mim, dessa vez com as costas coladas ao meu peito. Eu a aconcheguei entre os meus braços, enquanto nos mexíamos cada vez mais lentamente... A cabeça dela se recostava no meu ombro enquanto eu a segurava contra mim. Eu a beijei na cabeça e depois voltei a girá-la para ficarmos frente a frente.

De repente, eu me sentia como no início do nosso relacionamento. Não sabia explicar, mas a Noah estava sorrindo, relaxada, e eu era um reflexo do seu estado de ânimo. Meu mau humor havia desaparecido e eu sentia uma urgência de relembrar momentos como aquele: ela nos meus braços, se movendo junto comigo, como se de repente os nossos problemas tivessem evaporado depois de alguns dias sem nos vermos...

Desci uma das mãos por suas costas e a apertei com força. Com a outra, segurei a mão dela contra o meu coração, nossos pés se movendo devagar, sem se encostar, e simplesmente nos deixamos levar pela música...

— Eu te amo — declarei, sentindo cada verso da letra, cada uma daquelas palavras.

A Noah não respondeu. Simplesmente apertou a minha mão com mais força, beijou o centro do meu peito e assim continuamos... Até a música terminar.

Ficamos um bom tempo dançando. Na verdade, nos abraçando ao ritmo da música. Quando comecei a sentir todo o peso do corpo dela sobre mim, percebi que ela estava adormecendo. Eu a peguei pela parte de trás do joelhos e a levantei do chão.

— O que você está fazendo... — ela disse, com os olhos entreabertos.

— Quero continuar dançando... Estou gostando.

Eu sorri, enquanto abria a porta do quarto dela e a fechava devagar com as minhas costas.

— Você dança muito bem, sardenta, principalmente quando não está nem se aguentando em pé.

Eu a deixei na cama e ela se virou um pouco até abrir os olhos para mim.

Tirei a minha camiseta e a calça jeans, sem tirar os olhos dela.

— Você vai ficar... — ela afirmou, e um sorriso extremamente doce surgiu nos lábios dela.

— Eu vou ficar — confirmei, abrindo caminho entre os lençóis. Nós dois nos cobrimos e ela se aproximou de mim, com a cabeça apoiada no meu peito.

— Agora dorme, meu amor.

49

NOAH

Eu me sentia flutuando em nuvens brancas em meio ao entardecer. Sentia o calor dos raios de sol no meu corpo e uma sensação cálida de ter descansado tão profundamente que minha mente estava com dificuldade de voltar para a realidade. Estava tão à vontade, por dentro e por fora. Aquele frio que sentira nos dias anteriores parecia ter desaparecido e, quando enfim fui capaz de abrir os olhos lentamente, entendi o motivo: dois faróis celestes, lindos e sensuais, me devolveram o olhar. Senti a urgência de fechá-los. Tanta intensidade sem aviso prévio não era recomendada para os meus hormônios, que já estavam em polvorosa. Com uma das mãos, que estava apoiada tranquilamente nas minhas costas, ele começou a traçar círculos sobre a minha pele quente.

— Já está acordado há muito tempo?

Um sorriso se desenhou naqueles lindos lábios.

— Acordei quando você começou a roncar. Deve fazer mais ou menos uma hora.

Olhei para ele brava, peguei um travesseiro e o joguei na cabeça dele. Meu movimento acabou sendo patético, já que eu ainda não estava completamente acordada.

Rolei na cama grunhindo e dando as costas para o Nick. O corpo dele se juntou ao meu sem esperar nem um segundo e ele me puxou para si. Ele juntou as nossas mãos na frente do meu rosto e observei nossos dedos entrelaçados. Não conseguia vê-lo naquele momento, mas me entretive olhando os dedos dele brincando com os meus.

— Estou com saudades de você na minha cama.

Eu também estava com saudades, meu Deus, era tudo o que eu mais queria. Era incrível quantas coisas podiam rolar em uma cama, entre quatro paredes, entre duas pessoas que se amam, e não me refiro simplesmente ao sexo, mas num sentido mais amplo. Era um lugar para confissões, carinhos no meio da noite, confiança, um lugar para deixar todos os complexos de lado, pelo menos quando se está apaixonada de verdade. Havia algo mágico em dormir com alguém e compartilhar o espaço dos sonhos. Mesmo sem ter encostado nele naquela noite, eu tinha certeza de que meu corpo e minha mente ficaram tranquilos por saber que ele estava por perto...

Movi a mão dele para um lado e vi a tatuagem. Fiquei feliz por ver aquelas palavras na pele dele. Gostei de verdade, porque eu tinha escrito aquilo, eu era a inspiração para ele fazer tantas loucuras, porque estávamos apaixonados... Perdidamente apaixonados.

Na noite anterior, quando dançamos juntos e eu senti o coração dele batendo perto do meu ouvido... Foi algo tão espetacular que fiquei com medo de que acabasse. Não queria que terminasse, por isso aguentei até que meus olhos e meu corpo perdessem a batalha. O Nick da noite anterior era o Nick por quem eu me apaixonara, o Nick que eu amava loucamente. Momentos como aquele me mostravam que éramos perfeitos um para o outro. Queria pensar que podíamos abandonar o passado, que, se continuássemos lutando, superaríamos qualquer obstáculo. Era o que eu mais queria nesse mundo e estava disposta a tudo para que fosse assim.

Mas, então, por que eu estava com a impressão de que tudo o que tinha acontecido na noite anterior, assim como aquele momento íntimo pela manhã, era só a calma que precedia a tormenta?

O Nick me fez virar para ficar em cima de mim.

— Você está muito quieta... Eu não estava falando sério, você sabe que você não ronca.

Eu sorri e levantei a mão para afastar uma mecha de cabelo que estava na frente dos olhos dele.

— Gostei muito de dançar com você ontem à noite.

Ele me presenteou com um sorriso, aquele sorriso que eu adorava e que poucas vezes ele deixava à mostra.

— Eu falei que era um ótimo dançarino.

Revirei os olhos.

— "Convencido" tinha que ser o seu segundo nome — eu disse, afastando o rosto dele quando ele tentou me beijar. Dei risada quando ele apertou minhas costelas, conseguindo me fazer pular de cócegas.

— Eu não tenho segundo nome, isso é coisa de gente panaca.

— Eu tenho segundo nome, tá bom?

Ele enfiou o rosto no meu pescoço e notei que estava segurando o riso.

— Noah Carrie Morgan! Nossa! A sua mãe devia estar bêbada quando a registrou. Você não vai se vingar de mim com seus poderes, né? Sua estranha.

Eu o empurrei com todas as minhas forças, mas ele não se moveu nem um centímetro. Sim, eu já tinha lido o maldito romance do Stephen King, e não, minha mãe não havia escolhido esse nome porque achava que eu seria uma menina odiada e transtornada. Simplesmente me deu esse nome porque a minha avó se chamava Carrie.

— Idiota! — eu falei, me rendendo e deixando meu corpo estirado sobre o colchão.

Então, ele se calou, se ergueu e olhou para mim fixamente.

— Eu amo todos os seus nomes, sardenta.

Ele me beijou e me libertou da sua prisão. Quando ele saiu de cima de mim, consegui me levantar da cama. Precisava tomar um banho. Peguei as coisas de que precisava enquanto o Nick se vestia ao meu lado, me observando de soslaio. Estava repentinamente calado, e olhei para ele com curiosidade. Justo quando eu ia sair do quarto em direção ao banheiro, ele segurou na minha mão, sentando-se na borda da cama. Ele me abraçou pela cintura e levantou a cabeça para olhar para mim por alguns segundos.

— Tenho que contar uma coisa... E não quero que você fique brava. — Franzi a testa e o observei com receio. — Eu não vou sozinho à festa de amanhã.

Bom, acho que era a última coisa que eu imaginava que ele diria.

— Como assim?

Eu sabia que o tom da minha voz se alterara completamente e, pior, que a temperatura do quarto baixara alguns graus naquele instante.

— Eu vou ter que ir com a Sophia.

E assim, aos trancos e barrancos, voltamos à estaca zero.

— Ontem, eu vim para te contar pessoalmente. Não quero que você fique triste, vamos como colegas de trabalho e nada mais.

— E por que você não me contou antes? — indaguei, irritada.

— Porque estávamos nos dando bem e eu estava com tanta saudade de você...

Olhei com atenção para ele. Não queria que ele fosse com ela... Era só o que me faltava naquele momento em que eu sentia que estava tudo me escapando pelas mãos. Talvez aquele fosse o momento de eu agir como o Michael sempre me dizia: com a razão, não com o coração...

— Tudo bem. Faz o que tiver que fazer e depois conversamos.

Dei meia-volta para ir ao banheiro, mas não consegui, pois o Nick se colocou na minha frente.

— Amanhã, quando tudo terminar, vamos para longe daqui por um fim de semana inteiro. Vamos nos acertar, porque você sabe muito bem que não tenho olhos para mais ninguém além de você.

Soltei uma risada amarga.

— Lembre-se dessas palavras da próxima vez que vier me encher o saco com ciúmes.

Ele pareceu aceitar a minha resposta.

Ele pegou no meu rosto e olhou nos meus olhos com um brilho especial.

— Eu te amo e não tem mais ninguém além de você na minha cabeça.

Fechei os olhos, deixei ele me beijar e, quando ele foi embora, segui para o banheiro.

Tentei ignorar todos aqueles pensamentos negativos que tinham voltado para me atormentar, pensamentos sobre os quais eu havia refletido nas últimas duas semanas, coisas que eu queria deixar para trás. Estava tentando mudar para poder me sentir melhor comigo mesma, mais segura e mais corajosa. Eu não podia regredir. Não, não faria isso. Por isso mesmo, deixei os meus fantasmas de lado e me esforcei para confiar no Nick.

Agora, uma coisa era certa: eu estaria tão deslumbrante e provocante que o idiota do meu namorado não ia conseguir tirar os olhos de mim.

Passei a manhã do dia da festa na companhia da Briar e da Jenna, que não paravam de falar, dar risada e fazer com que aquele dia fosse muito mais divertido do que eu imaginava. A Jenna tinha marcado uma cabeleireira que costumava fazer o cabelo dela e da mãe dela sempre que precisavam ir a eventos como aquele. Enquanto esperávamos que ela chegasse para arrumar o meu cabelo, meu apartamento se transformou em um verdadeiro salão de beleza.

Fizemos as mãos e os pés, depilei absolutamente todo o meu corpo, tomei banho com sais de rosas para que minha pele ficasse com um cheiro maravilhoso e usei no corpo um óleo de amêndoas que minha mãe tinha comprado havia muito tempo — certa vez, o Nick comentou que ele o fazia ter vontade de me lamber inteira.

Sorri ao me olhar no espelho usando apenas calcinha e sutiã, o conjunto mais sensual que encontrei, e jurei que depois da festa ia dar para o Nick a melhor noite da vida dele, realmente a melhor. Seria tão inesquecível que ele nunca mais olharia para outra mulher.

— É esse o vestido? — a Briar perguntou, enquanto eu o tirava do armário.

Assenti dando uma olhada no celular. Minha mãe mandara uma mensagem avisando que um carro ia nos buscar para nos levar para o local da festa. Comecei a ficar nervosa. Não sabia muito bem como teria que agir nem o que fazer ao chegar lá, mas tentei deixar os meus medos de lado e suspirei aliviada quando a cabeleireira da Jenna apareceu. A Briar insistiu em fazer o próprio cabelo, já que estava acostumada com todo o glamour dos tapetes vermelhos por causa dos pais dela.

Eu me sentei em uma cadeira e deixei a extravagante mulher chamada Becka fazer um lindo penteado no meu cabelo. Ela o deixou inteiramente cacheado, além de ter feito tranças, que entrelaçou de maneira espetacular. Aguentei todos os puxões porque sabia que ficaria incrível. Uma hora e meia depois, sorri para o meu reflexo no espelho.

— Adorei — declarei, me mexendo para conseguir me olhar de todos os ângulos. A Jenna pegou o vestido e o entregou para mim. Eu o vesti com cuidado, curtindo o delicioso toque da seda na minha pele.

— Você vai causar nessa festa — a Jenna falou, me oferecendo uma pequena bolsa, na qual só cabia um celular e um batom.

Dei um abraço rápido nela.

— Vê se resolve as coisas com o Lion, Jenn. Ele te ama, não se esqueça disso.

A Jenna assentiu e fui atrás da Briar. Minha colega de quarto estava usando um bonito vestido bege que, colado naquele corpo voluptuoso, não dava muita margem à imaginação. Seu cabelo estava todo cacheado e jogado para um lado. Estava lindíssima.

Nós duas nos despedimos rapidamente da Jenna e fomos até o carro alugado que nos esperava do lado de fora. Fiquei surpresa ao ver que o motorista não era um desconhecido, e sim o Steve, vestindo traje de gala.

Ao nos ver descer as escadas, ele sorriu e me ofereceu uma caixinha retangular.

— Do Nick — ele disse, com um sorrisinho.

Fiz cara de poucos amigos e olhei para a caixinha e o bilhete que o Steve me entregou.

A Briar olhou para mim com curiosidade quando deixei tudo em cima do banco do carro sem abrir nem o bilhete nem a caixa.

— Você não quer saber o que ele te deu?

Neguei com a cabeça, fixando o olhar na pista. Precisava manter a mente tranquila. Quando a noite acabasse, conversaríamos sobre tudo e, então, eu abriria o meu coração.

O local da festa era um pouco afastado da cidade, e o tempo que demoramos para chegar aumentou ainda mais o meu nervosismo. Olhei impressionada para as árvores que cercavam o caminho até o local da festa, todas iluminadas com luzes brancas. Havia uma fila de limusines aguardando que os passageiros pudessem descer na porta daquela mansão branca. Quando nosso carro parou, um homem bem-vestido abriu a porta e precisei controlar todas as minhas inseguranças. Ele me ajudou a sair e pelo menos trinta pares de olhos se cravaram em mim.

— Boa noite, senhoritas — o rapaz nos cumprimentou, e observei que ele acionou o aparelho que estava usando na orelha e sussurrou algo que não consegui escutar.

Minha mãe pediu para eu não posar para fotos antes de me encontrar com ela e o William. Quando o homem me pediu para seguir em frente, precisei me virar para a Briar.

— Eu não pretendo perder isto aqui — ela declarou, observando os fotógrafos com um interesse ambicioso.

— Tem certeza de que não se importa de ficar sozinha?

A Briar revirou os olhos e me deu as costas. Começou a desfilar suas pernas elegantes até a aglomeração de pessoas e percebi que não precisava me preocupar com ela.

O rapaz bem-vestido me pediu para segui-lo e me levou até um lugar em que um montão de repórteres entrevistavam várias pessoas. Não me senti incomodada com tanta gente, até que meus olhos se cruzaram com os da minha mãe... Não nos encontrávamos desde a noite em que eu tinha saído de casa, um mês antes, e, embora houvesse passado tempo suficiente para deixarmos os problemas de lado, notei logo que a vi que ainda tínhamos muito o que conversar.

— Você está linda, Noah — ela exclamou, se inclinando para me dar um abraço rápido.

Minha mãe parecia uma estrela de cinema: seu cabelo estava todo cacheado e preso com uma linda presilha de prata cravejada de brilhantes. O vestido era cor de vinho e a fazia parecer muito mais jovem do que era. Sempre ficava impressionada ao ver como ela estava conservada, porque a minha mãe não era muito fã de dietas muito restritivas nem nada parecido.

— Obrigada. Você também — respondi, desviando o olhar e avistando o William em um canto, falando com alguns repórteres do *Los Angeles Times*.

De onde eu estava, um pouco em segundo plano, mas ainda virada para o público, conseguia ver os carros chegando com os convidados, todos vestidos de maneira muito elegante. Minha mãe, ao meu lado, falava em um tom elevado com as pessoas que passavam. Parecia tudo uma loucura e eu estava começando a ficar preocupada. Ela me apresentava para pessoas das quais eu nunca me lembraria e precisávamos esperar o William acabar de falar com os repórteres para tirarmos as malditas fotos em família.

Um rebuliço entre os fotógrafos me fez olhar para o carro que tinha acabado de chegar. A porta se abriu e meu coração parou por alguns instantes. Lá estava ele. E, nossa, era difícil não perder a cabeça: o Nicholas saiu da limusine com um semblante sério e profissional, apesar dos gritos dos fotógrafos. Ele abriu o botão do blazer e ofereceu a mão para a garota que estava com ele no carro. Sophia Aiken surgiu usando um vestido preto espetacular, muito justo e incrivelmente sensual. Olhei para eles à distância, sentindo uma vontade repentina de vomitar.

Desviei o olhar e me concentrei na outra direção. Naquele mesmo instante, o William se livrava dos jornalistas e veio me cumprimentar. Ele estava radiante de felicidade, acho que era a noite dele... De tanto pensar só em mim, não tinha parado para refletir sobre como aquilo devia ser importante para ele.

— Obrigado por estar aqui, Noah. Você está linda — ele disse sorridente. Assenti, ignorando a irritação que rapidamente começava a me dominar. Uma segunda olhada me bastou para ver que o Nick tinha dito algo para a Sophia antes de se afastar e vir para onde estávamos.

Quando nossos olhares se encontraram, senti centenas de borboletas se remexendo sem parar na minha barriga. Os olhos do Nick se abriram além da conta quando ele viu o meu vestido. Nossa... Eu adorava o Nick usando *smoking*.

Antes que eu cometesse uma loucura, dei as costas para ele e olhei para os jardins espetaculares, para os *flashes* e para os jornalistas... Será que era aquela famosa apresentadora de TV? E aquele não era o ator que faria o novo filme do Spielberg?

Senti o calor dele alguns minutos depois, a ponto de o meu corpo inteiro estremecer com o simples triscar da roupa dele nas minhas costas. O Will e a minha mãe estavam bem na minha frente, e os olhos dos dois se desviaram para o recém-chegado.

— Oi, filho — o Will o cumprimentou de maneira distraída, enquanto uma mulher se aproximava para lhes dizer algo. Minha mãe deu um sorriso tenso e se virou para a mulher, que estava explicando como seriam as fotografias.

Continuei olhando para os jardins. Sem falar absolutamente nada, ele me acariciou com o dedo do ombro até o pulso de uma maneira muito sutil, mas incrivelmente tentadora.

Eu me virei para ele com a intenção de adverti-lo com o olhar. Ele tinha que me deixar quieta durante aquela noite, sem contato, sem olhares, sem beijos nem nada parecido. No entanto, todas as minhas reclamações ficaram entaladas na garganta quanto ele deu a volta por mim e eu o vi de perto, na minha frente, mais imponente do que nunca.

Ele não falou nada, mas o seu olhar disse tudo. Senti como se ele estivesse tirando a minha roupa em menos de cinco segundos, como se simplesmente com o olhar percorrendo o meu corpo eu pudesse sentir o contato dos seus dedos na minha pele, os carinhos dos seus lábios, úmidos e deliciosos, em todos os cantos despidos do meu corpo.

"Meu Deus, para, para. Não pensa nisso agora."

Sem dizer uma só palavra, ele se inclinou e me beijou na bochecha.

Fechei os olhos por um instante e inspirei o familiar cheiro do seu perfume, que se misturava muito sutilmente com o cheiro de cigarro. Será que ele andara fumando porque estava tão nervoso quanto eu?

— Você está linda — ele sussurrou perto do meu ouvido antes de se afastar e se comportar como se nada tivesse acontecido.

Ele se desviou de mim para se aproximar dos jornalistas. Fiquei parada, confusa, e depois o segui com o olhar. Ele passou a responder às várias perguntas que lhe faziam e eu fiquei observando de longe. Sua maneira de andar e de conversar com todos os que queriam saber sobre o filho dos Leister, a segurança em cada um de seus movimentos...

Ele se afastou dos jornalistas por alguns instantes para olhar alguma coisa no celular. Automaticamente, meu celular vibrou na minha bolsa.

O Nick já tinha guardado o telefone e estava respondendo a mais perguntas. O pai dele se aproximou e logo várias câmeras se concentraram nos dois.

Baixei o olhar para a tela do meu celular.

> Vou tirar esse seu vestido tão devagar que hoje vai ser a noite mais longa e mais gostosa da sua vida.

Um calor inoportuno me percorreu, partindo dos pés e chegando às minhas bochechas. Olhei para os lados, torcendo para que ninguém percebesse o quanto aquelas palavras e a presença dele tinham me afetado.

Finalmente nos deixaram entrar no salão, onde os garçons serviam taças de champanhe e canapés em lindas cuias de cristal. Aliás, havia cristais por todos os lados. E velas... Sim, centenas de velas e lâmpadas brancas de luminosidade baixa, que convidavam as pessoas a interagir, conversar e ter uma noite inesquecível.

Aproveitando que as pessoas se misturavam, o Nick veio dissimuladamente ao meu encontro.

— Gostou do meu presente? — ele perguntou, vindo até mim após deixar os jornalistas para trás.

Eu precisava me afastar dele. Tínhamos prometido resolver as coisas quando tudo acabasse e eu queria que aquela noite passasse o mais rápido possível.

— Não quero presentes, Nicholas. Quero que esta noite acabe para eu esquecer que você veio com outra mulher.

Ele suspirou e começou a erguer a mão, com a clara intenção de me fazer um carinho, até se lembrar de que não podia. A mão dele se fechou no ar, até se tornar um punho fechado ao lado do corpo. Desviei o olhar, frustrada com a situação, frustrada com tudo.

— Eu posso mandar tudo isso à merda, Noah, posso fazer isso já. Agora mesmo, quero enterrar os meus dedos no seu cabelo e te beijar até ficar sem ar... Basta uma palavra sua para que eu faça isso.

Mordi o lábio, sabendo que ele era mesmo capaz de fazer aquilo. Se eu pedisse, se dissesse o quanto aquela noite seria difícil, ele faria tudo aquilo com muito prazer.

SUA CULPA

Mas o Will nos tinha feito um pedido e eu não queria que os nossos pais ficassem ainda mais contra nós dois.

— Estou bem — garanti, naquele instante querendo dar um passo à frente para ser abraçada com força por ele. Estava com saudade dele e dos nossos momentos, dos nossos carinhos e beijos, dos momentos de Nick e Noah. Duas semanas haviam sido tempo demais, e a noite anterior não fora suficiente para matar tanta saudade e resolver as coisas de uma vez por todas.

Percebi que minha mãe estava olhando para a gente a alguns metros de distância. Estávamos chamando a atenção, que droga, o Nick era o alvo de todo e qualquer olhar.

— Você tem que ir. Estão olhando para a gente, e a última coisa que eu quero é que isso tudo não sirva para nada no fim das contas.

O Nicholas olhou para os lados dissimuladamente e voltou a fixar o seu olhar intenso em mim.

— Serão só algumas horas. Depois prometo que vou me dedicar a você de corpo e alma… Até que tudo volte a ser como era antes.

As palavras dele ficaram suspensas entre nós durante alguns segundos infinitos.

"Até que tudo volte a ser como era antes."

50

NICK

Eu me afastei dela contra a minha vontade. Se dependesse de mim, entraríamos em um carro juntos e iríamos embora. Não queria estar ali, não me importava com o pedido do meu pai. Naquele momento, o mais importante era recuperar a Noah, e eu não ia conseguir isso passando aquele tempo com a Sophia.

Desde o momento que vi a Noah, soube que aquela noite seria uma tortura. As pessoas se viravam para observá-la, que tinha consciência de que estava chamando a atenção de todos os presentes, porque estava incrivelmente linda, tanto que me doía olhar para ela. Estava resplandecente, com aquela pele, aquele cabelo lindo, aqueles olhos, aquele rosto e aquele corpo envolto em um vestido tão justo que parecia uma segunda pele. A cintura estava tão apertada que não sabia como ela estava respirando dentro daquele corpete, mas nossa, valia a pena só por eu poder admirá-la.

Meus dedos estavam coçando para tocá-la, estava com vontade de beijá-la, chupá-la, saboreá-la e amá-la durante horas. Minha saudade era imensa e não sei por que diabos estava perdendo tempo com toda aquela farsa.

Atravessei o salão, parando apenas por alguns instantes para pegar uma taça de algum garçom e levá-la aos lábios sem demora.

Eu sabia que era uma estupidez ter ido à festa com a Sophia, mas seria a última coisa que eu faria pelo meu pai. Estava farto desses favores e joguinhos que prejudicavam o meu relacionamento.

Antes de chegar ao salão principal, onde o jantar seria servido, os discursos seriam feitos e, depois, no encerramento, se apresentaria uma das melhores orquestras do país, meus olhos se surpreenderam ao se deparar com olhos verdes brilhantes. Parei por alguns instantes antes de me aproximar com cuidado de onde eles estavam, em um canto perto das pequenas mesas que haviam disposto pelo local.

— O que você está fazendo aqui? — perguntei para a Briar, quase reclamando com os dentes cerrados.

Ela sorriu divertida, mas os seus olhos não conseguiram ocultar um venenoso rancor.

— Sou a acompanhante da Morgan. Sério mesmo que você veio com outra mulher bem embaixo do nariz dela? — ela falou, olhando por cima do meu ombro. Eu me virei devagar para ver a Sophia conversando com os membros do conselho da empresa. Alguns deles eram amigos íntimos do pai dela, então ela parecia confortável em estar com eles. A Sophia deixou muito claro que não queria causar nenhum problema com a Noah. Mais ainda, insistiu em ir sozinha, mas eu não podia deixar, não depois de o senador pedir para o meu pai que eu a acompanhasse.

De qualquer maneira, sabíamos que entre nós dois só havia uma amizade bela e profissional. Ela tinha dado com a língua nos dentes ao contar para a Noah sobre a oportunidade em Nova York, mas o seu pedido de desculpas havia sido tão sincero que não restava dúvida de que ela não queria de mim nada além das horas que passávamos trabalhando.

— Ela é minha colega de trabalho. Aliás, o que isso te importa, Briar? Por que você está aqui? Nós dois sabemos que este é o último lugar no qual você queria estar.

O seu semblante ficou tenso de maneira involuntária, seus olhos percorreram a sala.

— É óbvio que esse mundo continua sendo a mesma coisa de sempre. A diferença é que eu não sou mais tão ingênua. Outro dia você me disse que mudou, e eu também mudei. Meus dias de ser feita de idiota ficaram para trás, então você não precisa achar que tenho receio de estar aqui.

Fiquei quieto e a observei com calma. Não podia me meter naquele assunto de novo. Se ela aceitou ir ao evento, imaginei que estivesse falando a verdade. Olhei ao meu redor. As pessoas importantes se moviam, conversavam e bebiam ostentando ao máximo, competindo para ver quem se destacava mais. Finalmente prestei atenção na Briar, no ódio oculto por trás daquela fachada de mulher dura que ela parecia apresentar em todos os lugares.

Antes que eu pudesse retrucar, algo — ou melhor, alguém — chamou a minha atenção. Meus olhos se desviaram para a porta principal e senti o meu mundo se estremecer perigosamente.

Anabel Grason tinha acabado de chegar. Minha mãe estava na festa. Merda, que diabos ela estava fazendo lá?

Cerrei os punhos com força e me afastei da Briar, indo na direção da outra ponta do salão. Não podia acreditar que ela tivera a audácia de aparecer naquela festa. Que merda. Por quê? Por que diabos ela estava ali? Senti uma pressão no peito que quase me fez vomitar.

Girei o corpo, vendo tudo vermelho de repente e, antes que eu cometesse uma loucura, a figura do meu pai se materializou do nada, me parando onde eu estava. Olhando para os lados, ele me pegou pelo braço e me puxou para perto de uma das janelas. O sol já tinha ido embora e as luzes que entravam eram das lâmpadas do jardim e da lua, que aparecia de vez em quando entre as nuvens que se aproximavam em alta velocidade.

— Calma, Nicholas.

Olhei para ele. Estava com o semblante sério e os olhos fixos nos meus, tentando chamar a minha atenção, mas a única coisa que via era aquela mulher que eu odiava mais do que tudo.

— Que diabos ela está fazendo aqui?! — eu quase gritei, o que fez o meu pai me afastar ainda mais dos convidados.

— Eu não sei, mas vou resolver a situação. Olha, Nicholas, você precisa se acalmar, está ouvindo? Hoje não é dia de armar uma confusão.

Fixei os olhos no meu pai e, por um instante, me senti perdido no azul das suas pupilas, um azul mais escuro do que o dos meus olhos, que eram claros como os da minha mãe.

Meu pai suplicou com o olhar e apoiou uma das mãos na minha bochecha por alguns instantes.

— Você não precisa falar com ela. Deixa que eu faço isso.

Assenti, deixando por uma vez que meu pai assumisse o controle da situação. Não queria vê-la, não queria falar com ela, simplesmente queria que ela fosse embora. No entanto, todos sabíamos que ela tinha aparecido para fazer alguma coisa, e já havia tentado me contatar. O que quer que fosse, com certeza não seria nada bom.

Meu pai tentou me transmitir uma calma que nem mesmo ele estava sentindo. Depois, me deu as costas e se perdeu de novo entre os convidados.

Procurei a Noah com o olhar e a vi conversando amigavelmente com um grupo de pessoas. Eu sabia que estava brincando com fogo, mas, antes que eu pudesse fazer algo, como pegá-la pela mão, abraçá-la com força e colocá-la em um carro para sairmos correndo, outra garota apareceu na minha frente.

— Você tinha de ouvir o que os membros do conselho estão falando de você, Nick. As notícias voam, estão todos se perguntando quando você vai tomar o lugar do seu pai. — A Sophia sorriu para mim docemente, mas eu mal consegui responder, assentindo com a cabeça. — Você está bem?

Bem? Aquilo era um inferno.

Meus olhos percorreram o salão de novo em busca da Briar. Eu não a encontrei em lugar nenhum, e a ansiedade começou a tomar conta de cada partícula de mim. Eram problemas demais em um mesmo lugar.

Antes que eu pudesse dizer qualquer coisa à minha colega, as pessoas começaram a ir para o salão onde o jantar seria servido. Tentei me acalmar e pus a mão na cintura da Sophia, conduzindo-a aos nossos lugares na mesa.

Ao entrar no salão, fiquei aliviado com a iluminação sutil, porque me sentia tão deslocado que a última coisa de que precisava era um holofote na minha cabeça. A mesa da minha família ficava no centro, perto do palco onde a orquestra tocava, onde seriam os discursos e a celebração de um pequeno leilão em prol da ONG que a empresa ajudava desde sempre. Ao chegar, vi que a Noah tinha ocupado seu lugar perto da mãe. Ela estava sozinha, pois a Briar desaparecera. Quando me viu chegando com a Sophia, os olhos dela se desviaram com dor.

"Que merda."

Enquanto a Sophia cumprimentava educadamente a Noah e as outras pessoas da mesa, e antes de eu conseguir me sentar, a voz da única pessoa que eu adoraria ver naquela noite chegou aos meus ouvidos e me fez girar.

— Onde está o meu neto? Olha lá, o orgulho de todo avô irresponsável!

Um sorriso se formou nos meus lábios quando avistei o meu avô Andrew se aproximando lentamente da mesa. As pessoas estavam tão distraídas conversando e procurando os seus respectivos lugares que não notaram a chegada do único homem contra o qual eu não nutria nenhum tipo de rancor.

Andrew Leister tinha oitenta e três anos e era a pessoa que tinha erguido aquele império. Seu escasso cabelo branco costumava ser tão preto quanto o meu e o do meu pai. O meu avô tinha muitas coisas em comum com o filho, mas não era tão frio. Meu avô foi o mais próximo de um pai que eu jamais tive.

Todas as lembranças desagradáveis que voltaram ao ver a minha mãe desapareceram em minutos, sendo substituídas por momentos como andar a cavalo no sítio do meu avô, pescar no lago que havia lá e encontrar o sapo mais nojento que eu conseguisse para colocar no armário do meu pai, só para sacaneá-lo.

Meu avô.

Estendi a mão para ele e, com a rudeza costumeira, ele me puxou para trocarmos um abraço.

— Quando é que você vai me visitar, menino endiabrado?

Eu dei risada e me afastei, observando-o com alegria.

— Montana é muito longe, vô.

Ele reclamou, incomodado, e me mediu de cima a baixo.

— Antes você vivia por lá, mas agora só quer saber dessas chatices de praias e surfe, argh! — ele falou, passando por mim até chegar à sua cadeira. — A gente tem netos pra eles virarem esses típicos moleques americanos.

Dei uma gargalhada, torcendo para que ninguém além da Noah, que não tirava os olhos da gente, tivesse ouvido o último comentário. Meu avô emigrara da Inglaterra quando tinha só vinte anos para tentar a sorte nos Estados Unidos. Por mais que já tivesse passado muitos anos no novo país, ele fazia questão de me lembrar das minhas raízes, e sempre queria que eu dissesse que era inglês.

Meu pai chegou naquele momento e olhou para o meu avô com uma careta dividida entre contrariada e carinhosa.

— Pai — ele disse, oferecendo-lhe a mão.

Meu avô não o puxou para abraçá-lo como fizera comigo. Simplesmente o observou e então passou os olhos pelo salão com interesse.

— Onde está essa sua nova mulher que você ainda não me apresentou?

Meu pai revirou os olhos e no mesmo momento a Raffaella apareceu. O último ano havia sido tão intenso que não tivemos tempo de viajar para visitar o meu avô, e, agora que ele estava ali, percebi que estava com muitas saudades dele.

A Noah ficou de pé e procurou o meu olhar. Ela ficou incomodada quando meu pai a chamou para apresentá-la ao meu avô como sua nova enteada. Aquela apresentação deveria ter sido bem diferente: eu é quem deveria apresentá-la, falando que ela era o amor da minha vida.

Meu avô sorriu para a Noah, meio distraído, até que olhou para a Sophia.

— Você não vai me apresentar a sua namorada, Nicholas?

O sorriso da Sophia, que tinha se mantido cortês enquanto ela observava as apresentações correspondentes, sumiu de imediato quando desviou o olhar para a Noah. Eu percebi e me apressei para esclarecer a situação.

— A Sophia não é minha namorada, vô. É minha colega de trabalho e filha do senador Aiken.

Meu avô assentiu.

— Ah, sim, sim. Melhor mesmo que ela não seja sua namorada, pois não quero meu neto metido em politicagens, especialmente as do seu pai.

A Sophia ficou sem reação, até que eu dei uma gargalhada. A Noah pareceu olhar para o meu avô com mais simpatia, e então todos tivemos que ocupar os nossos respectivos lugares.

Foi um amigo do meu pai, Robert Layton, membro do conselho, quem fez a apresentação de aniversário da empresa. Todos ergueram as suas taças de espumante em um brinde pelos sessenta anos de trabalho duro. Em seguida, o jantar foi servido. Meu olhar vasculhou o local, tentando localizar a minha mãe entre as mesas, mas era uma tarefa impossível em meio a tanta gente.

Notei algo de estranho com a Raffaella. Ela mal tocara na comida e parecia tensa quando levava a taça de espumante aos lábios. A Noah, por outro lado, estava conversando amigavelmente com o meu avô, que parecia ter lhe causado uma boa impressão, e com a Briar, que aparecera momentos antes com os olhos vidrados e as bochechas um pouco vermelhas. Dava para notar que tinha bebido bastante, o que aumentou a minha ansiedade e o meu nervosismo.

Enquanto terminávamos a sobremesa, a figura elegante e esbelta da minha mãe decidiu aparecer. Fiquei tenso e a observei se aproximar, até que ela parou bem ao lado da Noah.

Um silêncio se fez entre os meus familiares, mas foi a Noah quem ficou pálida ao ouvir a voz da minha mãe às suas costas.

— Boa noite, família Leister. Parabéns pelo aniversário.

51

NOAH

Meu coração parou ao ouvir aquela voz. Fiquei tão quieta que por um instante achei que tinha sido a minha imaginação, mas um rápido olhar do Nicholas bastou para me confirmar que o que eu tinha ouvido era real.

Anabel Grason estava na festa.

Virei o rosto o suficiente para vê-la parando do meu lado e senti como se todo o ar tivesse fugido dos meus pulmões.

— Estou feliz por vê-los todos, especialmente você, Andrew. Deve estar orgulhoso por ter criado um império desses.

Olhei para o avô do Nick, com quem eu tivera havia pouco uma conversa interessante sobre os desastres do país e a literatura inglesa. Vi um sorriso tenso e ao mesmo tempo amigável tomar conta de seus lábios finos e enrugados.

— Que bom vê-la, Bel. Não nos vemos há muitos anos.

Meus olhos pareciam travar uma batalha para decidir para quem olhar primeiro, se para o Nicholas, que parecia a ponto de cometer um assassinato, para o avô ou para a minha mãe, para quem de repente se voltaram todos os meus sentidos. Ela estava tão branca quanto os guardanapos da mesa, e a sua postura mostrava que estava tão tensa quanto as cordas de um violino.

Antes que a Anabel pudesse responder com algum comentário falso e calculista, o William arrastou a própria cadeira para trás e, com os olhos cravados na ex-mulher, decidiu tomar as rédeas da situação.

— Precisamos conversar, e é melhor que o façamos em particular.

A Anabel virou seu corpo esbelto, adornado por um vestido vermelho-sangue, e abriu um sorriso tenso e friamente calculado.

— Tenho certeza de que a Raffaella gostaria de estar presente.

Minha mãe ergueu o olhar, cravando-o em Anabel de um jeito claramente ameaçador.

— Recomendo que não continue com isso. Não é a hora nem o lugar.

Que diabos estava acontecendo?

De repente, fiquei com medo, medo de que as minhas suspeitas sobre aquela mulher, desde o nosso almoço, estivessem certas.

O Nick chamou a minha atenção. Nossos olhares se encontraram, e bem naquele momento anunciaram ao microfone que era a hora de ir para pista e dançar.

A música começou a tocar e as pessoas se levantaram e seguiram para a pista, com sorrisos no rosto e sem fazer ideia da crise familiar que se desenrolava embaixo dos seus narizes. Simplesmente queriam dançar e aproveitar a festa.

Eu sabia que precisava mantê-la afastada do Nick. De repente, esse se tornou o meu principal objetivo. Dando as costas para ela, eu me aproximei do Nicholas e entrelacei meus dedos nos dele. Ele pareceu perdido por alguns instantes, então baixou o olhar para as nossas mãos entrelaçadas e eu o puxei para levá-lo para a pista. Não fazia ideia de como as pessoas na mesa interpretariam a nossa saída dali juntos, nem se era óbvio que a maneira como nos olhávamos não era muito fraternal, mas, naquele momento, eu só queria garantir que o Nick estivesse bem.

Procurei os olhos dele com os meus, mas ele estava tão tenso que manteve o olhar fixado no outro lado do salão. Eu me virei naquela direção e me senti enjoada quando vi o William desaparecer, junto com a minha mãe e a ex-mulher, em uma das salas adjacentes de onde a festa era celebrada.

— Sobre o que você acha que eles têm que conversar? — eu perguntei, com um nó na garganta.

O Nick baixou o rosto, como se tivesse acabado de perceber que estávamos juntos.

— Não sei e não quero saber.

Eu conhecia o estado em que ele estava. Depois de tudo que havíamos passado, sabia que o mais provável era ele acabar explodindo, de uma maneira ou de outra.

Ergui a mão até seu queixo, obrigando-o a olhar para mim. De repente, senti que o encontro que eu tive com aquela mulher alguns meses antes tinha sido o pior erro que eu havia cometido. Só de ver o estado do Nicholas dava para perceber que a simples presença daquela mulher lhe causava uma dor imensurável.

Se ele soubesse que eu tinha me encontrado com ela...

— Nicholas, eu preciso contar uma coisa... — comecei, com a voz levemente trêmula. Não sabia como ele reagiria, mas com a mãe dele a apenas alguns metros e claramente disposta a armar uma confusão, temia que ela falasse do nosso encontro, e sabia que se o Nick ficasse sabendo pela boca dela... ele não ia me perdoar.

Ele jogou a cabeça um pouco para trás e me observou.

— O que você precisa me contar?

Respirei fundo, tentando me acalmar e procurando as palavras apropriadas. Mas, então, fomos interrompidos. A Sophia apareceu do nosso lado, com o rosto contrariado de preocupação.

— Nicholas, acho que você deveria ir ver os seus pais.

Nós dois nos separamos e prestamos atenção nela, depois nos viramos para a porta.

— Eu vou — ofereci, tentando manter a calma. O Nicholas me puxou pelo braço com força.

— Não — ele negou de maneira taxativa.

— Nicholas, para mim isso é indiferente, mas você não tem razão para vê-la.

O Nicholas parecia estar a ponto de se descontrolar.

Virei o rosto para a Sophia.

— Não o deixe se aproximar daquela porta.

Antes que o Nick pudesse reagir, eu fugi de seu aperto e atravessei o salão.

Pude ouvir os gritos logo que me aproximei da porta. Pensei por alguns instantes se deveria entrar ou não, mas, ao me lembrar do rosto da minha mãe, do quanto ela estava tensa... Sabia que ela precisava de mim, aquela mulher podia ser horrível. Abri a porta com cuidado e os três, William, Anabel e minha mãe, se viraram para mim com os rostos inflamados por causa da briga que claramente vinham travando. A Anabel estava perto da janela, e dava para ver que estava gostando da conversa. Já o William parecia a ponto de desmaiar. Por fim, a minha mãe... Estava sentada em um dos sofás, como se quisesse desaparecer para sempre.

— Ah, que ótimo! Venha cá, Noah, acho que você precisa ouvir o que eu tenho a dizer.

SUA CULPA

Nisso, minha mãe mudou de postura. Ela se levantou e ficou entre mim e Anabel.

— Nem pense em envolver a minha filha nessa história! Nem pense!

O William se aproximou da minha mãe e fez menção de passar um braço por trás dos ombros dela, mas, então, algo inimaginável aconteceu: minha mãe se esquivou de maneira violenta e, com um movimento repentino, acertou um tapa em cheio no seu rosto. Fiquei paralisada. Tudo foi tão rápido que não consegui ouvir a porta se abrindo atrás de mim nem perceber duas mãos encostando nos meus ombros.

— Não encosta mais em mim! — minha mãe gritou, dando as costas para o William e se aproximando de mim.

— Noah, temos que ir embora. Agora.

O Nicholas deu a volta por mim para se colocar entre nós duas.

— Que diabos está acontecendo aqui?

Então, chegou a vez de Anabel abrir a boca. Ela se afastou um pouco mais da janela, e parecia estar gostando bastante de ter feito a minha mãe dar uma bofetada no único homem que amava.

— O que está acontecendo é que eu vim atrás do que é meu. Só isso.

O William soltou uma gargalhada amarga, recompondo-se do tapa. Nunca o tinha visto tão irritado.

— Você só quer o maldito dinheiro, e agora que vai se divorciar do idiota que chama de marido, veio até aqui contar mentiras para estragar algo que nem você nem ninguém conseguiu evitar, que é o amor que eu tenho por essa mulher, muito maior do que você possa imaginar.

Minha mãe se virou com as lágrimas quase escorrendo pelo rosto e permaneceu quieta na minha frente, com os dedos tremendo e o olhar fixo no marido.

A Anabel olhou para a minha mãe com cara de nojo.

— Todos os dias eu me pergunto como você conseguiu me enganar por tantos anos com uma colegial que só queria alguém que a salvasse do inferno que ela mesma criou.

Soltei o ar de maneira descontrolada. O que Anabel tinha acabado de insinuar? Ela continuou falando:

— Agora você age como se fosse o melhor pai do mundo, jogando na minha cara que abandonei o Nicholas e fui embora daqui, mas você não me deixou opção! Você nos trocou por ela e ainda teve a cara de pau de querer me deixar na rua.

O William deu uma gargalhada.

— Eu pedi o divórcio muito antes de conhecer a Raffaella. O Nicholas não tinha nem seis anos, eu lhe disse que não a amava mais, prometi que não lhe faltaria nada, mas você não aceitou. Você quis manter um casamento de fachada, quis continuar morando sob o mesmo teto que eu, e eu aceitei pelo nosso filho.

O Nicholas ouvia a discussão dos pais como se sua alma tivesse saído do corpo. Parecia inteirar-se de respostas que nunca tivera, que o faziam entender finalmente por que tudo se desenrolara daquela maneira e por que ele tinha crescido sem a mãe.

— Do que eles estão falando? — eu perguntei, olhando para a minha mãe sem entender nada. Eu me afastei do Nick e olhei para o William. De repente, eu parecia envolvida em algo do qual não fazia a mínima ideia. Duas famílias entrelaçadas de uma maneira inimaginável e com consequências terríveis.

— Você e a Raffaella já se conheciam há muitos anos? — o Nick perguntou ao meu lado, sem poder acreditar.

A Anabel se virou para ele e o observou, parecendo surpresa. Depois, olhou para mim.

— Você não entregou a carta para ele, não é?

Senti meu coração se acelerar de maneira vertiginosa. O Nick cravou os seus olhos nos meus sem entender.

Neguei com a cabeça, as palavras engasgadas na minha garganta.

— Eu...

— Eu e a Noah tivemos um encontro bem interessante há alguns meses. É impressionante o que as pessoas são capazes de fazer por dinheiro e por pura curiosidade, não é, Noah?

A Anabel parecia completamente descontrolada. O Nicholas deu um passo para trás e me olhou incrédulo.

— Isso não é verdade! — gritei para aquele diabo de mulher. — Nicholas, não é o que você está pensando. Eu aceitei me encontrar com ela porque ela ameaçou não permitir que você visse a Maddie. Só aceitei por causa disso.

— E você se encontrou com ela pelas minhas costas, sem me contar nada?

O olhar do Nicholas atravessou meu coração, e ele nunca tinha me olhado com uma dor tão profunda. Sabia que me encontrar com a mãe dele era uma traição, mas eu não fiz aquilo por curiosidade nem por dinheiro, fizera aquilo por ele. Aquela mulher só queria me afastar dele, e sua mera presença bastava para deixar o Nick transtornado, sem conseguir ouvir o que eu estava dizendo.

— Nicholas, escuta…

Ele não me deixou dizer mais nada. Saiu de perto de mim, lançou para todos um olhar carregado de ódio e saiu da sala batendo a porta.

Eu me virei para o demônio em pessoa que estava atrás de mim.

— Você só está aqui para machucá-lo ainda mais do que já machucou!

— Foi você quem o machucou ao não fazer o que eu pedi.

A Anabel parecia inabalável em relação a tudo que estava acontecendo ao seu redor. E mais: parecia tranquila, calma o suficiente para continuar jogando merda no ventilador. Ela ficou séria ao ouvir o Nick bater a porta e sair, e os olhos dela se voltaram para o William com determinação.

— Estou aqui para informar ao pai da minha filha que a menina é dele, portanto, é ele quem tem que cuidar dela.

Por um instante eu não consegui assimilar o que acabara de ouvir. Olhei para ela, depois para o William, que levou as mãos à cabeça, e por último para a minha mãe, acabada e totalmente confusa depois de ter dado uma bofetada na última pessoa na qual encostaria um dedo.

E foi então que tudo fez sentido.

O William deu um passo à frente e se colocou entre ela e nós duas.

— Quer saber, Anabel? Você é uma maldita de uma mentirosa e não acredito em nenhuma palavra do que você está dizendo.

A Anabel abriu a bolsa e tirou de lá alguns papéis. Ela os exibiu como se fossem barras de ouro, e eu simplesmente continuei acompanhando a novela mexicana que se desenrolava na minha frente.

— É o teste de DNA. Eu sempre suspeitei, mas nunca quis fazer o teste por medo de o Robert me largar. Agora, ele mostrou que é exatamente igual a você, vai tentar tirar tudo de mim e eu não vou permitir. A Madison é sua filha e você tem que cuidar dela.

Olhei para a minha mãe, que parecia uma estátua, sem emitir qualquer palavra. As lágrimas começaram a rolar por suas bochechas e não entendi se porque tinha acabado de ficar sabendo que o marido tinha uma filha fora do casamento ou porque, olhando a situação como um todo, ele obviamente tivera que traí-la para que aquilo acontecesse.

O William arrancou os papéis das mãos dela e os examinou sem falar nada. Alguns segundos se passaram até que ele finalmente ergueu o rosto.

— Isso é mentira! Toda essa merda é mentira! Eu não cedi nenhuma amostra de DNA para fazerem essa análise, então pode sair da minha frente antes que eu chame a segurança para expulsá-ladaqui.

A Anabel sorriu com tranquilidade.

— O teste é verdadeiro. Não foi difícil contratar alguém para entrar na sua casa e surrupiar algum objeto com uma amostra do seu DNA. Quando te ligaram e contaram que tinham invadido a sua casa, não achou estranho que só tivessem roubado uma escova de cabelo?

Meu Deus... Os ladrões que invadiram a casa naquele verão... Eu não podia acreditar, era tudo uma loucura. A Anabel os havia contratado e teve que pagar a fiança para que saíssem da cadeia. Certamente, eles teriam conseguido esconder essa escova da polícia com facilidade.

O William ficou mudo olhando para a ex-mulher, porque ela tinha soltado uma bomba tão grande que era impossível fazer algum comentário.

Então, a Anabel se virou para mim e cravou os seus olhos nos meus.

— Você está me julgando e não acredito que seja capaz de fazer isso.

Franzi a testa e dei um passo em sua direção.

— Você não merece ser mãe, é só o que eu acho.

A Anabel deu uma gargalhada e cravou os olhos dela nos da minha mãe.

— Logo você vem me dizer isso... Você, que tem uma mãe que a deixava sozinha em casa com um pai que quase a matou para ir transar com o meu marido em um hotel cinco estrelas!

Arregalei os olhos ao ouvir aquelas palavras.

Minha mãe deu um passo à frente, dando as costas para mim.

— Vai embora daqui!

A Anabel soltou uma risada seca e me observou, lamentando.

— Eu deixei o meu filho com o pai porque achava que era o melhor para ele, mas nunca na vida eu o teria deixado nas mãos de uma pessoa tão perigosa.

Minha mãe levou a mão à boca e começou a soluçar de maneira descontrolada. A Anabel atravessou a sala e saiu sem olhar para trás. Foi então que me virei para a minha mãe, para que ela negasse o que aquela mulher tinha acabado de falar.

— Mãe... — Não fazia ideia de que minha voz não sairia com facilidade.

— Noah, eu...

Será possível que aquela bruxa estava falando a verdade? Que a minha mãe e o Will já se conheciam muito antes de se casarem? Que meu pai quase me matou porque minha mãe estava fora com outro homem?

— Você disse... você disse que estava trabalhando... — falei, e as lágrimas começaram a deslizar pelas minhas bochechas, me impedindo de enxergar o que havia ao meu redor.

Minha mãe tentou se aproximar de mim, mas meus pés foram recuando para manter a distância entre nós.

— Noah, eu nunca imaginei que aquilo pudesse acontecer... Você tem que acreditar em mim... Eu nunca, eu sempre... eu sempre me senti culpada pelo que aconteceu, mas...

— Como você pôde?! — eu gritei, secando as minhas lágrimas violentamente. — Como pôde me deixar sozinha com ele?!

O William postou-se ao lado da minha mãe e juro por Deus que naquele momento eu o odiei com todas as minhas forças, odiei-o tanto que achei que nunca seria capaz de perdoá-lo na vida.

— Noah, calma. Ninguém queria que aquilo tivesse acontecido, nenhum de nós dois esperava que...

Levei as mãos à cabeça sem acreditar no que estava ouvindo. A névoa que sempre cobrira a minha vida começava a se dissipar, revelando um cenário pior do que eu imaginava.

— Nunca achei que lhe diria isso, mas Anabel Grason tem razão: você é pior do que ela e não vou perdoá-la por isso nunca, porque você arruinou a minha vida, destruiu a minha infância e acabou comigo.

Não queria ouvir mais nada e simplesmente dei meia-volta e procurei alguma saída. Bati a porta com força, secando as minhas lágrimas com os dedos. Tinha certeza de que a minha maquiagem tinha saído toda... E, de repente, lembrei-me de que não tinha como voltar para casa, a menos que alguém fosse me buscar.

Nervosa, peguei o celular na minha bolsa e vi que havia quatro chamadas perdidas da Briar.

Eu não sabia como conseguiria sair dali, nem como explicar o que tinha acontecido, mas tentei me acalmar, porque não fazia sentido ficar remoendo algo irremediável. Minha mãe tinha ganhado o prêmio de pior mãe da história e eu simplesmente precisava ir embora. Estava precisando do abraço da única pessoa que poderia me consolar naquele momento, da pessoa que tinha ido embora olhando para mim com o mesmo ódio que dirigia para a própria mãe.

Com o coração na mão, liguei para o Nick. O celular dele estava desligado, algo raro de acontecer. Ele sempre jogava na minha cara que eu nunca atendia ao celular, e então percebi que a sua raiva era maior do que o normal: o Nicholas realmente via o meu encontro com a mãe dele como uma traição.

Não acreditava em como tudo havia se complicado tanto em tão pouco tempo. Não acreditava no que a minha mãe tinha feito, no fato de ela ter mentido para mim por anos sobre ter me deixado sozinha, sobre o relacionamento com o William, sobre tudo. E, ainda por cima, a Madison era filha do Will.

Como será que o Nick reagiria a isso?

Estava tão estressada que me senti agradecida quando vi a Briar entrando. Ao me ver, o semblante dela se congelou e ela se aproximou correndo para me abraçar.

— Morgan?

Eu me deixei cair no sofá e ela se sentou ao meu lado.

— Sinto muito, Noah… — a Briar falou, passando o braço por trás dos meus ombros.

— Não estou acreditando no que aconteceu… — comecei a falar, sem conseguir escolher corretamente as palavras. Não podia nem contar para a Briar o que tinha acontecido porque ela não conhecia a minha história nem a da minha família.

— Eu devia ter avisado… Com certeza, devia, mas ele é assim, foi assim comigo e vai ser com você. O Nicholas é incapaz de amar.

Meus pensamentos se detiveram por um instante e fui erguendo a cabeça aos poucos, até que meus olhos encontraram os dela. Franzi a testa sem entender. A Briar levantou a mão para limpar do meu rosto as lágrimas que continuavam escorrendo pelas minhas bochechas.

— Fiquei torcendo para que você não tivesse visto, mas… Claro que viu.

Peguei a mão dela e a afastei do meu rosto, olhando fixamente para ela, tentando entender o que estava acontecendo.

— Do que você está falando? — eu perguntei, enquanto um novo medo terrível parecia surgir no meu coração.

— Eu queria contar pra você… Mas vi o quanto você estava apaixonada e decidi não abrir a boca. Só que, depois de vê-lo indo embora com ela, Morgan, não posso deixar que ele faça com você o mesmo que fez comigo, ele não tem o direito de traí-la na frente de todo mundo.

Neguei com a cabeça e senti minhas mãos começarem a tremer.

— Ele foi um babaca, Morgan. Desde o começo, pediu para eu ficar quieta, para não contar nada, e aceitei porque achei que ele realmente estava apaixonado por você, mas depois de vê-lo de pegação com ela, não vou continuar mentindo...

Senti que o meu coração estava prestes a explodir, porque se o que eu estava ouvindo era real, se o que a Briar estava falando era verdade...

— Ele foi embora com a Sophia? — Minha voz falhou na última palavra, e a Briar ficou olhando para mim, tentando entender por que eu estava tão perdida.

Sem perceber, ela acabou soltando duas bombas, porque eu não estava chorando por causa do Nick, e sim por causa da minha mãe, mas a Briar simplesmente...

Eu me levantei e ela fez o mesmo.

— Você também já dormiu com ele?

A Briar ficou em silêncio por alguns segundos, e era tudo do que eu precisava para saber a verdade.

52

NICK

Saí tão bravo daquela sala que, por um instante, a música, as pessoas, as velas e os garçons me deixaram completamente desnorteado. Minha cabeça estava tão distante de toda aquela farsa que ver as pessoas tão felizes, bebendo e dançando, parecia praticamente uma provocação.

A Noah tinha se encontrado com a minha mãe. As duas se viram pelas minhas costas. Meu Deus, como a Noah pôde fazer isso?

Só de pensar que a Noah fora escutar o que aquela mulher tinha a dizer já me tirava do sério. Sempre havia deixado muito claro qual era a minha posição em relação à minha mãe: não falávamos sobre ela, não a mencionávamos, não a encontrávamos e mais nada, ponto-final.

E agora, ainda por cima, fiquei sabendo que o meu pai mantinha um caso com a Raffaella desde que eu era criança. Eu precisava repensar toda a minha vida, porque achava que a minha mãe tinha simplesmente me abandonado, não que ela tinha ido embora porque o marido a traía. Sempre achei que havia sido o contrário, que ela tinha ido embora para prejudicar o meu pai. Agora nada mais parecia fazer sentido.

Desde que nasci, minha vida havia sido uma mentira, uma mentira em que nenhum dos dois, nem ele nem ela, se dispôs a deixar os seus malditos problemas de lado para me priorizar.

De repente, a Sophia apareceu na minha frente com uma expressão de preocupação, e por um segundo me perguntei como se sentia uma pessoa que não tinha nenhum tipo de preocupação além de ascender no trabalho. A Sophia era uma mulher completamente livre. Era tão fácil conversar com ela, jogar conversa fora sobre banalidades e simplesmente passar o tempo com ela...

— Nicholas, você está bem?

Voltei a prestar atenção na Sophia, em sua pele bronzeada, seus cabelos e olhos escuros. Como será que a Noah se sentiria se eu fizesse algo escondido dela? Como será que ela se sentiria se eu lhe desse uma punhalada nas costas?

A Sophia continuou falando, eu nem sequer estava escutando... De repente, a raiva me consumiu, o ódio infinito que eu tinha contra todos, menos contra a Noah, se tornou incontrolável, porque a luz no fim do túnel desaparecera. Afinal, a Noah voltou a fazer o que lhe dava na telha, sem levar em conta o que eu dizia ou fazia — ou simplesmente o que eu queria. Estava tão irritado, tão bravo com ela e com minha mãe, que nem sequer percebi o que estava fazendo até que os meus lábios foram diretamente para a boca da mulher diante de mim.

Eu me senti estranho. Por alguns instantes, esperei que surgisse a sensação vertiginosa que sempre me acometia quando eu beijava a Noah, mas não aconteceu nada disso. Senti apenas o contato de pele com pele, o que me deixou ainda mais irritado.

Aproximei a Sophia do meu peito com a mão, apertei-a contra mim, enredei a outra mão nos seus cabelos, enfiei a língua na boca dela e procurei o sabor que me consumia, que me derretia. E nada, que droga, não senti nada. E, de repente, ela pareceu se dar conta do que estávamos fazendo e me empurrou.

— O que significa isso?!

Meus olhos se fixaram nela, analisando-a meticulosamente, procurando por alguém que não estava diante de mim.

"Que merda!"

A Sophia parecia estar sem palavras.

Levei as mãos à cabeça e bebi o conteúdo de uma taça que estava ao meu lado de um gole só. O álcool queimou minha garganta, mas eu estava muito acostumado àquela sensação.

— Preciso ir embora daqui.

Liguei para o Steve e pedi para ele me esperar do lado de fora. Pedi, por favor, para a Sophia ir embora da festa. Era o melhor a fazer para me ajudar a apagar todas as provas do que tinha acabado de acontecer. A Sophia parecia confusa e um pouco brava, mas fez o que eu pedi. Pegou a bolsa, foi comigo até a porta e entrou em algum dos muitos carros que esperavam lá fora. Ao sair, uma rajada de vento úmido atingiu o meu rosto e, ao alçar o olhar para o céu, vi que estava escuro e ameaçador.

Desci as escadas sem conseguir nem dirigir um sorriso tenso aos fotógrafos e passei no meio dos manobristas e demais funcionários que estavam lá fora enquanto procurava o Steve, que me esperava no final da fila de carros. Quando cheguei ao veículo, abri a porta para me sentar no banco traseiro com vontade de desaparecer.

— O que aconteceu, Nicholas? — ele perguntou, arrancando com o carro e olhando para a frente seriamente.

Eu conhecia o Steve desde que me conhecia por gente. Era ele quem me buscava na escola, quem me levava para os treinos esportivos, quem estava do meu lado quando eu não podia contar com os meus pais. Eu tinha um carinho especial por ele e, por um instante, desejei conseguir me abrir e contar como estava me sentindo.

Com a mente em mil lugares diferentes, demorei para me dar conta da caixinha que estava no banco junto com o bilhete que eu tinha pedido para o Steve entregar para a Noah naquela noite. Pus os dois no bolso do meu terno e fiquei olhando pela janela por um momento. Tinha deixado a Noah sozinha com a megera da minha mãe e os nossos pais, saí sem deixar que ela se explicasse e, pior ainda, beijei a Sophia na frente de todos os convidados. De repente, me senti enjoado e peguei o meu celular. Eu o tinha desligado logo que saí daquela sala e, ao voltar a ligá-lo, vi uma chamada perdida dela, de cerca de vinte minutos antes. Eu me comportei como um autêntico idiota... Liguei para ela, mas ela não me atendeu. Na verdade, parecia estar com o celular desligado. Senti um mal-estar repentino no estômago.

— Steve, volta pra festa... Tenho que tirar a Noah daquele inferno.

Não demoramos muito para chegar. Pelo que via, a cerimônia seguiu conforme o planejado, de maneira que naquele exato momento meu pai estava em cima do palco dando o discurso que tantas vezes ensaiou. Dei uma olhada ao redor do salão tentando encontrar a Noah, mas nada... Também não vi a Raffaella. Não queria nem pensar por qual motivo minha mãe decidira fazer aquele espetáculo todo, nem por que havia mentido ao dizer que a Noah tinha se encontrado com ela por dinheiro. Eu sabia muito bem que a Noah jamais iria se deixar chantagear, quanto mais em troca de dinheiro.

A cada minuto que passava eu me sentia mais culpado por ter ido embora. Se o que a Noah dissera era verdade, ela só tinha se encontrado com a minha mãe para que eu pudesse ver a Maddie. Que merda, eu fui um babaca, me comportei como um autêntico idiota!

Sentindo-me cada vez mais ansioso, me joguei no meio das pessoas, que agora erguiam suas taças de espumante em um brinde coletivo. Em seguida, o sistema de som voltou a tocar a música que tinha sido interrompida alguns minutos antes, assim como os burburinhos das conversas. Foi então que uma cabeleira vermelha entrou no meu campo de visão: Briar. Eu me aproximei dela, decidido.

— Estou atrás da Noah, você a viu?

A Briar soltou uma gargalhada e olhou para mim com ódio.

— Agora você está atrás dela? Você é horrível! — ela exclamou, negando com a cabeça. — Por um momento eu acreditei em você, sabia? Achei que você realmente tinha mudado... Inclusive, uma parte muito pequena de mim, aquela que, diferentemente das outras, não te odeia de corpo e alma, ficou feliz por ver que, mesmo tendo problemas, finalmente você tinha conseguido saber o que é amar alguém de verdade.

— Do que você está falando? — indaguei, dando passos vacilante até ela.

Aqueles olhos verdes me advertiram de que não era uma boa ideia continuar me aproximando.

— Sabe... Seu pai tinha razão do que disse naquela última vez que eu o vi. Ele me disse que você não era capaz de amar, que o ódio que guardava dentro de si era tão grande que nunca haveria espaço para mais nada, inclusive para uma garota de dezenove anos com um bebê a caminho.

Apertei a mandíbula com força.

— Agora percebo que ele tinha razão... Porque a Noah te amava de verdade, Nicholas, e você não conseguiu corresponder... Você não conseguiu me amar, não conseguiu perdoar os seus pais e não vai conseguir amá-la porque você sabe melhor do que ninguém que ela é melhor do que você em todos os sentidos.

— Onde está a Noah, Briar?

Não podia acreditar que ela estava jogando tudo aquilo na minha cara. A Briar não fazia nem ideia do que eu tinha passado, de quanto eu me lamentava a cada dia pelo que o meu pai me obrigara a fazer.

A Briar tinha sido mais um dos meus muitos rolos, e eu não pretendia que tivéssemos nada além disso: um rolo. Eu achava que, para ela, eu também era algo passageiro. A Briar não era nenhuma santa, antes de mim tinha ficado com metade do *campus*, mas depois percebi que ela estava apaixonada por mim. Quando descobriu que estava grávida, ela foi à minha casa para me contar e o meu pai ficou sabendo. Sem que eu pudesse fazer nada a respeito, ele a tinha obrigado a abortar para evitar o escândalo. A Briar era uma garota problemática. Desde pequena, crescera em um ambiente tão tóxico quanto o meu, com pais que não se importavam com ela nem lhe davam o que ela precisava. O que aconteceu conosco acabou por lhe causar uma crise nervosa tão severa que tiveram de interná-la em uma clínica, pela qual ela já havia passado uma vez. Tentei entrar em contato com ela, tentei mil vezes pedir desculpas depois de sair da minha própria crise, mas foi impossível: ela tinha tentado se suicidar quando era criança, e os médicos se negaram veementemente a permitir que eu me aproximasse por medo de que ela tentasse se matar novamente.

— Desculpa por tudo, Briar… De verdade, eu não tive a intenção de machucá-la, e também não quero machucar ninguém agora, nem você nem a Noah, então, por favor, só me fala onde ela está.

O semblante dela se retorceu em uma careta antes de me olhar diretamente nos olhos.

— Ela já sabe que você a traiu com a Sophia, e também do que tivemos… Ela foi embora, Nicholas, já faz mais de uma hora.

Foi então que um medo irracional invadiu todo o meu corpo e me deixou paralisado, com o meu coração a ponto de sair pela boca.

— Meu Deus, o que você fez?!

53

NOAH

Eu não conseguia me lembrar de quando entrei no táxi nem de como eu o havia chamado. Naquele momento, eu só estava me concentrando em respirar fundo, porque estava tendo um ataque de ansiedade tão horrível que meu peito doía como se estivessem a ponto de arrancar o meu coração.

Eu não conseguia parar de pensar em tudo que tinha acontecido uma hora antes. Parecia que eu tinha estrelado um filme de terror psicológico. Descobrir que a minha mãe mentira para mim sobre quase tudo na minha vida acabara comigo, mas quando a Briar me contou que o Nicholas tinha me enganado, que ele tinha me deixado conviver durante meses com alguém com quem ele não só já tinha dormido, mas alguém que engravidara dele e fora obrigada a abortar, foi simplesmente insuportável.

Estávamos mesmo falando do Nicholas? Como ele pôde fazer isso comigo? Como ele tinha conseguido mentir para mim assim, praticamente zombar de mim, fingindo que os dois não se conheciam? Como eles puderam manter aquela farsa? Por quê?

Eu nunca tinha sentido algo tão forte, tão horrível, nunca; até aquele dia, no qual me senti tão traída por todos, porque tinham sido todos, todas as pessoas que eu amava me traíram naquela noite: minha mãe, o William, o Nick, até a Briar... Eu achava que éramos amigas, eu achava... Com as mãos trêmulas, tirei o celular da minha bolsa. Precisava da Jenna comigo, ao meu lado, porque não fazia nem ideia de como solucionar isso, não via nenhuma maneira de me recuperar de tamanho golpe.

— Você está bem? — o taxista me perguntou, olhando pelo retrovisor.

Bem? Eu estava morrendo.

A Jenna não atendeu ao celular, e então a foto do Nick apareceu na tela. Fiquei olhando para ela com uma dor infinita, a dor mais dilacerante que já senti, e ao ver aquela foto de nós dois juntos, sorrindo para a câmera, aquela dor se tornou um ódio irracional que tomou minha alma, um ódio direcionado a ele e a qualquer pessoa que quisesse me machucar.

Eu já tinha sofrido bastante, não merecia aquilo, não merecia. Como ele pôde me enganar? Como ele foi capaz de jogar no lixo tudo o que tínhamos vivido?

Então, soube que aquilo ia acabar comigo. Tudo o que eu tinha feito, tudo o que eu tive que passar para estar a seus pés, para merecê-lo... se despedaçou.

— Chegamos — o taxista anunciou, bem no instante em que ouvi o barulho de um trovão que me fez estremecer.

Dei o dinheiro para ele e saí do carro.

Como a Jenna não atendia às minhas ligações, eu só pude recorrer a uma pessoa: fui até a entrada do alojamento e digitei o número 18 no interfone.

Não fui recebida por quem eu esperava, mas àquela altura eu aceitaria qualquer um dos dois. O Michael desceu para abrir a porta e os olhos dele se arregalaram quando ele me viu na entrada, totalmente destroçada e mal conseguindo respirar. Não importava que eu o conhecesse havia apenas algumas semanas: ele me ajudara e, o mais importante de tudo, me conhecia melhor do que qualquer um, porque eu me abrira com ele como não tinha feito com quase mais ninguém.

Vendo que ele continuava sem reação por causa das minhas lágrimas, dei um passo à frente e me joguei em seu peito. Os braços dele me abraçaram com força e, naquele momento, naquele exato instante, o meu coração caiu no chão e se quebrou em milhares de cacos.

Três horas depois abri os olhos em um quarto completamente desconhecido. Estava com uma dor de cabeça tão forte que por alguns segundos foi difícil me concentrar em qualquer outra coisa. Mas aquela dor não era só de cabeça; não, havia algo que eu não estava entendendo... Então, a verdade recaiu sobre mim como um balde de água fria.

Notei as lágrimas começando a deslizar pelas minhas bochechas de novo, mesmo mantendo o silêncio, como se eu não quisesse piorar as coisas nem deixar tudo mais dramático. Porém não faltava mais nada: o drama já estava completo, do início ao fim. Todo mundo tinha me avisado, todas as pessoas que eu conhecia me alertaram de que aquilo poderia acontecer, e lá estava eu, no fundo do poço por não ter conseguido ver nem aceitar tudo com o passar do tempo.

SUA CULPA

Eu me apoiei nos travesseiros e olhei ao meu redor, procurando uma distração. Notei que havia duas velas acesas na mesinha ao lado da cama. Pensei em me levantar, mas, antes de conseguir, a porta se abriu e o Michael apareceu com uma xícara fumegante nas mãos. Foi estranho vê-lo usando calças de pijama e uma simples camiseta cinza, mas foi ainda mais estranho saber que, na verdade, eu estava na cama dele, enrolada nos lençóis dele, depois de ter chorado durante horas enquanto ele simplesmente me abraçava.

— Ei! — ele disse, entrando no quarto e se sentando ao meu lado. — Preparei um chá quente com mel e limão pra você. Sua garganta deve estar péssima depois de tanto choro.

Assenti, pegando a xícara e a levando aos lábios. Estava tão confusa, tão perdida, que não sabia o que dizer ou fazer. Mexi um pouco as pernas embaixo dos lençóis e percebi que não estava mais usando o vestido, mas uma camiseta grande, branca e de algodão.

O Michael parecia estar pensando no que dizer e bastou um simples olhar para eu perceber que ele estava mais tenso do que eu. Abaixei a cabeça, olhando para a fumaça que saía da minha xícara, e então senti os dedos dele secando as minhas lágrimas com delicadeza.

— Ele não merece nenhuma lágrima sua. Nenhuma, Noah.

Eu sabia que ele estava falando a verdade, mas eu não estava chorando por mim nem por ele: estava chorando por nós dois, Nick e Noah, pelos dois... Porque não haveria mais nós dois, não é? Porque eu não poderia perdoá-lo... Ou poderia?

Cravei o olhar nos pingos que se chocavam contra a janela. Havia muito tempo eu não via uma chuva daquelas... A última vez tinha sido em Toronto, antes de a minha vida ficar de pernas para o ar, antes de eu me apaixonar, antes de tudo.

— Acho que isso ia acabar acontecendo, de um jeito ou de outro... — afirmei com a voz baixa, mais para mim mesma do que para o Michael.

Minhas palavras ficaram suspensas entre nós.

— O que você disse?

A pergunta soou tão cortante que tive que desviar o olhar para prestar atenção nele.

— Não é a primeira vez que isso acontece comigo. Parece que não sou muito boa em fazer com que os homens me amem... Meu pai não me amava, muito menos meu primeiro namorado, o Dan. Ele me traiu com a minha melhor amiga e agora a história está se repetindo... Estou me perguntando se é por isso que eu estava fugindo de tudo o que acontecia com o Nick. Uma parte de mim sabia que isso acabaria acontecendo e queria me proteger dessa dor...

De repente, o Michael se aproximou da cama, tirou a xícara das minhas mãos e, sem que eu conseguisse detê-lo, me beijou nos lábios com uma força que me prensou nos travesseiros em que eu me apoiava.

Pisquei várias vezes, completamente perplexa, até que ele se afastou para me olhar com raiva, com raiva e algo mais.

— Você é uma idiota se acha que não merece que alguém a ame. É uma idiota se acha que teve culpa por qualquer coisa ruim que aconteceu na sua vida... — Ele fez carinho no meu cabelo. — Eu não fiz um bom trabalho com você, Noah, não fiz em nenhum momento...

E assim, sem mais nem menos, voltou a repousar os lábios sobre os meus. Eu me sentia tão perdida que só deixei rolar. Minha mente pareceu se desconectar do meu corpo, que era o que eu queria desde que tinha entrado naquele táxi. De repente, as mãos do Michael estavam por todas as partes, e, talvez por impulso ou por reflexo, as minhas começaram a se mexer junto com as dele.

O toque dele era distinto, os beijos eram diferentes, e não sabia dizer se eu gostava ou não, porque já não estava naquele lugar, não sabia nem o que estava acontecendo, porque meu coração e minha mente estavam no chão, embaixo da cama, no escuro, esperando que alguém chegasse com uma luz para me tirar do fundo do poço.

Quando acordei, por volta de umas cinco da manhã, meu cérebro pareceu voltar de onde quer que tivesse estado e começou a funcionar. Então, percebi o que acabara de fazer. Foi como se alguém tivesse me martelado no peito, um golpe tão forte e tão certeiro que eu praticamente tive de me arrastar para sair da cama, ir ao banheiro e vomitar.

Eu me senti doente, doente de verdade, como se um vírus estivesse dentro do meu corpo consumindo todo o resto de vida que ainda parecia restar dentro de mim. Olhei para o meu corpo: eu ainda estava usando a camiseta branca, mas a minha calcinha tinha desaparecido. *Flashes* do que havia acontecido naquele quarto começaram a passar pela minha cabeça sem que eu pudesse fazer nada para detê-los. As mãos, a boca, o seu corpo despido contra o meu...

"Meu Deus!"

Senti enjoo de novo e me vi obrigada a ajoelhar na frente do vaso sanitário para continuar vomitando durante alguns minutos que pareceram eternos. Depois, apoiei a bochecha na borda da pia e comecei a chorar de novo. Não imaginava quantas lágrimas eu tinha derramado nas horas anteriores, nem sabia como ainda conseguia produzir mais. De repente, fui tomada por uma vontade de botar fogo naquela camiseta, de tomar um banho com água escaldante e de me esfregar com a esponja mais áspera que pudesse existir... Estava com vontade de me limpar por dentro e por fora e depois ficar em posição fetal na cama, esperando o tempo passar até eu conseguir me levantar novamente.

Como se eu fosse um tipo de robô programado, comecei a recolher as minhas coisas, tudo sem fazer barulho. Não queria usar o vestido da festa, mas também não queria sair sem roupa daquele quarto. Finalmente encontrei uma blusa de moletom do Michael que estava em cima de uma cadeira. Mais tarde eu ia queimar o tal do vestido e aquela blusa... Jogaria no fogo tudo o que usara naquela noite, queimaria todas as lembranças e todas as coisas que ele tivesse tocado, porque, Deus, eu tinha deixado que ele me tocasse, deixado que ele fizesse muito mais do que isso...

Tive que ligar o celular para chamar outro táxi e, ao fazer isso, diversas notificações de chamadas perdidas apareceram na tela. A maioria delas era do Nicholas, e percebi que ele tinha me ligado de cinco em cinco minutos ao longo das seis horas anteriores... Também havia chamadas da Jenna e da minha mãe.

Revirei os olhos e ignorei cada uma delas. Chamei o táxi e saí do apartamento do Michael sem fazer barulho.

Estava chovendo bastante e logo fiquei encharcada, mas, como me sentia suja, deixei a água me limpar, o que fez com que eu me sentisse um pouco melhor. Por alguns minutos tentei esquecer de tudo e simplesmente me concentrar nas gotas de água batendo no meu rosto.

O som da buzina do táxi me despertou da minha letargia e rapidamente fui para o banco de trás do veículo. Se dependesse de mim, teria pegado um avião naquele mesmo instante e ido para o Canadá, assim, sem mais nem menos, para poder estar em um lugar onde nem as lembranças nem as ex-namoradas do meu namorado pudessem estar, mas antes disso eu precisava passar pelo meu apartamento.

Não demorei muito para chegar, já que o Michael também morava no *campus*. E quase desmaiei ao ver quem estava me esperando sentado nas escadas da entrada.

Não... Eu não podia vê-lo... Que merda, eu precisava ir embora de lá.

Mas o Nicholas já tinha me visto e, antes que eu pudesse pedir para o taxista dar marcha a ré e ir embora, suas mãos abriram a porta do táxi e me tiraram do carro.

— Noah, por favor. Eu te procurei a noite inteira, estou atrás de você que nem um maluco, achei que tinha acontecido alguma coisa, achei que...

Ele parecia tão desesperado e eu estava tão destroçada que, por um instante, quase deixei que me abraçasse, quase me deixei ser envolta por seus braços e quase supliquei para que ele me levasse para longe, para qualquer lugar, para tentar me livrar do que estava sentindo naquele momento. Mas, então, as razões de eu estar naquele estado voltaram a me derrubar, daquela vez com mais intensidade, porque estava diante dele. Ele estava lá comigo e eu podia ver, e não apenas imaginar, o que eu tinha acabado de perder.

Eu me chacoalhei com tanta força e tão rapidamente que por alguns segundos nem mesmo o Nicholas pôde me conter, mas depois conseguiu: ele me agarrou quando eu estava perto da porta do alojamento e segurou o meu rosto para me obrigar a olhar nos olhos dele.

— Escuta, Noah, por favor, você tem que me ouvir.

Ele estava tão desesperado... A chuva tinha diminuído, mas, ainda assim, nós dois estávamos molhados e morrendo de frio.

— Noah, foi tudo um mal-entendido estúpido. Eu vim atrás de você porque sabia o que você estaria imaginando e estava morrendo por dentro só de pensar que você acha que eu te traí...

Pisquei várias vezes sem entender o que ele estava dizendo.

— Eu fui um babaca, tá bom? Sei que fui um completo idiota por deixá-la sozinha com os nossos pais e, sim, você pode me odiar porque eu beijei a Sophia, mas...

Aquelas palavras conseguiram atingir a minha alma e eu quis escapar dos braços dele. Ele tinha acabado de admitir o que eu já imaginava: ele a beijara, estava me traindo com ela.

— Me solta! — eu gritei, mas isso só o fez me segurar com mais força ainda.

— Que merda, Noah, eu nunca te trairia!

Ele me sacudiu com força e meus olhos se ergueram do chão cheio de barro e água para prestar atenção nele.

— Foi só a merda de um beijo, um beijo estúpido que eu dei por raiva, porque estava bravo com você. E, sim, fui um babaca, porque me aproveitei dos seus ciúmes da Sophia para me vingar de você. Mas na verdade eu não quero me vingar de você, Noah, eu me deixei levar por aquele Nicholas do passado, aquele que você me ajudou a deixar para trás, e eu juro por Deus que nunca vou permitir que ele volte a aparecer. Foi o pior erro que eu cometi na minha vida. E sabe por quê? Porque agora que voltei a beijar outra mulher percebi que estou tão perdidamente apaixonado por você que nunca mais vou conseguir beijar outra pessoa e sentir a mesma coisa que eu sinto quando beijo você. Sem você eu não sinto nada, acho que sem você eu não tenho nem alma...

Minha cabeça tentou analisar o que ele estava dizendo e, ao mesmo tempo, um medo terrível começou a surgir no lugar da dor.

— Você não estava dormindo com ela? — perguntei com a voz estranhamente rouca.

O Nicholas jogou a cabeça para trás e deixou a água cair em suas bochechas por um segundo.

— Eu odeio o fato de que você me pergunte isso, mas vou ser claro com você porque entendo que tudo se complicou muito rápido e você merece que eu esclareça as coisas. — Naquele instante, ele olhou fixamente para mim, querendo reforçar a sinceridade de suas palavras. — Eu nunca, insisto, eu nunca te traí com ninguém. Isso nunca passou pela minha cabeça nem vai passar por toda a minha vida, Noah.

Senti um alívio imenso, aquilo foi como um bálsamo para todos os ferimentos na minha mente e no meu coração.

— Mas, então... A Briar me falou que... — eu comecei a dizer.

— Noah, a minha história com a Briar foi uma merda. E, sim, eu deveria ter contado, mas estávamos tão mal, nossa relação estava à beira do precipício, e eu não quis piorar as coisas contando que engravidei sua colega de apartamento quando éramos mais novos, muito menos que meu pai a obrigara a abortar para evitar o escândalo. Fiquei com medo de você não entender. Foi tudo tão rápido que perdi o controle da situação e foi a Briar quem teve que pagar por tudo...

Então, tinha sido o pai do Nicholas que a obrigara a abortar? A Briar me dera a entender que o Nicholas era quem queria o aborto.

— Você não dorme com ela?

O Nicholas resmungou e voltou a olhar para mim fixamente.

— Eu não durmo com ninguém além de você, Noah. Dá para ver que ainda não conquistei a sua confiança, e entendo, de verdade. Mas podemos resolver isso juntos. Nós vamos conseguir.

Minha cabeça começou a dar voltas e mais voltas... Então, era tudo mentira? O Nicholas não estava me traindo?

Senti um alívio tão grande que não percebi que as lágrimas tinham voltado a escorrer pelo meu rosto até que o Nicholas me puxou para o seu peito e me abraçou com força.

Demorei um instante para devolver o abraço, porque o meu cérebro precisou alternar entre odiar o amor da minha vida e voltar a amá-lo loucamente em menos de um segundo.

— O que eu faço com você, Noah? — ele me perguntou retoricamente, enquanto ele fazia carinho no meu cabelo molhado e nas minhas costas, de cima a baixo.

Eu estava com tanto frio e tão confusa que, quando o Nick me pediu para entrarmos no apartamento, simplesmente assenti e deixei ele me guiar.

Quando entramos e vimos que a sala continuava como eu a havia deixado, pelo menos dez horas atrás, comecei a sentir um pânico crescer dentro de mim. Havia taças por todos os lados, de quando as meninas foram me ajudar, roupas espalhadas pelos sofás e sapatos no chão, além das maquiagens... Estava tudo uma bagunça tão grande que me afastei do Nick e comecei a organizar as coisas de maneira compulsiva.

— Noah, o que você está fazendo?

— Só preciso arrumar isso... Preciso limpar tudo... Preciso...

As mãos do Nick me obrigaram a parar e a me virar para ele.

— Noah, fica calma, tá bom? — Os olhos dele me percorreram de cima a baixo e senti tanto medo de repente, tanto medo de que ele soubesse o que eu tinha feito, e voltei a sentir o enjoo. — Você está tremendo de frio e eu também estou congelando. Vamos tomar um banho quente e ir para a cama, tá? Amanhã a gente continua conversando...

Comecei a negar com a cabeça, a culpa estava me matando por dentro. Queria mais do que qualquer coisa tirar aquela roupa e tomar um banho, mas não conseguiria na frente do Nicholas. Eu mal podia olhar no rosto dele.

Ele acabara de confessar que não tinha me traído com ninguém, que isso nunca nem passou pela sua cabeça. Ele havia beijado a Sophia, sim, mas o que era um beijo depois de eu ter achado que ele estava dormindo com ela? Nada.

— Nicholas, eu…

Os olhos dele me examinaram com preocupação e percebi o momento exato em que ele se deu conta do meu estado, prestando atenção na roupa que eu estava usando.

— Onde você esteve durante todo esse tempo, Noah? — Ele não parecia estar me repreendendo nem nada, estava simplesmente me observando com curiosidade. — A Jenna também tentou ligar pra você, e cheguei a falar até com algumas das suas colegas de faculdade… Onde você estava?

Comecei a negar com a cabeça e fechei os olhos com força, como se aquilo pudesse me salvar do que estava prestes a acontecer.

— Eu… eu… — Não conseguia nem formular uma frase. E, antes que o Nicholas começasse a tirar as próprias conclusões, meu celular, que estava na minha mão, começou a tocar com aquela música ridícula que só fez a situação ficar ainda mais ridiculamente surreal.

O Nicholas pegou o celular das minhas mãos para ver quem estava me ligando.

— Por que ele está te ligando? — A voz dele soou tão fria que precisei erguer o olhar para observá-lo.

Meu Deus, ele estava tão tenso que sem perceber dei um passo para trás.

— Por que ele está te ligando, Noah?

— Nicholas, eu…

Apenas um olhar bastou para que ele entendesse o que tinha acontecido.

— Me fala que não é verdade o que eu estou pensando. — A voz dele pareceu tão estrangulada pelo medo que eu daria qualquer coisa, absolutamente qualquer coisa para sair daquele lugar, desaparecer do mundo e simplesmente deixar de existir. — Por favor, me fala que essa roupa que você está usando é sua, que as imagens que estão passando pela minha cabeça são só imaginação… Fala, Noah!

O grito e as mãos dele apertando os meus braços com força me tiraram do meu estado de paralisia e simplesmente o encarei enquanto as lágrimas caíam, caíam e caíam até chegar ao chão, o lugar onde eu deveria estar naquele momento, o lugar para onde meus demônios, minhas desconfianças e todos os meus problemas me levaram.

— Desculpa — falei tão baixinho que nem sabia se ele tinha escutado. Mas percebi que sim, porque no mesmo instante ele me soltou, como se a minha pele lhe queimasse as mãos, como se de repente ele não conseguisse mais encostar em mim...

— Não... Você não fez isso. É mentira. — Ele começou a andar pelo apartamento com as mãos na cabeça, mexendo desesperadamente em seus fios de cabelo escuro até que novamente se virou para mim e se aproximou para pegar o meu rosto com as mãos. — Por favor, por favor, Noah, não me castiga por causa disso. Eu já pedi desculpas, não brinca comigo, só me fala que é mentira, só me fala... Por favor. — A voz dele falhou na última palavra e aquilo me bastou para saber que nós dois estávamos destruídos. Se antes eu achava que a minha dor era suficiente para fazer meu coração parar de bater, agora, ao vê-lo daquele jeito, ao ver o que eu havia feito, entendi que aquilo era ainda pior. É doloroso ficar com o coração partido, mas é infinitamente mais doloroso partir o coração da pessoa que se ama de corpo e alma.

— Nicholas... Eu fui uma idiota... Eu achava... Eu achei... Desculpa, Nick, desculpa — eu disse com a voz embargada pelas lágrimas e segurando o rosto dele entre as minhas mãos.

Mas ele não me deixou continuar... Todo o seu corpo ficou tenso e, segurando os meus pulsos, ele evitou o meu contato. Então, cravou os olhos nos meus.

— Você transou com ele? — A voz dele soou tão doída que fiquei grata quando as lágrimas tomaram a minha vista e me impediram de olhar, por alguns instantes, para o seu semblante destroçado. — Responde, droga!

Aquelas palavras foram como facadas na minha barriga, eu estava sentindo nojo de mim mesma... Tanto que achei que vomitaria de novo, ali mesmo. Nunca em toda a minha vida me sentira tão suja... Ele viu tudo, conseguiu ver no meu rosto, eu não era mais a mesma pessoa, e nunca mais seria.

Sem falar uma única palavra, ele me deu as costas e saiu do apartamento.

Fiquei ali por alguns segundos, olhando para o vazio que ele havia deixado ao meu redor, e aquele breve intervalo bastou para eu decidir que não podia perdê-lo, não podia deixar as coisas terminarem assim, porque o que aconteceu com o Michael foi um erro, um erro que o Nicholas perdoaria, ele precisava perdoar, porque nos amávamos. Eu me negava a aceitar que o nosso relacionamento acabaria depois de saber que tudo o que eu imaginava era mentira, depois de saber que ele me amava... Precisava fazer ele enxergar que tinha sido um erro e que poderíamos superá-lo: me dei conta

SUA CULPA

de que aquela seria a batalha mais árdua da minha vida, mas eu a ganharia, precisava ganhá-la.

Saí correndo do apartamento e desci as escadas o mais rápido que pude. Ao sair, vi que ele estava indo embora pela rua e o chamei. Ele parou e se virou para olhar para mim. Não demorei para alcançá-lo, mas, ao fazê-lo, tive que parar a um metro de distância. O Nicholas que estava diante de mim não era o Nicholas que eu conhecia: estava destroçado, eu o destroçara, e aquilo terminou de acabar comigo.

A chuva caía sobre a gente, nos deixando encharcados e congelados, mas não tinha problema: naquele momento, nada mais importava. Eu sabia que estava tudo prestes a mudar, sabia que o meu mundo estava a ponto de desmoronar.

— Não tem mais volta, não consigo nem olhar pra você…

Lágrimas descontroladas escorriam por seu rosto.

Como eu pude fazer aquilo? Suas palavras penetraram na minha alma como facadas, destruindo-me de dentro para fora.

— Não sei nem o que dizer — falei, tentando controlar o pânico que ameaçava me fazer desmaiar. Ele não podia me deixar… Não ia me deixar, não é?

Vi aquele olhar fixo nos meus olhos, com ódio, com desprezo… Um olhar que eu nunca imaginei que ele pudesse dirigir a mim.

— Terminamos aqui — sussurrou com uma voz desesperada, mas firme.

E com aquelas duas palavras meu mundo sucumbiu a uma escuridão profunda, tenebrosa e solitária… Uma prisão projetada especialmente para mim. Mas eu merecia. Daquela vez, eu merecia.

EPÍLOGO

Duas semanas depois…

O ruído dos aparelhos e aquele cheiro forte e desagradável de todos os hospitais me obrigaram a me levantar e ir para a sala de espera. Nunca gostei de ambientes como aquele e, se dependesse de mim, estaria em qualquer lugar, menos ali.

Eu me sentei em uma cadeira e abracei os meus joelhos. Aquela se tornara a minha posição favorita nos últimos dias e, assim como eu fazia quando me escondia embaixo dos cobertores, fechei os olhos e deixei minha mente divagar por lugares que eu preferia não visitar mais. Ainda conseguia escutar a voz da Jenna do outro lado da linha, exigindo respostas que eu não estava preparada para dar, e depois a do William, que, furioso, me avisou que o filho tinha sido preso por agressão.

Não demorei muito para chegar ao local do ocorrido e acho que levaria anos para que aquela imagem do Nicholas saísse da minha cabeça. Uma ambulância já tinha levado o Michael de lá, com ferimentos no rosto e no corpo. O Nicholas tinha quebrado duas costelas dele. Ainda conseguia ver os policiais enfiando o Nick na viatura, com sangue nas mãos e um machucado nos lábios. Estava claro que o Michael tentou se defender, mas não dera conta de enfrentar um Nicholas completamente transtornado. Eu o fizera chegar àquele ponto de novo, tinha sido minha culpa.

Lembro que a Jenna apareceu atrás de mim, e naquele exato instante as minhas pernas falharam. Ela e o Lion me seguraram antes que eu desabasse, me levaram de carro até a casa dela e, sem perguntar nada, cuidaram de mim durante toda a noite. O Lion foi para a delegacia e ligou para o William. Enquanto isso, a Jenna me abraçava na cama, conforme eu me livrava de todas as lágrimas que ainda estavam dentro de mim. Desde aquela fatídica noite, eu não tinha mais chorado, porque estava tão destroçada que nada, nem sequer lágrimas, era capaz de amenizar a minha dor.

SUA CULPA

E lá estava eu, visitando o homem que tinha prometido me ajudar e que, em vez disso, havia sido o responsável por acabar comigo.

Suspirei no mesmo momento em que o meu celular vibrou sobre a cadeira de plástico onde eu o tinha deixado.

Era o Will.

— Ele acabou de sair, Noah — ele me avisou, e eu me levantei de imediato. — Tive que usar todos os meus contatos, mas, aparentemente, o O'Neil retirou a queixa... Acho que, no fim das contas, você tinha razão. Foi bom ter ido falar com ele.

Senti um grande alívio percorrendo o meu corpo inteiro.

— Então, ele está livre? — perguntei sem acreditar.

O William respirou fundo do outro lado da linha e quase consegui imaginá-lo, com o rosto cansado e cheio de preocupação, mas enfim aliviado pelo filho não ter acabado na cadeia por culpa da sua própria enteada.

— Sim, por pouco.

Assenti, levando a mão à boca e me sentando na cadeira do hospital. Ele desligou e meus olhos se concentraram na parede à minha frente.

Eu nunca teria me perdoado se o Nicholas acabasse na cadeia por minha culpa. Já estava sendo custoso me levantar todas as manhãs para ir ao hospital... Eu não iria aguentar mais uma culpa nas minhas costas.

A Jenna apareceu no corredor, carregando dois cafés e uma sacola.

— Trouxe alguma coisa para você comer, e não quero saber das suas desculpas, tá ouvindo? Você vai comer agora e ponto-final.

Sem lhe dar muita atenção, peguei um café e dei um gole breve. O líquido cálido não foi capaz de me esquentar. Agora, eu sempre parecia estar com frio, congelada por dentro e por fora. Não importava quantos cobertores eu usasse, faltava algo, faltava o mais importante.

— O Nick está livre — eu disse, sussurrando.

A Jenna arregalou os olhos com surpresa e respirou fundo, justo como eu tinha feito ao ficar sabendo.

— Nossa... Ainda bem!

Assenti, desviando o olhar novamente.

— Noah... — a Jenna começou, com um tom alentador, mas eu não queria ouvi-la, não queria que ninguém falasse comigo, não queria que ninguém tentasse me animar. Naquele momento, eu só queria me afundar na minha desgraça e me isolar. — Tudo vai melhorar, tá bom? O Michael está bem, está se recuperando sem problemas, e agora o Nick se livrou da cadeia. Conhecendo o William, o Nicholas não vai ficar nem com a ficha suja. Por favor, melhora essa cara.

Meus olhos se desviaram para a mão com que ela segurava o café. Um lindo anel de prata com um pequeno diamante branco adornava o seu dedo anular. Também fiquei me sentindo culpada por aquilo, porque na noite em que todo aquele inferno começou, o Lion pedira a Jenna em casamento, e ela precisou deixar tudo para trás para ir me encontrar e lidar com tudo o que tinha acontecido.

Apesar de eu estar completamente ausente, era impossível ignorar o brilho que parecia se esconder por trás dos olhos dela quando ela olhava para o Lion ou contemplava sua aliança de noivado. Eu estava feliz por ela, de verdade, mas sua felicidade avivava demais a dor do meu coração.

Eu nunca teria aquilo, muito menos depois de todos aqueles acontecimentos. Agora, ao ver o que eu tinha perdido, percebia como tinha sido idiota. Meu medo de me machucarem me impedira de deixar que me amassem de verdade, porque o Nick me amava de corpo e alma, e eu só o afastei, dia após dia, até levá-lo comigo para a escuridão na qual eu quase sempre me via submersa.

Era isso que mais me doía, porque eu estava acostumada com a dor. Ainda que tivesse medo e tentasse fugir dela da melhor maneira possível, eu conseguia aguentar a minha própria dor. O insuportável era lidar com a dor dele.

Todas as vezes que ele disse que me amava, todas as vezes que discutimos por besteira, todos os beijos roubados, aqueles carinhos, aquele amor que ele conseguiu sentir só por mim… Tudo acabou se transformando em um pesadelo para ele.

Naquela tarde a Jenna me levou para casa. Não tinha visto mais a Briar desde a noite da festa, e as coisas dela não estavam lá quando cheguei ao apartamento. "Melhor assim", pensei. A Briar fazia parte de um passado do Nick que eu não deveria ter conhecido nunca, porque não tinha nada a ver comigo. Agora eu entendia que o passado deveria ficar por lá, no passado, porque se o deixássemos voltar, ele era capaz de consumir o nosso presente.

Tirei os sapatos enquanto a Jenna mexia em algo na cozinha, insistindo para eu comer alguma coisa. Eu não conseguia me alimentar, o embrulho no meu estômago era tão grande que não dava lugar para mais nada. Fui direto para a cama e, ao apoiar a cabeça no travesseiro, ouvi o barulho de um papel se amassando. Eu o peguei e, com uma pontada de dor no peito, vi que era a carta que o Nick escrevera para mim.

Com os dedos trêmulos, eu a abri e li novamente aquelas palavras.

Vou dar mais tempo a você. Se é disso que você precisa, se é isso que tenho que fazer para que você perceba que eu amo você, e só você, então assim será. Não sei mais o que fazer para que você acredite em mim, para que você veja que eu quero cuidar de você e protegê-la para sempre. Eu não vou a lugar nenhum, Noah, eu só consigo enxergar a minha vida e o meu futuro com você ao meu lado. Minha felicidade depende exclusivamente de você. Não precisa ter medo: eu sempre vou ser a sua luz em meio à escuridão, meu amor.

Fechei os olhos com força.

"Eu não vou a lugar nenhum."
"Minha vida e o meu futuro com você ao meu lado."
"Minha felicidade depende exclusivamente de você…"
Eu levei a carta ao meu coração e a apertei com força.
"Eu sempre vou ser a sua luz em meio à escuridão."

Eu me abracei, sabendo que aquelas palavras não significavam mais nada. O Nicholas tinha deixado bem claro: não queria me ver de novo nunca mais. Ele se negou a me receber quando tentei visitá-lo na prisão e não atendeu mais às minhas ligações.

Eu não existia mais para ele.

AGRADECIMENTOS

Em primeiro lugar, quero agradecer a todas as pessoas que pediram com entusiasmo por esta segunda parte. Inicialmente, *Minha culpa* seria um livro único, mas depois de quase um ano de bloqueio, de começar histórias que não terminava, percebi que precisava escrever essa continuação. A história do Nick e da Noah não tinha terminado, e quando voltei a me dedicar a ela, não consegui mais parar.

Em segundo lugar, quero agradecer às minhas editoras, Rosa e Aina. Obrigada por me ajudarem a transformar este livro no que ele é agora. Não foi fácil escrever *Sua culpa* ao estilo do Wattpad, subindo os capítulos semanalmente sem poder trabalhar o romance da maneira adequada, ou ao menos como eu estava acostumada. Vocês deixaram o livro perfeito, com personagens que são fiéis a si mesmos. Eu adoro esta nova versão!

Obrigada à minha agente, Nuria. Você sabe que sem você eu estaria perdida nesse mundo literário no qual entrei quase sem perceber.

Obrigada à minha prima Bar, por ler todas as alterações milhares de vezes, por sempre dizer o que pensa e ainda tomar o cuidado de fazer isso sem ferir os meus sentimentos. Todos os seus conselhos me ajudaram a tornar essa história o que ela é hoje. Não sei o que eu teria feito sem a sua ajuda. Queria que você estivesse mais perto para compartilharmos algo que nós duas amamos tanto: a leitura.

À minha família, obrigada pelo entusiasmo, pelo apoio e por me transmitirem o gosto pela leitura. Amo muito vocês!

Garri, você é o irmão mais velho que eu nunca tive, obrigada por ser como você é e por ter entrado na minha família para não sair nunca mais. Não tenho palavras para descrever o quanto eu gosto de você.

Ali, obrigada por ser essa amiga que está sempre ao meu lado, por estar sempre disponível para mim e acreditar em todos os meus sonhos e ambições. Somos muito diferentes, mas não sei o que eu faria sem você.

Aos meus culpados, obrigada. Ainda não consigo acreditar em como vocês se apaixonaram pelos meus personagens. Obrigada por todo o amor que vocês me dão nas redes sociais, por toda a paciência e por me fazerem ter uma família que morro de vontade de conhecer. Amo todos vocês!

E, por último, agradeço a todos que compraram *Minha culpa* logo no lançamento. Quando a editora me contou que nos quatro primeiros dias praticamente todos os exemplares já tinham sido vendidos, eu quase tive um enfarte. Obrigada, obrigada, obrigada!